사막, 두 얼굴의 남자

사막, 두 얼굴의 남자 2

초판 1쇄 인쇄일 | 2016년 10월 17일
초판 1쇄 발행일 | 2016년 10월 21일

지은이 | 누리
펴낸이 | 박성면
펴낸곳 | (주)동아

출판등록 | 제406-2012-000056호
주소 | 경기도 파주시 문발로 115, 세종출판벤처타운 201-A호
전화 | (031)8071-5201
팩스 | (031)8071-5204
E-mail | bear6370@hanmail.net

정가 | 11,000원

ISBN 979-11-5511-720-0 (04810)
      979-11-5511-718-7 (Set)

사막,
두 얼굴의 남자

Desert, a man of two faces

누리 장편소설

ZERONOVEL

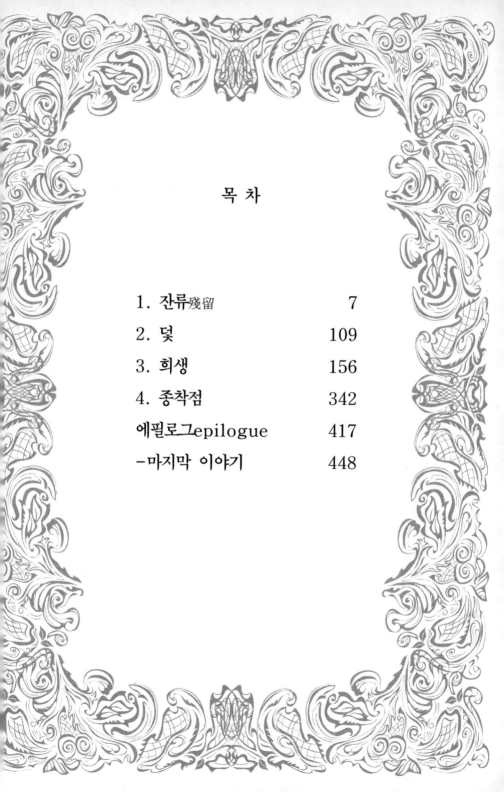

목 차

1. 잔류殘留

탄탈로스는 친구의 가상한 노력에 박수라도 쳐 주고 싶었다.

"이야...... 이거 기록인데."

빈정거리는 목소리에는 숨길 수 없는 감탄도 함께였다. 빠른 속도로 탈피를 마친 녀석은 믿을 수 없게도 점점 사람의 모습을 갖춰 가고 있었다.

얼굴을 한번 털자 뺨을 덮고 있던 검은 비늘이 스며들듯 사라졌다. 발을 딛고자 하니 다리가 생겨나고, 제 몸을 지탱하려 하자 팔이 생겨났다. 거무튀튀한 비늘 또한 빠른 속도로 사라졌다.

마지막으로 귀 부근에 돋아 있는 검은 비늘까지 말끔하게 사라지고 나서야 탄탈로스는 지오반니의 제대로 된 얼굴을 볼 수 있었다.

"괜찮은 거야?"

"……."

"무리하지 말라고. 지금 이것도 충분히 비정상적이니까."

자리를 잡는 것이 생각 이상으로 짧았다. 지금은 새로 난 것들이 안정적으로 자리를 잡기까지 조심해야 할 때였다. 이런 시기에 몸조심하지 않고 겁 없이 힘을 행사하던 키든의 정신이 온전치 못한 것을 생각한다면.

키든이 태어날 적부터 그렇게 비뚠 삶을 산 것은 아니었다. 물론 그 괴랄한 성격이야 동족 내에서도 흔치는 않았지만 지금에 이를 정도는 아니었다. 키든이 변화를 겪고 몸이 안정치 못했을 때, 고룡과 마찰을 빚었다. 그리고 호되게 당한 이후로 꽤 비뚤어진 것으로 기억한다.

어린 동족이 안타까워서였을까, 아를리안이 키든의 만행에 말을 아끼는 것도 그런 이유에서였다.

"여전히……."

고개를 비스듬히 기울인 탄탈로스가 마른 입술을 혀로 핥았다. 그의 눈에 신이 빚은 남자의 모습이 들어왔다. 녀석 말고도 타미르가 빚은 것들은 자신을 비롯한 일족 모두였지만, 노야는 그중에서도 타미르의 정성이 더해졌을 것이다.

짧은 머리칼 사이로 작은 입자의 모래 알갱이들이 우수수 떨어졌다. 아직 잠에서 완전히 깨지 못한 지오반니의 얼굴을 감싼 탄탈로스가 그의 얼굴을 들어 올렸다.

탄탈로스의 얼굴이 취한 듯 느른해졌다. 절로 갈증이 일었다. 묘한 기분이었다. 성별을 불문하고서라도 취하고 싶다는 생각이 드는 것은. 탄탈로스는 눈앞의 아름다운 피조물을 손으로 조심스럽게 훑었다. 눈자위, 코, 뺨을 지나 입술까지 다다랐다.

"여전히 아름답단 말이야."

그 중에서도 이 눈은 더더욱. 뱀의 것인데도 침이 돌 만큼 욕심이 났다. 요사스레 빛나는 노란 눈이 투명하게 빛을 발했다. 탄탈로스의 손이 오래도록 그 눈 주위에 머물렀다. 뱀의 눈은 그마저도 꺼리는 것이었는데, 친구의 것은 현혹되어도 좋다 싶었다.

힘겹게 흐르는 저 숨결마저도 달겠지.

"치워."

"신에 견주어도 부족함이 없을 거다, 노야."

이맘때의 동족은 어떠한 예찬을 해도 부족할 만큼의 아름다움을 지니고 있었다. 갓 고통에서 벗어나 새로 태어난 동족은 너덜너덜해진 이전의 것들을 버리고, 그 낡은 것에서 새로운 모습을 하고 있었다. 지오반니에게서 흐르는 단 냄새에 정신을 못 차릴 정도였다.

탄탈로스의 입에서 한숨 비슷한 것이 흘렀다. 룩스를 피해 달아난 여신 칼란디바마저 넋을 놓고 바라볼 것이다. 그러니 계집 한 명 홀리는 것 정도는 일도 아니겠지.

"탄탈로스."

아를리안의 목소리에 탄탈로스가 깊게 취해 있던 상념에서 깨어났다.

"장난이었어."

"남자 취미까지 있었어?"

"끔찍한 소리 하지 마."

탄탈로스가 너스레를 떨며 한 발 물러섰다.

"노야 님, 괜찮으신 거죠?"

자신을 부르는 소리에 탁하게 흐려진 눈이 점차 맑게 개었다. 뻐근하지 않은 곳이 없었다. 무엇 하나 걸치지 않은 온전한 나신이 크게 비틀거리며 방향을 잡고 기울어진 시선을 다잡았다.

잠시 눈앞이 하얗게 물들었다. 현기증이 일었다. 무거운 눈을 느리게 감았다 뜨자 희게 점멸하던 시야가 다시 선명해졌다.

가늘어진 홍채마저 거둔 지오반니가 조심스럽게 한 걸음 한 걸음 내디뎠다. 조금은 낯설어진 감각에 적응하고 있었다. 본래 제 몸이었기 때문에 그것에 적응하기까지는 그리 오랜 시간이 걸리지 않았다.

"옷."

하하. 페루의 몸의 털들이 죄 곤두서는 모습을 보는 탄탈로스가 거칠게 웃음을 뱉었다. 짐승마저 홀리는 꼴이라니. 지독했다. 저 밑바닥에서 눅진눅진하게 들러붙은 찌꺼기처럼 짙었다. 그리고 그 짙음에 비례해 황홀한 것도 같았다. 무슨 힘인지도 몰랐다.

몸을 배배 꼬이게 하는 성적인 매력인지, 강한 힘에 매료된 것인지는 알 길이 없었다. 목이 쉬어 쇳소리와 비슷했지만, 탄탈로스마저도 어깨를 뻐근하게 만드는. 긴장을 했던 것 같기도 했다.

눈이 흐려지는 현상이 탄탈로스와 다르지 않아, 뒤편에서 아를리안이 눈살을 찌푸렸다. 홀리는 짓을 자각도 없이 하고 있는 것을 보니 녀석이 마음만 먹는다면 제 것으로 취하지 못할 것이 어디 있겠나.

어머니 타미르가 준 능력인가? 하지만 그렇다고 보기에는 사특하고 요사스러웠다. 뱀의 모습을 하고 있는 것들이 유혹에 능하고 육체를 탐하는 본능을 가지고 있다지만 그것이 일족에게도 해당되는 말인 줄은 몰랐다.

"벌써 가는 거야?"

탄탈로스가 주는 옷을 건네받은 지오반니가 그것을 대충 걸쳐 입었다.

"좀 쉬어야 해. 잠은커녕 먹지도 못했어."

탄탈로스가 지오반니의 앞을 막아섰다. 허기가 질 것이다. 짐승의 본능과 비슷한 일족이니, 녀석은 모든 것을 제쳐 두고 배를 불려야 함이 맞았다.

하지만 지오반니의 부루퉁한 눈과 마주하자 탄탈로스는 그저 한숨만 흘릴 뿐이었다. 고집불통. 제 말을 듣지 않을 녀석을 알았다.

"먹어. 답지 않게 굴지 말고."

탄탈로스의 미간이 좁아졌다. 못 본 사이에 지오반니에게는 많은 변화가 있었다. 성격이 온화해진 것은 말할 필요도 없었고 쓸데없는 걱정이 늘었다. 기억해야 할 필요도 없는 것을 내내 간직했다. 마음에 담고 있었다. 자신이 가볍게 지껄였던 미래의 일을, 몇십 년이 넘도록 간직할 줄은 꿈에도 모를 일이었다.

무엇보다 가감 없이 비웃고 비난했던 판데라의 길을 걷고 있는 것이 누구인가. 미쳐 버린 키든도 아니고 저 녀석이라니.

변화 직후엔 짐승처럼 가리지 않고 허기를 채우는 데 급급했던 그가 인간을 걱정해 본능적인 것을 미뤄 두곤 급하게 서두르고 있었다. 이런 사소한 것마저 욕이 샐 정도로 마음에 들지 않았다. 인간에 의한 변화는 좋지 않았다.

그가 판데라의 끝에 가까워진다는 의미니까.

"네가 이렇게 말 안 듣는 녀석인 줄은 몰랐다."

"나는 네가 이렇게 말이 많은 줄 몰랐어."

"한 마디를 안 지지."

그의 앞을 막아선 탄탈로스가 몸을 비켜섰다.

"어디로 갈 거야?"

"……."

"그 꼬마한테?"

탈탈로스는 그 여자라는 호칭에서 꼬마라는 호칭으로 정정했다. 나이로 치자면 눈도 뜨지 않았을 어린 나이였다. 지오반니에 비해서라면 더 말할 것도 없었다.

그러니까, 저 녀석은 저보다 한참은 어린 꼬마를 좋아하고 있다는 거다. 살아온 세월을 따지자면 녀석이 가지고 있는 호감을, 곧 더 짙은 감정으로 변할 감정을 정상으로 볼 수는 없었다.

속은 음험한 것으로 가득 찬 녀석이 까마득하게 어린 여자에게 무슨 짓을 하겠다는 건가. 몸과 마음을 취해 무엇을 하려고. 그것도 자신보다 한참이나 어린 여자에게 유치하게 질투를 하고 사랑을 구걸할 셈이라던가.

"페루."

탈탈로스의 말을 무시한 지오반니가 무심한 눈으로 페루를 불렀다. 제 냄새를 거리낌 없이 흘리던 지오반니가 아무 일 없다는 듯한 얼굴로 제 냄새를 지우기까지는 오래 걸리지 않았다.

아직도 갓 허물을 벗은 친구의 새 모습에 취해 몸을 가까이 붙이며 냄새를 좇던 탈탈로스가 아쉬운 얼굴로 입맛을 다셨다.

"예."

"길을 열어."

페루가 총총총 뛰어왔다. 어두운 굴 안으로 빛 무리가 얽혀들었다.

*   *   *

오키아가 다소 어색한 얼굴로 지오반니를 맞았다. 갑작스레 남부에 위치한 별장으로 내려간다는 기별을 받았었다. 그는 사람이 아니니 아프다는 말은 믿지 않았지만 어쩐지 홀쭉해진 얼굴을 보니 생각을 달리해야 할 듯싶었다.

홀쭉해진 것 말고도 기묘한 느낌이 들긴 했다. 우습게도, 그가 정말 이 세상 것이 아닌 것 같다는 생각 따위가 들었다. 오키아는 하려던 말을 멈추고 지오반니를 응시했다.

"아프다고 들었는데."

"……."

"몸은 괜찮은 거야?"

오키아가 가까스로 물었다. 그의 눈짓에 책상 옆에 조용히 시립해 있던 부관이 자리를 비켜 주었다.

오키아를 지나쳐 의자에 앉은 지오반니는 평소와 다를 것 없는 모습으로 오키아와 시선을 맞췄다. 오키아가 미간을 찡그리며 그 시선을 피했다.

"너 뭔가……."

오키아가 팔을 문질렀다. 온몸의 털들이 곤두서는 기분이었다. 찰나였지만 머릿속이 하얗게 바래졌다. 분명 자신이 기억하고 있는 얼굴이 맞는데 무엇이 이렇게 낯설게 느껴지는지 알 수 없는 노릇이었다. 이 땅 위에 존재하는 사람에게서 느껴질 수 없는 기이함이었다.

오키아가 홀린 듯 그에게 손을 뻗으려는 순간, 차가운 재색 눈과 맞물렸다. 거짓말처럼 무릎에 힘이 풀렸다.

몽롱한 꿈속에서 벗어나고 현실과 마주하기까지 그리 오래 걸리지 않았다. 그는 거무튀튀한 먼지를 연상케 하는 눈을 바라보았다.

정말 오랜만에 보는 꺼림칙한 눈이었다. 사람을 재고 가늠했다. 저 눈이 닿을라치면 죄 까발려진 것처럼 초조해지곤 했다. 자신도 모르는, 혹은 감추고 있었던 속내가 여과 없이 드러날지도 모른다는 생각에.

"그동안 어디 있었던 거야? 네 부관도 거처를 알 수 없다던데."

"아팠어."

"아팠다고?"

그가 손을 들어 오키아를 막았다. 제 손등을 두드리던 지오반니가 점점 찌푸려지는 미간을 꾹꾹 눌렀다. 심기 불편한 얼굴이 드러나자 긴장한 얼굴이 역력한 오키아가 지오반니의 입에서 나올 말에 집중했다.

"거추장스러운 말은 집어치우고."

"……."

"내게 할 말이 있을 테지."

자신이 아픈 것 따위가 무어 상관이냐는 투였다. 그리 묻는 말이 꽤 날카로웠다. 오키아의 입이 무언가를 말하려 움직이려다 멈추었다.

그는 누바라에 의해 보살피던 탄팔로의 사람들이 죽었다고 했을 때에도 꽤 자비를 베풀었다. 물론 미하엘을 죽일 것이라던가, 살벌한 얼굴을 했지만 그곳에 왕처럼 군림하고 신적인 존재로 존재하는 그로서는 잘 넘어가 준 것이었다.

하지만 지금의 그는 무슨 얼굴을 할까. 라르기얀이 제 여자에게 한 짓을 듣는 그는. 과거의 그가 어떤 식으로 행적을 밟아 왔는지는 알지 못했다. 지금처럼 여자를 곁에 두었는지, 결혼을 했는지. 정착하려 했다면 여자 하나 정도는 두고 살지 않았을까.

"기오테와 챠가 부딪쳤다지."

"완전한 기오테는 아니야."

"기오테에게서 떨어져 나온 조각."

지오반니는 말을 정정했다.

"조금 틀려. 기오테가 제 힘을 보존키 위해 무언가를 만든 모양이야."

"무언가라면."

"그는 조각이 아닌 제 아이들이라 칭하더군. 하찮은 조각 따위가 아닌 듯싶어."

그것은 지오반니로서도 처음 듣는 말이었다. 아마 아를리안 정도라면 알고 있었을지도 모르겠다. 기오테에게서 떨어져 나온 것에 불과한 줄 알았더니, 기오테에게 귀애받는 존재였나.

직접 기오테에게서 힘을 받았으니 생각보다 큰 힘을 가지고 있었을 터다. 물론 챠를 위협할 힘은 아니었다.

"둘의 충돌의 여파로 호숫가가 바닥을 드러낼 정도로 말랐다."

"이곳에서 챠가 힘을 행사하는 것이 가당키나 한 일인가."

지오반니가 이를 드러냈다. 그는 챠의 무례함에 분노한 것이 아니라 그럴 여지를 주었다는 것에 성을 내고 있었다.

"이런 걸 생각 못했어?"

"라르기얀은 라제프와 우호적인 관계를 위해 이곳을 방문한 거야. 이런 일이 일어날지 나라고 해서 어떻게 알았겠어? 그가 몸을 낮췄으면 낮췄지 아리엘의 딸을 붙잡고 협박을 할 거라곤 아무도 몰랐다고."

"라르기얀이 퍽 좋아할 상인데."

"뭐?"

지오반니가 입매를 비틀어 거침없이 비아냥거렸다.

"그렇게 멍청한 것 말이야. 승냥이처럼 약삭빠른 라르기얀은 라제프를 방문하기 전 챠를 가지고 여자를 협박하려 온갖 생각들을 했을 텐데 너는 이러한 것도 몰랐다고? 예상하지 못했어? 너를 제외한 모

두가 의심스러워한다. 라르기얀의 방문 목적이 무엇인지. 무슨 짓을
할지. 무슨 생각을 하고 있는지."

"내 탓이라고 말하지 마."

"안일했지."

한껏 예민해진 기분은 좀처럼 나아질 줄을 몰랐다. 오키아에게 더
쏘아붙이려는 참, 그가 숨을 고르고 말을 삼켰다. 화가 향해야 할 곳
은 미하엘이었다. 녀석을 보면 아마 목을 먼저 조를 것이라는 생각이
들었다.

"기오테가 아이라 칭하던 정령은 사라진 듯싶어. 아마 죽었다는 것
이 맞겠지. 그에 분노해 기오테가 형태를 갖추어 나타났어. 분노하여
명하길, 챠를 죽여 자신에게 바치라더군."

"기오테가 형태를 갖추었다고……."

턱을 괴고 오키아의 말을 천천히 입 안에서 굴려 보았다. 기오테가
직접. 모습을 드러내지 않던 그였다. 그래서 자신 또한 아주 오래전,
바람결에 목소리 정도만 들어 봤을 뿐 그릇 안에 깃든 기오테는 처음
이었다. 제 자신을 드러낼 정도였다면 그 분노의 크기가 상당하다는
뜻일 텐데.

"챠를 바치라 하는 건 전쟁을 말함인가."

"아무래도."

기오테가 많이 참긴 했지. 챠의 도발이 얼마나 빈번했던가. 그런데
도 기오테는 참아 주었다. 그것이 참은 것인지, 신경 쓸 가치가 없어
넘어간 것인지는 알 수 없었지만 기오테는 많은 것을 참아 냈다.

그런 그의 분노가 지금에서야 터진 것이 놀랍지도 않았다. 늦은 감
이 있을 정도였다. 기오테 같은 존재들이 죽을 수는 없었지만 힘을 못

쓰게 북해에 처박는 방법은 있었다. 자존심이 이루 말할 수 없을 정도로 강한 챠니 그것은 죽는 것보다 더 큰 치욕이 되리라.

"쉬이 멈추지 않을 거다."

지오반니는 기오테의 분노가 얼마나 끔찍한 것인지 알았다. 용과 자간처럼 떠들썩하게 힘자랑을 하지 않는다고 해서 화를 내지 못한다거나, 성격이 유순하다는 것은 아니었다. 숙적이 없다 뿐이지, 그들의 힘에 버금가는 무언가가 맞선다면 여지없이 칼눈을 하고 달려드는 것이 그들이었다.

존재만으로도 자신을 위협한다고 생각하는 기오테를 챠가 어떤 식으로 견제하는지만 봐도 알 수 있었다.

"귀족들이 라즐리의 곁에서 머문 정령의 존재를 알게 되었어. 그것이 라지노예프라는 건 어렵지 않게 추측할 수 있는 일이지. 그들에게 기오테가 만든 세 번째 아이니 하는 것은 중요한 사실이 아니야."

"……."

"중요한 것은 아리엘이 그랬듯, 라즐리가 라지노예프를 다룰 수 있다는 것이겠지. 챠가 그 정령을 죽였지만 귀족들은 그런 것에는 관심 없어. 그때의 찬란함이 반복되느냐 그렇지 않느냐는 거지. 물론 귀족들은 전자의 가능성에 손을 들었지만."

"너는."

지오반니의 물음에 귀족들을 한껏 비웃기 위해 말아 올려진 오키아의 입꼬리가 굳었다.

"나는?"

오키아가 멍하게 물었다.

"그래. 너는. 너는 어떠냐고 묻고 있다."

"나는……."

"여전히 고민하는군."

"……."

"네가 비웃던 그들과 다를 바 없이."

"고민 정도는 할 수 있잖아."

허를 찌른 말에 오키아가 작게 항변했다.

"나는 너 같은 부류를 좋아해. 조금 머리가 나빠도 머리 하나는 바쁘게 굴리거든. 살기 위해 잔인해질 수 있고, 주위의 것들을 쳐내는 것 또한 아무 일도 아니지. 제 가족을, 친구를, 충신을 버린다면 그 차가운 판단에 박수가 나올 정도야. 너도 나름의 방법으로 열심히 사는 것일 테지."

"나는 황제야."

"알아."

"그렇기에 득과 실을 기준으로 상황을 냉정하게 판단할 수밖에 없어. 잃는 쪽을 택할 수 없다는 거야. 나 혼자만이 아니기 때문이다. 내 선택에 수백, 수천 명의 길이 선택되곤 해. 그들의 괴로움도 결정되지. 그런데도 나를 비난하는 거냐?"

오키아의 얼굴을 물끄러미 바라보고 있던 지오반니가 입매를 비틀며 물었다.

"프레야 공작 앞에서도 그런 얼굴을 했나?"

"뭐?"

"그런 합리화를 내세우며, 감정 팔이를 하고, 적당한 변명으로 합리화를 했냐고 묻는 거야. 그런 소리를 잘도 지껄였겠군."

"……."

"네가 적어도 프레야 공작을 말 잘 듣는 짐승 따위가 아니라 사람으로 보고 있었더라면 너는 이번만큼은 그의 눈앞에서 확신을 줬어야 했어."

프레야 공작은 싸울 준비를 하고 있었다. 하지만 그것이 라르기얀을 향한 적의인지, 오키아를 향한 적의인지는 알 수 없었다. 한데 합쳐진 그 분노의 크기가 어느 정도인지 가늠이 되지 않았다.

"그래야 그 늙은이가 미치는 꼴은 안 봤을 테니까."

단단한 시선 아래 무너지지 않을 각오를 봤다. 밀려드는 물길에 기꺼이 몸을 던지고 불어닥치는 모래바람에도 다리가 꺾이지 않을 남자. 지킬 것을 위해 자신 하나 정도는 몸을 낮출 수 있는 자였다.

"머지않아 귀족들은 라즐리에게 황가의 정령을 개인이 취했다는 죄목을 들 거야."

"……."

"그때의 너도, 지금과 크게 달라지지 않으리라는 것을 안다. 득과 실을 따질 테니까. 그 지겨운 저울질이라는 말이 따라붙을 테고."

사람이든 무엇이든 변하기란 쉽지 않았다. 같은 실수를 반복하고, 똑같은 상황이 되돌아온다 해도 후회만을 할 뿐 그 상황을 바꾸려는 사소한 노력조차 하지 않기에.

여태 오키아의 선택이 잘못되었다고 말할 수는 없었다. 무엇의 잣대로도 그의 판단에 옳고 그름을 기준 지을 수도 없었다. 하지만 한 번 정도는 아끼던 사람을 위해 판단을 달리해도 되었다.

모두가 안 된다 하는 일도, 그를 부추기는 달콤한 말도 무시하는 정도의 성의를 보여 줘도 되었다.

그 한 가닥의 성의에, 해묵은 감정을 모두 누르고 다시 한 번 몸을 낯출 남자를 위해서라면.

"그냥 뒤."

오키아의 턱이 붉거졌다.

"지난번 일처럼 생각 없이 행동하진 않을 테지."

지오반니가 경고했다. 명료한 말이었지만 그 대상이 누구인지 모를 리 없었다.

* * *

라즐리는 제너의 바람대로 별 탈 없이 생활했다. 말수가 조금 줄어들었지만 눈에 띄는 변화는 아니었다. 그가 바라는 것처럼 잦은 외출과 모임을 가졌고 계집들이 좋아할 만한 단것들도 잔뜩 입에 물었다.

표면적으로는 아무 일도 일어나지 않을 채로였다.

이제는 제법 고풍스러운 분위기가 풍기는 저택을 익숙하게 활보하고 다니는 라즐리는 늘 그렇듯 벗은 장갑을 테이블 위에 올려 두었다. 바유가 사라지고 난 후, 꼬박 이 저택에 들렀다.

몸이 아파 지방으로 내려가 있던 지오반니가 없으니 방문할 이는 없었다. 따갑게 찌르는 사람들의 눈초리가 없으니 숨통이 트이는 것 같았다.

숨통이 트이다가도 제 머릿속을 쉬지 않고 파고드는 생각에 그녀가 눈을 질끈 감았다.

라즐리는 며칠 전의 일을 회상했다. 거대한 화마가 순식간에 호수를 덮어 버렸다. 짙은 붉음과 뜨거움이 선명했다. 챠의 불길과 비명이 나올 정도로 제 팔뚝을 쥐던 라르기얀. 느낀 것은 두려움이었다. 저것에 잡아먹히면 살아남을 길이 없다는 생각과 이 남자를 막지 못할 수도 있다고 어렴풋이 생각했다.

두려움을 막아 넘실거리는 불길을 막아선 것은 제 친구였다. 잡아먹혔다는 표현이 맞았다. 불길 속에 타들어 가는 친구의 끔찍한 비명만이 선명했다. 그는 욕심이라곤 내지 못해 가진 것 없는 어머니가 유일하게 남기고 간 것이었다.

정령은 기억에도 희미한 어머니와의 유일한 매개체였다. 누구도 모르는 어머니의 이야기를 들려주며 그녀를 회상하게 했다. 발자취를 좇으며 아리엘이 어떤 사람이었는지 조잘거렸다.

끔찍한 죄책감이 뒤따랐다. 그런 아이를 죽였다. 태어날 적부터 제 곁을 배회하며 지켰던 그 아이를 죽게 한 거야.

가장 소중한 존재를 잃었는데도, 이런 혼란은 저만 느끼는 모양인지 모두들 다른 소리를 하고 있었다. 아리엘의 이름이 떠나지 않는 메아리처럼 남아 있고, 그 뒤로는 라지노예프라는 이름이 뒤따랐다.

라지노예프. 그따위 것이 대체 무엇인가. 목을 죄려는 것이다. 라지노예프라는 이름 아래 또 한 명을 족쇄에 채우려는 것이었다.

바유가 죽고 기오테가 분노한 사실은 중요한 것이 아니었다. 바유는 죽었고 제 곁에 없었다. 그 사실이 중요할 뿐이다. 기오테의 분노로 전쟁이 일어날지도 모르는 소란스러운 분위기가 이어졌지만, 그것 또한 저와 상관없는 일이었다.

일어날 테면 일어나라지.

그날에 대한 생각이 좀먹은 후부터는 책의 구절이 눈에 들어오지 않았다. 계속해서 같은 줄만 반복해 읽고 있었다. 한숨을 내쉬던 라즐리가 책을 덮을 즈음이었다.

"아."

멍한 눈이 카펫 위로 향했다. 언제부터 이 방에 다른 이가 왔는지는 알 수 없었다. 문을 여는 소리조차 듣지 못했다. 소리 없이 다니는 남자가 아닌데도 인기척 또한 느끼지 못했다. 그것을 인식하지 못할 정도로 라즐리의 시간은 다소 멍하고, 느릿하게 흘러갔다.

"언제 오셨어요?"

어젯밤, 이제 흘릴 일 없다고 생각했던 눈물이 왜 다시 차오르는지 모를 일이었다. 남자의 존재에 안도감을 느낀 걸까. 흐려지는 시야에 눈자위를 꾹꾹 눌렀다. 대책 없이 묻어 나오는 눈물이 원망스러웠다.

"아픈 건 괜찮으세요?"

그녀는 제 눈물을 닦기에 급급했다. 우는 것을 감추기 위해 남자의 발끝만 바라보던 라즐리가 빠르게 눈을 깜빡였다. 그럼에도 방울지는 눈물을 멈출 수 없었다.

"편히 써도 된다고 하시니 자꾸 오게 되잖아요."

"애초에 영애를 위해서 만든 방입니다."

라즐리의 눈높이에 맞춰 다리를 구부린 그의 큰 손이 얼굴을 감싸고 눈 주변에 묻은 눈물들을 닦아 내었다. 발개진 눈 주변을 쓰는 행동이 다정하기 그지없었다. 뜨거운 뺨에 차가운 손이 닿자 조금은 진정되는 기분이었다.

그제야 지오반니를 제대로 볼 수 있었다. 그는 전보다 더 흰 얼굴을 하고 투영될 듯 맑은 눈을 하고 있었다. 그 눈에 담긴 것은 오롯이 자신뿐이었다.

"아프셨다더니. 진짜였어요?"

이전보다 더욱 날렵해진 얼굴을 보며 라즐리가 물었다.

"괜찮으십니까?"

라즐리의 걱정을 그대로 지오반니가 다시 그녀에게 건넸다. 그의 물음에 연한 호박색의 눈이 일그러졌다. 잠시 원망했다. 이 남자는 아무런 도움을 줄 수 없음에도, 그의 부재에 탄식했다. 자신을 괴롭게 하는 모든 것들로부터 막아 줄 것인 양 굴지 않았나.

존재하지 않음에 그리움과 불안감이 섞였다. 이 남자의 존재가 어느 순간부터 위안이 되고 큰 버팀목이 된 모양이다. 상상 이상으로 커다란 것이어서 무시할 수 없게 되었다.

원망 섞인 말이 튀어나오려던 참, 가까스로 그것을 눌렀다. 분풀이를 할 상대가 필요했던가. 이래서야 라르기얀과 다를 바 없지 않나.

"멀쩡해 보여요? 꽤 노력하고 있는데."

대답하는 모습에선 지친 티가 역력했다. 라즐리가 제 뺨을 감싼 지오반니의 손을 떼었다.

"챠와 기오테가 부딪쳤다는 소리는 들었습니다."

"그렇다면 지금 제 상황이 어떤지도 알고 계시겠네요."

"……."

"라지노예프라 불리던 정령은 챠에 의해 사라졌지만 저는 어머니의 길을 걷겠죠. 그게 황제께서 지겹도록 말씀하신 득과 실이 아닙니까."

라즐리가 마른 웃음을 지었다.

"무서우셨을 겁니다."

놀란 빛을 띤 눈이 그에게 향했다.

"그런 상황을 담담하게 감내할 순 없겠죠."

"그래요?"

모두가 아리엘의 이름을 담고 라지노예프를 화두에 올렸다. 라르기얀 곁에서 겁에 질린 여자는 관심 밖이었다.

그의 사소한 걱정이 대단한 위로를 받은 것처럼 느껴졌다.

"도와드릴까요?"

"무엇을, 도와준다고."

그렇게 묻는 라즐리의 목소리에 물기가 배어 있었다. 남자는 여전히 다정한 얼굴을 하고 온기 띤 목소리로 묻고 있었다.

라르기얀의 손에 잡혀 바유가 타들어 가는 모습을 보았을 때, 거짓말처럼 남자의 목소리가 떠올랐다. 눈앞에서 벌어지는 이 말도 안 되는 일들을 막아 줄 것만 같았고 괴로워하는 바유의 목소리를 듣지 못하게 귀를 막아 줄 것 같았다.

"아리엘과 같은 삶을 살기 싫고. 목을 죄는 라르기얀에게서 벗어나고."

"……"

"도와달라고 하면 저는 도와드릴 겁니다."

라르기얀을 죽여 달라 애처로이 애원한다면 기꺼워하며 죽일 수 있었다. 끓는 분노를 삼키며 이 몸이 안정되기만을 기다렸던 그 속절없는 시간 속에서 수없이 생각했던 것이었다.

미하엘 고드릭 폰 라르기얀. 그 이름만을 떠올렸다. 여자를 취하려 하는 비틀린 속내에 애가 탔다. 그 꼴은 도저히 두고 볼 수 없을 것 같아, 놈을 어디서부터 먹어치워야 할까, 라는 시답잖은 고민도 했다.

여자가 그 말을 뱉는다면 고민할 것 없어 들어줄 것이다. 제게 차지하는 여자의 존재는 그녀의 생각보다 꽤 커다랬다. 조금도 불행해지는 것을 원하지 않았다. 이 여자는 제 곁에서 누구보다 행복에 겨워 살아야 했다.

탄탈로스가 봤다던 미래의 그 그림처럼.

"어려운 일이라 감히 그러지 못할 거예요."

"도와 달라고 말하는 순간 제가 무슨 행동을 할지 아실 겁니다."

"그래서 말씀드리지 못하는 거예요. 부담이 될 테니까. 다 떠안고 가실 거잖아요."

라즐리의 턱을 쥔 그가 눈을 내렸다. 투명한 눈에 비치는 것은 둥그렇게 눈을 뜬 여자. 이런 상황이 처음은 아닌 것 같은데도, 이상하게 오한이 들었다. 라즐리가 물러서려 몸을 비틀자 턱을 쥔 힘이 더욱더 강해졌다.

"그러니까, 그러지 말아요."

라즐리가 쓰게 웃었다. 그의 입에서 흔쾌히 긍정의 대답이 나온다면 이 죄책감이 더욱 커질 것을 알았다.

"왜요?"

"……."

"왜 그렇게까지 하시는데요?"

이 질문이 이상하다고 생각하지 않았다. 남자의 호의가 무엇에서 비롯된 것인가. 파고들면 들수록 여태 평탄하기만 했던 그와의 관계가 어떤 식으로든 변할 것을 알았다. 하지만 짚고 넘어가야 할 문제였다.

"행복하길 바라니까."

여느 때와 같은 답에 라즐리가 바람 빠진 웃음을 흘렸다.

"친절을 베푸는 것에 인색하다고 하셨잖아요."

"모두에게 그런 것은 아닙니다."

"제게는 가능하고요?"

"예."

정말 그럴지도 모른다고 생각했다. 이 남자가 여자를 홀리기 위해 하는 말 따위가 아니라.

지오반니의 어떠한 행동에서도 무례함은 느껴 보지 못했지만, 그렇다고 해서 그가 친절한 사람이라는 생각이 들지 않는 이유는, 부드럽고 친절한 행동 속에서 느껴지는 묘한 이질감과 단호하게 선을 긋는 행동 때문일 것이다.

그는 착하다거나 친절한 사람이 아니다. 다정함 속에 가려진 이면이 있었다. 한 꺼풀 벗겨 내면 그리도 극명하게 대비되는 것들이 있었다.

그래도 이 남자에겐 부탁하지 않을 것이다. 황녀의 청혼을 거절하고 라르기얀의 앞을 막아선 것만으로도 큰 빚을 졌다고 생각했다.

"신경 쓰지 말아요. 정말 괜찮으니까."

"하나도 괜찮지 않은 얼굴을 하고 있는데."

"웃을 수는 없잖아요."

이제 그만 가 봐야겠어요. 라즐리가 이어 말하며 자리에서 일어섰다. 옷매무새를 정리할 때까지만 해도 지켜보고만 있던 그가 장갑을 집으려는 라즐리의 손을 잡았다.

"도와 달라고 말하면."

"……."

"부탁하면 주저 않고 들어준다는 걸 왜 몰라. 뭐가 그렇게 어려운 일인데."

마주한 눈에 당황이 스미는 것을 보자 지오반니의 눈이 전보다 더 일그러졌다.

여자를 괴롭게 하는 것들을 쳐내지 못할까. 라르기얀을 죽이고, 오키아의 뜻을 밀어내 버리는 것은 그다지 어려운 일이 아니었다. 그는 제 뜻대로 살아 보지 않은 적이 없었다. 원하는 끝으로 도달하기 위해 사특한 힘으로 사람을 꾀어내는 일도 마다치 않았다.

쉬운 길을 돌아가려는 여자를 위해 그는 보다 나은 제안을 달콤한 목소리로 흉내 냈다.

"어려운… 어려운 일이 아닐 수 없잖아요. 그걸 어떻게 후께 부탁을 하나요? 지금 후께서는 저 때문에 상당히 꼬인 길을 걷고 계세요."

웰시노 가문의 양자로 들어와 작위를 승계받기까지. 그는 자신만 아니었더라면 여태 그렇듯 평탄한 길을 걷고 있을 터였다. 라즐리가 잡힌 손을 빼내려 힘을 주었지만 제 손을 쥐고 있는 남자의 악력이 제법 강했다.

"놔요."

"그 말 한마디가 그렇게 어려워?"

"이러시는 이유가 뭐예요?"

"이렇게라도 하지 않으면 도와 달라는 소리는 절대 안 할 테니까."

"당신, 진짜!"

"비굴하게 부탁하라는 소리가 아니야. 그냥 그런 것 정도는 할 수 있잖아. 도와줄 수 있는 명분을 조금이라도 만들어 달라는 거잖아."

라즐리는 당황해 지오반니가 고수하던 존대가 아닌, 말을 스스럼없이 놓았다는 것도 알지 못했다.

"그러니까 왜 그런 걸 원하시는데요? 왜 어려운 일을 골라서 하려고 하세요?"

"라르기얀 정도로는 성에 차지 않는 모양이지."

그가 라즐리의 손목을 당겼다. 비틀거리며 그에게로 이끌리는 여자는 어쩐지 분한 얼굴을 하고 있으면서도 망설이는 것 같았다.

"그 정령. 살리는 방법이 있는데."

지오반니는 여자의 망설임을 끝내려 그녀가 가장 괴로워하고, 바라고 있을 문제를 꺼냈다.

"살린다고요?"

놀란 라즐리가 그에게 다가왔다.

"살린다는 말은 조금 맞지 않지만. 이 정도는 되어야 네가 흥미가 생기나?"

화색이 도는 라즐리의 얼굴을 보며 지오반니가 물었다.

"거짓말을 하고 계시죠?"

"아닐걸."

그의 눈이 허공을 맴돌았다.

"너와 정령을 이어 주는 확실한 매개체는 이름이지. 대가 같은 물질적인 것이 아니라 정령이 실질적으로 반응하는 건, 정말 조악하게도 네 입에서 나올 제 이름 하나."

"……."

"이름만큼 확실한 매개체도 없으며, 입으로 나온 힘을 무시할 수 없지. 가장 그리워하던 이의 목소리에 반응하는 것은 당연하고 맹약을 걸었다면 그 피를 좇을 거야."

그렇게 말하는 지오반니가 라즐리의 입술을 손끝으로 쓸어내리며 톡톡 쳤다.

"도와줄까?"

"도와주세요."

망설임 없는 대답에 지오반니의 입술이 길게 늘어졌다. 배를 곯던 짐승이 그제야 부른 배에 만족해하는 모양새와 흡사했다.

"작은 소리로라도 불러 주면 돌아올 길을 찾을 수 있어. 이 정령과 당신은 그런 관계지."

지오반니가 흩어진 빛 가루를 한데 모았다. 죄 끌어모았다지만 모양새가 형편없었다. 사라지지 않은 것이 용할 정도였다. 이 정도의 바스러짐이라니. 짓궂게도 챠는 기오테의 세 번째 아이를 난도질해 놓았다. 다시는 붙여 놓을 생각도 들지 못할 정도였다.

그는 눈을 찌푸렸다. 이렇게 모아 놓고 나니 그래도 그럴싸한 색을 지니고 있었다. 색으로 치자면 녹색. 너른 들판을 연상케 하는 푸름. 흩어졌음에도 기오테의 기운이 느껴졌다. 사라지지 않았다. 정말 그에게서 떨어져 나온 조각 따위가 아니었던 듯, 갈기갈기 찢긴 상태에서도 여자의 주위에 머물려고 하는 의지가 대단했다.

그는 기오테의 힘을, 그리고 끈질기게 제 명줄을 이어 온 작은 정령의 존재에 감탄했다. 이것은 기오테 본연의 힘인가, 그렇지 않다면 이런 형태로라도 잔존하겠다는 작은 정령의 의지인가.

"바유."

눈을 접는 그를 보며 라즐리가 다급하게 정령의 이름을 불렀다. 그녀의 부름에 지오반니에 의해서 뭉쳐진 빛 가루가 미미하게 반응했다.

"바유."

끈질긴 부름에 반응에 그쳤던 빛 가루가 형체를 잡았다.

'정말 죽을 뻔했어……'

몇 번이나 불렀을지 모르는 이름이었다. 반복된 끝에 아직은 미미한 빛을 발하고 있는 형체 하나가 라즐리의 어깨 위에 몸을 기대었다.

'사라지지 말라고 해 줘서 버틸 수 있었어. 그러지 않았더라면 사라졌을 거야.'

바유가 지친 듯 중얼거렸다. 라즐리는 제 손에 내려앉은 작은 존재를 믿을 수 없다는 듯 바라보았다.

'너를 지킬 수 있어서 다행이야.'

지킬 수 있어서 다행이라고. 이 순간마저 저를 향한 걱정이었다. 당장에라도 울고 싶어지는 기분이었다.

*　　*　　*

"기오테가 나설 줄이야."

상황을 전달받은 미하엘이 조금은 의외라는 듯 중얼거렸다.

"일을 크게 만드셨더군요."

"겁만 주려던 오라비의 의도를 곡해하지 마라. 영 말을 듣질 않으니."

그 앞을 기오테의 조각이 막아설 줄은 몰랐다. 미하엘은 불을 내뿜던 챠의 앞을 막아섰던 작은 존재를 떠올렸다. 그 빛은 언젠가 봤던 완전한 기오테의 것과 비교할 수 없을 정도로 미약한 빛이었다.

그럼에도 막아섰다. 누군가를 지키려 겁 없는 부나방처럼 군 꼴이다. 그리고 그것은 충분히 속 안을 잔뜩 휘젓고 지나갔다. 어차피 죽을 것을 모르지 않았을 터다. 완벽한 챠의 앞에 제 나약한 힘을 들이밀었으니 응당 사라졌어야 함이 옳았다.

그 정령의 존재도. 라지노예프라는 골칫덩어리도 모두 사라졌고, 볼 수 없을 것 같았던 여자의 무너지던 얼굴도 본 셈이니 그에겐 기분 좋은 일이 꽤 여러 가지가 생겼다.

하지만 기오테가 나선 것은 조금 의외였다. 챠의 말에 따르면 워낙 얌전은 다 떠는 녀석이라 몸을 드러내길 꺼린다고 했었나. 그랬기에 이와 같은 잦은 도발에도 몸을 숨기어 관망한다고 했었다.

이번 장난이 조금 과했던 걸까. 기오테가 직접 형태를 갖추어 나타난 것을 보면.

"그 모습마저, 무모했던 여자를 꼭 닮아 있었어."

"아리엘을 말씀하시는 건가요?"

"……."

"라즐리를 말씀하시는 건가요."

엘리노라의 물음에 미하엘의 눈이 그녀에게로 향했다. 어디 더 해보라는 듯 고개를 비스듬히 기울였다.

"기오테가 분노해 챠의 머리를 자르라 하더군요. 일이 생각보다 커졌습니다, 미하엘. 라제프를 방문한 이유는 바아와 동등한 권리로 마법석에 대한 수입권을 얻기 위함이었어요. 하지만 기오테와 챠의 일을 아바마마께서 아신다면 경을 치실 겁니다."

마법석에 대한 권리를 확보하고 라제프와 우호적인 관계를 위해 이 나라를 방문한 것은 맞았다. 하지만 그 둘을 제치고서라도 그에게 우선시되는 것은 붉은 머리를 한 여자의 존재였다.

그 존재가 무엇이기에 여태 자신을 들쑤시는지 얼굴을 봐야 알 것 같았다. 오래전 아리엘에게서 본 것이 무엇이었나. 모든 것을 잃은 공허한 눈에서 무엇을 보았기에 집착하고, 분노하고, 여자를 보호하고자 부친의 앞을 막아섰을까.

모든 것은 의문으로 남았다. 성숙하지 못하고 다 자라지 못한 그때의 자신은 여자에게서 무엇을 보았나. 이런 밑도 끝도 없는 집착이 어디에서부터 기인된 것인지 알아야 했다.

"전쟁이야 항상 하고 싶어 하지 않으셨나. 벌써 보고야 들어갔겠고."

"여타 전쟁들과는 다릅니다. 인간이 아니라 정령이 개입된 것이잖아요. 기오테가 직접 내려와 깃들어 말했으니 라제프는 거스를 명분이 없습니다. 정말 챠의 숨통을 조일지도 모르는 일입니다."

그녀는 지금의 챠가 얼마나 불안정한지 알았다. 제위가 바뀔 시기 즈음엔 챠의 힘이 다음 제위의 주인에게 이어지는 시기라 불안정하고, 약했다.

그런 챠로 소란을 벌였으니 기오테가 직접 나서기라도 한다면 머리를 자르고 심장을 도려내라는 말이 실제로 일어날 수도 있었다.

"생각하던 것과 실제로 일어나는 일은 다릅니다."

엘리노라가 짐짓 엄한 투로 말했다.

"엘리노라."

"……."

"네가 내게 구는 꼴이, 꼭 다섯 살배기가 잘못 저지른 일을 탓하려는 것 같다."

"무례했다면……."

"무례했지. 무례하고말고. 방자하게 굴지 마라. 나는 네게 훈계를 들어야 할 정도로 잘못된 일은 하지 않았거든."

"……."

"전쟁이야 일어날 일이고, 어르고 달래도 듣지 않을 계집이었으니 이런 소란쯤이야 감수했다. 계산 밖의 일은 일어나지 않았어. 제위를 이을 내가 선택했다. 무엇이 잘못되었느냐."

"너무나 일을 쉽게 생각하신 것이 흠이라면 흠입니다. 여자는 순순히 미하엘의 품에 안길 리 없고, 이 나라는 기오테의 말을 거스르지 않죠. 전쟁이 일어날 겁니다."

전쟁. 쉬운 단어가 아님에도 엘리노라는 거침없이 내뱉었다.

"너도 예상하지 못한 바였나? 내가 이렇게 행동하리라는 것을."

"예상했다면 말렸을 겁니다."

"너는 입버릇처럼 말하곤 했지. 나는 차갑고, 충분히 이성적이라고. 그래. 그렇지만 나는 이성적인 것보단 감성적인 쪽에 가깝다."

"……."

"나는 누구보다 감성적이다. 한 번도 이성적으로 일을 처리한 적은 없었어. 그리고 지금도 그러할 터다."

잘 정돈된 엘리노라의 눈썹이 마뜩잖은 듯 찌푸려졌다. 그래, 그랬지. 열다섯의 그가 아바마마의 앞을 막아서고 아리엘을 살려 달라고 할 때부터, 그는 충분히 감정에 충실한 사람이었다.

그날부터 꼬박 보름, 아리엘이 죽기까지 그의 고집은 계속되었다. 하지만 그런 모습을 보고서도 미하엘이 아리엘에게 마음을 품었다고 생각하지 않았다. 그렇다기엔 그녀에게 가해지는 고문을 지켜보는 그의 모습이 지나치게 초연했으며, 물 한 모금 가져다주는 친절 한 자락도 베풀지 않았기에.

"그래서 지금 대체 무얼 하시겠다고요? 아리엘의 딸에게 이상한 감정이라도 품은 것이라면 이 엘리노라가 마음껏 비웃어 드릴 수 있습니다. 차라리 그녀의 딸에게 분노하는 것이 이해가 빠를 겁니다."

"네 이해야 필요할 성싶던."

엘리노라가 붉게 칠한 입술을 씹었다. 대체 저 비뚤어진 생각은 무엇이고, 이해할 수 없는 감정은 무엇이란 말인가.

"묻고 싶지. 이것이 아리엘을 향한 것인지, 라즐리를 향한 것인지."

"차라리 아리엘이 아니라 저 라즐리라는 계집에게 한눈에 반했다고 하세요!"

"그럼 그려지는 그림이 좀 나아질까?"

"어미에 이은 집착이 딸에게까지 내려오는 그림보다는 덜 흉할 겁
니다!"

그녀의 말에 미하엘이 호탕하게 웃었다. 엘리노라는 치미는 욕지기
에 바르르 몸을 떨었다.

엘리노라는 아리엘이 죽은 날을 생각했다. 그녀가 죽었다. 나라에서
는 경사나 다름없는 날, 제 오라비만은 한참을 울었다. 그녀를 닮은
붉은 꽃을 한 아름 품에 안고서는. 엘리노라는 여태 미하엘의 감정을
단정 지었던 자신의 안일한 생각을 고쳐먹었다. 제 오라비 미하엘은,
아리엘을 좋아했다. 그것이 그 나이대의 소년들이 할 법한 풋내기 사
랑인지, 동경에서 비롯된 것인지는 알 수 없었지만.

"아리엘을 좋아하셨습니다. 믿을 수 없게도."

"그럼 나는 라즐리에게 무엇을 바라는 걸까."

"제가 알겠습니까."

엘리노라는 지금 제 입에서 아리엘과 라즐리, 그 모녀의 이름이 나
오는 것으로도 충분히 고역스러웠다. 미하엘에게는 어떨지 모르겠지
만 제 아비가 그러했던 것처럼 자신이 아리엘에게 갖는 감정은 두려
움과 분노였고, 그 딸에게 갖는 감정도 크게 다르지 않았다.

"무엇을 향한 것일까."

"아리엘을 갖지 못한 뒤틀림."

"또."

"계집에게서 아리엘의 환영 같은 것을 보셨다거나."

"또."

"정말 라즐리라는 계집에게 호감이 생기셨다거나. 묻지 마십시오. 이런 질문 자체가 이해가 가지 않아요. 제가 미하엘의 생각을 어찌 알 겠어요."

엘리노라는 지끈거리는 머리를 꾹꾹 눌렀다. 오늘 미하엘과의 만남은 최악이었다. 앞으로도 계속될 그의 예상치 못한 행동을 상상하며 잠자리에 들지도 못할 것이다.

"상황을 조금 더 지켜봐라. 나는 원하는 것은 취해야 직성이 풀려."

"어련하시겠습니까."

엘리노라가 무심하게 넘어가려다 이를 갈며 다시 입을 열었다.

"전쟁 이야기가 심심찮게 들려오고 있으니 한시라도 빨리 누바라로 돌아가야 합니다."

"하루 이틀 늦는다고 해서 죽지 않아."

"그러실 줄 알았습니다."

미하엘의 목적은 처음부터 마법석에 대한 권리 따위가 아니라, 빌어먹을 아리엘의 딸에게 있었다. 엘리노라가 그 황당한 목적에 기가 찬 숨을 흘렸다.

*　　*　　*

"다시 두통이 일곤 하신다 들었어요."

"늘 있었던 일을."

오키아가 대수롭지 않게 대답했다. 그는 찌푸려진 미간을 억지로 쭉쭉 폈다.

적색 머리칼을 가지고 있는 여자는 반달처럼 휘어지는 눈매 아래로 웃을 때면 볼우물이 깊게 파이는 얼굴이 굉장히 매력적인 사람이었다. 그녀는 우아한 손동작으로 티스푼을 가볍게 저었다. 그러다 손을 들어 오키아의 이마를 덮었다. 차가운 손이 닿자 시끄럽게 수런거리던 머릿속이 잠시 조용해졌다.

"기분이 좋아, 파멜라."

그가 느른하게 중얼거렸다. 파멜라. 오키아는 그 이름을 입 안에서 굴리는 것으로도 기분이 잠시 좋아졌다는 것을 인정했다. 탐야크 후작의 외동딸인 그녀가 제 옆에 서기까지의 시간들이 빠르게 스쳤다.

나라를 위해 타국의 왕녀와 정략혼을 맺었어야 했다. 계승에 가장 근접한 황자를 제외한 모두가 그런 식으로 팔려가는 신세였다. 자신이라고 해서 다를 것은 없었다. 차례를 기다렸고, 그저 선황의 눈 밖에 나지 않기 위해 조용히 살아왔다. 무엇에도 욕심내지 않았다. 욕심은 너무나 달콤한 것이었고, 그 단것을 취하려면 제게 있어서 크나큰 것을 걸어야 할 배포는 있어야 했다.

단것을 위해 무언가를 포기한다는 것은 꽤나 커다란 용기가 필요했으므로 오래 고민하지 않았다. 제게는 그 정도의 용기도 없었던 것이다. 또한 그 단것이 욕심이 나지 않았다. 그저 순응하고 명령에 따라 살아가는 것이 편했다. 제 삶은 그런 것이었다.

그러던 어느 날, 제위에 가장 근접했던 형님이 죽임을 당했다. 독살이었다. 그의 죽음의 원인도 궁금하지 않을 정도로 무감하게 느껴졌다. 모든 것이 혼란스러웠던 그때도 제 마음은 바람 한 번 일지 않는 강물처럼 평온했다. 형님의 자리는 제 것이 될 수 없음을 알아 그랬다.

그런데 프레야 공작이 손을 내밀었고, 거짓말처럼 그는 자신을 제위의 주인으로 올려놓았다. 보잘것없던 황자의 존재가 가장 귀해지는

여자도 저와 같은 마음이라면 탄탈로스와 아를리안의 쏟아지던 걱정
도 기억나지 않을 만큼 달 것 같아서.

"내 방에 들어오는 것도, 내 침대에 아무렇잖게 몸을 누이는 것도.
다른 이라면 허락하지 않았어. 이 저택에 네 방을 만든 것 또한 네가
보기에도 과한 친절이지."

흐트러진 숨결이 귓가를 간질였다. 그것이 부끄러워 지오반니의 품
에 안겨 있던 몸을 빼려는 순간 그의 목소리가 다시 귀 언저리에서 들
려왔다.

"그러니까 나를 편하게만 생각하면 곤란해."

"……."

"나는 친구가 아니잖아. 그렇게 될 수 있는 사이도 아니고."

손가락을 얽은 채로 손을 들어 올린 그가 진하게 입술을 지분거렸
다. 눈은 라즐리를 향한 채로. 기꺼이 보란 듯이였다.

*　　*　　*

"술에 취하겠어."

"아직 멀쩡한데."

남자의 넉살에 제너가 기가 찬 듯, 짧게 웃었다.

"자네와 술잔을 기울인 지가 얼마 만인지 모르겠군."

"꽤 격조했지."

"탐야크."

"이거 섭섭한데. 그렇게 딱딱하게 부를 필요는 없잖아."

"에드거."

순간은 그리도 짧고, 아무렇지도 않게 일어났다. 하지만 제 것이었으되 그렇게 느끼지 못했다. 황제가 되는 순간까지도 무엇을 포기했는지 알 수 없었기 때문이었다. 단것을 입에 물려면 응당 포기하는 것이 있어야 할 텐데, 나는 무엇을 포기했나. 무엇에 용기를 내었고, 무엇에 맞섰나. 안타깝게도 질문하던 것에 답을 줄 수 있을 리 없었다.

자신은 무엇 하나 바뀌지 않은 채로, 얼간이의 모습을 하고 이 자리에 올랐으니까.

그렇게 머저리처럼 하루하루를 버텼다. 충신과 간신의 말들이 헷갈렸고 하나를 버리고 하나를 선택하는 순간 비난이 쏟아졌다. 자신이 선택의 갈림길 속에 존재한다는 것이 끔찍하게 느껴질 때도 있었다. 무거워져만 가는 어깨에 이유 모를 원망도 들었다. 나는, 왜 이 자리에 앉아 있는가. 바라지 않았음에도.

그런 제게도 행복했던 때가 있었다면, 있었다고 말할 수 있었다. 탐야크 후작의 딸을 황후로 맞이하는 순간이었다. 마법석인 라스펠리아를 캐내는 광산을 가지고 있는 거부, 파로발브의 위원장. 그런 그가 아끼는 딸인 파멜라. 그녀의 뒤로는 온통 귀하다는 말들이 따라붙었다. 하지만 그런 꼬리표들은 생각나지 않을 정도로 여자의 존재 하나에 행복에 취해 있었다. 벅차오르는 감정을 주체하지 못했다.

하나 여자에게 반했다거나 하는 흔한 감정은 아니었다. 노력했다면 여자에게 설렘 비슷한 감정을 느낄 수도 있었을 텐데, 하는 생각을 하기는 했다.

하지만 그런 생각들이야 간단하게 미뤄 뒀다. 기묘한 희열은 번지듯 몸을 서서히 잠식해 갔다. 그것이 보석처럼 빛나던 아름다운 여자를 아내로 맞이해서였을까. 후계자였던 형님에게 내정되어 있던 여자가 제 것이 되어서였을까. 아마도 형님의 것을 취했다는 것에 기꺼워했던 것 같다.

"라르기얀이 단단히 독이 오른 모양이라죠."

"뭐……."

파멜라의 목소리에 긴 상념에서 깨어났다. 그는 느릿하게 입을 열었다.

간단하게 말했지만 며칠 내내 끊이지 않는 두통에 오키아는 꽤 고생을 하고 있었다. 그가 재차 얼굴을 쓸어내렸다. 이어 짙은 눈썹을 매만지는 그의 행동에서 예민해진 기운을 어렵지 않게 읽을 수 있었다.

"기오테가 수호하는 나라에 챠를 꺼낼 생각을 한 것을 보면."

"미친 게지."

그의 말에 여자가 낭랑하게 웃었다. 크게 벌어지는 입을 굳이 감추려 들지 않는 여자의 행동에서 정숙함은 보이지 않았지만 오키아는 그녀의 행동을 굳이 꼬집지 않았다.

"폐하께선 왜 라르기얀이 라즐리에게 집착하는지 알고 계십니까?"

"황후께서도 알다시피 어렵지 않게 추측할 수 있는 이유가 있긴 있지."

오키아의 날 선 눈이 황후라 불린 여자에게로 향했다.

"당시 묘한 소문이 돌기는 했었습니다. 라르기얀이 아리엘을 좋아한다고 했던가요."

"그런 이야길 그댄 잘도 입에 담는군."

오키아는 나쁜 기억을 상상하듯 미간을 찌푸렸다.

"나는 그 이야기가 사실이 아니길 바라."

"누바라에서 통신관 역할을 하던 하디의 보고이니 아주 허무맹랑한 이야기는 아닐 겁니다. 실제로 라르기얀은 아리엘을 죽이는 것을 유일하게 반대하고 나선 남자죠."

"반대했다고?"

오키아는 처음 듣는 보고에 머리를 꾹꾹 누르던 것을 멈추고 맞은편의 여자를 바라보았다. 미하엘이 아리엘에게 사사로운 감정을 품고 있었다는 것은 알았지만 그녀의 죽음에 반대하고 나섰다는 사실은 처음 전해 듣는 것이었다.

"왜 그 보고가 짐에게 전달되지 않았지?"

"그때의 상황을 미루어 보자면… 폐하께는 사소한 보고에 지나지 않았을 겁니다. 폐하께서도 여러모로 바쁘셨고, 아리엘에게는 관심도 없으셨으니까."

파멜라는 아무렇지 않은 얼굴을 하곤 말했다. 그녀가 가장 아끼던 친구는 아리엘이었고, 나라를 위해 죽었지만 그렇다고 해서 오키아가 그녀에게 조금이라도 신경을 써 주었다는 것은 아니었다.

파멜라의 친구가 아니었다면 오키아의 기억 속에서 차지하는 비중이 좀 더 좁아졌을 것이었다.

아리엘이 가져다줄 것. 그는 딱 그 정도의 관심을 보였다.

"그때의 라르기얀이 몇 살이었지?"

"열다섯이었을까요. 그 나이대의 풋내기치곤 용기가 가상했죠. 현 황제를 막아서고 아리엘을 살려 달라고 한 자가 다음 제위를 이을 황태자이니 폐위 이야기까지 나돌았지만 금방 수그러들었답니다. 제 아비의 눈 밖에 난 이유도 아마 아리엘의 일이 적지 않은 부분을 차지할 거예요."

"아리엘을 좋아했다……."

적장을 연모했다. 이것이 얼마나 웃기지도 않은 소리인가. 입에서 굴리고 뱉어 내고 되뇔수록 이처럼 믿기지 않는 일은 처음이었다. 파멜라는 아직도 하디의 보고 내용을 생각하곤 했는데 지금이나 그때나 믿기지 않는 것은 같았다.

그래서 처음 하디의 보고를 받았을 때 얼마나 멍청한 얼굴을 하고 있었던가. 감히 입에 담기가 민망할 정도였다.

"라즐리에게 그렇게 구는 이유가 아리엘 때문일까."

그가 라즐리에게 관심을 보이고 집착하는 이유가 정말 아리엘 때문이라면. 생각이 깊어질수록 오키아의 눈이 좁아졌다.

"글쎄요."

"하디가 말해 주지 않던가."

"하디는 통신관이지 사람 심리를 관찰하는 이가 아니잖아요. 아마 제 생각으로는……."

"……."

"아리엘을 갖지 못했으니 라즐리에게로 그 집착이 내려왔든지."

"파멜라."

오키아의 한숨 섞인 부름에 파멜라라 불린 여자가 다시 한 번 호탕하게 웃었다.

"물론 그랬다면 라르기얀이 정말 유치하다고 생각할 수밖에 없지만 말이에요."

"……."

"하지만 라르기얀과 라즐리에게 공통적으로 엮인 것이라곤 아리엘이 유일하질 않습니까."

파멜라는 저가 생각한 것이 아주 말도 안 된다고 생각하지 않았다. 여지는 충분했다. 뒤틀리고 뒤틀린 사람 마음이 어느 방향으로, 어느 성질로 변모할지는 알 수 없었다. 그것도 유년시절 동안 대접받지 못한 미하엘의 비뚤어진 심성이라면, 예상치 못한 여러 방향으로 뻗어나갈 수 있는 가능성이라고 없겠는가.

"그것도 아니라면 폐하를 비롯한 대부분 귀족들이 생각하고 있는 것이겠죠."

"혈통을 말함인가."

"라르기얀이 말하는 라즐리의 혈통에는 티끌 한 점 없어요. 아직도 아리엘의 출신을 두고 말이 많지만 그조차도 아수르 부족이 고대 사막 신을 섬겼다던 것이 밝혀지면서 조용해졌으니까."

"차라리 아리엘에 미쳐 이런 짓을 벌였다고 말하는 것보다, 그편이 더 신빙성이 있겠어."

"하지만 폐하, 라르기얀의 주위엔 라즐리에 견줄 만한, 혹은 더 나은 여자들이 많다는 것을 아셔야 합니다. 그가 라제프까지 와 힘을 쏟지 않아도 된다는 말이에요."

미하엘은 가진 자리가 높다랗고 누바라의 적통이었으며, 대를 이을 남자였다. 제위의 주인이 공고히 된 상태에서 그의 주변에 변변한 여자가 없을까.

그가 먼 타국까지 와서 프레야 공작이라는 거대한 산을 넘고 복잡하게 꼬여 있는 해묵은 감정들을 처리하면서까지 수고를 할 필요가 없다는 뜻이었다. 아직 자식을 보지 못한 바아의 왕이 아낀다던 조카마저 미하엘의 신부 후보에 놓여 있었다.

파멜라가 붉게 칠한 입술을 말았다. 직감이라는 것이 있다. 시린 눈에 덕지덕지 붙어 있었던 것은 비틀린 무언가. 저가 아는 라르기얀은 이런 수고를 감내할 정도로, 제 시간을 할애할 정도로 신부 찾기 놀이나 하는 이가 아니었다.

"질투에 눈이 멀면 사내든 계집이든 눈이 뒤집히는 법이죠."

파멜라는 현재 미하엘의 상황을 깔끔하게 정리했다. 말 그대로 질투에 눈이 먼 녀석. 무엇을 향한 질투인지는 알 수 없었다.

"어제 웰시노 후가 다녀갔다고 들었습니다."

"묻고 싶은 말이 무엇인지 말해."

"뭐라 하시던가요?"

오키아는 잔뜩 헝클어진 머리를 다시 쓸어 올렸다.

"단단히 화가 났더군."

"곧 결혼을 할 사이가 아닙니까. 라르기얀도 거추장스러울 텐데 이런 소란이 달갑지 않을 거예요."

파멜라는 잔뜩 지친 얼굴을 한 오키아를 바라보다, 이내 나올 말들을 다시 삼켰다. 늦은 시각, 저를 찾아온 아버지의 우려가 떠올랐다.

부친인 탐야크 후작은 많은 것들을 걱정했는데, 첫 번째로는 라지노예프라는 이름으로 달궈진 귀족들의 흥분이 좀처럼 가라앉지 않는다는 것이었고, 두 번째로는 아들 내외의 일과 비슷한 일을 또 한 번 겪는 프레야 공작에 대한 걱정이었으며 마지막으로는 기오테의 분노로 인해 벌어질 앞으로의 일들에 대한 것이었다.

"전쟁이 일어나는 건가요?"

"바라지 않아."

"기오테의 명이질 않습니까."

파멜라는 전쟁이 일어난다는 데에 의심하지 않았다. 닿지도 못할 높다란 존재는 분노해 있었다. 수백 년 동안 라제프를 수호한 이가 자식 잃은 슬픔을 누르지 못해 직접 명한 것이었다.

기오테가 처음으로 모습을 갖추었다. 시퍼렇게 빛나는 눈을 하곤 서릿발 같은 명령을 내렸다. 라제포의 건국 이래 기오테가 모습을 보인 것은 처음이었다.

"폐하께서는 어떠한 결정을 내리셨습니까."

"결정이라……."

"라즐리로 인해 다시 한 번 찬란함을 맛보시겠습니까."

"……."

"희생자를 만들어 억압하시겠습니까."

희생자. 그 이름 안에 제 친구가 속했다는 사실이 떠오르자 파멜라가 눈가를 일그러뜨렸다.

"간혹 떠오르곤 해요. 사실, 아직도 제 친구였던 그녀가 눈을 감은 모습이 떠오릅니다."

파멜라는 원망 가득한 눈으로 오키아를 바라보았다. 아리엘. 나노아에 의해 사라진 부족의 마지막 생존자였다. 비슷한 나이 또래의 그 아이가 마음에 들었고, 죽도 잘 맞아 친구로 삼았다. 신분이라는 이름의 넘을 수 없는 견고한 벽이 존재했지만 기꺼이 허물 정도로 제겐 소중한 이였다. 그녀가 제게 굉장히 중요한 사람으로 자리 잡는 시간은 길지 않았다.

프레야의 장자인 리온과의 결혼으로 마음고생이 심했던 아이였다. 그녀를 달갑게 여기지 않았던 가문의 사람들이 그러했고, 출신에 대해 입방아를 찧는 귀족들이 그녀의 인내를 갉아먹었다.

고대의 사막 신을 섬긴 것이 아수르 부족인 것이 밝혀져 사람들은 보는 눈을 달리했지만 그 또한 그녀가 죽고 밝혀진 일이었으니 아리엘을 도와주진 못했다.

그녀는 끝없는 외로움과 함께해야 했다. 혁혁한 공을 세웠음에도 그녀는 늘 이방인이었다. 그리고 그러한 고독은 남편도, 친구 되는 자신도 해결해 줄 수 없는 문제였다.

아리엘은 끝없이 홀로 남겨졌다.

"제가 그 목걸이를 아리엘에게 선물하지 않았더라면, 상황이 조금 달라졌을까 싶어요."

그런 아이가 가여워 아버지께 간청을 드렸었다. 제 친구를 빛나게 해 줄, 귀한 것을 만들어 달라고. 가문의 무남독녀인 제게 못 해 줄 것이 무언가 싶었다. 그래서 아버지의 우려에도 그것을 제 친구의 목에 걸어 주었다. 여신의 일곱 개의 신기神器 중 하나인 '라지노예프'라는 이름도 붙였다.

라지노예프. 전쟁의 여신 네빌루스가 휘두르는 창. 네빌루스의 힘이 깃든 창을 휘둘러 제국을 해하려 하는 불온한 세력들을 죽인다. 그 거창한 뜻이 아리엘과 꼭 맞아떨어진다고 생각하니 웃음이 절로 걸렸다. 화려하게 빛나 뵈는 아이의 모습이 좋았다.

하지만 지금에 와서 생각해 보니 어쩌면 그녀와 어울리지 않았던 것이었나 싶었다. 그녀가 감당하기엔 너무나 무겁고, 벅차고, 잔인한 것이 아니었을까, 하는.

혼자라는 그늘 근처에서 서성이던 그녀를 더 고립시킨 것이 아니었을까 하는 생각을 했다.

"그 아이는 그런 것 따윈 하지 않아도 충분히 빛나는 아이였는데."

"……."

"지나친 욕심이 부른 화가 아니었나."

파멜라의 눈이 탁하게 흐려졌다.

"폐하, 저는 옛이야기나 늘어놓으려 찾아온 것이 아닙니다. 폐하를 죄책감에 젖게 만들려 찾아온 것도 아니에요."

"……."

"하지만 제 이야기를 듣고 조금이라도 자책하신다면, 그러신다
면……."

흰 손이 오키아의 손을 맞잡았다. 라지노예프를 선물한 순간 그녀
에게 말도 안 되는 이유들을 덧붙여 전쟁터로 내몬 귀족들을 탓하지
않았다. 서늘한 눈을 하곤 제 애원을 무시한 남자를 지금에 와서 탓하
고 싶지 않았다.

"부디 다른 생각은 하지 마시고 라즐리를 살려 주세요."

"뜻 모를 소리를. 짐은 그 아이를 죽인다 하지 않았어."

오키아가 신경질적으로 웃었다.

"아리엘의 길을 걷는 것이 죽으러 가는 겁니다. 아시지 않습니까.
저는 그 아이를 아리엘처럼 보내기는 싫습니다. 이 죄책감을 다할 길
이 없어, 그 아이만큼은 아무 탈이 없길 바랍니다."

아리엘……. 철저하게 이방인으로 외면당했던 가련한 여자. 오키아
가 기억하는 아리엘에 대한 것은 그것이 전부였다. 그는 슬픈 눈을 하
곤 제게 간청하는 파멜라를 내려다보았다. 그의 눈엔 일말의 동정심도
담기지 않았다.

"짐이."

왜 그렇게 해야 하지. 오키아는 혀끝에 걸린 말을 뱉을지 말지 잠시
고민했다. 자비를 베풀어야 하는 이유가 그대의 친구라는 것이 전부인
데. 내가 왜 그런 하잘것없는 감정에 매여야 하는가.

"제 간청으로도 부족하다면, 이 나라의 번영을 위해 기꺼이 험한 곳
으로 발걸음한 이를 잊지 말아 주세요."

"……."

"폐하께는 흔하고, 이름 모를 이였을지 모르지만 제겐 소중한 이였습니다."

제 옷깃을 잡은 여자가 처연하게 매달렸다. 오키아는 그런 여자를 무감한 눈으로 바라볼 뿐이었다.

"라즐리를 지켜 주세요."

제발. 파멜라가 속삭였다. 그 속에 제 안일했던 지난날들에 대한 죄를 고했다.

그 아이만큼은. 네 죽음에 빌었다. 더 이상 이 죄가 커지지 않게 해 달라고.

*　　*　　*

"각하께서 아신다면 경을 치실 겁니다."

앞에 선 남자가 완강하게 버티고 섰다. 공가에서 나온 남자는 제 주인의 고집을 그대로 빼다 박았는지, 지오반니와 오랜 시간 대치 중이었다. 웃는 낯으로 물러서지 않는 지오반니와 발을 동동 구르는 남자까지. 그려지는 모양이 우스웠다.

"요 며칠 불안정한 라즐리를 봤다면 공께서도 어쩔 수 없으실 것 같은데."

"이러시면 곤란합니다."

남자와는 대조적으로 담담한 얼굴을 한 지오반니가 고개를 끄덕였다. 하지만 그것이 수긍의 의미라든가, 긍정의 의미를 가지고 있는 것은 아니었다.

비죽, 입꼬리를 마는 지오반니의 모습을 본 남자의 입에서 긴 한숨이 흘렀다.

"잠이 들었는데 깨우는 것이 더 곤란한 일이 될 거야."

"아무리 그런 말씀을 하셔도……."

"불면증에 시달리다가 겨우 잠들었어. 깬다면 화를 면할 수 있겠느냐."

지오반니의 완강한 고집에 두 손을 든 남자가 고개를 저었다. 라르기얀 황자와 호숫가에서 그런 이상한 일이 벌어지고 나서 가문의 아가씨는 평소와 다름없이 행동하는 듯했지만 이전과는 미묘하게 달랐다. 분명 잘 먹고 외출도 전과 다르지 않게 곧잘 했다. 보이는 미소마저 같은데도 그 웃음이 희미해 보는 이마저 괴이함에 미간을 좁히곤 했다.

불면증이 생겼다는 것은 모르지 않는 일이었다. 모두가 라르기얀이 정령 챠의 힘으로 위협하고, 그 뜨거운 불길이 가져다준 후유증이라고 떠들었다. 호숫가를 죄 말려 버린 화기였으니 그 충격이 상당했을 것이라고 했다.

남자의 시선이 지오반니의 어깨 너머로 향했다. 드문드문 보이는 붉은 머리칼에 남자의 입에서 깊은 한숨이 비집고 나왔다. 잠을 자는 건 정말 다행인데 왜 하필 이 남자의 집에서냔 말이다.

"……이런 일을 예상하신 각하께선 얼굴이라도 확인하고 오라는 명이 계셨습니다."

침대로 향하려던 남자를 지오반니가 막아섰다.

"또 무슨 일이십니까?"

"내가 거짓말을 할 리도 없고 적당히 하지."

"각하."

"자꾸 의심하면 본 후가 불쾌해할 수도 있잖아."

그렇지? 그가 여상하게 되물었다.

"프레야 공작께서도 달가워하지 않으십니다."

"며칠 만에 처음으로 잠에 들었다는데 기꺼워하실 걸세."

"그건……."

남자는 마땅히 항변할 말을 찾지 못하고 입술을 우물거렸다.

"자네와 나는 입장이 확실히 다르잖나. 자는 모습 같은 걸 보여 주면 내가 기껍지 않아."

"그러니까……."

자는 얼굴을 훔쳐보는 게 마음에 안 든다는 거지. 명을 이행하러 온 남자는 이러한 상황이 달갑지 않은 듯 입술을 깨물었다. 그럼에도 지오반니가 말하는 바를 정확히 알아들은 남자는 혀를 내두르며 한 발 물러섰다. 확인차일 뿐이지, 저 침대에 있는 것이 라즐리가 아니라면 누구일 거야.

"저는 물러가 각하께 소식을 전달하겠습니다."

말을 마친 남자가 방문을 나서자 이불 사이로 얼굴을 내민 라즐리가 조용히 물었다.

"갔어요?"

"그런 것 같군요."

멀어지는 발소리를, 그리고 그 소리가 거의 들리지 않게 되자 라즐리가 힘 있게 이불을 걷어 냈다.

"억지로 끌고 가면 어쩌나 했어요."

이불 속에서 조마조마한 가슴을 붙잡고 있던 라즐리가 회심의 미소를 지었다. 그러곤 종종걸음으로 빠르게 다가가 지오반니의 옆에 가

앉았다.

익숙하게 그의 품을 찾아 파고드는 라즐리의 정수리를 내려다보는 그의 입가에서 작은 한숨이 흘렀다. 정령이 살아난 것이 무어라고, 여자는 신이 나 연거푸 잔을 비웠다.

"거짓말도 잘하시던데요?"

"그거야……."

"꼭 보내고 싶지 않은 것처럼."

당신께서 원하지 않았느냐, 라고 말하려던 지오반니의 입이 벙긋거렸다. 열린 입술로 내뱉어진 것은 그럴싸한 변명 따위가 아니라 당황한 얼굴로 입을 달싹이는 소리뿐이었다.

"후께서도 저와 노는 것을 좋아하시니 이해해요."

취기가 올랐는지 라즐리의 입이 다소 가벼워졌다. 행동 또한 거침없어져 그가 불편한 몸을 비틀라치면 라즐리도 함께 움직였다. 가슴팍에 머리를 기댄 라즐리가 기분 좋은 듯 흥얼거렸다.

제 손을 감싼 작은 손을 내려다보던 그의 눈가가 미세하게 접혔다. 잡힌 손이 어색해 불쾌하지 않을 선에서 빼내려 하면 놓치지 않기 위해 라즐리의 손에 힘이 들어갔다.

"재미있는 이야기 하나만 해 주세요."

"듣고 싶으신 이야기가 있습니까?"

"뭐든 좋아요."

그는 잠시 고민하는 듯 아무 말도 없었다.

"사막 이야기를 해 드릴까요?"

"후께서 좋아하시니 저도 좋아요."

귀염성 있는 대답에 지오반니가 라즐리를 다시 고쳐 안았다.

"라제프가 탄팔로 사막을 취한 지는 그리 오래되지 않았습니다. 불과 삼십 년도 채 되지 않았죠. 그 전에는 누바라와 라제프 사이에서 버려진 땅으로 존재했을 뿐, 누구도 취하지 못한 땅이었습니다."

"가지지 않은 게 아니라 못한 거였어요?"

"저주받은 땅이 가지고 있는 기괴한 소문은 많죠. 실제로도 사람의 방문을 달갑게 여기는 땅이 아니었습니다. 잦은 모래 폭풍과 사람이 적응키 힘든 날씨, 지형까지. 사람이 살 만한 곳이 아니었습니다. 소문을 뒷받침해 주듯 사막으로 발을 들인 이들 중에서 멀쩡히 살아 돌아간 이는 없습니다. 놀랄 정도로 변덕스러운 날씨 탓이었지만 사람들은 저주받은 땅 때문이라 소문을 부풀렸습니다."

소문이 부풀려진 후엔 드문드문 이어지던 발걸음마저 거의 끊겼다. 그는 발자국 하나 새롭게 놓아지지 않는 곳에서 수십 년을 살아왔다.

"사막 신은 외로웠을 것 같아요."

"조금은 그랬을지도 모르죠."

그가 중얼거렸다.

"라제프가 탄팔로를 귀속시키는 과정에서 수많은 소문과, 전설 같은 이야기들이 뒤따랐는데 가장 흥미로운 것을 말씀드리겠습니다."

응응. 라즐리가 집중하며 고개를 끄덕였다.

"라제프를 번영시키고자 하는 여자가 있었는데, 그 여자는 탄팔로의 기이한 괴담 같은 것을 무시하고 신전에 방문한 사람입니다. 그녀는 사막 신을 섬기던 사막의 부족들 중 한 부족에 속한 사람이었는데, 그때 당시 그녀의 부족은 몰락해 유일한 생존자로 남아 있었죠."

라즐리는 어쩌면 이 이야기 속의 여자가 제 어머니일 것이라고 생각했다.

"여자는 이 땅을 잠시 빌려주는 게 어떻겠냐고 물었죠. 양심은 있었던지 달라고는 하지 않았어요. 여자는 여러 가지 이점들을 말했어요. 하지만 신이라 불리던 남자의 흥미를 부르는 것은 어느 것도 없었죠. 하지만 그럼에도 남자는 여자의 부탁을 들어줬어요."

"왜요?"

"노력이 꽤 가상하다고 생각했거든요. 나라의 번영을 진심으로 바라는 듯한 여자가 꽤나 신기해서, 정도일 겁니다. 그는 잃을 것 없는 조건이었어요. 빌려줘도 나쁠 것이 없다고 생각했죠. 그리고 내심 이 땅을 취함으로써 나라 하나가 어떤 식으로 번영하는지 궁금한 듯도 했습니다. 그래서 사막 신이라 불리던 이는 그 부탁을 들어줬습니다."

쉽게 끝이 난 이야기에 라즐리의 고개가 갸웃거렸다.

"그게 전부예요?"

"사실 남자는 마지막으로 살아남은 그 아이를 너무나 가여워했을지도 모릅니다. 그는 나노아로부터 그 부족을 지켜 내지 못했어요. 그가 잠시 휴식을 취하는 기간 동안 일어난 일이었기에 손쓸 도리가 없었죠. 그는 내리사랑처럼 사막의 사람들에게 무언가를 계속 주고 싶어 했는데, 그 아이에게는 줄 것이 없었죠."

"⋯⋯."

"무엇을 줄 수 있었겠습니까? 가족도, 땅도, 모든 것을 잃은 그 아이한테. 그래서 그것으로나마 미안함을 달래려 했을지도 모르겠습니다. 혹은 이름조차 기억하지 못할 이였지만 자신을 섬기고 대가 없는 사랑을 주었다는 이유만으로 그는 기꺼이 움직였습니다."

"꽤 다정한 사람이었겠네요."

"그랬을지도 모르겠군요."

귓가를 나직이 파고드는 묵직한 음성이 좋았다. 일정하게 심장이 뛰는 소리에 잠이 올 것 같았다.

"사실 그런 생각을 했었어요."

"……."

"이 모든 상황이 후께서 오신다고 해서 해결될 일이 아님에도, 곁에 있어 줬으면 좋겠다고. 그러면 아무래도 괜찮을 것 같았어요. 그런데 정말 다 해결됐잖아요."

"무서우셨을 겁니다."

"근데 또 당신 얼굴을 보니 안심이 돼서, 그렇게 든든할 수가 없었어요."

솔직함이 사랑스러운 여자였다. 예상치 못한 칭찬에 지오반니의 귀가 붉게 물들었다. 대가를 바라고 베푼 친절이 아니었다. 그녀에게 베푸는 친절에는 모든 것이 순수성을 띠고 있었다.

"매번 도움만 받는 것 같아요. 사막에서의 일도 그렇고, 라르기얀의 일에서도, 지금도 그렇잖아요."

"빚이 꽤 많네요."

"그렇죠. 어디서부터 갚아야 할지……."

라즐리가 말끝을 흐렸다. 죽 나열하고 보니 정말 그에게 진 빚이 많았던 탓이다.

"바유 일은 정말 감사했어요."

"아무것도 바라지 않고 도와준 것은 아닙니다."

"바라는 게 있으세요?"

"그렇다면."

"드려야죠."

그의 얼굴이 웃을 듯 말 듯 일그러졌다. 이렇게 경계심이 없는 여자였나. 첫 만남에서의 그녀는 경계하고, 관찰하기에 바쁜 여자였다. 인지하지 못한 사이에 벽이 허물어졌다. 그 결과, 여자의 입에서 너무나도 쉽게 무언가를 준다는 소리가 나왔다.

"대답하기 전에, 적어도 상대방이 무엇을 가지고 싶어 하는지 물어보십시오. 터무니없는 것을 요구할 수도 있으니까."

"그래서 대체 뭘 가지고 싶으세요?"

등 뒤로 길게 늘어뜨린 라즐리의 머리칼을 매만지며 그가 생각에 잠겼다.

"조금 생각을 해 봐야 할 듯싶은데."

"기회를 놓치셨네요."

좋은 걸 주고 싶었는데. 짓궂게 웃는 라즐리가 그의 품에서 조금 벗어났다. 잔에 손을 뻗으려는 찰나, 지오반니가 그런 그녀를 멈춰 세웠다.

"이런 장난 말고."

"장난?"

무슨 장난? 라즐리가 눈으로 물었다.

"진짜 같이 살면 어떨까 싶은데."

웃음기가 스민 남자의 얼굴이 라즐리에게 기울어졌다. 대답을 재촉하는 모습이었다.

*　　　*　　　*

"어……."

팔을 잡힌 라즐리가 당황한 얼굴을 숨기지 못한 채 신음했다.

"같이 살아요?"

그 말이 무엇을 의미하는지 모를 리 없었다. 언젠가 끝나리라 생각했던 이 거짓말을, 진심으로 생각해 보자는 뜻이었다.

"그러니까 결혼을……."

"……."

"하자는 말씀이죠?"

술에 취해 느른하게 풀렸던 몸이 단단하게 굳었다.

"저 좋아하세요?"

"예."

그녀로서는 한참을 머뭇거린 후 나온 물음이었지만 그것이 무색하게도 그에게서 나온 답은 단호하기 이를 데 없었다.

"왜요?"

당최 이해가 가지 않는 얼굴로 물었다. 자신이야말로 그에게 좋은 감정을 품고 있었지만, 그도 같은 생각일 것이라 생각하지 않았다. 습관처럼 걸려 있는 미소가 제게만 향할 것이라고는 생각지 않았기 때문에.

"언젠가 네가 그랬던 것처럼 나는 친절한 사람이 아니야."

지오반니가 입을 뗐다.

"본 후의 성격은 네가 말했던 것처럼 다정하다거나 착하지 않아."

"……."

"그런데도, 나는 네가 말한 것과는 달리 꽤 많은 친절을 베풀고 있잖아."

재색 눈이 놀란 얼굴을 한 라즐리를 담았다.

"네가 생각해도 과한 친절이지. 아무 조건 없이 라르기얀 앞을 막아서고, 부서진 정령 조각을 끼워 맞추는 것은."

그의 손이 자연스럽게 라즐리의 손등을 덮고 손가락 사이사이를 얽었다.

"너는 몰랐을 거야."

"……."

"기오테와 챠의 일을 들었을 때, 얼마나 걱정했는지."

그리고 라르기얀을 진심으로 죽이고 싶다고 생각한 것까지. 목을 감싸 쥔 손이 미끄러지듯 뺨으로 올라왔다. 생각 외로 커다랬던 걱정. 네가 그 혼란을 겪지 않았으면 하는 바람. 언젠가 제게 내비쳤던 속내를 알아서였을까, 아리엘의 기구한 운명을 알아서였을까. 그것도 아니라면 그녀에 이어 그 길을 걷는 너를 상상해서일까. 딸에게까지 이어진 그 얄궂은 운명에 불쌍하다고 생각했었던 것 같다.

하지만 동정은 아주 작은 한 조각. 동정과 연심을 착각할 정도로 둔하지는 않았다. 일족은 조화할 수 없고 섞일 수 없었지만 원초적인 감정을 모를 정도로 무지하지 않았다. 이 여자에게 꽤 좋은 감정을 품고 있었다. 끝이 동족인 판데라와 같을지라도 멈추고 싶지 않을 만큼, 지금 이 순간이 좋았다. 죽기 전 녀석의 마음이 무엇인지 알 것도 같았다.

"이 결혼이 없던 일로 되면 내게 어떻게 할 거냐고 물었었지."

"……."

"일어나지 않을 일이었으니까 생각하지도 않았던 거야."

없던 일이 될 수 없었으니 고민하지 않은 것이다. 네가 원하지 않더라도 내가 하고자 하면 너를 취할 수 있고, 마음을 얻는 것은 쉽다. 근본이 뱀인 제게 깃든 요사스러움은 저가 인지하지 못하는 순간에도 누군가를 현혹하려 했다. 하지만 그런 사특한 힘을 쓰지 않은 데에는, 그럼에도 이 작은 여자의 진심을 얻고 싶었기 때문이었을 것이다. 이

그의 빈잔에 제너가 이름을 달리했다.

"술이 들어가긴 한 모양이야. 친근하게도 불러 주는군."

에드거라 불린 남자는 실로 기쁜 듯, 그의 입매가 길게 늘어졌다.

"자리를 만든 이유가 뭐야."

"자네는 항상 이 친구를 섭섭하게 만들 때가 있어. 그 보기 힘든 얼굴 한 번 보자는데 자네는 한 번도 쉽사리 보여 주질 않는단 말이야."

"자네도 알다시피 내가 요즘 바쁘잖나."

에드거는 제너의 말에 동의했다. 그는 손녀딸의 결혼으로, 그리고 라르기얀과의 문제로 골머리를 썩고 있었다.

라르기얀이 챠를 꺼내 보였고, 기오테가 분노했다. 그것 말고도 라지노예프라는 주제가 입에 올라 그 열기가 쉬이 걷힐 기미가 보이지 않았다.

"라르기얀 때문에 웰시노와의 결혼에 문제는 없고?"

"아직까지는."

"굉장히 놀랐다면 믿을 텐가."

"무엇이."

"웰시노, 그 사람 말이야. 절대 그럴 사람이 아니거든."

그게 무슨 말이냐는 듯 제너가 눈썹을 올렸다.

"자네는 기억나지 않을지도 모르겠지만, 나는 웰시노가 입양되었을 때부터 꽤 관심 있게 지켜봐 왔어. 전대의 욕심 많은 그 늙은이가 출생이 불분명한 놈을 불러와 가문을 잇게 했을 때부터 말들이 많았지 않나. 그래서 그 늙은이가 지목하고 간 남자가 누구인지 궁금했지."

"그런데."

"묘하게 눈길이 가던 남자였단 말이야. 황제께선 그를 가까이 두었지만 그 이유를 아는 자는 없었지. 공적을 세운 이도 아니었고, 본 후처럼 의회에 권한을 가지고 있는 것도 아니었고. 출생을 알 수 없었고, 무얼 하다 온 놈인지도 알 수 없어. 양자로 입적되기 전의 행적을 알 수 없다는 말이네. 그것이 얼마나 위험한 일이었냐 말이지."

무엇도 알 수 없다. 사람이라면 그럴 수가 있나. 사람이라면 반드시 흔적이 있고 그것을 거슬러 가는 것이 가능해야 했는데 웰시노만은 아니었다.

또한 그는 헤프게 눈을 접는 모습과는 달리 무른 남자도 아니었기 때문에 대화를 통해 무언가를 알아낼 수 있는 이도 아니었다. 대화의 깊이도 적당한 선에서 멈출 뿐, 파고들려 하면 무례하지 않을 선에서 잘라 버리곤 했다.

"공식적으로 알려진 거라곤 전대 웰시노 후작의 먼 친척이라는 것뿐이지만 나는 그 말이 거짓이라는 데에 라스펠리아 광산 하나를 걸지."

"진짜라면 그 광산은 내 것이 되는 건가."

"말장난이 아니라."

에드거가 술잔을 채우며 진지한 얼굴을 했다.

"라르기얀의 대안으로 웰시노 후작도 나쁘지 않지만, 무언가 찜찜하지 않냐는 소리를 하려는 거야. 자네가 아끼는 손녀딸의 결혼이지 않나."

"확실히……."

"……."

"자네의 말대로 속을 알 수 없는 놈이긴 하지. 계집들을 홀릴 법한 웃음을 짓는 주제에 무슨 생각을 하고 있는지 도통 알 수가 없거든."

한데, 그런 놈하고 결혼을 시키려고 해? 에드거가 눈으로 물었다.

모든 면에서 엄격한 프레야 공작이 유일하게 예외를 두는 것이 자식들의 결혼 문제였다. 그는 그들의 의견을 존중했다.

"내 마음에 들지 않는 것은 어쩔 수 없는 일이야. 나는 아직도 녀석이 싫어. 건방지고, 오만하고, 내게 무역권을 빼앗아 갈 만큼 간 큰 녀석이라는 것도 마음에 들지 않지."

"……."

"하지만 적어도 그 정도는 되어야지."

에드거가 눈을 가늘였다. 지금 이 사람이 웰시노의 칭찬을 하고 있는 것 같았다.

"자네 사람이 될 이라고 자랑이 늘었군."

"적어도 말이야, 내게 지지는 않아야 해."

"엊그제까지 욕을 했던 것 같은데."

"무역권 정도는 빼앗아 갈 수 있는 담을 가지고 있어야 해. 라르기얀의 앞 정도는 막을 수 있어야 하고. 라즐리를 위해서라면 앞뒤 가리지 않고 뛰어들 수도 있어야 하지."

"……."

"온순한 놈은 필요 없어. 멍청한 놈보다야 짐승 같은 놈이 나아."

"너무 믿고 있는 게 아닌가."

놀랄 정도의 신뢰감이 깔려 있었다.

"그 정도는 되어야 해. 그래야 줄 수 있어."

턱을 괸 에드거가 제너의 얼굴을 면밀히 살폈다. 살아생전 저 친구의 입에서 웰시노의 칭찬을 듣게 될 줄이야.

"웰시노 후였기에 망정이지, 그러다 라즐리가 마구간지기와 덜컥 결혼이라도 한다 하면 어떻게 했으려고."

에드거의 심술에도 제너는 그저 웃으면서 대답했다.

"말릴 이유가 없어."

"말릴 이유가 없다?"

"누릴 건 모두 누리고 산 아이야. 내가 그리 해 줬지. 아리엘이 누리고 살지 못했던 것, 제 아비가 쥐지 못했던 것, 내가 모두 그 아이의 손에 올려 줬어. 욕심을 더 부렸다면 그것마저도 기꺼워하며 난 내어 줬을 거야."

아들 내외의 죽음에 대한 일종의 보상 심리 같은 것이었다. 그럼에도 채워졌다고 생각하지 않았다. 많은 것들을 주었다고 생각하지 않았다. 무엇이 이리도 부족할까.

"그런 아이가 한낱 마구간지기와 혼인하고 싶다는데, 그리 해 주어야지. 진심과 거짓을 구분하지 못할 정도로 멍청한 아이가 아니고 가난한 그의 제물과 권력으로 라즐리의 환심을 사지는 않았을 테니. 그는 누구보다 그 아이를 행복하게 해 줬을 거야."

"지금 보니 달변가가 다 되었군."

"나는 누구보다 그 아이의 행복을 바라."

"그래서 웰시노와의 결혼을 허락해 줬고?"

"행복을 바랐으니까."

바랐으니까. 저런 유의 대답이 저치의 입에서 나올 수도 있었구나. 그는 아들의 죽음이 제너에게 얼마나 많은 영향을 끼쳤는지 알 수 없었다. 확신할 수 있는 것은 그는 너그러워졌고, 많은 것을 포기했으며, 우선순위가 달라졌다는 것이었다.

"말은 쉬워. 마구간지기는 가난해 자네의 손녀딸을 춥게 할 수도 있고 낡아 빠진 집에서 물이 샐 수도 있어."

"그럼 늙은 이 몸이, 그동안 모아 둔 돈으로 라즐리를 따뜻하게 해 줄 옷을 사 주면 되겠군. 집을 새로 고쳐 주는 것도 좋을 테고 말이야."

에드거는 할 말을 잃었다. 생각지도 못한 시원스러운 답 때문이었다. 저가 아는 제너는 소탈한 사람이 아니었다. 가족의 행복을 바란다고 해서 가난을 품고 살게 할 이도 아니었다.

그는 공가를 이끄는 만큼 욕심 많고, 실리적이며 누구보다도 객관적인 사람이었다. 다만 예외가 있다면 그의 손녀딸 정도일까.

"에드거, 내가 지금까지 모아 둔 돈은 전부 써 보지도 못하고 죽을 거야. 내가 아직도 이것을 놓지 못하는 이유는 지킬 것이 있었기 때문이지. 마찬가지야. 내가 그런 수모를 겪고서도 고개가 쉽게 조아려지는 이유 또한, 아직은 지킬 것이 많아서야."

"간절해 보이는데."

"소중한 것을 지켜야지. 나는 그 무게를 조금 늦게 깨달았네."

"아직도 죄책감을 가지고 있는 겐가?"

"평생을 안고 가야 할 죄야."

아끼는 친구가 아들을 잃은 지 꼬박 열 해가 지났다. 친구가 유난히 예뻐했던 그의 아들은, 아낌없는 내리사랑에 질투라도 받은 모양인지 일찍이 세상을 떠났다.

"무엇이 그리도 당신을 죄고 있는지 모르겠어. 이제 그만할 때도 되었어."

"살릴 수 있는 가능성이 충분히 있었음에도, 최선을 다해 말리지 못했던 나를."

"……."

"그런 내가 죄스러워."

제녀가 괴로운 듯 턱을 물었다. 그때의 일을 회상하는 얼굴이 일그러지고 연거푸 얼굴을 쓸어내렸다. 술이 없으면 버티지 못하겠던 친구는 잘게 떨리는 손으로 다시 술병을 들었다. 그런 그가 위태로워 에드거는 제녀를 대신해 잔을 채워 주었다.

"내 죄는 많아. 리온이 죽자 사소한 것들이 모두 떠오르는 것이 아닌가."

눈에 띄게 떨리는 손을 에드거가 잡아 진정시켰다.

"아리엘이 황후 폐하께 라지노예프라는 이름을 하사받는 그날을 기억하나?"

"기억하고말고. 내가 그것을 만들어 주었지. 딸아이의 간곡한 부탁을 거절하지 못하고. 하지만 후회하진 않아. 나는 파멜라를 아끼기 때문에, 다시 한 번 떼를 써 부탁한다면 만들어 줄 것 같거든."

에드거에게는 끔찍한 기억이었다. 무언가 아니라는 느낌을 받으면서도 거절하지 않았다. 그 뒤에 일어날 일들에 대해서는 가볍게 넘겨 버렸다. 모두가 광영이라 떠들었기 때문일까, 정말 이것이 아리엘을 위한 일이라는 착각마저 들었던 때가 있었다. 하지만 무언가 상황이 이상하다고 느꼈을 때에는 아리엘이 가져다주는 찬란함이 커져 버린 후였다. 거대한 이름의 힘은 딸아이의 친구를 밖으로 내몰았다.

아무리 애를 써도 해결될 수 없는 문제들이 있다. 그것이 신분차이였다. 아리엘과 공가의 결합이라니. 일개 부족민이 감당키엔 높다란 자리였다. 여신의 이름을 붙인 물건을 하사한다고 해서 쉬이 해결될 문제가 아니었다. 족쇄, 울타리, 덫. 그 이상의 것도 아니었다.

그것을 목도했을 때에는 멈출 수 있는 단계가 아니었다. 아리엘의 꼴이 실로 비참했다. 빛 뒤에 가려진 습진 그늘처럼. 그녀는 온갖 더

럽고 냄새나는 오물을 뒤집어쓴 듯했다. 제국의 이면이었다.

그렇게 곧 죽어 갈 것 같았다. 더러운 찌꺼기들을 죄 끌어안고.

"자네 탓이라고 말하려는 게 아니네. 폐하께서는 아리엘을 누구보다 위해 주셨지."

"선의로 베푼 일이지만 결과가 이리되었으니 누군가는 책임이 있지. 그 책임에 나와 폐하가 있다는 것을 부정하고 싶진 않아."

제너가 쓰게 웃었다.

"라즐리에게 그 이름은 너무나도 무겁고 거창해. 라즐리가 그 이름을 다시 하사받게 된다면 나는……."

피가 이어졌으니 똑같은 길을 걸으라는 겐가? 모질었다. 한 명으로 족하다. 이 세상 속에서 라지노예프를 다룰 수 있다고 알려진 이는 아리엘이어야만 했다.

"막을 걸세. 아리엘과 같은 길을 걷게 둘 수 없어."

"그럴 일은 없어."

끔찍한 공포에 시달리고 있었다. 날마다 부피를 늘려 가는 불안감이 엄습했다. 누군가 아리엘에 이어 라즐리에게까지 라지노예프를 하사해야 한다고 소리치던 순간부터 시작된 공포였다.

"다시 한 번 말해 주게."

"그럴 일은 없어. 탐야크의 이름을 걸고 약속하지."

비로소 제너가 안심한 듯 눈을 감았다. 목울대가 거칠게 움직였다.

"기일이 다가오는군."

"그래."

"꽃 한 송이면 될까."

"충분해."

제녀가 쓰게 웃었다. 유난히 그 아이가 그리워지는 밤이었다. 술에 취해서인지, 이맘때만 되면 선명하게 떠오르는 얼굴 때문인지는 알 수 없었다.

＊　　＊　　＊

창밖을 바라보는 엘리노라의 푸른 눈에 주홍빛이 스몄다. 일몰이었다. 존재했던 모든 빛을 저 아래로 끌고 내려가는 듯했다. 어둠이 차면 잠시나마 이 소란스러움도 조용해지겠지. 어둠만이 존재하는 시간만큼은 고요하길 바랐다.

빠른 속도로 저버리는 빛을 바라보다 문득 떠오른 것은 저 너머, 어딘가에 있을 자국이었다. 하루빨리 이 불길한 곳에서 벗어나고 싶었다.

"취하실 겁니다."

"대수랴."

너저분하게 탁상 위를 차지하고 있는 술병들을 보며 엘리노라가 혀를 찼다. 미하엘은 자주 상념에 빠져 있곤 했는데, 그것이 자국에 대한 걱정이라든가, 마법석에 대한 거래가 수포로 돌아간 것에 대한 걱정이 아니라는 것쯤은 알았다.

더욱이 앞으로 어떻게 될지 모르는 자신들의 안위마저도 생각하지 않았다. 오로지 그의 생각은 붉은 머리칼을 가지고 있는 여자일 것이었다.

오라비는 끝없이 여자를 취하고자 했다. 그 과정이 쉽지 않으리라는 것을 알면서도 욕심을 부렸다.

"술 한 잔 따라 주질 않는구나."

"제가 지금 그럴 기분이겠습니까."

긴장이라곤 찾아볼 수 없는 미하엘의 모습에 엘리노라가 마뜩잖은 듯 입술을 깨물었다. 나름 가련한 사람이라 생각했던 것도 잠시, 화가 치밀었다. 시국이 어느 때인데 저리 태평한가 말이다.

바아와 동등한 권리로 마법석을 거래할 기회도 사라졌을뿐더러, 기오테의 분노로 이 나라에 발이 묶여 있었다. 기오테의 개입이니만큼 라제프의 황제 또한 쉽게 넘어갈 수 없었다. 반드시 무언가는 보여 주어야 했다. 기오테가 만족할 만한 것 정도는 발아래 놓아야 했다.

"너는 알고 있었지."

"무엇을요?"

"간혹 모든 것을 알고 있다는 듯 바라볼 때가 있거든."

"꽤 많은 것을 알고 있긴 합니다."

"아리엘을 좋아한 것도."

"짐작일 뿐이었어요."

짐작으로 멈추었다면 자신은 미하엘을 다그쳤을 것이다. 확신이었기에 눈을 감고, 함구했다. 미하엘의 눈을 외면했다. 그런 그를 외면하지 못한 날은, 미하엘을 죽이겠다 칼을 빼 든 제 아버지 때문이었다.

아리엘의 죽음에 반대하는 미하엘이 죽는 것을 원하지 않아 제 아버지에게 엎드려 빌었다. 유일한 가족을 죽이지 말아 달라고. 이해 못 할 짓을 해도 제 오라비가 아니었던가. 그런 그가 부친의 손에 죽는 것만은 볼 수 없었다. 아버지가 빼 든 칼에 아들이 죽다니. 이 짤막한 문장은 속사정을 자세히 들쑤실 것도 없이 참혹한 일이었다.

부친인 황제는 어쩐 일에선지 부탁을 들어주는 듯했지만, 조금이라도 심기를 거스른다면 제 아들이라도 손쉽게 죽인다는 것을 알았다. 제위를 이을 남자였지만 목이 잘려도 이상할 것이 없었다. 제위의 주인이라면 설령 미하엘에게 미치지 못하더라도 황자들은 많았고, 여차하면 자신을 앉혀도 되는 일이었다.

"차라리 말씀하지 않았더라면 좋았을 겁니다."

"내가 너 아니면 뉘에게 이런 말을 할까."

"다시는 꺼내지 마십시오. 누가 들을까 무섭습니다."

엘리노라는 진심이었다. 적장에게 연심을 품었다, 황제의 앞을 막아서 그녀를 살려 달라 애원한 것이 다름 아닌 다음 제위를 이을 남자다, 이런 식의 소문은 곤란했다.

십 년 전의 일이었지만 선명히도 기억이 났다. 입방아 찧기 좋아하던 귀족들도 부끄러워 견딜 수 없다며 스스로 입을 다무는 쪽을 선택했다.

그 이후로, 그 일에 대해서 입을 열지 않았다. 감히 열 수 없었다는 말이 더 맞았지만 미하엘은 개의치 않아 하며 너무나도 가볍게 그날의 일을, 제 감정을 솔직하게 내뱉었다.

그를 누구보다도 냉철하고 이성적이라 말하는 사람들은 틀렸다. 제 오라비는 누구보다도 감정에 솔직한 사람이었다. 더불어 제 감정이 우선인 사람이었다. 그렇기에 지금 이따위 짓을 벌일 수 있는 게다.

"엘리노라."

"예."

"엘리노라……."

미하엘이 반복해서 엘리노라의 이름을 불렀다. 그의 부름에 엘리노라는 더 이상 대답하지 않았다. 그저 그와 닮은 눈으로 마주했다.

"너는 모른다. 처음 봤던 계집이 무슨 눈을 하고, 어떤 모습을 하고……."

어떻게 빛이 났는지. 미하엘이 애써 뒷말을 삼켰다. 열다섯의 소년이었던 저가 유일하게 숨기고 가지고 싶어 하던 것. 그 여자가 얼마나 빛이 나고, 찬란했는가.

자신 말고 그 빛을 알아볼까 두려웠다. 그 가치를 알아볼까 봐. 누군가 현혹될까 조급해했다.

"처음 본 것은 나노아에게 짓밟힌 후였다. 무던히도 찾아 나섰지만 종적을 알 수 없었지. 부족은 멸망했고, 그 여자를 알고 있는 사람들은 없었으니까. 이름조차 알 수 없었으니 찾을 수 없었어."

"……."

"그리고 마주하게 된 것이 적으로서였다."

"끔찍한 악연입니다."

엘리노라가 조소했다. 오라비의 기구한 연애사에 안타까운 마음이 들기는커녕 차라리 잘되었다 소리라도 질러 주고 싶었다.

"하지만 그 순간에도 그 여자를 알아본 것에 기뻐했던 나를 안다면 악연이라고 말할 순 없었을 게다."

"누바라를 위험하게 한 사람입니다, 미하엘. 많은 이들이 여자의 손에 죽었어요. 우리가 피해를 본 것이 어느 정도란 말입니까. 눈물에 절며 원통해하던 것을 잊으셨습니까!"

아리엘을 상상하며 온화한 얼굴을 하는 미하엘의 얼굴이 역겨웠다. 엘리노라는 더 이상 들을 수 없다는 듯 등을 돌렸다.

"그래요. 당신은 아리엘을 좋아한 것 같아요. 좋아했습니다. 그 사실은 인정하도록 할게요."

"그런데."

"하지만 그 감정이 딸에게까지 이어지는 건 도저히 이해가 가지 않아요."

"네 이해를 바란 감정이 아니야."

"미하엘."

사랑이라는 것은 각기 다른 형태를 띠고 있기 때문에 어떠한 모습으로 변모할지는 알 수 없었다. 헌신으로 이어질지, 경외로 이어질지, 상대를 잔인하게 먹어 치우는 집착으로 이어질지. 옳고 그르다는 것은 당사자가 아니고서야 판단할 수 없지만, 한 가지는 알 수 있었다.

미하엘이 품고 있는 것은 정상적인 감정이 아니라는 것 정도는.

정상이라기엔 지나치게 비틀렸고 잘못되었다기엔 열다섯의 소년이 품었던 감정처럼 때 묻지 않은 순애가 자리해 있었다.

"그 계집은 아리엘이 아니에요."

"그렇다기엔 빼다 박을 정도로 닮았지."

"그건, 당연한 것이 아닙니까."

딸이니까. 그녀의 배를 빌려 태어났으니 닮은 것이겠지. 하지만 엘리노라는 그 말을 입에 담을 정도로 멍청하지 않았다.

"착각하곤 한다. 내가 누구와 마주 보고 있는지, 말을 하고 있는지 착각에 들 정도야."

"미하엘만 물러난다면 국제적인 문제로 번지지 않을 문제였어요."

"물러날 수 없었지. 또 빼앗기랴."

"미하엘!"

엘리노라가 참지 못하고 목소리를 높였다.

"빼앗기는 것이 누구입니까. 미하엘은 빼앗기는 것이 아니라 빼앗는 거예요!"

"설령 빼앗는 것이라 해도, 그런 것을 망설일까."

"……."

"눈앞에 있는 계집은 강하지 않아. 목을 조르면 졸리고, 틀어쥐면 그럴 수 있지. 아리엘과는 다르게. 내가 그 기회를 마다했어야 했을까?"

그의 목소리가 길게 늘어졌다.

"예."

"뭐?"

"아리엘을 좋아했었다던 열다섯의 미하엘의 모습은 그런대로 넘겨줄 수 있죠. 그 나이대의 풋사랑 정도라고 치부할 수 있을까. 실수라고 생각할 수도 있었을 겁니다. 하지만 지금은 그렇게 보기엔 조금 어렵잖아요."

"……."

"후회하실 겁니다. 지금이 아닌 오랜 후에, 이 감정을 옳지 못했다고 생각하게 되는 날, 미하엘이 겪게 될 감정이 무엇인지 저는 상상할 수 없습니다."

반드시 후회할 것이라, 엘리노라가 무섭게 다그쳤다.

"후회는 아리엘을 살리지 못한 순간부터 지겹도록 해 왔지. 나는 이번에야말로 그 계집을 가져야겠어."

엘리노라의 경고에도 상관없다는 얼굴을 한 미하엘이 느릿하게 몸을 일으켰다.

폐허가 된 곳에서 유일하게 살아남은 이. 마른 눈이 향하던 것은 자신이었다. 살려 달라고 말한 것도 같았다. 내가 너를 어찌 잊을 수 있으랴. 그토록 찬란했던 너인데. 그 붉음을 내가 어찌 잊을 수 있겠어.

차의 불꽃이 담긴 반지를 손아래 그득히 쥐여 준 뒤, 황가를 상징하는 문양을 계집의 허리춤에 박아 두자. 저의 것이라는 표시를 새기고 이제는 뉘에게도 빼앗기지 말자.

"정신 차리셔야 합니다, 라르기얀."

"그럴 수 있을 리가 있겠느냐."

"미하엘."

이미 제정신이 아니었다. 여자를 처음 봤을 때의 소년으로 돌아간 듯했다. 이성은 저 아래로, 감정을 내세워 억지를 부리던 소년만이 남아 있었다.

*　　*　　*

어디로부터 파생되었는지 모른다는 것은 꽤 불안한 일이었다. 누군가에 의해서 빚어졌는지, 태를 빌려 태어난 것인지, 명확하게 알 수 없었다. 그저 시간의 틀을 잡은 신 타미르를 어머니라 칭할 뿐 그조차도 희미한 존재였다.

뿌리가 없다는 것은 생각보다 커다란 상실감을 가져왔다. 나는 누구일까. 오랫동안 계속된 의문은 여전히 의문으로 남아 있었다. 본연의 모습은 무엇일까. 그것에 대한 답을 알고 있는 이는 없었다.

일족은 오래 의문하지 않았다. 숨을 쉬는 것이 당연하듯, 이렇게 존재하는 것 또한 당연하다고 생각하는 듯했다.

탄팔로에서 살아왔던 것이지 그곳에서 태어난 것은 아니었다. 그렇다면 그 전의 저는 어떠한 모습으로 존재했으며, 누구에게서 태어났고, 저를 정의하는 것은 무엇일까.

문득 떠오르는 생각은 한동안 잔상처럼 맴돌았다. 이러한 것들은 요 근래 가차 없이 빈틈을 파고들었다. 여자의 온기가 생각보다 괜찮았다고 생각했던 때부터, 안주할 수 있다면 좋겠다는 욕심이 파고드는 순간부터 그러했다.

잔상은 짧았다. 밤이 되면 길어질 테지만. 그는 그러한 생각들을 잠시 멈추기로 했다. 밤이 되면 또다시 생각날 것을 부러 꺼내고 싶지 않았다. 그는 탄팔로로 다시 와야 했던 기억을 상기시켰다.

"적인가."

그렇게 말했지만 긴장한 기색이라곤 없었다.

"동족인가."

모래만이 전부인 허허벌판인 곳에서 그는 누군가를 찾고 있었다. 그의 눈이 정처 없이 머물다 한곳에 멈춰졌다. 새하얀 섬멸이 일었다. 그 빛이 지오반니를, 그리고 사막을 집어삼킬 듯 부피를 늘렸다. 마른 사막에 탄내가 퍼지고 공기를 찢어발기는 소리만 선명하게 남았다. 얼마나 끔찍한 소리였던지 완전히 사라지지 않고 귓가에 내내 머물렀다.

"누구냐."

그가 이곳을 소란스럽게 만드는 이를 가늠하려 애썼다. 적인가. 그렇지 않음인가. 하지만 불청객임은 확실했다. 자욱한 모래 먼지가 걷어질 때까지 그는 꽤 오랜 시간을 멈춰서 기다렸다.

제 집을 성질대로 부수고 있는 이름 모를 자에게 베풀 만한 인내는 아니었다. 그는 천천히 모습을 비추는 남자를 보며 낮게 신음했다. 작열하는 땅 위에서 활활 타오를 것 같은 적발이었다. 으레 그렇지만 비토르를 포함해서 달갑지 않은 이였다.

"록산느."

지오반니에게서 낯선 이름이 나지막이 흘러나왔다. 모르블랑. 칼리튼. 록산느. 똑같은 사람일진대 얄궂게도 달리 불리는 이름들이 많았다. 하지만 저가 그렇듯 실제 이름이 아니었다. 오랜 친구. 또 한 명의 일족이었다. 그 이름을 듣자 이름의 주인이 실소했다.

"노야?"

"이곳까진 어인 일이냐."

지오반니가 놀란 물음을 무시한 채 서서히 거리를 좁혀 갔다. 지오반니처럼 록산느라 불린 남자는 지오반니가 누구인지 알고 있는 듯했다.

지오반니의 말에 록산느의 눈썹이 매섭게 휘어졌다. 그의 눈이 믿을 수 없다는 듯 커졌다. 지오반니의 발치에서 모래바람이 얕게 일렁였다. 의문은 확신으로 바뀌었다.

"노야. 너였구나."

"소란을 피우는 것이 너일 줄은 몰랐는데."

"이런 시끌벅적한 일을 하는 것이 동족이 아니면 무엇이려고."

록산느는 아무렇지도 않은 일을 말하는 것처럼 담담했다. 사막 주변의 마을을 잔인하게 갈아엎고 무고한 희생을 만든 이라고는 믿어지지 않을 만큼의 무관심이었다.

"무슨 소란이야."

"소란?"

록산느가 이상하다는 듯 고개를 갸웃거렸다.

"아아, 네 땅에서 이런 짓을 한 것이 불쾌한가 보군."

"……."

"미안해. 하지만 너를 보러 가는 길에 꽤 우스운 것들이 있잖아. 보는 순간 짜증이 나는 거야. 우리는 분명 그들을 품지 않는데 저절로 모여들잖아. 전쟁과 기근으로부터 지켜 달라고, 비를 내리게 해 달라는 말도 안 되는 소원을 말하며 징징댈 것이 뻔해. 의도를 품는 접근은 속이 울렁거릴 정도로 역겨워."

우스운 것들. 짜증이 난다고. 하지만 그 조악한 이유 때문에 아무런 생각 없이 사람들을 죽인 동족에게 괴리감이 들었다.

이건 무슨 기분일까. 록산느가 지나친 탓일까, 저가 물러진 탓일까.

"어느 순간부터 사람들이 이렇게 많아졌는지 꼴사나워."

"……."

"어차피 저렇게 부쉬 놓는다 한들 다시 생겨날 거야. 벌레들처럼. 꾸득꾸득 다시 몰려들겠지."

록산느가 과장된 몸짓을 섞으며 말했다.

"아, 혹시 화가 난 거야?"

"글쎄……."

지오반니가 생각하듯 고개를 비스듬히 하곤 마른 모래들을 내려다보았다. 화를 내야 할까. 동족이니 넘어가 줘야 할까. 여러 개의 생각이 부딪쳤다.

"널 경배하는 이들을 내가 모두 죽여 버려서?"

"……."

"하지만 걱정하지 마. 곧 다시 모일 거야. 지겹고 끈질기잖아."

지겹고 끈질기다라. 그는 록산느의 말에 한 박자씩 느리게 반응하고 있었다.

"얼굴 좀 풀어. 동족과의 재회를 망치기는 싫어."

"일을 이런 식으로 만든 건 너잖아."

동족은 항상 자신을 시험에 들게 했다. 갈등하게 만들었다.

"찾아온 이유가 있을 터다."

"야박하긴."

지오반니의 재색 눈이 서늘해졌다. 록산느는 마치 고향의 친구를 만난다는 듯이 말하고 있었지만, 그의 기운은 여전히 살천적인 기운을 가지고 있었다.

록산느도, 지오반니도, 서로 친구라고 말한 것이 무색하게도 적대심이 확연했다. 수틀리면 목을 조르고 뱃속을 날카롭게 후벼 파리라는 것을 알았다.

"비토르를 만났어."

"아아."

"재미있는 소문이 들려오던데."

"소문이랄 것이 있나. 진실일 텐데."

"쉽게 말하지 마. 납득할 수 없어 발걸음했다."

지오반니는 록산느의 입에서 나오게 될 말이 무엇인지 대충 짐작할 수 있었다. 비토르가 제게 성을 냈던 일. 마지막으로 태어난 케릴에 관한 일이었다. 모두가 그 꼬마한테만 너그러워졌다. 아마 '마지막'이 주는 여운일 테지. 동정이었을 것이다. 그렇기에 속이 뒤틀렸다.

"모두가 케릴에게 왜 너그러운지 알 수가 없는데."

"몇 남지 않은 일족이기에 그렇다. 더 이상 태어나지 않을 일족이기에 그렇고."

"그렇다 해서 질서를 무시할 수는 없지."

"따끔하게 말해 둘게. 저 아래 처박아 놓은 제약을 풀 수 있는 건 너야. 흩어진 동족들은 네 선처를 바라고 있어. 어쩌면 아를리안과 탄탈로스도 바라고 있을지도 모르겠구나. 어린 녀석의 치기쯤이라고 생각해 두자. 그 녀석은 겁먹어서 이제 이 근처엔 발걸음도 하지 않을 거야. 약속을 어기면 그때야말로 너 하고 싶은 대로 해."

록산느는 흔치 않게 아를리안의 이름을 들먹였다. 록산느의 간청을 듣고 있던 지오반니가 느릿하게 입을 열었다.

"나를 설득하기엔 많이 늦어 버렸지."

그는 록산느의 청을 간단히 잘랐다.

"그년은 틀려먹었어. 질서를 만들려면 기어 나와서 제대로 교육시켜."

느리게 말하는 것치곤 단칼과도 같은 일갈에 록산느의 입이 놀라 벌어졌다.

"이제는 이해가 가지 않을 정도야. 이렇게까지 하는 이유가 뭐야?"

"그 계집이 내 집을 엉망으로 만들었잖아."

"……."

"이 사막이 탐나 내 신도들을 죽이고 신전을 부순 것이 그 계집이다. 어린것이 얼마나 피를 마셨는지 역겨워서 말을 할 수가 없을 정도야. 그런데, 내가 어디까지 참아 줬어야 해."

지오반니가 이를 갈았다. 그는 오랜 시간을 살아왔으면서도 가진 것이 없었다. 돈. 땅. 재물. 그러한 것은 오키아에게나 가치 있을 법한 것들이지 제게도 그렇다는 것은 아니었다.

그렇다면 자신이 가지고 있는 것은 무엇이란 말인가. 주어진 시간이 맞지 않아 곁에 남은 이들도 없었다. 인연이란 인연은 죄 찰나처럼 스쳐 갔다.

남은 것이라곤 그들과 함께했던 기억의 잔류들. 추억이라고 부를 법한 것들도 끔찍했다. 차라리 기억하지 않았으면 하고 바랐다. 망각의 샘에 발을 들이면 그마저도 잊힐까.

그러니 자신을 경배하며 사랑한다고 기도하던 이들은 지오반니에게 꽤 커다란 존재들이었다. 그들마저도 찰나겠지만, 지오반니는 남아 있는 것이라도 쥐려 했다. 바득바득 긁어모아 그 온기를 느끼고 싶었다.

"나는 자비로워, 록산느."

읊조리는 지오반니가 머리칼을 쓸어 넘겼다. 그 사이로 드러나는 재색 눈이 흉포해졌다. 화를 참으려는 듯했지만 그마저도 따라 주지 않는 듯했다.

"그 꼬마가, 비토르가, 네가. 이 땅을 겁 없이 망쳐 놓아도 나는 넘어가 주고 있잖아."

"……."

"내가 그렇게 가차 없는 놈이 아닌 만큼 난 녀석을 몇 번이나 타일렀어. 눈에 띄지 말라고도 했었고 겁 없이 이곳에 드나들지 말라고도 했었지. 동족이기에 눈감아 준 것이 많다. 아를리안이 '가족'이라 묶어 말하기에 나는 그에 따른 대우를 해 준 거야. 그래서 내 땅의 침범도, 내 아끼던 이들의 죽음마저도 눈감아 줬지. 내 분노는 그렇게 자비로웠다, 록산느."

록산느는 그의 말을 부정하지 않았다. 녀석은 일족 내에서도 이상타 생각이 들 만큼 인내심이 긴 편에 속했고 어울리지 않게도 간혹 친절을 베풀었다.

"밟으면 딱 바스러질 만큼. 녀석과 내 힘의 차이는 극명했어. 그럼에도 도전했다. 이 땅을 취하려 부쉈고, 물을 마르게 했으며, 다시 한번 피를 취했지. 내가 그때마저도 머리를 쓰다듬어 주며 동생 대하듯 타일러 줬어야 했나?"

"케릴은……."

도저히 그녀를 감쌀 변명이 없었다. 록산느는 입술을 달싹였다. 동족의 것을 탐하는 것은 있을 수 없는 일이다. 일족이 막내에게만 너무

너그러워진 탓일까. 확실히 겁 없이 까불긴 했다.

키든보다 더한 망나니짓을 했다는 소리였다. 키든마저도 동족의 것을 탐내진 않는다.

일족에게 귀속된 것은 신 타미르의 선물. 어머니가 처음이자 마지막으로 남겨 준 것이기에 탐낸다는 것은 말도 안 되는 일이었다.

"그래서 너이기에 한 번은 참는 것이다. 주제넘게 나서지 마. 또 이 땅의 생명을 함부로 꺼트리지 마라."

"아낀다 하였지."

"어머니 타미르가 온전히 내게 쥐여 준 것이다."

애착심이 남다르긴 했다. 자신이 강을 낀 구릉지대를 아끼듯 지오반니도 마찬가지였다. 그는 케릴에 대한 이야기는 접어 두기로 했다.

케릴에게 선처를 베풀었다면 좋았을 테지만 꿈쩍도 하지 않을 것 같았다. 또한 오늘은 케릴의 이야기보다 더 중요한 것이 있었다.

"또 확인해 보고 싶은 것이 있었는데."

지오반니가 무엇이냐는 듯 눈을 들었다.

"심심치 않은 소리가 들려온다. 믿진 않는다만."

"무슨."

"변절자."

그의 말을 듣는 순간 지오반니의 얼굴이 차갑게 굳었다. 비토르에게서도, 록산느에게서도, 그는 같은 소리를 듣고 있었다.

"뭐?"

"널 만나고 온 비토르가 변절자를 입에 담지 뭐야."

"……변절자라고."

지오반니의 입에서 허탈한 웃음이 흘러나왔다.

"아주 틀린 소린 아닌 것 같다."

"록산느."

"꽤 예민해져 있거든."

"뭐라고?"

"네가 분노한 이유가 무엇이냐. 케릴의 건방짐인가? 그 아이가 인간들을 헤쳐서인가. 너를 분노케 한 것이 그들의 죽음이냐?"

지오반니의 입이 일자로 다물어졌다. 허를 찔렸기 때문이었다. 무언가의 변화를 누군가가 안다는 것은 그다지 좋은 일이 아니었다. 들키고 싶지 않은 이에게는 더욱.

"너는 인간을 사랑한다 했었지. 그런데 종종 도가 지나칠 때가 있어."

"허튼소리."

"네게 사랑 주고 경외하는 이들을 아끼는 것은 당연해. 뭐 기분 좋아 선처를 베풀어 그들을 가뭄으로부터 보호할 수도 있지."

"……."

"하지만 반드시 우선시되어야 하는 것이 있어. 같은 신 아래서 빚어지고 가족이라 불리는 우리가 먼저가 되어야 하지 저들이 먼저가 되면 안 되잖아."

답답하다는 듯 지오반니가 성마르게 얼굴을 쓸어내렸다. 폐부 깊이 불에 잔뜩 그을린 탄내가 흘러들어 왔다.

"궁금하긴 했거든. 이제야 뭔가 맞아떨어지는 것 같아. 그래서 되도 않는 애정에 이 사막을 인간에게 내어 준 거냐?"

"내어 준 게 아니야."

"그렇다면."

"빌려준 거지."

"너그러워 뵈는 소리 하지 마라! 네가 그런 놈이었나? 너는 절대 착한 놈이 아니지!"

록산느가 답답하다는 듯 소리 질렀다.

"경배받았던 너도 알 터다."

"……."

"그들이 주는 사랑이 얼마나……."

무한하고 헌신적인지. 그래서 그들이 저희들을 잊었다 해도 잊지 못하는 것이었다. 그 사랑이 얼마나 단지 맛본 후였으니까.

그 경외가, 목말라하는 갈구가 달았다. 그래서 기꺼이 그들을 감싸 안았다. 침략으로부터 보호했으며 기근으로부터 구해 냈다.

"그래서 보답이라도 하시겠다?"

"들어줄 수 있다면 들어준다는 거다."

그래서 아리엘의 부탁을 거절하지 못한 것이었다. 어렸던 그녀의 기도가 귓가를 간질이던 것을 기억했기 때문에.

"네 말은 언제든지 나와, 그리고 일족에게 등을 돌릴 수 있다고 말 하는 듯해."

"꼬아서 듣지 마."

록산느의 입매가 비틀렸다.

"너는 우리에겐 이토록 가혹하면서 인간들에게는 그리도 약해."

"약하니까. 우리보다 약한 존재이니 감싸 안는 것이다."

"미친 소리 좀 작작 지껄여! 네가 신이라도 된 줄 알아? 그따위 얼 굴을 하고 자비롭게 팔을 벌려 안으면 그 존재에 가까이 닿을 수 있다 생각하는 모양이지!"

속이 뒤틀렸다. 왜 녀석은 인간에게 집착하고 그들이 주는 사랑에 목말라하며, 그들의 뒤를 좇는가. 왜 허망함에 눈물짓는가.

무엇 하나 저희들보다 잘난 것 없는데도 불구하고. 지오반니의 시선이 닿는 곳은 저희들 쪽이 아닌 다른 방향이었다.

"나는 변절자 같은 게 아니야. 내가 일족인 것은 변함없어. 그들에게 주는 사랑만으로 나를 변절자로 몰아간다면 아무리 너라도 넘어가지 못해."

록산느가 차갑게 굳은 눈을 하곤 지오반니의 가슴팍을 거칠게 밀었다.

"흐르는 시간 속에 변하지 않는다는 것은 퇴보다. 네가 그러하고, 일족이 그러하지. 그러니 끝도 똑같을 거야."

"그래서 택한 것이 변절자의 길인가?"

지오반니가 참지 못하고 록산느의 멱살을 잡았다. 변절자라는 단어를 용납할 수 없었기 때문이었다.

"그들을 사랑한다고 해서 변절자라 하는 것은 섣불러."

"우리는 조화할 수 없어. 선택의 길도 넓지 않지. 원래의 길에 있을 것이냐, 변하여 조화하려 들 것이냐."

록산느의 말에 지오반니의 잇새로 거친 웃음소리가 비집고 나왔다.

"변절자가 아니라면, 그렇다면 보여 봐라."

"무엇을."

"네가, 우리가, 당연하게 해 왔던 일들."

"학살虐殺?"

"좋은 단어다."

록산느의 말에 지오반니가 자조했다. 수백 년의 일을, 그 끔찍한 참상을 되풀이하자는 록산느의 얼굴이 아무렇잖아 보였기에 그랬다.

녀석은 달라진 것이 없으니 저가 물러진 것이 맞겠구나.

*   *   *

잇새로 채 내뱉지 못한 신음이 맴돌았다. 지오반니의 태도에 심기가 비틀린 록산느가 힘으로 부딪쳐 왔다. 그 꼴이 흡사 다 자라지 못한 어린아이가 부리는 고집 같았다. 고집이라고 보기엔 쉽게 무시할 수 있는 것이 아니라는 것이 문제였지만.

그를 막아선 손이 흔적도 없이 타 버릴 것 같았다. 끓는 사막의 아지랑이처럼, 록산느의 주위에서도 새하얀 김이 피어올랐다. 지오반니의 미간이 대번에 찌푸려졌다. 고룡이 내뿜는 불처럼 뜨겁기 그지없었다. 일그러진 얼굴을 보는 록산느가 나직이 웃었다.

"영 힘을 못 쓰는데."

"비토르가 무슨 수모를 겪었는지는 전해 주지 않은 모양이지."

"전해 듣긴 했는데. 들은 것과는 조금 다르네."

록산느가 힘을 주자 뼈가 바스러지는 소리가 선득하게 귓속을 파고들었다. 잘게 바스러진 뼈들은 곧 소리 없이 붙을 테지만 그 틈마저 주지 않을 작정인지 록산느가 작정하고 힘을 눌러 붙여 왔다.

"여기가 영 말썽이지."

록산느가 힘주어 지오반니의 왼쪽 어깨를 움켜쥐었다. 무섭게 비명을 내지르는 어깨 탓에 그가 한 발 물러섰다.

탄탈로스의 경고를 무시한 덕에 평생을 안고 가야 할 고통이었다. 변화한 직후 안정을 취하지 않은 것이 꽤 무리를 불러왔는지 뼈대가 단단하게 자리를 잡으려다 멈추었다. 일상생활에 무리를 줄 정도는 아니었지만 록산느를 상대할 정도의 힘을 낼 수는 없었다.

지오반니의 다리가 꺾였다. 익숙지 않은 고통에 절로 이가 갈렸다.

"고쳐지지도 않는다라……."

"……."

"네가 좋아하는 인간과 비슷한 모습을 하고 있구나."

지오반니가 어깨를 움켜쥔 록산느의 손을 떼어 내더니 단숨에 꺾었다. 뼈가 부러지는 선명한 소리만이 들려왔을 뿐 고통을 수반한 록산느의 비명은 애초에 존재하지 않은 것처럼 들려오지 않았다.

"아파."

부러진 제 손목을 보곤 록산느가 담담하게 중얼거렸다. 그는 꽤 신기한 것을 보고 있다는 듯 물끄러미 내려다보았다. 완전히 꺾어진 제 손목에 시선을 두는 록산느의 자색 눈동자에 담긴 것은 고통도, 분노도 아닌, 의아함이었다.

"네놈이 한 말 중 가장 우스운 말일 거다."

"정말이야. 우리라고 해서 아프지 않은 건 아니잖아."

동족을 상처 입혔다는 사실에 희미한 죄책감이 스미기도 전이었다. 뼈가 맞춰지는 소리가 들리는가 싶더니, 기괴하게 비틀렸던 손목이 원래의 모습을 갖췄다. 이렇게 보니 정말 괴물이 따로 없었다.

록산느의 손에 바스러진 제 어깨도 다시 원래 모양으로 갖춰졌다. 그것을 느낀 지오반니가 입술 안쪽 살을 씹었다.

"보통이라면 이렇게 돼야지. 네 어깨처럼 재기불능이 되는 것이 아니라."

"일시적인 거야."

"우리에게 그런 일은 있을 수 없어."

"확신만큼 오만한 것은 없다."

"우리가 그러한 것을. 우리의 존재만큼 오만한 것이 없다. 타미르의 오만 속에서 태어났으니 그 뿌리가 어디 가려고."

손목을 매만지며 록산느가 천천히 일어섰다. 발치에 불길들이 넘실넘실거렸다. 사납게 번뜩이는 눈이 단단하게 버티고 선 남자에게로 향했다.

록산느의 자색 눈이 지오반니의 어깨 너머를 향했다. 저 어깨 너머에는, 저 녀석이 그렇게나 지키고 싶은 것들이 있을 터다.

지킨다. 동족을 막아서면서까지. 록산느가 이를 갈았다. 친구 녀석을 누군가에게 뺏긴 기분인 것도 같았다.

"짜증 나."

"애석하게도 어찌해 줄 수 있는 부분이 아니라."

"이 나라의 수호를 자청한 이유가 뭐냐."

지오반니가 고개를 저었다. 수호 같은 거창한 것이 아니었다. 기오테가 이 나라를 수호하는 것처럼, 본질적인 이유와 같을지도 몰랐다. 나약한 그들이 주는 헌신에 보답하기 위해. 저가 할 수 있는 일이라곤 치기 부리는 동족을 막아 주는 것뿐이지만.

"부서지지 않길 바라."

"대답하고는. 고고한 기오테도 그따위 말은 하지 않았을 거다!"

"진심으로."

"……."

"그들이 망가지지 않았으면 좋겠어."

고민하는 듯한 얼굴에 짧은 웃음이 걸렸다. 이내 여유로운 가면을 둘러썼다.

"보답하고 싶다."

"보답이라고?"

"나를 잠에서 깨운 것도 이들이고, 나를 움직이게 한 것 또한 이들이지. 전쟁과 기근으로부터 보호한 건 아주 사소한 일이야. 나는 다치지 않길 바라. 부서지는 것도. 그것이 우리 때문이라면 더욱이나 일어나선 안 되고."

"미쳤어."

"그래."

지오반니가 순순히 인정했다.

"너는 아주 오래전, 그 끔찍한 참상을 다시 되풀이하는 데에 아무렇지도 않은 얼굴을 하고 있지만 나는 그럴 마음이 없어."

"물러 터졌구나."

"불필요하기 때문이야. 저들은 저들대로, 우리는 우리대로 잘 살고 있지. 조화하진 못하더라도."

록산느가 지오반니에게 다가갔다. 서로의 숨결이 느껴지는 바로 앞이었다.

"네가 달라진 건 알겠다."

"……."

"내가 아는 너라면 말이야."

사나운 눈을 한 록산느가 입매를 비틀었다.

"나를 막아서지 않았겠지. 동조하지도 않았겠지만 저들을 사랑스럽다느니, 헌신했다느니, 그러한 말도 안 되는 이유를 가져다 붙이지는 않았을 거야."

"그랬을지도 모르지."

"네가 무얼 하려는진 알겠다. 조화하려 함이구나. 안주하려는 거야. 그렇지?"

"옳지 못한가?"

"왜 비토르가 너를 변절자라 불렀는지 알 만해."

"이제 너와 비토르의 비위를 맞춰 주고 싶진 않아. 생각할 대로 해. 내가 아무리 지껄여도 너는 듣고 싶은 것만 듣잖나."

동족은 서로를 해치지 않는다. 개체수도 다른 종족들에 비해 현저히 적을뿐더러, 씨가 말랐다는 위험한 본능을 몸으로 느꼈기 때문이었다.

또한 저와 비슷한 수준의 동족과 마찰이 일어난다면 골치 아파진다는 것을 서로가 본능적으로 알고 있기 때문이었다.

"지금의 너라면 내가 꿇릴 수 있겠구나."

"그래?"

지오반니가 대수롭지 않다는 듯 되물었다.

"너는 지켜야 할 테고. 나는 부수려 할 테니까. 알다시피 지키는 것이 배로는 힘들지."

그렇다면 정말 지키지 못할 수도 있겠구나. 지오반니는 시답잖은 생각을 떠올렸다.

"아를리안은 동족과의 마찰이 일어나지 않기를 바라지만. 너를 꿇리고 그 가당치도 않은 생각을 바꿔야겠어."

"……."

"우리는 밟고 올라서는 자다. 지키는 자가 아닌."

"그러니 퇴보하는 것이지."

"무르고 약해질 바에야 퇴보하는 것이 낫겠어. 지금의 너는 사랑 시나 읊어 대는 판데라와 다를 바가 없거든. 미쳐 버린 키든이 나을 정도다.”

그렇게 생각했을 때가 있었다. 수명이 채 백 년도 되지 않는 인간 여자의 발아래 몸을 낮추고 달콤한 말을 지껄이고, 그녀를 위협하는 동족의 앞을 막아선 판데라가 꽤나 이상한 짓을 하고 있다고. 노래를 흥얼거리며 여자의 사랑을 입에 담는 판데라는 광대와 다를 바가 없었다.

요사스러운 것에 홀려 저런 짓을 하는가 보다 하던 때가 있었다. 그때의 판데라가, 저희들을 이런 눈으로 바라보고 있었던 모양이다. 똑똑했던 판데라가 일족의 끝을 모를 리 없었다.

지오반니는 일족의 퇴보가 눈앞에 그려졌다. 고립된 모습이 어렵지 않게 보였다.

약한 것을 꿇리고 짓밟고 그 위에 올라선다. 일족은 철저한 먹이사슬의 포식자들이었다. 철저히 강함만을 좇는 록산느는 저보다 약한 것과 섞이는 것을 이해하지 못했다. 또한 그런 그들을 지키는 이유조차 생각하려 들지 않았다. 부술 뿐, 온전하게 남는 것이라곤 없다.

이것이 어찌 정상적인 궤도인가. 모순되게도 사람의 껍질을 뒤집어쓰고 짐승의 짓을 하고 있었다.

확실히 정리되었다. 눈앞의 남자가 기꺼이 무관심하게 바래졌던 얼굴을 벗었다. 드러나는 것은 날것 특유의 눈동자. 잔악스럽게 비틀린 입매. 모래바람을 등에 업은 그가 단숨에 록산느의 목줄기를 잡아 틀었다.

“하, 하하…….”

마른 웃음이 록산느의 입술을 비집고 튀어나왔다.

“선택한 것이.”

“…….”

"겨우."

자색 눈동자가 일그러졌다.

"무르다 했더니 정말 그럴 줄이야. 과분한 처사지. 동족이 아니었다면 벌써 갈가리 찢어다 저 바닥으로 처박아 버렸을 네가 아닌가."

"쓸데없는 소리."

"저들을 위해 나와 피를 보겠다는 소리냐?"

"피는 이미 봤지."

록산느의 손에서 뭉개진 팔이 아직도 덜그럭덜그럭거렸다.

지오반니가 제 어깨를 가리키며 말했다. 저 정도면 다친 축에도 들지 않았지만 너스레를 떠는 모양새에 록산느의 입에서 실소가 흘렀다.

"인간들의 틈에 껴 있었더니, 정말 인간이라도 되는 양 착각하고 있는 게지."

"……."

"약하고, 건방지고, 탐욕스럽고. 딱 네가 경멸하는 것들인데."

"그만큼 사랑스럽지."

록산느가 답답하다는 듯 소리쳤다. 죽은 판데라는 일족이 조화하기를 바랐지만, 그는 그러지 않길 바랐다. 섞이지 않기를. 우리는 우리만의 모습으로 존재해야 했다. 벽화 너머의 우상시되었던 모습으로. 신이라 받들어졌을 때와 같이.

지오반니가 지키고자 하는 이들은 너무 낮았고, 저희들은 높았다. 땅과 하늘이 섞일 수는 없었다.

"너는 이런 새끼가 아니야. 베풀 줄 모르고 잔인무도한 녀석이 너였다! 이렇게 구구절절 사랑이나 바라고 있을 놈이 아니었다고! 누구보다 위아래가 확실했지. 힘의 서열을 중요시했다. 밟아 올라가는 것에 익숙했지."

"……."

"조화? 안주? 그것이 다 무슨 소리란 말이냐. 어떻게 우리들과 저들이 섞여! 신에 근접해 우러름을 받는 우리가 어떻게 저들과 조화하냔 말이다!"

록산느가 악을 썼다.

"우리가 고귀한가?"

지오반니가 무심한 눈을 하곤 물었다.

"그래."

"그렇지 않아, 록산느."

록산느가 고개를 저었다. 그의 눈이 아롱지며 습기가 스몄다.

"……."

"저들과 다른 것은 그저 분에 넘치는 것을 쥐었다는 것뿐이다."

지오반니가 록산느의 멱살을 잡고 일으켜 세웠다. 록산느는 지오반니의 말을 인정할 수 없었다.

"받아들일 때도 되었어. 우리는 신 같은 게 아니야. 그저 이 힘을 어떻게 사용해야 할지 몰라 실패에 실패를 거듭하는 이들이지."

"노야. 나는, 나는 말이야. 나는 우리들의 앞이 끔찍해 상상할 수 없을 정도야."

록산느는 제 눈을 꾹 눌렀다. 그는 어쩐지 아를리안과 비슷한 얼굴을 하고 있었다. 아를리안도, 록산느도, 일족의 끝을 보고 있었다.

"히사가 죽었다. 이상한 놈에게 코가 꿰인 모양이야."

모래 바닥에 아무렇게나 자리를 잡고 앉은 록산느가 고개를 숙였다. 인간을 사랑했고, 그런 그의 부재를 견딜 수 없어하는 일족 중 한 명이 타미르의 땅에서 눈을 감았다. 나약하다고 욕을 퍼부어 줘야 하는데, 이상하게 그러질 못했다.

"너만은 그리하지 마라. 변하는 건 그럴 수 있다고 치자. 하지만 사라지지는 마. 탄탈로스에게 들었어. 머물기를 원한다 했지. 그 이유가 여자 때문이라는 것을 안다. 판데라와, 히사와 같은 길을 걸으려는 것을 알아."

록산느의 눈물이 버석거리는 땅을 적셨다.

"그런데도 어떻게 너를 막지 말아야 한단 말이냐. 그 꼴을 어떻게 지켜보라고 할 수가 있어."

"……."

"죽지 마. 잠든 모든 동족들이 사랑에 빠진 이의 부재를 견딜 수 없어 그런 선택을 했다고 했지만, 우리들 또한 동족의 부재를 견디지 못해."

"……그래."

"사라지지 않길 바라. 그 슬픔을 견딜 길이 없다. 우리가 할 수 있는 일이라곤 그저 너희의 육체를 담은 관을 땅속에 묻고, 그 위에 흙을 고르게 펴 주는 일뿐이지."

록산느가 방문한 이유를 알 것 같았다. 죽은 히사의 소식을 전해 주기 위해. 그리고 오랜 시간 한곳에서 오래 정착하는 자신을 우려했기 때문이리라.

아를리안은 또다시 제 눈물로 타미르의 나무뿌리를 적시며, 히사의 죽음을 한 달 동안 위로하고 있을 터다. 그 생각을 하자 지오반니의 눈가가 일그러졌다.

데면데면한 이들이었지만 죽었다는 소리는 아무렇지 않게 들어 줄 수 있는 것이 아니었다. 록산느와 같은 바람이었다. 죽지 않길 바랐다.

　　　　　*　　　*　　　*

　땅을 적시는 빗방울을 가만히 멍하니 바라본 지도 한참이 흘렀다. 떨어지는 빗방울에 흔들리는 풀잎을, 고여 가는 물웅덩이를 보며 그는 눈을 깜박였다.

　오늘이 무슨 날인지 알고 있는 양 비가 거셌다. 빌어먹게도 친구의 죽음을 위로해 주려는 모양이다.

　히사의 죽음.

　키든은 일족이 죽을 때마다 타미르의 나무 곁에서 자리를 지키고 있는 아를리안이 유난스럽다고 말하지만 제멋대로인 키든조차도 그날만큼은 웃어넘기지 않았다.

　일족이 아름답다 찬사를 늘어놓았던 칼란디바를 준비했다. 필 시기가 아니라면 그것과 비슷한 색을 지니고 있는 꽃이라도 준비했다.

　용은 잠들 수 있는 낙원, 헬리벨이 존재했지만 일족에게 주어진 죽음은 타미르의 곁이었다. 관을 짜 몸을 묻고 타미르의 숨결을 얹었다. 그렇게 묻힌 관이 벌써 수십 개였다. 관의 주인이 누구인지 알아볼 수 있는 표식이라곤 그 위로 쓰여 있는 이름이 전부였다.

　"Lado de la madre(어머니의 곁으로)."

　지오반니는 그 말을 반복했다. 아를리안을 닮아 가는 것인지 동족의 죽음이 익숙하지 않았다. 가벼이 넘길 수도 없었다. 순리대로 흐르는 것이 이 땅 위의 모든 것들이 거쳐야 할 일이라지만 가혹했다. 잔인했고, 언젠가 혼자 남을 두려움이 점점 좀먹었다.

　히사. 탈 듯이 붉은 머리칼을 가지고 있던 친구는 분명 그토록 바라던 타미르의 곁으로 갔을 것이다. 자신이 해 줄 수 있는 위로가 무엇인지 생각했다.

아름다운 친구 히사, 그 슬픔이 너를 잠에 들게 할 정도로 견딜 수 없었나. 차라리 눈을 감는 것으로 모든 것을 잊고 싶을 정도로 괴롭게 했었나.

그는 잔뜩 먹구름이 낀 하늘을 올려다보았다. 위로가 끝났다고 생각하는 순간 록산느의 얼굴이 떠올랐다. 변절자. 그 이름만이 되풀이되었다. 비토르와의 일처럼 무시할 수 없었다.

동족의 앞을 막아섰다. 저들이 다치는 것을 원하지 않아서. 아끼고 보듬고 싶은 마음이 사랑하는 것이라 생각해서. 행여나 저가 만족스럽다 여기는 이 세계가 여지없이 무너질 것 같아서이기도 했다. 너무나도 당연하게 행해진 일이라 이상타 여길 수도 없었다. 그런 자신의 모습이 록산느의 말처럼 변절자라도 된 것 같아 입 안이 절로 썼다.

"앓아누우우실 거예요."

작은 우산이 머리 위로 드리워지는 순간 모든 것이 단절되었다. 귓가를 사정없이 때리던 이명이 사라지고, 저를 거칠게 힐난하던 록산느의 말도, 떨어지던 빗방울도 사라졌다.

보이는 것은 걱정스러운 눈을 하고 있는 여자. 그녀는 치맛자락이 젖는 것도 아랑곳하지 않은 채 저와 눈을 맞추고 있었다. 치마를 말아 쥐는 것을 물끄러미 바라보던 그가 허탈하게 웃었다.

그 모든 것에 눈물이 날 것 같았다. 그는 라즐리의 옷자락을 움켜쥐었다. 여자에게 매달려 울어 버린다면 모든 것이 속 시원히 내려갈까. 이 두려움도, 끝을 알 수 없는 아득한 시간들을 곱씹었던 지난날들도.

"너는."

"이 정도라면 괜찮아요. 그런데 당신은 더 이상 맞으면 안 될 것 같아서. 감기 걸려요."

너도 젖지 않겠느냐, 하는 물음에 라즐리는 대수롭지 않은 양 어깨를 으쓱였다. 세차게 내리는 빗방울에 이미 라즐리의 어깨는 꽤나 젖어 있었다.

"저택 안의 사람들이 많이 걱정해요. 그런데 당신 분위기가 심상치 않아서 감히 나설 수 없대요."

"……."

"저도 많이 걱정스러워요."

라즐리가 눈썹을 잔뜩 찡그린 채로 말했다. 차갑게 얼어붙은 입술을 스치고 지나간 손이 뺨을 감싸고 이마를 감쌌다. 그러곤 가져온 타월로 그의 어깨를 감쌌다. 거짓말처럼 온기가 스며들자 그제야 춥다는 생각이 들었다.

여태 이 추위를 어떻게 참았을까 하는 의문과 함께, 히사의 죽음도, 록산느가 저를 사정없이 힐난했던 일조차 까무룩 잊었다.

"이제 좀 추워요?"

지오반니가 덜덜 떠는 모습에 라즐리가 놀란 눈을 했다.

"떨고 있어서 물어봤어요."

잡아끄는 손길에 지오반니가 순순히 따랐다. 젖은 옷을 갈아입고 몸을 데워 줄 따뜻한 차가 놓이기까지 그는 우울한 얼굴을 감추지 못했다.

"무슨 일 있어요?"

미동도 않는 그가 느리게 고개를 저었다.

"무슨 일 있는 사람이 꼭 없다고 하더라."

"……."

"엉망이네요."

온기 자리한 손이 다소 차가운 뺨을 덮었다. 아까보다는 나아졌지만 그는 여전히 찬 몸을 하고 있었다. 그의 눈이 장작이 타는 벽난로로 오래도록 머물러 있었다.

창백한 얼굴을 하고 있는 그가 가만히 라즐리의 손길에 눈을 감았다. 젖은 머리칼을 헤집는 손에 안도감을 느껴 그러했다. 순식간에 찬 기운은 없어지고 따뜻한 기운이 감쌌지만 이 허한 마음을 달랠 길이 없었다.

타미르의 나무로 가 눈물이라도 흘리면 좀 나아질까. 지친 눈을 들어 여자를 바라보니 초조한 얼굴로 입술을 달싹이는 모습이 보였다.

"뭐라고 위로는 해 주어야 할 것 같은데."

괜찮아. 대답을 해 주어야 하는데 목이 꽉꽉 막힌 듯 숨이 막혔다.

"뭐라고 해야 할지 모르겠어서, 생각하고 있었어요. 빨리 말 안 하면 더 우울해할 것 같아서요."

"신경, 신경 쓰지 마."

"그런 얼굴을 하고 있는데 어떻게 신경을 안 써요? 제가 아니라도 충분히 신경 썼을 만하다고요."

라즐리의 말에 지오반니의 입가에 희미한 미소가 번졌다. 하지만 그것마저도 씁쓸함이 배어 있었다.

"무슨 일이 있었어요?"

"……."

"말해 줘요. 아무 말 안 하고 듣고만 있을게요."

록산느의 말대로 변절자에 가까운 것일까. 걱정 가득한 얼굴이 사랑스러워 보이는 것을 보면. 그가 끔찍하고 질린다고 했던 이들 중, 그 수많은 인간들 중엔 이 여자도 포함되어 있을 텐데.

"울 것 같아."

그는 조용히 눈을 내렸다. 차라리 퍼붓는 빗속에서 여자를 붙잡고 세상이 떠나가라 울었어야 했다. 그래야 이 먹먹함이 조금은 사해질 테니.

"차라리 우는 게 나을 것 같아요."

지오반니가 느리게 고개를 저었다. 그렇다면 록산느가 하는 일에 기꺼이 동참이라도 해 줘야 했던 걸까. 의문은 꼬리에 꼬리를 물고 이어져 답에 도달하지 못하고 희미하게 끝을 맺었다.

아를리안이라면 무슨 답을 내려 줬을까. 키든의 일을 보건대, 그녀도 록산느의 말에 찬성했을지도 모를 일이었다.

"친구가 죽었어."

지오반니가 멍한 얼굴을 하곤 중얼거렸다. 시선이 닿는 곳은 벽에 걸린 그림으로였다.

"아……."

"해 줄 수 있는 일이라곤 녀석이 좋아했던 구절을 읊어 주는 것이 전부였지만."

히사는 드물게도 제 뿌리의 출처에 대해서 고민하던 가족이었다. 그녀는 나름 심각하게 고민하는 듯했지만 답을 내려 줄 수 있는 이가 없어 답답해했다. 연장자인 아를리안과 탄탈로스조차 그 해답을 알지 못했다.

또한 히사는 습관처럼 어머니라 불리는 타미르의 곁으로 가고 싶다고 말했다. 죽음이 언젠가 찾아온다면 어머니를 뵙고 싶다고. 지겹도록 말했으니 정말 뜻대로 이루어진 셈인가.

일족은 자신들이 눈을 감고, 마지막으로 도달하는 곳을 타미르의 곁이라고 생각했다. 그녀에게서 태어나고 그녀의 곁에서 눈을 감는 것이다.

"친구가……"

라즐리가 당황한 얼굴로 눈을 깜박였다. 한참 동안이나 하늘을 올려다본 이유가 그 때문이었나 보다.

"많이 친한 친구였어요?"

"그리운 친구이긴 했지. 이런 소식을 들을 줄은 몰랐지만."

지오반니의 긴 손가락을 매만지던 라즐리가 손가락을 얽어 꽉 쥐었다.

"뭐라고 위로를 해야 할지 모르겠어요."

"무슨 말을 해도 위로가 되진 않을 거야. 네가 아니라, 그 누가 되더라도."

"……"

"내일이 되면 멀쩡해지겠지. 하루하루가 지날수록 더 괜찮아질 테고."

그렇게 살아갈 것이다. 그리고 특별한 날에만 꺼내 보일 수 있는 슬픔이 될 것이다. 언젠가는.

친구의 죽음이 처음은 아니었다. 판데라가 죽었고, 그 이후에도 많은 이들이 잠에 들었다.

그렇다면 그들에게 그랬듯 히사의 죽음도 받아들일 수 있을 것이다. 그는 그렇게 자신을 위로했다.

"애쓸 필요 없어."

"……"

"그래도 혼자보단 나아. 다행이야."

'지금 이 순간 네가 곁에 있어서.'

"피곤하시죠."

"그래. 그런 것 같아."

제게 뻗어 오는 여자의 손을 거부하지 않았다. 눈을 감고 여자의 품에 안겼다. 등을 도닥거리는 손길에 안도를 느꼈다. 조금 더 이 평온에 감싸이고자 품에 파고들었다.

비토르와의 만남에서도, 록산느와의 만남에서도 자문했었다. 동족을 막아서 너희들을 지킨 오늘을 후회하지 않을까. 변절자의 꼬리표가 따라붙는 것을 견딜 수 있을까.

"위로를 받았어."

"위로가 됐나요?"

괜찮았다. 그것을 감내할 수 있을 만큼 그들이 만든 세상은 가치 있었고, 아름다웠다. 그 속에 기꺼이 스미고 싶었다.

"응."

여자의 곁에서 안주하고 싶었다. 머물고 싶었다.

*   *   *

거친 손이 책상을 쓸고 지나갔다. 남자는 그곳에서 온기를 찾으려 했다. 하지만 느껴진 것은 서늘함. 주인이 오래도록 자리를 비운 탓에 손끝에선 그 차가움이 여실하게 느껴졌다.

주먹을 꽉 쥐었다 편 남자의 얼굴에 비통함이 나타났지만 찰나였다. 늘 그랬던 일인 듯 남자는 담담한 얼굴로 방을 감상했다. 책상 위 어지럽게 흩어져 있는 서류들, 검붉은 액체가 일렁거리는 찻잔, 멈춰져 있는 시곗바늘.

"녀석, 제 방 하나 정리하지 못하고……."

모든 것이 그대로였다. 제 방 주인만, 이 의자에 앉아 있었다면 완벽할 뻔했다.

"리온."

남자는 조심스레 그 이름을 입에 담았다. 남들 앞에서는 일절 담지 않았던 이름이었지만, 남자는 이 방에 들어오고 나면 무너지듯 모든 것을 털어놓았다.

그는 소파 구석에 앉아 몸을 묻었다.

"리온."

남자가 서류와 함께 굴러다니는 만년필을 들어 올렸다. 반질반질하게 빛났을 검은색의 만년필이 약간은 바래져 있었다. 온기가 느껴지는 듯해서, 남자는 만년필의 뚜껑을 닫고 열기를 반복했다. 그러다 웃음을 한숨처럼 흘리고는 만년필을 제자리에 올려 두었다.

"……리온."

이 방, 원래대로라면 없어질 곳이었다. 못을 박고 그 누구의 출입도 금할 곳. 안의 모든 물건을 태우고 흔적을 없애려 했었다. 이유는 단 하나였다.

"갑자기 보고 싶어서."

편할 테니까.

"이렇게 찾아왔다."

갑작스레 보고 싶을 때도 미련맞은 사람처럼 그 아이의 흔적을 쫓고 싶지 않아 모든 것을 지우고자 했다. 그리워진다 해도 쫓을 수 없을 테고 힘이 들 때면 습관처럼 이 방에 올 일도 없을 것 같아 그랬다.

하지만 그건 너무 가혹한 일이었다. 자식의 흔적을 모두 지워 버린다면 정말 없었던 사람이 될 것 같아 차마 그리할 수 없었다.

"요즘 들어 왜 이리 네가 생각나는지 모르겠다."

너는 죽은 것이 맞을까. 솔직히 말하자면 아직도 믿을 수 없었다. 다시 돌아올 것 같아 모든 물건과 흔적을 떠안다시피 사는 자신에게는 그랬다.

"그곳은."

물으려던 질문을 바꾸었다. 돌아올 답 같은 것은 없으므로.

"편하겠지."

제너의 눈가가 일그러졌다.

"이럴 줄 알았으면 너와 아리엘을 조금이라도 축하해 주었을 걸 그랬다. 네가 그리도 좋아했는데 나는 허락지 않았지."

"……."

"모든 것이 미안하다. 네게 잘해 준 것이 아니라 못해 준 것만 떠올라 내가 얼마나 죄스러운지 몰라."

제너가 턱을 물었다. 분노, 허탈함, 모든 감정들이 어지럽게 뒤섞였다.

"너의 죽음보다 더한 일은 일어날 것 같지 않았는데. 그런데도 신의 농간질은 아직 끝나지 않은 모양이야."

운명이 가혹하다 생각했었다. 부와 권력을 지녀 떵떵거리고 사니 누군가 시샘을 한 게지. 제게서 소중한 것을 야금야금 가져가는 통에 정신을 차릴 수 없었다.

"하지만 걱정할 것 없어."

아무것도 모르게, 귀히 자라게 하고 싶었다. 온실 속에서 가꾸어지는 아름다운 꽃으로 말이야. 온실 밖으로 나가면 시들어 버리는 꽃으로, 그렇게. 그래야 바깥세상의 무서움을 알 테니까.

무서움을 알면 제집이 가장 편한 줄 알 것이 아니냐. 가장 안전한 줄 알겠지. 나약한 것은 싫지만 라즐리만은 그렇게 자라게 하고 싶었다.

"나는 그 아이마저 아리엘의 길을 걷게 둘 수 없고, 흠집 나게 둘 수도 없다. 뜻대로 되지 않는다면 찔러 죽일 각오도 되어 있다."

마디가 굵은 손가락이 잘게 떨렸다.

"내 생각이 옳지 않은 것이라도 아무도 탓하진 못할 거야. 충정 따윈 오래전에 바래진 것을."

그가 다시 한 번 방 안의 풍경을 눈에 담았다.

"내 이야기는 끝났다."

저에게 웃어 주는 듯했다. 주름진 눈매가 보기 좋게 휘어졌다. 연둣빛 눈동자가 방 안의 풍경을 하나하나, 느릿하게 담았다.

"다음에 다시 오마."

남자는 다음을 기약했다. 하루가 될지, 일주일이 될지, 한 달이 될지는 몰랐다. 하지만 남자는 들어오기 전보다 홀가분한 마음으로 방을 나섰다.

* * *

"새벽녘에 일찍 돌아가야 하지만 상관없어요."

"무리하지 마."

"제가 너무 귀찮게 굴어요?"

"아니야."

즉각 들려오는 대답이 마음에 들었는지 라즐리가 대담하게 그의 품으로 파고들었다. 빛이라고는 벽난로 안에서 타오르는 불과 벽에 걸린

촛불에만 의지한 채였다.

"지오반니."

장작 타는 소리를 자장가 삼아 듣고 있던 라즐리가 그를 불렀다. 그는 여전히 눈을 감고 있었다.

"응."

"당신 이야기를 더 해 봐요."

잠시 고민하던 지오반니가 입을 열었다. 그는 제 기억 속을 더듬었다.

"옛날. 아주 오래전에 여행을 많이 다녔었어."

머릿속의 기억은 지나치리만큼 선명했다. 지오반니는 어디서부터 이야기를 해야 할지 고민하다 한참 후에 입을 열었다. 주위가 조용해지니 선명하게 들려오는 것은 시계의 초침 소리. 그리고 미약하게 흔들리는 창문 너머로 쇳소리와 비슷한 바람 소리가 들려왔다.

"여행?"

"내게 주어진 시간은 많았으니까."

어둠이 내려앉은 방 안에 언제나 그렇듯 침묵 또한 내려앉았다.

"너무 과분한 시간들이 주어졌어. 나는 내게 주어진 시간을 얼마나 썼는지, 얼마나 남아 있는지조차 몰라. 지금도 마찬가지야."

반쯤 감겼던 라즐리의 눈이 그제야 또렷하게 뜨였다.

"사람들은 내가 웰시노 가문으로 입양되기 전에 무엇을 했는지 궁금해하지만 알고 있는 사람은 없어. 추측만 무성할 뿐이지."

"태어난 곳이 어디예요?"

"내가 태어난 곳은 탄팔로 사막이야. 그곳에서 몇 년을 지낸 것 같기는 한데 정확하게 기억나지는 않아. 누구의 손에서 자랐다기보단 혼자 자랐다는 것이 맞을 거야."

"……."

"부모라는 존재는 없었어. 내겐 생소해."

등을 토닥이는 손길과 느릿한 음성에 라즐리는 다시 잠에 빠져들 뻔했지만 정신을 다잡았다.

"특별히 기억나는 것은 없어. 지금처럼 여러 곳을 떠돌다 새로운 인연을 맺고, 끊어지기를 반복했어. 정착할 수는 없었어. 우리의 시간은 길고 그들의 시간은 짧았거든. 채 이별을 실감할 수도 없었지."

"……."

"그러다 잠에 든 것 같아. 아주 오랜 잠이었어."

"정말 특별하게 뭘 했는지 기억하고 있는 게 없어요? 그럼 정말 허무할 것 같아."

라즐리의 물음에 지오반니가 잠시 신음했다.

"기억나는 건 있지. 잠들기 전까지도 용과 끊임없이 대립한 것."

"대립?"

"오래도록 이어진 대립이었어. 진절머리가 날 정도였지. 이 나라가 세워지기도 훨씬 전이었어. 법과 질서가 제대로 세워지지 않았을 때. 용이 지상에서 왕성한 활동을 하던 때……. 황금의 시대가 열리고 저물어 가는 것까지. 란체 3세가 그 전성기를 어떻게 말아먹었는지도 다 지켜봤지."

"정말 대단한 이야기꾼이잖아. 책은 만드레가 낼 게 아니라 당신이 집필했어야 했어."

라즐리의 말에 지오반니가 나직이 웃었다. 기분 좋은 울림이었다.

"용과는 왜 그렇게 사이가 안 좋았던 거예요?"

"그들은 지상 위의 최고의 포식자로 군림하고 있지. 남아 있는 개체

수도 꽤 되고 압도적인 힘으로 인해 그 누구도 그들의 자리를 빼앗지 못해. 지금도 그들은 그 자리를 지키고 있어. 용은 필요에 의해서 인간과 교류하지만 그리 고분고분한 존재들이 아니야. 변덕이 심할뿐더러 거만하지. 수틀리면 부수는 건 일도 아닐 거야."

지오반니는 가리온에서 자신을 거만하게 내려다보던 고룡 알케미나를 떠올리며 말을 했다.

"하지만 그런 그들에게도 천적은 있었어."

그가 과거의 회상은 접어 두며 다시 말을 이었다.

"용에게 천적이 있었어요?"

"만드레는 그들을 커리너carina라고 불렀지만 그건 상당히 우아한 이름이지. 실제로 불렸던 이름은 자간이었어."

"무슨 뜻이에요?"

"글쎄. 사악한 악마의 이름을 따서 붙인 것이라는 것 정도만 알아. 하지만 가족은 마음에 든 모양이야. 그 사악한 이름으로 곧잘 제 자신을 가리키곤 했으니까."

오랜만에 입에서 굴려 보는 이름이었다. 지오반니가 낮게 실소했다.

"그들이야말로 폐쇄적이고, 고립된 존재들이지. 필요에 의해 교류하는 용보다 더 최악이었으니까."

"왜요?"

"그럴 필요성을 느끼지 못했어. 강하기 때문에 결여되어 있었다는 게 맞아. 남을 내리누르는 데 익숙하니 조화롭게 살 수 있는 방법을 몰랐어. 그런 노력 또한 하지 않았고."

강하기 때문에 결여되었다…… 그 말이 맞을 것이다. 아를리안이 자주 하던 말이었다.

"용에 버금가는 힘을 가진 그들은, 정상에서 완전히 군림하길 바랐어. 그들은 포악한 짐승처럼 먹이사슬의 판도를 완전히 뒤바꿨어. 순식간이었어. 포식자는 하나에서 둘로 늘어났으니 용이 자간을 견제하는 것은 당연해."

"자간은, 용보다 더 강했어요?"

그는 망설이지 않고 대답했다.

"확실하게 말할 수 있는 건 없어."

확실하게 말할 수 있는 건 용과 자간에게 쥐어진 힘이 컸다는 것이다. 인간은 쥘 수 없는 힘. 통제할 수 있는 자에게 쥐여 줬더라면, 그 힘은 좋은 쪽으로 쓰였을지 모르겠다. 하지만 철없는 어린것들에게 쥐여 주니 하루도 조용할 날이 없었다.

"용이 대외적인 활동을 즐겨 하는 것에 비해 자간의 존재는 수면 위로는 드러나지 않았으니 모든 것이 모호하고 희미한 존재이기만 했어. 그랬기에 전설 따위로 떠돌기에 좋았지. 자간은 인간들에게 지상 위에 강림한 신이라 추앙받았고 동물의 모습으로 빗대어지기도 했고 인간의 모습으로 그려지기도 했어. 그렇게 용과 자간의 대립은 계속됐어. 어떠한 이유도 없었어. 무엇을 위함도 없었지. 그들은 서로의 힘을 시기했을 뿐이었어."

"그렇게 강했다면서 시기를 해요? 만족하지 않고?"

"불안했을 거야."

"왜요?"

"자신과 비슷한 강함을 인정하지 못했어. 제 발아래서 죽지 않는다는 걸 끔찍이도 싫어했지. 위협받고 있다고 생각했을지도 몰라. 나를 죽일 수 있는 힘이니까. 죽을 수도 있으니까. 위협받고 있다는 생각이

든다면 누구든 가시를 세우곤 하잖아."

라즐리의 볼에 짧게 입을 맞춘 지오반니가 실긋, 웃었다.

"짐승의 본능과 같기도 해. 한 공간 내에 나 외의 포식자는 필요 없어. 있다면, 어떡해야 한다고 생각해?"

"짐승들은 보통 경쟁하고 죽이지 않나요?"

"맞아. 숨통이 끊어질 때까지 이를 박아 넣고 기다려. 용과 자간은 그런 사이였어."

지금 생각해 보면 패악이었다. 눈만 마주쳐도 죽이지 못해 안달이었다. 철이 없다고 생각하기엔, 오랜 시간을 보낸 늙은이들이었기에 더 문제였고.

"지금은 사이가 좀 괜찮아요?"

"지상 위에서 왕성히 활동하던 용은 잠이 들었거나 이 대륙을 벗어났어."

"왜요? 자간은?"

"자간은……."

지오반니가 숨을 골랐다. 그는 지금 이 기분이 무엇인지 생각하려 했다.

"사라졌지."

"네?"

라즐리가 놀란 듯 되물었다.

"정확히는 씨가 말랐다는 게 더 맞아. 어느 순간부터, 예고치 않게 찾아온 저주였어. 번식하지 못하는 종족의 끝은 사라지는 거야."

"이유는요?"

"알았다면 그 이유를 해결하려 했겠지. 번식능력이 가능했던 종족이었기에 자간이 받았던 충격은 더 컸어."

패망의 길을 걷고 있었다. 가장 화려한 빛을 내고 있었다고 생각했던 일족은, 그리 허망하게 사라졌다. 분노했다.

강함을 시기했던가? 천방지축을 벌하려 함인가. 그네들이 쥐여 준 이 힘, 다시 거두어 가려 함인가?

"자간은 더 이상 용과의 싸움을 계속할 수 없었어. 그러기엔 남아 있는 어린 일족의 생명은 귀했고 번식의 문제점을 찾아야만 했으니까."

"……."

"그들은 이 땅을 떠났고 용과의 싸움도 멈췄어. 몇몇 용은 대륙에 남아 있지만, 알케미나같이 대외적인 자리에는 나타나지 않아. 흥미를 잃은 대부분의 용들은 이 땅을 떠났어. 자간은 나처럼 인간행세를 하고 다녔지. 악취미야. 우리는 그 약한 존재를 낮게 보면서도 부러워했거든."

그들의 싱그러운 삶을 좇았다. 나태하고 정적으로 가득 찬 우리와는 다른 그들의 것들을 부러워했다. 흑백으로 바랜 저희들의 삶에 비해 그들이 걷는 모든 길엔 흔한 풀꽃 색이라도 배어 있었으니까.

일그러지는 눈과는 대조적으로 지오반니에게서 흘러나오는 목소리는 덤덤했다.

그가 자조했다. 비밀이랄 것도 없는 것을 털어놓고 나니 정말 제 존재가 저주라는 생각이 들었다. 무엇 하나 온전한 것이 없고, 정상적인 것이 없었다. 이 초월한 힘도, 끝을 알 수 없는 시간도.

사랑으로 우리들을 빚었다던 어머니 타미르의 존재는 모순이었다. 그녀는 저를 비롯한 일족을 사랑한 것이 아니었다. 그렇다면 외롭게 만들지도 않았을 것이며, 이런 괴물로 만들지는 않았을 테니. 사랑한 적이 없었다. 그렇기 때문에 일족을 진창 속에 처넣을 수 있었던 것이다.

"다른 이야기 해 줄 걸 그랬다. 썩 좋은 내용이 아니잖아."

"당신 이야기를 해 보라고 한 건 저잖아요."

눈이 반달로 혹 접혔다. 지오반니의 팔을 제 허리에 올려놓은 라즐리가 눈을 감았다.

"나중에 더 해 주세요."

라즐리로서는 배려를 베푼 것이었다. 이 이야기를 들려주는 남자가 꼭 길 잃은 아이 같았다. 미처 일그러지는 눈을 숨기지도 못했다.

"놀라진 않았어?"

"용도 있는데 다른 존재가 없을 리 없잖아요."

짐승의 눈을 하고 있는 남자이면서도 그것이 이상하다거나 괴이하다고 생각한 적이 없는 이유는, 남자에게서는 뜻 모를 시간의 격차가 느껴졌기 때문이었다. 그는 주어진 시간에 지루해하는 것 같기도 했고, 간혹 이 모든 것을 원망하는 듯 굴었다.

가장 괴이하게 여겨졌던 것은 그가 자신과 같은 인간이 아닌 것이 아니었다. 제 삶인데도 불구하고 한 발 물러서서 철저하게 이 모든 것을 관망한다는 것. 마치 다른 사람의 인생을 바라보듯. 그 무엇에 욕심을 담지도 않았고, 흔한 열망 따위도 품지 않았다. 그저 식은 눈으로 모든 것을 관찰하듯 훑을 뿐이었다.

그에겐 모든 것이 그랬다. 막대한 부도, 지위도, 그의 몸을 데워 줄 여자들의 존재마저도. 모든 것이 의미 없는 양 바라보는 눈은 무채색을 띠고 있었다.

"안 놀랐다면 거짓말이긴 해요."

무엇이. 무엇이 그를 그렇게 만들었을까. 억겁의 시간이 그를 이렇게 무감한 존재로 만든 걸까. 그조차도 알 수 없는 앞으로의 시간들이 그를 이렇게 거친 눈을 하게 한 걸까.

"많이 외로웠을 거예요. 그렇죠?"

그랬기 때문에 자신이 할 수 있는 일이라곤.

"혼자 남겨진 거니까. 그 시간을 혼자 감당할 수 있을 리가 없잖아."

위로를 해 주는 것밖에는 없었다. 등을 도닥이고 얼렀다.

"그렇게 생각해?"

"당신만이 아니라 누구라도 그럴 거야. 홀로 살아가는 건 끔찍해."

그의 목울대가 크게 움직였다. 울컥 치미는 것을 애써 내리눌렀다. 라즐리의 말처럼 혼자 남겨졌다. 정처 없이 떠돌았고, 정착할 수 없다는 것을 알았다.

그럼에도 찾아 나섰다. 수많은 이름으로, 다른 몸의 껍데기를 뒤집어썼다. 무한하고 조건 없는 애정을 느껴 보고자 끊임없이 갈망했다.

믿음을 주고, 신뢰를 주고, 공유하는 것은 그리도 달았다. 품는 것이 많아질수록 초라해지는 것은 자신이었다. 추억할수록 짙어지고 갈망할수록 손에 잡히지 않았다.

"나 같으면 어디로 가야 할지 몰라서 울었을 거야."

"울기도 했지. 막막해서 무서웠으니까."

"당신이 견딘 것이 상상이 안 가요."

위로해 주려 함인지 허리에 두른 팔에 힘을 준 라즐리가 칭얼거렸다.

"그 후엔 뭘 했어요?"

"지쳤다고 생각됐을 때는 잠에 들었어. 잠에서 깨니 신전이 지어지고, 섬기는 사람들이 생겨났지. 그들은 사막의 군신이라 부르며 동물에, 그리고 사람의 형상으로 나를 표현했어."

"……."

"무엇이든 좋았지. 그 조건 없는 사랑을 받는 기분은. 그래서 그들을 전쟁으로 보호하고 기근으로부터 구해 냈어. 내가 해 줄 수 있는 건 그것뿐이었거든."

품에 얼굴을 묻고 있던 라즐리가 얼굴을 들었다. 그 시선을 느낀 지오반니가 고개를 갸웃거렸다.

"왜?"

"당신 정말 외로웠을 것 같아서."

"그럴지도 모르겠다."

지오반니가 지친 듯 고개를 내렸다. 뺨에 숨결이 닿았다.

"그럴지도 모르겠어……."

목덜미에 얼굴을 묻은 지오반니의 말이 어눌하게 뭉개졌다.

"계속 그렇게 바라봐 줘."

"제가 어떻게 쳐다보는데요?"

"오롯이 나만."

자신을 향한 눈. 자신만을. 그러한 생각들에 희미한 쾌감이 불을 지피듯 퍼져 나갔다.

자신만을 향한 애정이 처음은 아니었다. 긴 시간 속에서 곁에 있던 여자들은 많았고, 자신을 추앙하던 이들에게서도 느낄 수 있던 감정이었지만.

그것이 같다고 할 순 없었다.

2. 덫

오키아가 초조하게 책상 끝을 두드리다 콧대를 매만졌다. 흘러나오는 한숨과 함께 힐난의 눈이 향한 곳은 미하엘에게였다.

며칠 사이에 많은 일들이 일어났다. 지오반니는 여자를 두고 라르기얀과 싸우려 했고, 라르기얀은 제 성질을 못 이겨 기오테의 숨결이 머문 이 땅에 챠를 꺼내 보이고 결국에는 그의 분노를 샀다.

"그래. 상황을 이렇게 만든 기분이 어떠합니까, 라르기얀."

"잘 모르겠군요."

비아냥거리는 질문에 미하엘이 멍하게 대답했다. 반쯤 넋을 놓고 있는 얼굴을 보던 오키아의 턱이 불거졌다. 상황을 엉망으로 만든 장본인은 다른 생각을 하느라 몸만 앉아 있을 뿐, 정신은 온통 다른 곳에 쏠려 있었다.

그런 놈을 두고 저만 애타 질문하고, 재촉했다. 하지만 들려오는 답이라곤 마치 방관자와 같은 느른한 목소리였다.

"그대는 말과 행동이 달라. 그대가 처음에 짐에게 한 말이 무엇이었어? 프레야와 결혼을 성사시킨다 했지. 그런데 여자를 겁박해? 어르고 달래도 넘어오지 않는 여자를! 난 그런 그대의 말을 믿었어. 확신에 차 내게 지껄이던 황자의 말을 믿었지!"

"무엇에 화가 나셨습니까?"

"무엇에 화가 났느냐고? 지금 그것을 짐에게 묻나!"

"제가 결혼을 하지 않는다고 했던가요?"

"지금 프레야의 상황이 어떠한가. 자네가 수를 써 보기도 전에 웰시노 후와 결혼이 진행되고 있길 않아!"

언성을 높이는 오키아를 물끄러미 바라본 미하엘이 턱을 괴곤 고개를 돌렸다.

"뭐……."

정확히 들을 수 있는 답은 없었다. 미하엘의 태도는 오키아를 충분히 분노케 했다.

오키아는 확신했다. 라르기얀과 프레야가 결합될 일은 없을 것이다. 그것을 글러먹은 미하엘의 태도만 보아도 알 수 있는 것이었다.

"그대는 분명 라제프와 우호적인 관계가 성립되길 바랐어. 그건 나도 원하던 바야. 할 수 있다면 누바라와 마찰을 피하고 우호적인 관계가 되는 것도 좋은 방법이지. 그것이 에르만틴을 견제하는 좋은 일이될 테니까! 그래서 프레야와 결합을 바란 거고. 나는 그대의 억지에찬성했어."

"다 끝이 난 것처럼 말씀하시는군요."

"내가 이 자리를 걸고 확신하건대, 그대가 프레야랑 결합될 가능성은 없을 거야."

"사람 일은 모르는 겁니다."

"그럴 여지가 있어야 바뀔 가능성이 있는데, 그대는 바뀌지 않아. 그러니 그 희박한 가능성조차 없는 걸세."

까득. 까득. 오키아가 이를 갈았다. 지오반니가 개입함으로써 끝이었다.

그는 저주받은 탄팔로 사막의 군신이라 추앙받았던 사내였고, 사막을 내어 줌으로써 제위에 오르고자 함에 큰 공헌을 한 사내였다. 후자의 이유는 무시할 수 있다 치더라도 인간이 아닌 그의 간섭을 무시할수 없었다.

지오반니가 결혼을 함으로써 라제프에 정착하는 것은 더없이 좋은 일이었지만 이런 식으로 머리 아픈 일은 사양이었다. 그는 프레야와의 결합을 싫어하지 않는 눈치였다. 무감한 눈이 이채를 띠고 있었다. 여자의 옆을 바라는 것이다.

라즐리의 이유로 몇 차례 경고를 받은바, 이번만큼은 미하엘의 편에 설 수 없었다.

"욕심이 난다면 기다릴 줄도 알아야지. 탐이 난다고 했었지. 그런데 아리엘이 부리던 정령을 죽이고 기오테가 수호하던 나라에서 챠를 꺼내 보여?"

"기오테. 기오테. 다들 그 이름에 죽는 시늉까지 하는군요."

"그대는 아니라는 듯 말하지 말게. 챠의 힘에 누구보다 의지하고 있질 않나. 챠의 수호를 받고 있는 누바라의 다음 제위를 이을 사람에게는 썩 어울리지 않는군."

오키아가 입매를 비틀었다. 잔뜩 빈정거리는 말에도 미하엘은 개의치 않아 했다.

"그렇다면 지금부터는 공과 사를 철저히 구분하도록 하죠."

"……"

"여자를 가지고 싶어 하는 제 사사로운 욕심은 잠시 뒤로 미루고."

미하엘이 미끈한 얼굴로 해사하게 웃었다.

"제가 이곳을 방문한 이유에는 분명히 프레야의 영애 때문도 있지만 오래도록 저희 두 나라의 발목을 잡는 일을 해결하기 위해서 온 겁니다."

"그런 말을 꺼내기엔 황자께선 꽤 제 감정에 휘둘렸지."

"부정하진 않겠습니다. 제가 이성적인 것과는 거리가 멀기도 하거니와 아리엘을 닮은 것을 보면 정신을 못 차려요."

"그대는 적당히 하는 법을 몰라. 아리엘의 이름은 치우고 말하려던 것을 말해."

오키아는 질린 얼굴을 하고 손을 휘휘 저었다.

"부친의 대에선 라제프와 사이가 좋지 않았지만 다음 제위를 이을 저는 라제프와 그런 관계를 바라지 않습니다. 지금은, 더 늦기 전에 라제프와 누바라가 우호적인 관계를 유지하면서 서로 힘을 합쳐야 할 때입니다."

"그렇게 생각한 이유가 있을 텐데."

"기오테나 챠와 같은 대정령이라 부를 수 있는 존재는 이제 없습니다. 바아의 후라가 존재하지만 때때로 모습을 드러내는 기오테와 챠와는 달리 후라는 백오십 년 전을 기점으로 한 번도 모습을 나타내지 않았죠."

"……"

"나노아를 수호하던 정령이 사라지고, 그 땅이 어떻게 되었습니까. 지금 많은 나라들이 달라붙어 그 땅에 묻혀 있는 것들을 취하려 침을 흘리고 있죠. 자신들도 그 꼴이 날까 바아는 전전긍긍하고 있어요. 그들이 살아남으려 머리를 쓴 것은 타국과 결혼으로 묶어 관계를 돈독히 하는 것이죠."

나노아가 그렇듯 수호하던 정령이 사라진다고 해서 모두가 망하는 길로 들어서는 것은 아니었지만 바아는 나노아의 길에 들어서지 않으려 무던히도 노력하고 있었다.

"그렇다고 해서 정령의 수호를 받지 않는 나라들이 모두 스러져 간다는 건 아닙니다. 폐하께서도 아시다시피 정령의 수호를 받지 않는 이젠티아나, 에르만틴은 아주 잘 살고 있어요. 저는 말입니다. 두려운 것이 있습니다. 정령의 수호를 받지 않고도 세가 강해지는 에르만틴이 우리의 치부를 알까 두렵습니다."

그것은 정령의 수호를 받고 있는 나라라면 안고 있는 고질적인 문제였다. 그들의 수호는 신성시 여겨지고 다른 나라에게 경각심을 불러일으켰지만 실상은 화려하기만 한 껍데기와 다를 것이 없었다.

화려하지만 그 안을 까 보면 속이 빈 것. 오키아는 그 사실을 참아 내지 못했다.

"폐하께서도 아시다시피 라제프와 누바라의 힘이 부풀려진 것도 없잖아 있죠. 그것은 기오테와 챠의 덕이 큽니다. 하지만 그 껍질을 까고 내부를 들여다보면 과연 소문에 의한 것처럼 우리들의 나라가 대단하냐는 겁니다. 그 힘이, 온전히 우리의 것이냐는 겁니다."

"……."

"제가 우려하는 것은 패망한 나노아처럼 기오테와 챠가 떠날 때의 일입니다."

까맣게 가라앉은 눈이 오키아를 바라보았다.

"에르만틴이 먼저 나설까요, 이젠티아가 먼저 나설까요."

오키아는 내내 피하고 있던 문제와 맞닥뜨렸다. 그것은 두려움과 불안함으로부터 기인된 문제였다. 미하엘의 물음에 오키아가 목이 죄인 듯 낮게 신음했다.

자신들이 나노아의 땅을 탐내던 것처럼 그들 또한 라제프와 누바라의 땅에 눈을 빛내겠지.

용이 잠든 설산 우첸바라 너머 자리 잡은 에르만틴은 언젠가부터 몸의 부피를 늘렸다. 북해에서 터를 잡은 하르게니아가 그들의 힘에 일조했고, 그녀가 낳은 혼혈의 남자는 언젠가부터 우첸바라 너머의 세상을 궁금해했다.

황제인 형을 끔찍이 여긴다는 그 남자에게 물려진 하르게니아의 힘은 예사로운 것이 아니었다. 머지않아 마찰이 인다면 일 것이다. 오래지 않았다. 패망한 나노아의 땅덩이가 첫 번째였고, 그다음은 서로의 영역 다툼이었다.

"곧 나노아의 땅덩이를 두고 서로 말들이 많아지겠죠."

"그래."

"야금야금 나눠 가지게 될 겁니다. 아니라면 운 좋게 누군가는 그 땅을 먹어 치울 수도 있겠죠. 제가 그것을 보고 무슨 생각이 들었는지 아십니까? 지금의 나노아의 꼴을 우리라고 면할 수 있냐는 겁니다. 바아가 저렇게 아등바등 애쓰고 있지만 나노아의 꼴을 면치 못하리라는 것이 보이지 않습니까. 바아도 나노아의 꼴이 나겠죠. 지금은 어찌어찌하여 살아남은 듯하지만."

오키아가 마른 입술을 축였다. 언젠가는 일어나게 될 일에 저도, 미하엘도 겁을 먹고 있었다. 망한 나노아를 보고 마냥 좋아할 수는 없었다.

그들의 것을 가지게 되더라도 그럴 것이었다. 언젠가는 라제프가, 누바라가 나노아처럼 망해 가는 것이 순리였다.

"이 시점에서 저희는 힘을 합쳐야 합니다. 아바마마께서는 허락지 않을 테니 저의 대에서 이루어지는 것이 맞습니다. 제가 제위에 오르는 그 순간부터, 선왕의 때와는 다른 식으로 흘러갈 겁니다. 저는 라제프와 우호적인 관계를 이룰 테고, 먼저 우첸바라 너머에 있는 에르만틴을 견제할 겁니다. 그리고 저의 이런 생각과 폐하의 생각이 다르지 않으리라는 것을 알죠."

차가운 벽안은 지금이 아닌 먼 미래를 내다보는 듯했다. 먼 미래라고 볼 수도 없었다. 미하엘이 우려한 것처럼 예고치 않게 찾아오는 것이 사람 일이었다.

"그러니 우리는 끈끈한 것으로 연결되어야 해요. 후일, 그럴싸한 그림으로 남아 있어야 한단 말입니다."

미하엘이 몸을 기울였다.

"그러니 폐하께선 전쟁을 입에 담는 기오테를 최대한 달래 주셔야 해요. 그 분노를 가라앉혀 주십시오. 그의 분노가 가라앉은 후에는… 이 대단한 일에, 우호적인 관계를 부드럽게 이어 주기 위해 그 여자 한 명만 없어 주시면 되는 겁니다. 그렇다면 저는 더할 나위 없이 만족할 겁니다. 당신의 부탁이 제아무리 억지스러운 것이라 해도 들어주지 못하겠습니까."

"……."

"폐하께선 제가 평생을 염원하던 것을 주신 셈이니까요."

여자. 미하엘이 바라는 여자.

오키아의 저울이 급작스럽게 무거운 것을 매단 양 빠르게 한쪽으로 기울어졌다.

*   *   *

의외의 손님을 앞에 두고 지오반니는 여러 가지 생각에 잠겼다.

먼저로는 프레야 공작과 약속되어 있는 오찬에 늦지 않기 위해 시간을 가늠했고, 두 번째로는 여름 별장의 정원 수리가 어느 정도 되어 있는지 생각했으며, 마지막으로는 라즐리와의 밤 산보를 생각했다. 애석하게도 오늘 일정 중 미하엘에 대한 생각은 없었다. 내일도, 한 달 후에도, 오랜 시간이 지난 후에도 그럴 것이었다.

불청객이라는 생각보단 정말 그의 방문이 생각지도 못한 것이라 무슨 말을 꺼내야 할지 한참을 고민해야 했다.

"꽤 오랜만이지."

"잦은 만남이라고 할 수 있죠. 전하와 본 후는 만날 일이 없어야 할 테니."

지오반니가 미하엘의 말을 유연하게 받아쳤다.

"결혼은 잘 진행되고 있고?"

"별 탈 없이."

"공공연하게 떠도는 소문을 모른 척할 수 있을 정도로 담이 있었던가?"

"소문이라 하시면……."

"프레야의 여자를 황후로 맞이할 거라는."

아아. 지오반니가 그제야 기억났다는 듯 고개를 끄덕였다. 하나 그 것이 무슨 상관이냐는 얼굴을 하곤 미하엘을 바라보았다. 능청스러운 얼굴에 미하엘의 눈이 조프려졌다.

"소문일 뿐이었죠."

"……."

"그런 소문까지 신경 쓰며 전하께 허락받을 수는 없지 않습니까."

"그렇군."

"제가 황도에서 파는 라자리아를 모두 사들이기 전까지, 그리고 그 호들갑스러운 고백을 할 때까지도 시간은 충분했죠."

자신보다 조금 더 빨리 라자리아를 한 움큼 안겨 주지 그랬냐고 말 하는 듯했다. 지오반니의 입에서 쏟아져 나오는 말들이 평소보다 많았 다. 그만큼 미하엘을 놀리고 모욕을 주고 싶은 짓궂음으로 가득 찼다.

"그리고 제가 소문을 신경 쓰지 않은 이유는 전혀 일어날 수 없는 일이니 깊게 생각하지 않은 것 같습니다."

"일어날 수 없는 일이었다?"

"아무리 정략이라 하더라도 허할 수 있는 것이 있고, 그렇지 않은 것이 있으니까요."

그의 말에 미하엘의 눈이 일그러졌다.

"그 말은."

"프레야 공은 허락하지 않으셨을 겁니다."

"모르는 일이지."

"얻을 것이 많다기엔 그것은 프레야 공께서 욕심내는 것이 아닐 테 고, 공은 그것을 갖지 않더라도 충분한 것들을 가지고 있죠. 얻을 것 과 가족을 선택하라 하면 공은 가족을 선택할 겁니다. 라즐리를 내어 줄 정도로 사리사욕에 취한 사람이 아닙니다."

"후께선 나를 질 나쁜 사람으로 만드는군."

지오반니는 굳이 그 말을 부정하지 않았다. 미하엘의 비위를 맞춰 줄 만한 말솜씨는 없었고, 지금은 오찬의 약속에 늦지 않기 위해 이 자리를 파해야겠다는 생각뿐이었다.

"황제께선 전쟁을 하지 않을 거야."

"그럴까요?"

"누바라와 꽤 좋은 관계를 유지하고 싶어 하거든. 나도 그렇고."

"기오테의 분노가 그렇게 가볍지는 않죠. 전하께서 그 분노를 부르셨습니다. 다른 사람이 아니라."

지오반니는 이 어린 녀석이 무슨 생각을 하는지 알고 싶지도 않았지만, 전쟁이 일어나지 않는다는 가능성은 애초에 두지 않았다. 기오테가 이 정도로 분노한 것을 보지 못했기 때문이었다.

호기로운 챠와는 달리 땅의 평온을 바라는 기오테가 전쟁을 입에 담았다는 것은 어느 한쪽은 끝이 나야 한다는 의미이기도 했다. 누바라가 거꾸러지는 것을 바랐으니 전쟁을 입에 담은 것이다.

그의 분노가 이번에는 챠뿐만이 아니라 미하엘에게도 향했다. 챠의 손과 발처럼 움직인 미하엘이 기오테의 심기를 또 한 번 거스른 것이 분명했다. 그렇지 않으면 기오테라고 해서 이렇게 일을 크게 만들 리 없었다.

그는 미하엘이 누바라에 가지고 있는 지대한 애정을 알았다. 그리고 정령의 부재가 그들을 불안하게 하리라는 것 또한 알고 있었다. 오키아를 옆에서 지켜봤다면 모를 수 없었다. 그러니 기오테는 미하엘에게서 챠를 빼앗고, 나라를 빼앗으려는 것이다.

그러니까, 기오테가 이런 이유로 직접 나선 이상 오키아는 무언가를 보여 주어야 했다. 그들이 흉포하지 않다고 생각하는 이유는 아직 그런 모습을 보여 주지 않아서이지, 사납기로는 북해의 하르게니아에 못지않았다.

그의 권속을 해하였으니 응당 대가를 치러야 했다. 그 작은 정령이 다시 살아 돌아왔다는 것은 중요한 것이 아니었다. 기오테는 챠와 이 어린 녀석의 도를 넘은 행동에 화가 났다. 챠의 머리까지는 아니더라도 기오테의 발아래 무언가 하나는 바쳐야 했다.

하지만 어쩐 일에선지 미하엘과 오키아는 그의 분노의 정도를 가볍게 여겼다.

"그때 사냥터에서 짐승의 목을 꿰뚫었던 활이 후의 목을 뚫었어야 했는데."

"……."

"그렇지?"

미하엘이 입술을 말았다.

"뺨이 꽤나 아팠습니다, 전하. 무서운 소리를 하셔서 저를 겁먹게 하십니까."

"후께서는 대화하는 내내 나를 놀리는군. 전쟁의 원인을 모두 내 탓으로 돌리고 무섭지도 않은 주제에 겁먹은 흉내를 내고 있질 않나."

"그렇게 느끼셨습니까?"

그런 제 행동에 약이 올랐다면 되도 않는 연기를 한 보람이 있었다.

형형하게 눈을 빛내는 미하엘에게 겁을 먹을 이유는 없었다. 제게는 미하엘이 하는 경고가, 벌이는 일들이 그저 장난같이 여겨졌다. 취급하자면 키든과 같다고 해야 할까. 애석한 것은 키든보다도 위협이 될 수 없다는 점이었다.

미하엘은 약했다. 어느 정도였냐면 제가 밟고 지나가는 들풀과 다름없었다. 제게 밟히는 것이 전부란 소리였다. 녀석은 바스러뜨리려 하면 바스러졌고, 막아 내고자 하면 어렵지 않게 막아졌기 때문에. 그 정도로 하찮은 것이었다.

다만 거슬리는 것은 녀석의 눈. 건방진 말들을 뱉어 내는 입이었다.

"그래서 저를 만나고자 하셨던 이유가……."

라즐리에 대한 미하엘의 집착이 어디로부터 기인된 것인지는 알 수 없었다. 무엇이 도를 지나치게 했는지도 몰랐다.

"라즐리 때문이던가요?"

"유치하게 내놓으라고 할 수 없으니 심술이라도 부려 보는 게지."

"적당한 심술이라면 무리 없이 받아들였을 겁니다."

"과한 것이라면."

"글쎄요."

눈이 부드럽게 휘어진다고 생각했다. 지오반니는 제가 이 상황에서 보여 줄 수 있는 가장 친절한 웃음이란 것을 지었다.

아직은 저 얼굴을 부술 때가 아니라고 생각했다. 조금 더. 조금 더. 어느 때 부수어야 할지 때를 기다리며 입맛을 다셨다.

"허락지 않겠다는 것 같은데."

"과한 것은 부족한 것보다 못하니까요."

라즐리에 대한 미하엘의 감정이 가벼운 것이 아니었기에 장난으로라도 허락할 수 없었다. 모호한 대화에 슬슬 질리던 참이었다. 지오반니의 재색 눈이 무심하게 시계에 닿았다.

"시간이 다 되었군요. 자국으로 무사 귀환을 바라겠습니다."

"바라지 않는 모양이지."

지오반니가 서글서글하게 웃으며 먼저 자리에서 일어섰다. 그는 이번에도 그의 말에 부정하지 않았다.

*　　*　　*

미하엘에게 그런 고초를 겪고서도 그의 초대를 받아들인 것은 오기에서 생겨난 고집이었다. 피하고 싶지 않았고, 물러서고 싶지도 않았다.

쓸데없는 자존심이라 해도 틀린 말이 아니었다. 그를 이겨 누를 수 있는 것이 한 가지도 없는 자신의 주제를 모르는 것도 맞았다.

"바로 초대에 응해 줄 줄은 몰랐어."

그가 우아한 손짓으로 찻잔을 들었다. 농도 짙은 금발이 빛에 반사되자 차가운 인상이 더욱 도드라졌다.

"아직까지도 울고 있진 않을까 걱정했는데."

"걱정?"

저 얼굴로 걱정을 했다고. 라즐리의 입술에서 바람 빠진 웃음이 흘러나왔다.

"꽤나 상심한 것 같아서."

"위로를 하기엔 너무 늦었어요."

"아직도 기분이 상해 있는 거야? 그것 하나 죽였다고."

라즐리는 죽였다는 말을 아무렇잖게 입에 올리는 남자를 물끄러미 바라보았다

"그런 장난감 정도는 얼마든지 줄 수 있는데."

"친구를 장난감이라고 하진 않아요."

"영애는 작은 것에 큰 의미를 두네."

나긋나긋한 말투였으나 그 안에 담긴 의미는 명확했다. 쓸데없는 것. 가치 없는 것. 대화는 물 흐르듯 흘러가는 듯했지만 실상 미묘하게 서로가 말하고자 하는 것이 달랐다.

"전하껜 작은 것이겠지만 제겐 커요."

"……."

"서로에게 와 닿는 크기와 중요함은 다를 수밖에 없어요. 이를테면 전하께선 무슨 이유에선지 이 결혼이 중요하신 것 같지만… 제겐 이것만큼 쓸데없는 일은 없듯이."

"말버릇이 꽤 고약해, 영애는."

"누구에게나 그런 것은 아니에요."

짤막한 말에 담긴 의미는 분명했다. 기민한 미하엘이 알아차리지 못할 것이 아니어서, 그의 표정이 웃는 채로 서늘해졌다.

"후에게는."

"……."

"썩 부드럽게 말하겠지."

"그럼요."

부드럽게 미소 짓자 항상 앙칼지게 올라간 눈꼬리가 여지없이 휘어졌다. 저런 웃음을 본 것은 처음이었지만, 지오반니라는 속 시꺼먼 사내는 줄곧 보아 왔을 것이었다.

거기까지 상상이 미치자 탁상을 두드리는 손끝의 속도가 규칙적인 박자를 벗어났다. 그 미세한 변화를 알아차린 것은 라즐리였다.

"내 옆이 더 어울렸을 거야, 영애에게는."

"단 한 번도 전하의 옆을 생각해 본 적은 없어요."

"그것참… 섭섭한 말인데."

미하엘이 곤란하다는 듯 눈을 접었다. 미간을 긁적이는 그의 얼굴이 사나워졌다. 하지만 익숙하게 감췄다.

"웰시노 후작은 말이야. 영애가 생각하는 것처럼 착한 사람이 아니야."

"그래요?"

라즐리가 담담한 얼굴로 물었다. 그따위 것이 무어 상관이냐는 듯한 투였다.

"뱀처럼 사악하고, 까마귀처럼 교활하지. 그 남자의 눈을 본 적이 있어?"

"……."

"봤다면 절대로 연심 따위는 품을 수 없었을 텐데."

그의 말을 듣는 라즐리의 입술에서 참지 못하고 조소가 흘러나왔다.

속눈썹 끝에 매달린 빗방울과 썩 잘 어울리던 재색 눈. 뱀처럼 사악하고 까마귀처럼 교활한 눈은 자신이 모르는 것이었다. 그러니 귀담아 들을 필요도 없었다.

"전하께서 그를 평가하세요?"

"……."

"전하께서는 지금 무슨 눈을 하고 계신지는 아시고요? 전하께서는 저를 면밀히 뜯어보곤 해요. 제게서 무엇을 찾는지도 모르겠어요. 제 뒤에 꼬리표처럼 따라다니는 수많은 가치들을 떠올리시나요? 그것들을 어떻게 이용할지 고민하시는 건가요."

단언할 수 있었다. 남자는 여태 자신이 만나 온 사람들 중 가장 무례하고, 강압적이며, 제멋대로였다. 모든 것들이 끔찍한 남자였다.

"제게 누가 더 최악일 것 같으세요?"

당신일까, 뱀처럼 교활한 눈을 가졌다던 지오반니일까. 미하엘이 사람의 가죽을 입고 있고, 지오반니가 뱀의 흉물스러운 비늘을 지니고 있다 해도 자신이 선택하는 것은 지오반니일 것이다.

"질이 나쁘기로 치면 놈이 더하지. 제정신이라면 그놈을 마음에 담을 생각은 하지 않았을 거야."

"저 대신 웰시노 후와 같이 살아 줄 것도 아닌데 제가 전하의 생각을 듣고 있어야 하나요?"

"……."

"제 일이에요. 제 결혼이고. 전하의 일이 아니잖아요. 제 결혼과 아무 연관이 없는 전하께 이 이야기가 중요한 거냐고 묻는 거예요."

미하엘이 고개를 저었다. 하지만 그 모습마저 퍽 여유로워 보여 얼굴이 일그러지는 것은 라즐리 쪽이었다.

"아무것도 얻지 못하실 거예요."

"그렇게 생각해?"

"그래야만 하고요. 제겐 모든 게 끔찍해요. 전하도, 전하의 나라도. 잠시 동안 이렇게 얼굴을 마주 보고 있는 것으로도 많은 것들을 생각하게 해요."

"예쁜 입으로 어떻게 그런 모진 말들만 할 수 있는지."

웃음을 거두지 않은 그가 입을 열었다.

"재미있는 이야기 하나 해 줄까?"

"……."

"아리엘을 만난 적이 있어. 열다섯. 내 나이 열다섯…… 여자는 나보다 나이가 많았지."

그의 입에서 뜻밖의 이름이 나오자 라즐리의 눈이 커졌다. 낯선 듯하나 익숙했다. 미하엘의 입에서 맴도는 이름은 자주 불린 듯 스스럼없었다.

"나노아에 의해서 패망한 부족의 유일한 생존자인 여자는, 우연찮게 제국군에게 발견됐어. 살려 달라고 했었나. 절박하게 애원한 것 같았는데 당시 자국은 큰 정벌을 앞두고 있었기 때문에 여자 따위는 안중에도 없었지. 그날 그 여자를 외면한 건 큰 실수였어. 내 생에 통틀어서 가장 후회하는 일이야. 몇 년 후, 누바라가 연일 패하게 되는 원인이 그 여자인 걸 알았다면 그 자리에서 죽였을 거야."

"……."

"그리고 다른 놈에게 갈 줄 알았더라면 무리를 해서라도 데려갔을 테고."

"……뭐라고요?"

미하엘의 말을 이해하지 못한 라즐리가 물었다. 그의 말을 멈추어 되묻지 않았더라면 그냥 지나칠 정도로 자연스러운 흐름이었다.

"후회해."

"……."

"여자에 대한 욕심을 잠시 미뤄 둔 것을. 그래서 여지를 준 것을. 여자가 다른 남자의 곁으로 갈 줄 알았다면… 그래, 알았더라면 놓치는 실수 따위도 하지 않았겠지."

그리고 그의 말을 이해하는 데엔 오랜 시간이 걸리지 않았다.

"그냥 당연하게. 그 여자를 찾을 수 있다고 생각했어. 찾았으면……."

"그만하세요."

"나는 내 비로 맞아들였겠지. 신분이 허락지 않는다면 억지로라도 곁에 두었을 거야. 한데 정벌이 끝나고 찾으려고 하니 찾을 수가 없잖아. 이름도 모르고, 아무것도 아는 것이 없으니까. 그런데 여자와 다시 만났어. 몇 년 만이었더라. 애석하게도 적군으로였지."

"전하."

"하지만 그 순간에도 기뻤다고 하면 믿겠어? 나는 그 여자를 한눈에 알아봤어. 이름을 알게 됐지. 아리엘. 아수르 부족의 마지막 생존자. 누바라를 벌벌 떨게 만든 장본인이 그 이름을 가지고 있었어. 슬펐던 건 여자가 적군이었다는 것이 아니라 이미 결혼한 몸이었다는 거지. 조막만 한 딸도 있었다는군. 하지만 뭐가 대수라고."

분명 그가 들고 있는 것은 찻잔일 텐데도, 그는 술을 흘려 마시는 것처럼 거침없이 그때의 상황을 설명했다. 라즐리는 잠시 그가 술에 취했다는 착각마저 들었다.

움직이는 미하엘의 입 모양이 괴이하게만 느껴졌다.

"남편이 있든, 아이가 있든. 그 계집은 내 곁에 있어야 할 몸이었는데."

이건 아니야. 그 말이 차마 밖으로 나오지 못하고 입 안에서 배회했다.

"그 여자가 욕심이 났어."

"지금, 지금, 무슨 말씀을, 하고 계시는지……."

"그리고 지금도 욕심이 나. 죽어 버린 여자를 되살려서라도 내 욕심을 부득불 채우고 싶을 정도야."

"라르기얀!"

라즐리에게서 비명이 터졌다.

"이 이야기를 너한테 해 주고 싶었어."

"지금 무슨 말을 하고 계시는지는 아세요?"

"너는 내가 무슨 말을 하고 싶은지 알겠어?"

되돌아오는 질문에 라즐리의 입이 일자로 다물어졌다.

"너는 네 어미와 많이 닮아 있어. 네가 기억하는 아리엘의 모습이라곤 어렸을 적의 찰나의 기억. 그리고 초상화 속이 전부겠지만, 나는 모두 기억해."

미하엘이 굳어 있는 라즐리의 턱을 쥐었다.

"죽은 아리엘이 돌아왔다고 해도 믿겠어. 너는 그 계집처럼 빛나. 아름답고. 여전히 날 미치게 만들잖아."

라즐리의 얼굴이 희게 질렸다. 가늘게 떨고 있는 라즐리의 뺨을 감싼 그가 입매를 늘였다.

"달라진 것이 있다면 같은 실수는 반복하지 않는다는 거야."

"……."

"이곳에 챠의 불꽃을 담은 반지를 끼워 줄게."

손을 잡히지 않으려 힘껏 몸을 뒤트는 라즐리의 어깨를 잡아 누른 그가 속삭였다. 손가락 사이사이를 엮은 마디 굵은 손이 단단했다.

움직일 틈도 없이 눌리고 죄여 라즐리는 움직이는 것을 포기하고 거친 숨을 몰아쉬었다. 분한 기색이 한가득인 눈이 미하엘을 노려보았다.

"백색의 옷을 입고 나한테 오는 거야."

마치 뺨에 더러운 것이 달라붙은 듯 라즐리가 고개를 거세게 도리질 쳤다. 아귀를 잡은 손에 힘을 준 미하엘이 그녀의 시선을 제게로 고정시켰다.

"이런 취급을 하면 아무리 나라도 상처를 안 받을 순 없어."

"미친 소리 좀 작작 해요, 제발!"

미하엘은 꽤 서러운 눈을 하고 있었다.

"당신은 미쳤어. 정상이 아니라고!"

"맞아."

그는 순순히 인정했다.

"네게 미쳤으니 틀린 말은 아니지."

*　　*　　*

예정되어 있었던 밤 산보는 취소되었다. 오늘은 차를 마시는 게 좋겠다는 라즐리의 의견 때문이었다. 그는 라즐리의 손에서 천천히 완성되어 가고 있는 별장의 밤 풍경을 즐겼지만 오늘은 어쩔 수 없다고 생각하며 별말 없이 따랐다.

지쳐 보이는 얼굴 뒤로 묵직한 한숨도 뒤따랐다. 묻지 않은 이유는 오늘 성급히 묻지 않아도 복잡한 감정이 정리되면 입을 열 여자를 알아서였다. 제게 그 정도의 참을성은 있었다.

"라즐리."

이름을 불러도 도통 생각에 잠겨 대답하지 않는 것도 참지 못할 일은 아니었다. 그런 그의 인내심이 바닥난 것은 홍차에 넣는 설탕 때문이었다. 한 스푼. 두 스푼. 얼마나 들어가는지 보자고 한 것이 일곱 스푼까지 되었을 때, 설탕의 양이 많아 그것이 채 녹지 못하고 밑으로 가라앉는 것을 본 그의 눈썹이 치켜 올라갔다.

"그만."

"……."

"그만 넣으라고."

멍한 눈이 그제야 지오반니에게 향했다. 그녀의 손에 쥐여 있던 스 푼을 빼앗은 그의 미간이 좁아졌다. 묘하게 비껴갔던 시선이 맞물렸 다. 멍한 눈이 그제야 초점을 찾았다. 한껏 불쾌해하는 남자의 얼굴이 들어왔다.

"라르기얀을 만나고 왔다더니, 무슨 일이라도 있었던 거야?"

그의 눈이 가늘어지더니 턱을 잡곤 이곳저곳을 살폈다.

"맞은 것 같지는 않은데."

무서워하는 것도 아닌 것 같고. 간다는 것을 말려야 했던 걸까. 지 오반니는 잠시 후회했다.

"아니요. 그런 거 아니에요."

라즐리는 의심이 갈 만한 행동을 하고 있었다. 두서없는 말들을 중 얼거린다거나 질문 하나에 당황해했다. 손이 한시라도 가만히 있지 못 하고 책상을 두드렸다. 입술을 뜯으며 손톱 끝을 물었다.

"또 이상한 소리를 듣고 온 것 같은데."

맞지 않았다면 또 속을 헤집어 놓을 소리를 듣고 온 게다. 예상이 맞았던지 이번엔 라즐리는 고개를 젓지 않았다.

"라르기얀이…….."

라즐리가 한참을 망설였다. 입에 담기 민망하기 짝이 없는 소리였 다. 미하엘을 만난 고작 두어 시간이 꿈같이 느껴졌다. 그렇지 않고서 야 그런 괴상망측한 대화를 나누었을 리가 없다고.

지오반니가 아니라고 말해 주었으면 좋겠다. 그 무슨 웃기지도 않 은 소리냐고. 놈이 미쳤다고 신랄하게 욕을 한바탕 해 주었으면 오늘 일이 꿈처럼 느껴져, 종내 잊힐 수 있을 것 같았다.

"어머니를 좋아했나요?"

혼란스러워 보이는 연한 눈이 지오반니를 향했다. 그 눈은 해명을 바라고 있었다. 아니, 명확한 답 같은 것은 상관없을지도 몰랐다. 그저 그의 입에서 부정의 답이 나오기를. 라르기얀이 지껄인 소리들이 모두 헛소리였다고. 그리 바라고 있었다.

"누가 그런 소리를 해?"

그가 그렇게 묻는 순간, 라르기얀이 헛소리를 지껄인 것은 아니라는 확신이 들었다.

"라르기얀이 직접 그랬어요."

지오반니의 눈이 낭패감으로 얼룩졌다.

"이상한 소리를 했네."

"말해 줘요. 정말이에요?"

"확실한 건 아니야."

"……."

"그러니까… 나도 보고만 받았을 뿐이고, 아는 사람은 폐하와 프레야 공, 나를 비롯한 몇 명뿐이지."

"확실해요?"

"들은 바에 의하면."

어디서부터 말해야 할지 지오반니는 잠시 고민했다. 그는 생각 없이 입을 여는 미하엘에게 상상할 수도 없는 욕을 퍼붓고 싶어졌다. 녀석은 짧게 생각하는 것만큼 제가 한 말의 무게가 어떤지 몰랐고, 방자하게 군 제 행동이 불러올 여파 따위도 생각지 않았다.

"누바라 쪽에서도 쉬쉬하는 문제야. 당시 통신관인 하디의 일지를 보면 아리엘의 처형에 라르기얀이 반대했고, 황제의 앞을 막았다고 기록되어 있어. 그리고 소문이 날 것이 두려운 누바라의 황실은 아리엘

의 처형식을 앞당겼어. 라제프 쪽에서 사람을 보내고, 공문을 보낼 시
간도 없을 만큼 서둘렀지. 당시 아리엘의 처형을 반대한 미하엘이 폐
위될 뻔했다는 건 알아. 워낙 예민한 사안이라서 아무도 그 일을 입에
담지 않아."

정말이었다. 그 남자가 한 말이 모두 진짜였다고…….

"……그 남자가……."

"……."

"처음으로 무서웠어요."

그런 유의 감정을 견딜 수 없었기 때문이었다. 남자가 가지고 있는
것은 광기로 얼룩진 눈이었다. 빛이 스며들었다고 생각했으나 달랐다.
비틀린 감정은 감히 감당하기도 어려운 것이었으며, 무시할 수 있을
정도의 가벼운 감정도 아니었다. 어머니에 이어 딸에게까지 내려온 그
감정을 대체 무엇으로 정의하나. 사랑으로 포장할 수 있는 감정 같은
것이 아니었다.

그 남자, 서늘한 얼굴을 한 주제에 그런 얼굴도 할 줄 알았었다. 열
기를 띠었다. 얽고 얽은 남자의 손의 온도가 지나치게 뜨거워서, 그랬
기에 무서웠다.

*   *   *

침상 위에 몸을 뉘인 오키아의 입에서 긴 한숨이 흘렀다. 아이처럼
몸을 웅크린 그가 나직이 중얼거렸다.

"기오테, 저는 두렵습니다."

'무엇이 너를 두렵게 했느냐.'

기오테는 어디에서나 존재했다. 형체에 깃들지 않아도 존재했고, 답했다. 늘 그렇듯 어디에선가 들려오는 목소리에 오키아는 깊은 안도감을 느꼈다. 자신이 있다는 것을 알려 주기라도 하듯 뺨을 두들기는 미약한 바람에 오키아는 눈을 감았다.

"당신의 부재가 끔찍한 상상을 만들어 냅니다."

다정한 이. 어둠에 몸을 뉘이고 그의 목소리를 들을 때면 어머니의 품에 안겨 있는 것 같아 그리도 안온할 수 없었다.

'부재라.'

부드럽고 깊은 바다의 것처럼 고요한 목소리였다. 가만히 듣고 있노라면 잠이 쏟아졌다. 어미의 뱃속이 이러할까. 기억할 수 없었지만, 기오테에게서 느끼는 따뜻함에 비할 것은 그것이 최선이었다.

"많은 정령들이 나라를 떠나고 머물기를 반복했죠. 정령이 떠난 나라는 여지없이 스러져 갔습니다. 나노아가 그렇듯."

'…….'

"저는 그런 불안감을 늘 안고 살아갑니다."

선황이 그러했고, 승하하신 아바마마의 선황께서도 그러셨을 테다. 건국왕 할라모르는 축복이 깃들었다 말할 테지만, 족쇄였다.

어느 순간 발목이 붙잡혀 우물 안에 갇혀 버린 기분이었다. 비유하자면 우물 밖의 세상이 무서웠다. 기오테가 없는 세상이 그려지지 않았다. 그가 떠나 버린 라제프는 상상할 수 없었다.

솔직히 말하자면 벌써부터 나노아의 길을 걷고, 그들처럼 될까 무서웠다. 어떻게 해야 할지를 알 수 없어 발만 동동 굴렀다. 그래서 손을 잡은 것이 미하엘이었다. 이 끔찍한 나락에서 빠져나갈 수 있는 유일한 해결책이 그라고 생각했을지도 몰랐다.

"그랬기에 나는 대안을 생각해 낼 수밖에 없었어요."

'대안이라고 하면.'

"당신이 사라지고 난 후에, 살아갈 궁리 같은 것 말입니다."

그랬기에 라르기얀의 말에 귀 기울이지 않을 수 없었다. 기오테와 같은 정령인 챠의 수호를 받고 있었기에 비슷한 처지에 놓였다고 생각했다.

무섭다고 속삭이는 녀석에게 답지 않게 동질감을 느꼈을지도 모르는 일이었다.

"당신께서도 영원히 머물겠다고 하시지는 않을 겁니다."

'거짓을 속삭이지는 않으마.'

"언젠가 이 땅을 떠나고, 당신이 내려 주셨던 축복을 거두시겠죠."

'그래.'

"저는 어쩌면 좋단 말입니까?"

오키아가 서글프게 물었다. 답을 바라고 한 물음이 아니었기 때문에 기오테는 입을 열지 않았다.

"붙잡을 수 없는 존재이기 때문에, 당신의 존재가 대단하여 저는 감히 이곳에 머물러 달라 부탁하지 못합니다."

'오키아, 할라모르의 아이야. 내가 이 나라를 위해서 해 준 것이라곤 몸을 의탁하여 머문 것뿐이다. 이 땅을 사랑하여 그리했다. 실질적으로 내 힘을 행사한 것은 아무것도 없다.'

하지만 어이하여 그네들이 떠나간 자리가 마르고, 거칠어지며, 번영했던 찬란함이 사라진단 말인가. 그것 또한 우리들이 나약해 그런다 할 것인가? 의지할 것을 찾지 못한 우리들의 말로라 여길 것인가?

'너희는 나보다, 혹은 챠와 후라를 비롯한 정령보다 대단한 존재라

는 것을 알아야 한다.'

"대단하다고……."

'강대한 힘의 원천이던 용은 저희들 스스로 피를 말리고, 힘에 취해 오만하던 자간은 저주를 감당치 못해 스러진다. 하나 너희들은 살아가고 있질 않나. 후에는, 너희들의 시간만이 흐를 것이다.'

희미하게 잡힌 형상이 오키아를 품에 안았다.

'이 모든 것을 너희가 이루었다. 이 얼마나 경이로운 것이냐. 너희들이 얼마나 대단한 존재란 말이냐.'

오키아가 재차 마른 얼굴을 쓸어내렸다.

'하지만 네가 생각한 대안이 썩 마음에 드는 대안은 아니었던 모양이구나.'

"모르겠습니다."

'말해 주련?'

기오테가 다정하게 물었다.

"살아가며 행했던 가장 큰 실수가 무엇이냐 묻는다면 저는 망설임 없이 십수 년 전 일어났던 누바라와의 전쟁을 말할 겁니다."

'…….'

"그날은 참으로 끔찍한 날이었어요. 저는 한 번도 제 선택이 틀렸다고 생각하지 않습니다. 제 저울은 틀린 것을 가리키지 않았어요. 오직 이득을 위해 움직였죠. 그리고 그 저울질을 행할 때에는 나는 어떠한 고민도 하지 않았어요. 틀릴 리 없다는 것을 알았기 때문이죠. 하지만 그날만큼은 저울질에 혼란을 느꼈습니다. 모든 것이 제 오만에서 비롯된 것은 아닐까, 그런 생각이 들었습니다."

오키아는 덜덜 떨리는 손으로 형체 없는 오키아를 붙잡으려 했다.

하지만 잡힐 리 없다는 것을 생각해 낸 오키아의 입술에서 허무한 숨이 흘렀다.

"그날 나는 충신을 저버렸고, 그의 아들의 죽음을 생생하게 귀로 보고받으며 그의 손을 놓았습니다. 분명 저울질이 가리키는 것을 선택했음에도 불구하고 내게 남은 건…… 무엇인지 모르겠어요. 잃은 것이 많았으니까요. 하지만 그때로 되돌아간다 하더라도 다른 결정을 내리지 않았을 겁니다. 저는 어쩔 수 없이 큰 것의 희생보다 작은 것의 희생을 선택했을 거예요."

'**그렇다면 실수라 부를 수 없겠구나. 어쩔 수 없는 선택이라고 해두자.**'

기오테가 자애롭게 말했다. 오키아는 그 목소리에 울컥 치미는 감정을 내리눌렀다.

"제 과오로 인해, 실수로 인해, 욕심으로 인해 죽어 간 충신의 아들이 있습니다."

'**그래.**'

"나라와 사람의 목숨을 두고 제가 택한 것은 나라였습니다. 충신의 소중한 것을 앗아 갔습니다. 하지만 그의 아들의 죽음으로 인해 전쟁의 피해를 줄이고 많은 이들을 구했다면, 그렇다면, 큰 것을 위해 작은 것이 희생해야 하는 것이 마땅한 것이 아닙니까? 그것이 제가 해야 할 선택이었고, 당연한 것이 아니었습니까?"

오키아는 이해를 바랐다. 황후인 파멜라에게서조차 얻을 수 없는 이해를 기오테는 해 줄 것이라 믿었다.

'**네가 생각하는 큰 희생은 무엇이고, 작은 희생은 무엇인지 모르겠다. 큰 것을 위해 작은 것이 희생해야 한다는 말도 모르겠다.**'

"⋯⋯."

'세상 어디에도 당연한 것은 없다. 사람 한 목숨이 작다고 말할 수도 없지.'

"제가 같은 실수를 반복하려 한다면 이해하실 수 있겠습니까?"

기오테는 대답하지 않았다.

'고뇌함이구나.'

"이번에도 제 선택이 무슨 결과를 부를지 모르겠습니다. 그것이 무섭습니다."

어느 희생이 크고 작을 수 있단 말인가. 그것을 감히 제 잣대로 정할 수 있겠냐고 스스로 자문했다.

*   *   *

답지 않게 라르기얀 황자에게 관심이라니. 상관이 부탁한 자료를 뒤적이며 라일이 중얼거렸다.

"또 무슨 변덕이람."

갑작스러운 명령에 하던 일도 제쳐 둬야 했다. 그는 시간을 딱 맞춰 가져다주는 것도 내켜 하지 않았기 때문에 적어도 그가 말한 시간에서 십 분 전엔 가져다주어야 했다.

그래도 한 시간이라니. 제가 무슨 일을 하고 있을 줄 알고 한 시간 내에 원하는 자료들을 죄 긁어 오라는 소린가.

그래도 시간 내에 해냈다는 사실은 그의 걸음을 보다 여유롭게 만들어 주었다. 라일은 느리게 걸으며 지오반니가 부탁한 자료들을 다시 눈으로 훑었다. 그러다 또 굼뜨다 구박이라도 받을까 라일은 걸음을 빨리했다.

"어…… 혼자이십니까?"

"그래."

"영애께서는 어딜 가시고요?"

"본 후보다 관심이 퍽 많은 것 같은데."

"그럴 리가요."

라일이 머쓱하게 대답했다. 신경질적으로 받아치는 것을 보니 기분이 영 좋아 보이지가 않았다. 미하엘에게 사냥터에서 상처를 입고 온 날과 분위기가 비슷했다.

이럴 때는 건들지 않는 것이 최선의 방법이라고 생각한 라일은 지오반니에게서 명령받은 것을 잽싸게 건넸다.

"명령하신 겁니다. 정리는 잘 해 두었더라고요. 내용이 굉장히 괴랄하지만."

차라리 읽지 않는 편이 더 좋을 뻔했다. 뒷골목에 퍼진 음산한 이야기도, 처녀들을 겁먹게 하려 떠도는 괴담 따위도 이 정도로 최악은 아닐 테니까.

"통신관 하디는 죽었으니 그때의 상황을 자세히 알고 있는 사람은 없을 것이라 생각합니다. 기록된 것을 가져오기는 했는데… 기록 문서를 내어 주는 관리원도 쉬쉬하는 눈치더군요. 누바라는 물론이고 라제프의 황실에서도 그때의 일을 감추려고 합니다. 어쨌든 아리엘이 엮인 일이니까요. 프레야 가문의 장자와 결혼을 하고, 군대의 선봉에 선 여자였으니 이런 추문이 달갑지만은 않을 겁니다. 미하엘의 약점이기도 하지만, 프레야 입장에서도 꽤 곤란하지 않겠습니까."

"그렇겠네."

지오반니의 눈이 천천히 기록된 문서를 읽어 내려갔다. 모두가 숨기려 한 이야기를 오랜만에 들어서였을까. 충격으로 얼룩진 여자의 얼굴 때문이었을까. 그는 답지 않게도 그때의 복잡한 일을 다시 들춰냈다.

"미하엘이 황제의 앞을 막아선 게 사실이군."

"보름이 넘는 시간 동안 단식투쟁도 이어졌죠. 하지만 철없는 단식투쟁을 한다고 해서 봐줄 수 있는 문제가 아니었지 않습니까."

누바라의 입장에선 붙잡은 아리엘을 죽여야 했다. 여자가 선봉에 선 이후로 연일 패배의 쓴맛을 봐야 했고, 자국의 국민들은 붉은 머리의 여자의 환영에 얽매여 여자와 조금이라도 닮은 것들을 지니고 있다면 불길한 것으로 여겼다. 누바라의 황도를 비롯해 크고 작은 도시로 그 두려움은 깊이 스며 있었다. 그랬기 때문에 아리엘은 죽었어야 함이 옳았다.

그것은 아무리 미하엘이 다음 제위의 주인이 된다 하더라도 거스를 수 없는 문제였다.

"하지만 라르기얀 황태자가 정말 아리엘을 좋아한 거였을까요?"

"무슨 소리야?"

"아리엘이 고문을 당하거나, 그 밖의 고초를 겪는 상황이 있었을 텐데도 그가 표면적으로 나선 기록은 없잖아요. 당시 통신관이었던 하디는 꽤 자세히 기록을 해 놨습니다. 거기에는 라르기얀이 충분히 도와줄 수도 있었다고 쓰여 있죠. 그리고 그의 일기에도 많은 의문들이 기록되어 있었죠. 제 아비를 막아설 정도의 담은 있으면서 왜 그 밖의 행동은 실행하지 않았나 하는 것들. 물 한 모금 주지 않는 것이나, 고문 당시 직접 지휘했다는 기록은 이해가 가지 않습니다."

지오반니가 부관의 질문에 생각하듯 턱을 매만졌다. 그래, 확실히 석연치 않은 점들이 몇 가지 있었다.

미하엘은 제 부친과 사이가 좋지 않았다. 그리고 그런 관계는 미하엘의 유년시절을 꽤 불행하게 만들었다. 미하엘은 자신의 아버지를 꽤 무서워한다고 알려져 있었는데, 라일의 말처럼 그를 막아설 담이 있었음에도 아리엘에게 도움 하나 주지 못한 것이 조금 이상타 여길 만했다.

"우리가 크게 착각을 하고 있는 것일 수도 있겠지. 오류를 범했을 수도 있겠구나."

지오반니는 오래지 않아 불확실한 결론 한 가지를 내놓았다.

"착각이라 하시면."

"여자를 살려 달라고 부황의 앞을 막아선 라르기얀이, 꼭 아리엘을 좋아한 거라고 판단할 수 있을까, 하는 것들."

"……."

"그건 자네가 말했다시피 하디의 주관적인 생각일 뿐이야. 하디로서는 별다르게 생각할 필요도 없었겠지. 다음 제위를 이을 남자가 고집을 부리면서까지 적장을 살려 달라고 했으니 그 이유가 좋아하는 감정이 아니라면 도저히 다른 이유를 갖다 붙일 만한 것이 없거든. 납득하지 못할 테니까."

라르기얀이 아리엘을 좋아한다고. 얄궂은 운명이었다. 아리엘에게는 모든 것이 잔인했다. 그녀가 죽는 순간마저 그랬다. 자신을 바라보는 어린 소년의 애틋한 감정을 무엇으로 받아들여야 했을까. 그 눈에 담긴 질척한 감정을 알았을까, 몰랐을까.

부족이 멸망하고, 그 안에서 아리엘은 유일하게 살아남은 생존자였다. 차라리 그 아이마저 죽었던 것이 나았다. 제국에 흘러들어 와 살 것이 아니라, 나노아에 의해 함께 짓밟혔어야 했다. 그편이 그 아이를 위해서도, 시간이 흐른 지금을 보더라도 더 나은 일이었다.

아리엘은 평생 보지 않아야 할 것들을 눈에 담고, 겪지 않아야 할 일들을 겪었다.

"하지만 처음부터 생각해 보면, 조금은 달리 생각해 볼 수 있겠지."

"……."

"라르기얀이 아리엘에게 일말의 사사로운 감정도 섞이지 않았다면, 그것을 처음부터 깔고 들어갔다면 지금쯤 다양한 결과들이 나왔을 거야."

"정말 예측하지 못한 답만 말씀하시네요."

지오반니의 말은 아리엘에 대한 미하엘의 감정을 확실시하고 있는 많은 이들의 생각을 근본부터 뒤집는 것이었다. 하지만 그럴 일은 없을 것이다. 라일은 확신했다.

"하지만 답을 도출하기 위해선 라르기얀이 아리엘을 좋아했다고 결론을 내리는 게 가장 쉽긴 하지."

"저도 그렇게 생각합니다."

"그래. 미하엘은 아리엘을 좋아했을지도 모르겠구나. 그것도 아니라면 그에 비슷한 감정 근처까지 갔다든가."

"……."

"그래야만 하지. 그래야 라르기얀의 이런 행동을 조금이라도 이해해 보려 하지 않겠느냐. 끔찍하게 변모된 감정이 어미에 이어 딸에게까지 내려왔다는 것도, 억지로 끼워 넣을 수 있는 정도는 되겠고."

그의 말을 이해할 수 없어 라일의 눈이 가늘어졌다. 지오반니는 한참을 생각해야 할 만한 말들을 아무렇잖게 쏟아 내곤 어질러진 책상 위를 하나둘 정리했다.

"한데 우리가 라르기얀의 감정 따위나 알려고 시간을 쏟을 필요는 없고."

지오반니가 유쾌하게 말하며 라일이 건넨 문서를 옆으로 밀어 두었다.

"그냥 궁금해서 부탁한 거야."

"궁금증은 해결되셨습니까?"

"아니."

당사자가 직접 입을 열지 않는 이상은 추측만 난무할 테니 속 시원할 답이 나올 리 없었다. 그리고 무슨 생각을 하는지 모를 미하엘의 입에서 듣는다 해도 꺼림칙한 기분을 떨칠 수 없으리라.

이러나저러나. 그 아래 자리하고 있는 음습한 감정까지 알고 싶지는 않았다. 녀석이 아리엘을 좋아했든 좋아하지 않았든, 그저 라즐리에게 하는 작태가 꽤 우스워 어디까지 할지 궁금해지는 녀석이었다.

하지만 기록되어 있던 하디의 문서를 읽자 존재했던 야트막한 궁금증이 해갈되듯 사라졌다.

"나가 봐."

"주무시렵니까?"

"그래."

라일이 날랜 몸짓으로 가 문을 열어 주었다. 지오반니를 뒤따라 나가는 그의 눈이 커졌다.

"영애께서……."

"아, 안녕하세요."

꽤 늦은 시간이 아니었던가. 집무실 쪽으로 향하려 했던지 복도에서 라즐리와 맞닥뜨린 라일은 가슴 안쪽에 있는 시계를 꺼내 보고 싶은 충동을 느꼈다. 그녀 또한 머쓱했는지 어색한 얼굴을 숨기지 못했다.

몇 년 동안 관리가 이루어지지 않은 널따란 정원을 괜찮은 가격에 사들였다던 지오반니는 언젠가부터 그곳에 이 아가씨를 들였다. 정원의 경관을 즐기고 싶다던 그는 정원을 저 아가씨의 작은 손에 맡겼고, 아가씨의 방을 만들었으며, 그곳을 그녀가 좋아할 만한 것들로 가득 채웠다.

그 외에도 놀라울 만한 일들은 이어졌다. 그는 대부분의 시간을 이곳에서 보냈고, 아가씨와 함께였으며, 정말 진심이라는 양 여자를 귀하게 여기고 있었다. 그의 하루 일정에 밤 산보가 추가될 정도였으니 그는 정말 이 아가씨와 함께하는 시간을 즐기는 것이다.

그에게 사랑을 속삭였던 여자들에게 지오반니가 어떠한 얼굴을 하고, 무슨 말을 하며 잘라 냈는지 아는 그로서는 쉽사리 믿을 수 없는 일이었다.

그가 하는 결혼 또한 사랑이 있을 리 없다고 생각했다. 그의 곁에서 사랑을 고백한 여자들을 보며 생긴 확고한 믿음이었다. 그러니 여자와 오랜 시간을 보내는 상관의 모습을, 청혼을 했던 그날도, 아무것도 믿지 못했다.

변덕을 부리겠거니 했다. 그렇지 않고서야 세상 모든 일에 초연한 남자가 사랑에 빠진 양 굴고 있을 리 없다고.

"시간이……."

늦었다고 말하려는 라일의 말이 제자리를 맴돌았다.

언제 챙겨 왔는지 알 수 없는 담요를 라즐리의 어깨에 감싸 덮어 준 지오반니가 뺨에 달라붙은 머리칼을 귀 뒤로 넘겨 주었다. 그러곤 졸음 가득한 눈두덩이에 스치듯 키스했다. 그 입술은 눈을 지나 작게 칭얼거리는 여자의 콧등으로 이어졌다. 가볍게 내려앉는 봄 햇살 같은 키스였다.

자신은 신경 쓰지도 않은 것보단 정말 애 닳는 얼굴을 하고 키스를 조르는 남자의 얼굴에 놀랐다. 당황한 얼굴을 숨기지 못한 라일이 지오반니와 라즐리를 번갈아 바라보았다.

"저는… 저는 가 보겠습니다."

그러곤 눈치 있게 몸을 뒤로 물렸다. 그 자리를 지키고 있어 봤자 좋을 것이 없다는 것을 깨달았다.

"엄청 빨리 가는데요?"

거의 뛰는 듯한 발걸음으로 빠르게 사라지는 것을 본 라즐리의 눈이 동그래졌다. 매우 혼란스러운 얼굴을 한 부관은 쫓기듯 사라지고 난 후였다.

"눈치 빠른 부관이야."

"일을 잘하시는 모양이네요."

라즐리가 대수롭지 않게 생각했다.

"일이 바쁘셨어요?"

"그냥 좀."

"잘 생각은 없었는데."

"기분은."

"많이 나아졌어요. 고마워요."

어느 순간부터 그의 침실이 낯설지 않게 되었다. 그러니까, 일종의 안도감 같은 것이었다. 이 남자는 자신에게 아무 짓도 하지 않으리라는.

실제로 그가 쉬라는 제안에는 단 한 톨의 흑심도 묻어나지 않았다. 우울해 보이니 눈을 붙이라는 진심 어린 걱정에서 비롯된 제안이었다.

"할아버지는 이제 사람도 보내지 않아요."

"나를 그만큼 믿는다는 게 아닐까?"

"나아진 건가……. 그런 것 같기도 해요. 할아버지가 진짜 의심이 많은 사람이거든요. 그런데 이상하게 당신은 믿어 주는 것 같기도 하고."

자신을 대하는 프레야 공작의 태도가 미미하게 변한 것마저 입매가 늘어질 정도로 그를 기쁘게 만들었다.

"이제 어떻게 되는 걸까요?"

아직 잠기운이 여실한 눈이 느리게 눈을 깜빡였다. 지오반니는 무엇을 묻는 것이냐는 듯 눈으로 물었다.

"기오테요."

"무서워?"

"아니요."

"무서워하는 것 같은데."

"전쟁이 일어나는 건가요?"

"기오테가 명했으니."

무슨 일이든 일어나겠지. 그는 비척비척 걷는 라즐리를 아이처럼 품에 안아 올렸다.

"무거울 거예요."

그리 말하면서도 자세가 썩 마음에 드는지 라즐리가 그의 목에 팔을 둘렀다.

"전쟁이 일어나면……."

"응."

"무사히 돌아와요."

"그럴까?"

"당연히 그래야지, 라고 대답하셔야죠."

"누구보다 멀쩡히 돌아올 텐데."

괴물이니까. 웃음기 맺힌 소리에 그의 목에 걸린 팔에 힘이 가해졌다.

"그래도 무서워."

"……."

"다치지 않았으면 좋겠어요."

"그래."

약하고 약한 존재. 품에 안긴 이는 가늘고, 약했다. 뛰는 심장 박동마저 미약하기 그지없었다. 조금이라도 힘을 가하면 부러졌고, 찢어졌고, 피가 배어 나왔다. 그러곤 주어진 시간마저 짧아 죽음에 이르는 시간은 찰나처럼 흘렀다.

그들이 가지고 있는 것들을 좋아하지 않았다. 약하고 무르고, 빠른 시간 죽음에 이르는 것을. 하지만 품에 안는 순간 다디단 생각은 그런 것들을 망각시켰다. 그 모든 것들을 견뎌 낼 수 있을 것이라 누군가 속삭인 것도 같았다.

못할 것도 없지. 제게 매달린 온기를 기억하는데, 그 정도를 감내하지 못할 리 없었다.

* * *

엘리노라가 근심 어린 얼굴로 생각에 잠겼다. 손에 들려 있는 편지를 멍하니 바라보던 그녀가 마르게 얼굴을 쓸어내렸다.

기오테가 챠의 심장을 잘라 내라 형체에 깃들었다. 그런 그의 불호령이 떨어진 지 꽤 많은 시간이 흘렀음에도 불구하고 라제프의 황제는 아무런 조치를 취하지 않았다. 전쟁을 입에 담는 것은 말 옮기기 좋아하는 아랫것들일 뿐, 실상 황제는 거론하지 않은 말이었다.

무슨 의도일까. 소파 한쪽에서 불편한 자세로 몸을 뉘곤 눈을 감고 있는 오라비를 보는 엘리노라의 얼굴이 복잡해졌다.

오늘도 그는 술잔을 비웠다. 어제도. 오늘도. 내일도. 앞으로도 그럴 것이었다.

"미하엘."

엘리노라가 떨리는 목소리로 그를 불렀다. 이상하리만치 고요했다. 그러한 고요는 불안을 싹 틔우고 생각을 좀먹었다. 오래전에 소식을 들었을 아바마마부터, 당장 상황에 직면해 있는 미하엘까지.

최악의 상황으로 자국으로 돌아가지 못하고 라제프에 고립되어 있을 것을 예상한 엘리노라에게는 이해가 가지 않는 상황이었다. 이성적인 오라비는 무언가를 했어야 했고, 이 나라 또한 음험한 속내를 비쳤어야 함이 옳았다.

하지만 지금은, 그 누구나 아무런 일도 없다는 듯 행동하고 있질 않은가. 덮어질 일이 아니었고, 아무렇잖게 넘길 일이라기엔 기오테의 분노가 컸다. 챠를 직접 대면하지 못한 자신도 그런 정령의 분노가 커다란 것을 아는데, 어찌 오라비는 이리도 아무렇지 않게 구는가. 어째서.

"미하엘."

엘리노라가 답답함을 참지 못하고 짜증스러운 기색으로 그의 이름을 불렀다.

"미하엘!"

"누이."

언성을 높이자 그제야 미하엘이 눈을 떴다.

"일어나 보십시오."

"누이는 생각이 너무 많아."

태연자약한 미하엘의 얼굴에 엘리노라의 고운 얼굴이 볼품없이 일그러지는 것은 순식간이었다. 그녀와는 대조적으로 미하엘은 조용히 눈을 떠 천장을 응시할 뿐이었다.

그는 엘리노라가 거칠게 숨을 몰아쉬는 것을 가만히 듣고 있었다. 무심한 눈이 엘리노라에게로 향했다.

"뭐가 그렇게 문제야?"

"다 문제죠. 미하엘이 그 계집을 탐냈을 때부터 문제였습니다."

"잘못 짚었어."

"미하엘."

"내가 아리엘을 눈에 담았을 때부터 문제였다고 판단했어야지."

그가 눕혔던 몸을 느리게 일으켰다.

"제발, 그 이름을 담지 마세요."

"내가 사랑했던 여자였는데."

사랑! 엘리노라는 그 끔찍한 단어에 눈을 질끈 감았다. 대체 누가 누굴 사랑했다고. 오라비인 미하엘이 언제부터 아리엘을 사랑했나. 그 것은 사랑이 아니라 뭉개진 감정이었다. 형체도 알아 볼 수 없고, 무어라 정의할 수도 없이 망가지고 더러워진 감정.

"미하엘, 정녕 제가 등을 돌리는 걸 보고 싶으신 겁니까!"

"누이는 내게 등을 돌리지 못할 거야."

"뭐라고요?"

엘리노라의 눈에서 새파란 불이 일었다.

"유일한 가족이지 않나."

"라제프로 오기 전 어린 동생을 저 북녘의 땅에 처박아 놓고 오신 분이 하실 말씀이라던가요."

2황비에게서 태어난 어린 동생이 눈엣가시라며 변덕을 부리고 온 남자였다. 열셋의 어린 황자는 부친과 미하엘이 갈등을 빚을 때면 희생되는 약한 사냥감이었다.

여태 피를 말릴 정도로 괴롭히더니 이번에 미하엘이 내린 처분은 가당치도 않은 유배였다. 차라리 어린 동생에게는 그편이 나을 것이다. 다 자랄 때까지만이라도 오라비의 눈에서 벗어나는 편이. 그 전에 죽을지는 알 수 없는 노릇이지만.

미하엘의 행동이 도가 넘음에도 주위에서 입을 다물고 있는 이유는 그가 머지않은 시간 제위에 앉은 새 주인이기 때문이었고, 사라진 어린 황자에 이은 또 다른 희생양이 자신이 되는 것을 바라지 않아서였다.

"놈은 가족이 아니었어."

"아버지의 피를 이었죠. 황가의 일원이니 가족이라면 가족입니다."

"누이도 그 추운 땅으로 가고 싶은가?"

"차라리 보내십시오. 속은 덜 문드러질 테니."

"그런 말을 하면 곤란해. 내게는 누이만이 전부인 것을."

"장난하지 마십시오. 지금 제 기분으론 미하엘에게 도저히 맞춰 줄 수 없을 것 같습니다."

엘리노라가 차가운 손으로 제 얼굴을 감싸며 오른 열을 식혔다. 그가 다른 배다른 동생들보다 자신을 가까이 두고, 너그러운 얼굴을 하는 이유는 한 어머니에게서 태어났기 때문이었다.

다른 이유는 생각할 수 없었다. 자신이 다른 이들보다 조금 더 나은 대우를 받고, 열셋의 배다른 동생처럼 북녘의 땅으로 쫓겨나지 않은 이유는 겨우 그 정도의 이유였다.

"똑똑한 누이라면 내가 이 나라로 발을 들이는 것을 막을 줄 알았는데."

"아리엘에게 가졌던 감정이 이렇게 변모될 줄은 단언컨대 몰랐어요."

"나도."

그가 유연하게 받아쳤다.

"지금이라도 늦지 않으셨어요."

"멈출 수 없는 걸 알 터다."

"누굴 위한 감정입니까?"

"나를 위한 것이겠지. 내 욕심을 채우기 위한 것이니까."

"……."

"너는 감정을 누르라 말하겠지만, 네가 보기에도 꽤 오랜 시간 동안 참았잖느냐."

당신의 감정이 대체 어떻게 이런 식으로 변했는지 따져 묻고 싶었다. 많은 형태로 존재하는 것이 감정이라지만 미하엘의 것은 집착에서 변형된 돌연변이나 다름없었다.

엘리노라는 그의 감정을 이해하지 못했다. 눈이 홀려 멍하니 중얼거리는 것도, 붉은 머리의 계집을 보면 이성일랑은 집어치우는 오라비를 이해하고 싶지 않았다.

그의 식어 버린 침상을 데워 주는 것도 항상 붉은 머리를 한 여자들이라는 것이 떠올랐다. 이제야 이해되는 것들이었다. 오라비의 취향이 확고한 줄은 알았지만, 그 취향이 아리엘로부터 기인된 것인 줄은 알지 못했다.

"아바마마께서 이곳의 상황을 궁금해하십니다."

"그래?"

"기오테의 일을 아셨으니 전쟁을 입에 담고 계세요."

"하지만 나는 그렇게 할 생각이 없는데."

"벌써부터 아바마마께 반反하지 마세요. 머지않아 제위를 물려받을 미하엘이지 않습니까. 아바마마를 자극하셔서 좋을 것이 없다는 소리입니다."

그런 그가 무슨 짓을 할지는 알 수 없었다. 그는 아바마마와 사이가 좋지 않았고, 무슨 일에서든지 번번이 부딪치곤 했다. 아리엘의 일로 부자의 사이가 극에 달해 여태 풀어지지 않았다.

확실히 장담할 수 있는 것은, 아리엘의 일로 미하엘은 제 아버지의 눈 밖에 났고, 미하엘은 앙심을 품고 있었다.

아리엘을 죽이는 것이 마땅한 일임에도 제 감정에만 충실한 미하엘이 그 일을 잊고 있을 리 없었다.

제위가 그에게 물려지는 순간, 그가 무슨 짓을 벌일지는 알 수 없었다. 귀족들의 반대에도 아리엘의 딸을 황후의 자리에 앉히는 것도 무리는 아니었다.

아바마마께선 아리엘을 향한 감정이 이런 식으로 변했는지는 짐작조차 못하고 계실 것이었다.

"아바마마의 뜻을 거스르려는 것이 아니라 나는 최선책을 찾고 있는 거야, 누이."

"최선책이라고요?"

"해결책이야 얼마든지 있지. 모두가 다치지 않는 선에서 마무리 지을 수 있고, 잃지 않고 얻을 수 있는."

그의 말에 엘리노라가 차게 웃었다.

"그런 방법이 정말 있기는 있습니까?"

"그래."

"글쎄요. 저는 잘 모르겠군요."

엘리노라도 지지 않고 반박해 왔다.

"기오테가 직접 깃들었습니다. 그의 명령이 있을진대 라제프의 황제가 그것을 거스르고 미하엘과 머리를 맞대고 의논을 하겠다고요?"

"그래."

"그로서는 절대 그럴 이유가 없어요. 기오테의 말을 거스를 정도로, 미하엘이 그에게 가져다줄 것이 더 크단 말입니까?"

"합리적인 것이라고 해야지."

미하엘이 테이블로 다가가 잔에 물을 가득 따랐다. 습관처럼 담배를 태우던 그의 얼굴이 나른해졌다.

"오키아가 현명한 게지. 공통점을 찾았고, 우리는 그것을 해결하도록 힘을 합칠 거다."

"공통점이라 하신다면."

"정령이 수호하는 나라의 제위의 주인들이라면 응당 가지고 있어야 할 걱정."

"......"

"그도 아는 거야. 먼 미래를 내다보는 그는 현명하다."

"아바마마께선 전쟁을 바라고 계세요."

엘리노라의 걱정 서린 말에 미하엘이 자조적으로 웃었다.

"라제프와 우호적인 관계는 생각지도 않는 분입니다. 아바마마께서 아신다면 가만 계시지 않을 겁니다."

"엘리노라."

헝클어진 머리칼을 쓸어 올리는 그가 입매를 비틀었다.

"내가 아바마마와는 다른 생각을 가지고 있고, 그것을 행하려 한다해도 아무도 내게 토를 달진 못할 거다."

"……."

"아바마마조차. 내게 윽박을 지를 시간이 있을까?"

엘리노라를 바라보는 미하엘의 푸른 벽안이 거칠게 일렁였다. 별안간 제 동생에게 이루 말할 수 없는 분노가 치밀었다.

찰나, 저를 두고 훈계하려던 아버지의 얼굴과 겹쳤기 때문일 것이다.

"나는 마가리타를 풀어 줄 생각이다."

"뭐라고요?"

지금 이 상황에 마가리타가 왜 나온단 말인가. 그녀는 이해가 되지 않아 다시 물었다.

"지금, 뭐라고 하셨습니까?"

"마가리타를 풀어 준다고 했다."

마가리타. 누바라가 한창 정벌에 열을 올리고 있을 즈음, 자국에 의해 멸망한 나라들 중 하나인 하르바티의 왕녀였다. 그녀는 아바마마의 눈에 들어 십수 년 동안 총애를 이어 나가고 있는 비였다.

어쩐 일에선지 미하엘은 마가리타를 곧잘 따르곤 했는데, 그것은 일찍이 죽은 친모를 대신해 마가리타가 모정을 베풀었기 때문일 것이다.

"그녀를 풀어 준다니, 그게 무슨 말씀입니까?"

"무슨 말이긴. 말 그대로지."

엘리노라가 따질 기세로 그에게 성큼성큼 다가갔다.

"어려운 일이라고 보느냐?"

"이해할 수 있게 말씀하세요. 마가리타는 아바마마의 비 되는 사람입니다. 그리고 지금 마가리타의 이야기가 왜 나온단 말입니까?"

"그것을 내가 어찌 왈가왈부하려 드느냐고, 라고 묻고 싶은 게지."

"……."

"모친을 대신해 내게 정을 베풀어 준 여자에게 마지막으로 해 줄 수 있는 일이기 때문에."

"대체 무슨 말씀을 하고 계신 거예요? 미하엘이 그 여자를 풀어 주면서 굳이 아바마마와 척을 지는 이유가 뭡니까!"

"너도 오래전부터 궁금해하지 않았니. 아바마마와 늘 한 침대를 쓰는 그 여자의 태 안에 왜 아기씨가 들지 않느냐고."

"……."

"간단하게 생각해 보면 될 일이다. 마가리타가 원하지 않았기 때문에. 제 부모를 죽이고 나라를 망하게 한 원수의 씨를 품고 싶지 않아 마가리타는 스스로 불임이 되는 쪽을 택했어."

유리꽃처럼 웃던 여자의 속내가 그것이었나. 그저 불쌍하다 했지. 그 총애를 받고 황자를 잉태한다면 미하엘에 버금가는 입지를 얻을 수 있을 터인데. 한데 스스로 불임을 자청할 줄은 생각지도 못했다.

"아바마마께선 하르바티 왕가의 싹을 말리셨다. 그것을 즐기셨고. 정신 나간 내 모습을 보고 즐거워하셨어."

"……."

"그곳은 지옥이었어. 악마가 아귀를 벌린, 아주 더럽고 혼란스러운 곳. 마가리타는 제 가족이 죽어 가는 모든 모습을, 왕실이 무너지는 모습을 눈에 담았지."

미하엘은 흐려지는 시야 속에서 그날을 회상했다. 아바마마를 따라 정벌을 나선 자신은 그날, 지옥이 무엇인지 목격했고 그곳에 산 사람이 발을 들일 수 없다고 생각했다.

철을 간 듯한 비릿한 냄새. 토기가 치밀고 눈앞은 온통 붉었었다. 뺨 부근에서 뜨겁게 뒤엉킨 것이 무엇인지 알았다. 검붉은 핏덩이. 제 것이 아니었다.

두려움에 절어 그것을 닦아 낼 생각조차 하지 못했다. 자신이 이곳에서 살아서 움직인다는 것조차 괴이하게 느껴지던 날이었다.

"설득력 있다고 말씀하지 마세요. 고작 그런 감정에 휘말려 마가리타를 아바마마의 품에서 끌어내리겠다고요? 굳이 이런 시국에 말입니까?"

"지금이어야 해."

그가 담배 한 개를 더 태우며 단호하게 말했다.

"아바마마께선 자신이 가장 사랑한 여자의 품에서 죽을 거야."

"……."

"내 마지막 배려란다."

"지금…… 무슨 말씀을 하고 계신지는 아세요?"

엘리노라가 뒤로 물러섰다. 하얗게 질린 그녀가 떨리는 목소리를 감추지 못하고 물었다.

"네가 봐도 내가 사사로운 감정에 흔들려 마가리타를 궁 밖으로 보낼 놈은 아니지."

"그래서 그 여자가 아바마마를 죽이고 미하엘은 그 일을 덮는다는 소립니까?"

"그래."

"도가 지나치십니다!"

풀어지지 않은 부자 사이가 이렇게 끝이 날 수는 없었다. 미하엘이 사람이라면 그럴 수 없었다. 제 손으로 천륜을 끊어 내고, 덕지덕지 달라붙은 앙심의 분풀이를 이렇게 해서는 안 되었다.

"왜. 무엇이?"

"미하엘!"

"내가 지나치다 생각하느냐?"

누이의 얼굴에 공포가 스미는 것을 보며 미하엘이 입매를 말았다.

"하나 너 또한 바란 것을."

"……."

"그러니 조용히 입 다물고 눈 감고 있으렴. 죽이라 말하지는 않을 테니 방관자 정도면 적당할까."

엘리노라가 쓰러지듯 바닥에 주저앉았다.

3. 희생

이젠티아의 왕녀인 이그노엘이 라제프를 방문했다. 기오테가 깃들어 머물고, 누바라와 미묘한 기류가 흐르는 지금, 적절한 시기는 아니었지만 그녀는 일정을 바꾸지 않았다.

프레야 공작과 이혼한 후론 첫 방문이었다. 재결합에 대한 가능성에 대해서 많은 이들이 속살거렸지만 그녀는 그런 소란스러움에 대해선 일절 입을 열지 않았다.

정략결혼으로 맺어진 인연이었지만 그녀는 꽤 순탄한 결혼 생활을 보냈다. 남편 되는 이는 헌신적이었고, 바란다 하면 빛나고 귀한 것쯤이야 이그노엘의 발치 아래 가져다주었다.

슬하에 두 명의 아들과 세 명의 딸들도 두었다. 이그노엘의 결혼은 흠 하나 잡을 것 없이 행복했다. 큰아들이 성에 차지 않는 여자를 데려오고, 그가 죽음에 이르기 전까지는 그랬다.

"바쁘신 분이라는 걸 잊고 있었어요."

"애석하게도 시간을 낼 여유가 없더군요. 본의 아니게 결례를 범했습니다."

"괜찮아요. 방문한 것은 제 쪽이니."

이그노엘이 흘러나온 머리칼을 귀 뒤로 넘기며 말했다. 거울을 보며 흐트러진 머리를 다듬고 귀걸이의 모양을 매만졌으며 마지막으로는 우아하게 올라간 입꼬리를 쓸었다.

그가 기억하고 있는 여자의 습관은 여전했다. 무엇 하나 변치 않은 모습에 그의 눈이 까맣게 가라앉았다.

"공께서는……."

잘 지내셨냐고 물으려는 여자의 얼굴이 굳었다. 밝은 빛 아래에서 본 남자의 얼굴은, 어쭙잖은 안부를 물을 필요도 없이 많이 상해 있었기 때문이었다.

"잘 지내셨는지 모르겠습니다."

그럼에도 형식적인 안부 인사가 오갔다. 사람들은 라제프에 방문한 목적을 재결합에 두고 있었지만, 이젠티아로 떠나기 직전까지 자신을 만나 주지 않은 남자의 무관심을 본다면 그런 이야기는 하지 못할 것이다.

"공, 저는 내일이면 이젠티아로 돌아갑니다."

언제나 자신만을 바라보던 눈이 차갑게 굳고, 제 시선 따위는 가볍게 무시한다는 것을 보는 것은 그리 기분 좋은 일이 아니었다.

이그노엘이 허탈하게 웃었다. 아들의 죽음 앞에서 더 이상 눈물짓지 않던 그날, 사람이 이다지도 변할 수 있는지 궁금했다. 어쩌면 좋아하고 있었는지도 모르겠다. 그 슬픔과 괴로움에서 벗어났다고 자만했으니. 하지만 남자의 얼굴을 보는 순간 치미는 울음을 삼킬 수 없게 되었다.

"젊었을 적에는 공과 말도 타고 활도 곧잘 쏠 수 있었는데……. 그래요, 그랬던 때가 있었습니다."

옛일을 회상하는 여자의 입매가 어느 새인가 부드럽게 누그러져 있었다.

"저는 많이 늙어 버렸어요. 이제는 아침잠도 없어지고 술을 많이 마시면 며칠은 고생한답니다."

"아직도 술을 드시나 보군요."

"공과 함께 마시던 것이 버릇이 되어 그렇게 쓴 술을 입에 달고 삽니다."

해가 졌다. 이그노엘은 물끄러미 창밖을 응시했다. 연한 금발과 푸른 눈이 어스름한 빛과 섞여 묘한 색을 이뤄 냈다. 이그노엘은 해가 진 창 밖을, 제너는 그런 여자를. 침묵은 길게 이어졌다.

"시간은 이렇게나 흘러서… 라즐리는 이제 결혼을 해야 하고, 당신과 나는 이전보다 더 많은 약을 먹고, 낮은 문턱을 넘는 것조차 조심해야 하는 늙은이가 되어 버렸지요. 이제는 살날보다 죽을 날이 더 가까워져 오니 이런저런 생각이 많이 들더군요."

"……."

"젊었을 적, 나는 계집애치곤 지나치게 괄괄하여 부왕께서도 혀를 내두르셨답니다. 태생이 왕족이라 오만했으며, 다른 이의 생각 따위는 티끌의 관심도 없었어요. 오직 나만 생각할 줄 알았죠. 공께서도 알고 계시듯, 나는 그런 계집이었습니다."

이그노엘의 푸른 눈에 습기가 어렸다.

"그런 계집이었기에, 십 년 전 당신에게 그리 모질 수 있었던 거예요."

"모진 것이 아니라 현명한 선택을 하신 겁니다."

"끝까지······."

마지막까지 남자는 그날의 일을 현명한 선택이라고 말했다. 그때도 그러했고, 지금도 그렇게 말했다. 현명한 선택이라고. 내가 당신에게 했던 짓이.

이그노엘은 어쩐지 이 상황이 마음에 들지 않아, 신경질적으로 웃었다. 어쩌다 당신과 내가. 내가 당신에게······.

"미안하다고 사과하고 싶었어요. 라즐리의 일을 핑계 삼아 라제프를 방문했지만, 나는 공께 사과를 드리고 싶었습니다."

"사과하실 일이 아니었습니다."

"난 그래요. 당신 옆에서 끝까지 힘이 되어 줬어야 했는데."

"······."

"위로라도 해 줘야 하지 않았을까. 눈에 자꾸 밟혀. 당신도 그랬겠지만, 나도 그 일을 잊은 적이 없어요. 공, 나는······."

"더 이상 듣고 싶지 않습니다."

"정말 당신에게 미안했어요."

여자는 연신 사과를 고했다. 그것을 가만히 듣고 있던 그가 멍한 눈을 들어 이그노엘을 바라보았다. 안타깝게 일그러진 눈을, 미안하다 말하는 입술을, 죄책감으로 얼룩진 얼굴이 차례로 들어왔다.

자신이 조금 더 이 여자를 사랑했을 때라면 죄책감으로 괴로워하는 여자의 어깨를 감싸 주고, 위로의 말을 쏟아 냈을지도 모르겠다.

"공께는······."

"그만하지, 이그노엘."

제너가 울음 짓는 여자를 멈췄다. 동시에 끔찍하게 파고드는 기억들도 잘라 냈다.

"내게 당신을 원망하느냐고 물었었지."

제너가 무거운 입을 열었다. 점잖았던 얼굴은 순식간에 차게 얼어붙었다.

"지난날 당신을 원망하느냐고……."

자조적으로 웃는 남자는 이내 입을 열었다.

"솔직히 말해 볼까."

그는 테이블 위에 있던 담뱃대를 집었다 다시 내려놓았다. 대신 그것을 구기는 것으로 제 분노를 내비쳤다.

"수없이 원망했어. 사람이 이렇게 비참해질 수도 있구나. 이렇게 무서워질 수도 있구나. 처음 알았거든."

"……."

"그 지옥 속에 날 두고 가니 좋았나?"

지옥. 그래. 끔찍한 곳이었다. 제너가 입매를 비틀었다. 차가움을 가장한 눈이 어그러졌다. 안에 있던 것은 새파란 불꽃. 용케도 숨기고 있었다. 애써 묻어 둔 원망을 입에 담는 것은 그리도 쉬웠다. 평생 꺼내 보일 일이 없을 것이라 생각했던 것이었다.

"아들은 죽었고 거짓말처럼 나라는 내게서 등을 돌렸지. 어느 새끼가 아군인지 적군인지 판가름도 안 돼. 몇십 년을 쌓아 올린 것이 한순간에 무너질 것 같았어. 무엇 하나 온전히 지키지 못할 것 같아서 무서웠지. 당신이 남기고 간 이 아이들이 첫아이처럼 되지 못할 건 없었으니까."

"……."

"나는 부단히도 노력했어. 당신이 남기고 간 아이들을 지키려고. 당신과 내게서 태어난 이 아이들이 위험해지는 것을 원하지 않았기 때문에. 당신이, 그 느낌을 알아?"

그 공포를. 하루에도 수십 번씩 머릿속을 들쑤시는 그 두려움을 아느냔 말이다. 벼랑 끝에 몰렸다. 나아갈 곳은 없고 밀어닥치는 통에 정신없이 쫓기는 기분. 누가 쉽게 가늠할 수 있으랴.

"지키지 못한다는 거 말이야. 꽤 비참해. 그렇게 화가 날 수가 없거든. 화가 머리끝까지 나고 눈은 시릴 만큼 아픈데, 아무것도 못해. 화가 나서 눈물조차 안 나거든."

"공."

"당신이 그때 나와 이혼을 하고 이젠티아로 돌아간 건 퍽 현명한 선택이야. 적어도 당신에게는 그랬지. 둘이 진창으로 빠질 바에야 한 명은 멀쩡히 살게 돼야지."

여자의 선택을 반대할 수 없었다. 이 커다란 슬픔을 어찌할 도리를 모르는 자신이 할 수 있는 일이라곤 이별을 고하는 그녀를 이젠티아로 돌려보내는 일이었다.

"그런데 당신만은 그때, 내 옆에 있었어야지."

"......."

"다른 이들은 모두가 내게 등을 돌릴 때, 내가 몸 바쳐 온 나라마저 날 버릴 때, 당신만큼은 그러지 말았어야지."

무너지지 않게. 두려움에 떠는 자신이 더 단단해질 수 있도록. 전쟁터에서보다 배로 느꼈던 그때의 공포. 아들의 죽음을 목전에서 느꼈을 때, 분노도 슬픔도 아니었다. 다리가 풀려 버리는 공포. 딱 그만큼 당신이 보고 싶었다.

"이 단단한 울타리가 부서질까 봐, 나는 벌벌 떨어야 했어. 나는 겁이 많은 사람이잖아. 당신도 알다시피."

떨리는 마음을 추스르려 술에 의지할 때도, 더도 말고 덜도 말고 네 손 하나만 잡고 있으면 무엇이든 될 것 같았다. 너를 그리워했다.

너의 모습을 꿈으로 좇았다. 죽은 아들이 나온 꿈을 꿀 때면, 그 끔찍한 악몽 속에서 네가 돌아오는 상상만 하면 그렇게 다디달 수가 없었어. 오직 너만을 그리워했다. 붙잡을 수 없어서 더 애탔어.

"이혼을 할 때에도 내가 무슨 마음으로, 당신에게 웃어 줬는지 모르지."

"공."

"무슨 심정으로 잘 가라고 배웅까지 해 줬을 것 같아? 내게서 떠나가던 당신을, 미련 없이 뒤도 돌아보지 않던 당신을, 내가 무슨 마음으로 보내 줬을까?"

"공, 그만. 그만해요."

"아니! 더 할 수 있어. 잘 들어."

그가 씹어뱉듯 으르렁거렸다. 가라앉은 연둣빛 눈동자가 떨렸다. 담담한 얼굴을 보니 알겠다. 이 여자는 나만큼 괴로워하지 않았구나. 저가 흘린 눈물의 반절도 흘리지 않았을 것이라고.

"잘 가라고? 부디 자국으로 돌아가 나처럼 불안해하지 말고 잘 살라고? 아니, 훗날 네가 정신이 똑바로 들었을 때, 양심이란 것이 생겨 내 생각을 한 번이라도 할 때, 죽은 우리 아들을 생각하면서……."

"……."

"지금처럼 내게 미안해하며 살라고 웃어 준 거야."

이그노엘은 전처럼 웃고 있지 않았다. 얼굴이 희게 질린 그녀는 아무 말도 하지 못했다.

"당신은 예전이나 지금이나 내 생각은 할 줄 몰라. 오직 당신은 당신만 사랑할 줄 알지."

하지만 나는 그런 당신을 사랑했었다. 이기적이라도 좋아. 오만하고 버릇없어도 괜찮았어. 빛처럼 새파랗게 환했던 당신. 당신은 그렇게 젊은 날 내게 녹아들었었다.

*　　*　　*

"좋지 못한 선택입니다."

지오반니가 단호하게 말했다.

"공께서 이 전쟁에 사사로운 감정이 있는 한, 더욱이 안 될 말입니다."

"옳지 않은가?"

"좋지 않은 결과를 초래하겠죠."

"예정되어 있었던 것을."

"지킬 것도 많으신 분이 그리하셔서 되겠습니까."

허를 찌르는 지오반니의 말에도 제너는 여유롭게 웃으며 품에서 담배를 뒤적거렸다.

"황제께선 전쟁을 입에 담지 않으셨습니다."

"기오테가 담았지."

"폐하의 설득이라면 기오테의 화도 누그러들지 모르죠."

기오테가 제 화를 누를 일은 없겠지만, 프레야 공작이 사적인 감정을 가지고 참전한다는 것 또한 말려야 할 일이었다.

"글쎄."

제너는 모호한 얼굴을 하곤 손가락 사이에 낀 담배를 까닥거렸다.

"전쟁은 되도록 일어나서는 안 될 일입니다. 폐하와 라르기얀 황자가 머리를 맞대고 좋은 방향으로 이야기 중이라면 그렇게 흘러가는 것이 맞겠죠."

"전쟁을 원하지 않는군."

"끔찍하니까요."

그래, 그래. 끔찍한 일이지. 덧붙인 그의 시선이 멍하게 제 손에 끼워진 담배를 향하다 끝으로는 지오반니를 향했다.

"이 전쟁을 나만 바라고 있을까?"

"바라는 자야 공이 아니더라도 있겠죠. 바라지 않는 자들이 있는 것처럼."

"라즐리가 바란다면."

그의 말에 지오반니의 미간이 좁아졌다.

"그렇다면 후께서는 그 아이를 막으실 수 있는가."

"공."

"후께서는 그 아이의 상처를 알아?"

"대충은 압니다."

"안다고?"

제너가 우스운 이야기라도 들은 것처럼 큰 소리를 내며 웃었다. 웃음소리가 잦아들 때까지 지오반니는 가만히 그것을 듣고 있었다.

"안다고 말을 할 수 있나?"

"……."

"누군가의 상처를 들여다보는 것은 가능한 일이지. 하지만 그렇게 쉽게 안다고 말하면 곤란해. 적어도 고민은 좀 했어야지."

그의 충고에 지오반니의 눈이 가늘어졌다.

"막지 못할 거야. 내가 그 아이에게만큼은 물러질 수밖에 없는 것처럼 후께서도 다르진 않을 테니까."

"잘못된 것이라면 막는 것이 맞습니다."

"라즐리가 그렇게 된 데에는 내 영향이 커."

"……"

"내가 그 아이를 그리 가르쳤거든."

작은 머리통을 붙잡고 울고 있는 아이에게 속삭였다. 네 부모를 죽인 이들이 누구인지. 이날을 잊지 말라 세뇌했다. 너는 누구보다도 이 분노를 선명히 느낄 수 있어야 한다고.

그날을 회상하는 제너의 눈이 일그러졌다. 생각하기 싫은 기억의 한 부분이었다.

"지금에 와서 생각해 보면 후회하지 않는다고 말할 순 없어. 그때의 내겐 분노만이 전부였고, 그것을 누를 길이 없었기 때문이지. 하지만 지금의 나는 라즐리가 모든 것을 잊고 행복하길 바라."

홀가분한 얼굴을 한 제너가 불을 붙이지도 않은 담배를 꺾었다.

"자네는 무슨 선택을 할지 궁금해."

"……"

"하지만 내 예상에서 크게 벗어나지 않겠지. 당신도 눈물 한 자락에 고개 숙여 어르고 달래려 하질 않나."

말장난을 하는 기분이었다. 기분이 묘했다. 이 꺼림칙한 것을 찾으려 애썼지만 도무지 무엇인지 갈피가 잡히지 않았다.

                    *   *   *

　방 안에서의 대화가 생각보다 길어졌다. 그와 제너가 부딪친 이유
를 모르지 않는지, 종알종알 말을 붙이던 라즐리도 드물게 침묵하고
있었다. 곧 깨어질 침묵이 달갑지 않았다.

　"지오반니."

　찻잔이 놓일 때까지 조용히 입을 다물고 있던 라즐리가 등 뒤로 집
무실의 문이 닫히는 것과 동시에 입을 열었다.

　"할아버지를 말리지 마세요."

　별장으로 오기까지, 마차 안에서도 가타부타 말이 없던 라즐리가
처음으로 꺼낸 말이었다. 복잡한 얼굴을 숨기지 못한 채 라즐리를 마
주한 지오반니의 얼굴이 미세하게 일그러져 있었다.

　"말리지 말라고?"

　그렇다면 떠밀까. 그 끝이 무엇인 줄 알고, 그것에 슬퍼할 여자를
모르지 않았다.

　"그럼. 말리지 않으면."

　"……."

　"전쟁을 하라는 소리 같은데."

　묻는 그의 목소리에 절로 날이 섰다.

　"그걸 바라?"

　그는 누구보다도 전쟁의 참상을 수없이 지켜본 사람이었다. 오랜 시
간 속에 존재했기 때문에 그러했다. 백 년이 넘도록 이어진 내전을 지켜
봤고 땅덩이를 먹어 치우기 위해 무자비하게 벌어진 전쟁을 지켜봤다.

　그렇기 때문에 그것이 가져다줄 피폐함과 끔찍함을 알았다. 살이

썩는 냄새가 속을 뒤집었다. 언젠가의 기억이었다. 피를 뒤집어쓴 채로 다리가 잘린 남자는 두려움에 달달 떨다 죽었다. 그것은 사사로운 복수로 벌일 만한 것이 아니었다.

피로 얼룩진 땅은 죽어 회생하지 못했다. 인간은 전쟁이 가져다준 공포를 잊고 올라서서 지금의 시대를 이뤄 낸 것이 아니었다. 살고자 함의 절박함이 그 공포를 누른 것뿐이었다.

"네가 무슨 생각을 하는지 알아."

"무슨 생각을 하고 있는 것 같은데요?"

"······꼭 죽이는 것만이 복수는 아니야."

지오반니의 입에서 한숨이 흐르는가 싶더니 다소 차가운 손이 라즐리의 뺨을 덮었다. 라즐리의 부모를 죽인 것은 애석하게도 라제프의 황실의 피가 흐르는 자의 손에서였다. 건국왕 할라모르가 만든 제국의 근간이 되는 법전에 기록되어 있는 조항 한 줄이 그들을 죽음으로 몰았다.

라제프의 황실의 피가 흐르는 이라면 누구에게라도 해당되는 사항이었는데, 그 누구도 황가의 사람들을 죽음으로 몰아넣을 수 없다는 조항이었다.

죽음을 맞이한다면 사람의 손으로는 어찌할 수 없는, 예를 들자면 병에 의한 것이어야 했다. 건국할 적 제 형제들을 사랑한 할라모르가 그들을 지키기 위해 만든 법이었다.

하지만 그 법이 악용된 것은 할라모르가 법전을 만들고 난 이후로 처음이었다. 라제프의 5황자가 누바라와의 친선을 위해 정략혼을 맺었을 때부터 일어날 일이었을지도 모르겠다. 정략혼을 추진했지만 갈등의 골이 깊었던 두 나라 사이에서 발발한 전쟁은 5황자가 누바라의 편에 서서 라제프에게 칼을 겨눌 때부터 파국으로 향했다.

법을 악용하는 일 따위는 일어나지 말았어야 했다. 어찌 되었든 공가의 후계자와 아리엘에게는 좋지 못한 끝이 기다리고 있었다.

5황자를 죽인다면 자국으로 돌아와 죄를 면치 못할 것이었고, 누바라의 편에 서 적장으로 참전한 5황자를 죽이지 않을 수도 없었다.

"각하께서도 바라시지 않을 거야. 너는, 그에게……."

금방 울 듯했다. 하지만 지오반니는 말을 멈추지 않았다.

"아들이 남기고 간 마지막 흔적이니까."

라즐리가 입술을 깨물었다. 휘청거리는 라즐리의 팔뚝을 잡아 쥔 지오반니의 목울대가 크게 울컥거렸다. 떫은 것을 문 양 입 안이 꺼끌거렸다.

그는 이제야 자신이 긴장하고 있다는 것을 알았다. 팔을 잡은 손이 떨리고 등 뒤로 식은땀이 흘렀다. 목소리가 멍청이처럼 떨리는 것 같기도 했다.

"빼내지 못한 가시지. 평생 아플 상처."

모진 말이라면 더 해 줄 수 있었고 잔뜩 들쑤실 말쯤이야 해 줄 수 있었다. 그렇게 할 수 있었다. 누군가는 해 줘야 했다. 다만, 그것이 자신이길 바란 것은 아니었다. 이 아이의 상처를 감당할 수 없기 때문에 그랬다. 그래서 자신은 이 아이에게만큼은 더없이 좋은 사람이어야 했다.

"각하께는 많은 피붙이들이 있지만 너와 그들이 같을 수는 없어. 공이 가장 아끼던 큰 아들. 그리고 그의 유일한 피붙이가 너잖아."

라즐리는 프레야 공작의 죽은 아들의 마지막 흔적이었다. 웃을 때 보이는 가지런한 치아, 천진하게 웃는 여자는 자신이 보기에도 그를 생각나게 할 정도로 그와 닮아 있었다. 공작에게 그녀는 조금, 더 특별할 수밖에 없었다.

"무너지라고 하는 소리가 아니야. 그저, 내려놓으라는 소리야. 네가 품어 온 그거 말이야. 좋을 게 없잖아. 평생 안고 간다면 네가 죽어."

"지오반니."

"그리고 나는 그걸 지켜보지 못할 거야. 네가 죽어 가는 걸 보라고 할 정도로 잔인하진 않겠지."

그가 쓰게 웃었다.

"그만하자."

"……."

"내려놓을 수 있어. 굳이 진창 속으로 들어가지 말라는 소리야."

이 세계를 부수고 싶지 않았다. 저 여자가 존재하고, 자신이 안주할 곳을 망치고 싶지 않았다.

"당신은."

자신의 뺨을 감싼 지오반니의 손을 떼어 낸 라즐리가 담담한 얼굴로 그를 바라보았다.

"제가 무슨 생각을 가지고 있는지, 무얼 느꼈는지 모르기 때문에 그렇게 쉽게 말할 수 있는 거예요."

"알 수 있을 리가 없잖아."

"그래서 내려놓을 수 없어요."

연한 호박색의 눈이 흐려지는 듯했다.

"부모의 죽음을 어찌 잊을 수 있겠어요?"

"세상 모든 사람들도 수많은 사연을 안고 살아. 네 생각보다 더한 상처도 받겠지. 그들이라고 해서 잊은 게 아니야. 다시 꺼내 보이지 않을 뿐이지."

"뭐가 그렇게 쉬워요?"

라즐리가 허탈하게 웃었다.

"있잖아요. 저는 할아버지가 여태 무슨 생각을 하고 계셨는지 몰라요."

"……."

"하지만 할아버지가 십 년 전의 일을 못 잊고 계신다는 건 알아요."

"그래서 네 말은 프레야 공이 복수를 하기라도 바란다는 소리야?"

"지킬 게 많은 사람은 약해질 수밖에 없어요. 제 몸만이 아닌 수백, 수천 명의 사람을 내가 지켜야 해요. 배고프지 않게 해 줘야 하고 춥지 않게. 나는 춥고 배고파도 되지만, 내 사람들이 그래서는 안 되기 때문에. 그런 사람이 제 할아버지셨죠."

지오반니의 옷깃을 꽉 쥔 라즐리가 물기 어린 목소리로 호소했다. 누구라도 알아 달라 소리치는 것도 같았다.

"충신의 아들이 죽었습니다. 제국을 위해 온갖 멸시를 참아 낸 제 어머니가 죽었어요. 적군의 손에 죽어 가는 데도 라제프의 황실은 침묵했어요. 적군도 아니었죠. 라제프의 피가 흐르는 황자의 손에 죽었습니다. 자국의 사람에게요. 하지만 황실은 할라모르가 만든 법전에 대해선 어떠한 조치도 취하지 않았죠."

"……."

"그래도 할아버지는 아무 말씀도 하지 않으셨어요. 아들의 죽음 같은 것은 일어나지 않은 양 행동하셨죠. 마치 맏아들은 처음부터 존재하지 않았던 듯 입을 다무셨습니다. 그편이 현명한 선택이라는 것을 알았기 때문에 그러셨습니다!"

지오반니는 이 순간, 그 어떠한 말도 할 수가 없었다. 달래 줘야 하는데, 복수를 바란다는 라즐리를 말려야 하는데, 저 서러운 외침에 잘 난 양 훈계를 둬야 하는데.

제게 소리치는 여자의 얼굴을, 그리고 옷깃을 쥔 손이 비정상적으로 떨리고 있다고 생각했을 즈음 자신이 했던 말이 스쳤다.

여자의 말처럼 너무도 쉬웠다. 다른 이의 상처를 묻는 것은. 그리 강요했다.

"다른 이들이 할아버지께 위로랍시고 지껄인 말이 무엇인지 아세요?"

"……."

"자식의 죽음 또한 신하 된 자의 도리라고 했습니다. 아들의 죽음이, 헛되지 않고 제국을 위해 쓰였으니 가문의 영광이 될 거라고!"

고개를 숙인 여자의 어깨가 간헐적으로 떨렸다. 울음 섞인 흐느낌이 입술을 비집고 나오는 것을 원치 않아 입술을 짓이겼다.

연한 눈동자가 물기로 뒤엉켰다. 긴 속눈썹 끝에 눈물방울이 걸렸다. 처연한 그 모습을 바라보던 지오반니가 그 물기를 제 손가락으로 거두었다.

연신 물기가 묻어 나왔다. 발갛게 물든 코끝을 매만져 주며 달래려 하는데 그게 쉽지 않았다. 오늘만큼은 그랬다.

"내 커다랗던 산은 그렇게 작았어요."

그 한마디에 지오반니가 그러쥔 팔을 놔주었다.

"그렇게 약한 분이셨어요. 작고, 약하고, 쥐면 바스러질 정도로 할아버지는 약해요."

"……."

"당신의 말대로 죽이는 것만이 꼭 복수는 아니에요. 그런데 그 방법만이 유일한 거예요. 그게 아들의 죽음에 대해서, 할아버지가 할 수 있는 최선이고 마지막으로 해 줄 수 있는 일인 거예요. 할아버지가 생각한 복수의 끝은 죽음이에요. 그게 후작님이 보시기엔 의미가 없다고 해도, 어떤 변화를 일으키지 않아도. 설령, 죽은 아들이 살아서 돌아올 수 없다고 해도, 할아버지에겐 그래요."

모든 것이 무기력해지는 순간이었다. 오랜 시간 동안 프레야 공작과 입씨름을 한 것보다, 지금 눈앞의 여자의 간절함이 절절하게 와 닿았다.

거절할 수 없었다. 단호하게 자르지 못할 것이다. 프레야 공작이 자신만만하게 예상했던 것처럼 라즐리의 모든 것에 동조할 터다.

큰 실수를 했다. 실수였나? 그렇다면 나는 이 여자에게 무슨 답을 내려 줘야 할까. 아니, 애당초 내려 줄 답이 있을 리가 없었다. 상처를 받은 것은 눈앞의 여잔데 저가 그 답을 내려 준다는 것은 주제넘은 짓이었다.

"그래. 알겠어."

"……."

"그럼 말해 봐."

지오반니가 라즐리의 턱을 감싸 쥔 채로 들어 올렸다. 눈물에 잠긴 눈이 제게로 향했다.

"나는 말해 주지 않으면 몰라."

저가 고함지르던 모습과는 대조적으로, 그의 목소리에 담긴 것은 심장 부근이 간질거리는 다정함이었다. 턱을 잡은 손에 힘이 실렸다.

"누구를 네 앞에 꿇려 줄까."

"……네?"

"5황자를, 누바라의 황제를, 그리고 너를 곤란케 할 라르기얀을 네

앞에 꿇려 주면 울지 않을래?"

네가 원하면 그리해 주겠다, 너무나 당연하다는 듯이 말해서 저가 여태 한 고민은 아무것도 아니라는 듯한 기분마저 들었다.

"그러면 네 화가 좀 가라앉을까?"

"당신."

"울지 않을까?"

턱에서 손을 뗀 지오반니가 곧 뺨 위로 떨어질 것 같은 눈물을 손으로 쓸어내렸다. 닦고 닦아 내어도 터진 둑처럼 흘러넘쳤다.

울지 않았으면 했다. 속은 새파란 불꽃을 삼킨 것처럼 뜨거운 것이 넘실넘실거리는데 다정스러운 웃음이 잘도 걸쳐졌다. 분노를 감춘 눈이 금방이라도 깨어질 것 같았다. 그만큼 평정심이 유지되지 않았다. 이 아이의 눈을 보고 있자니 그랬다.

"울지 마."

"……."

"나는 너처럼 소중한 것이 있지도, 혹은 그것을 잃어 본 적도 없기 때문에 네 기분에 대해서 안다고 말 못 해. 그래서 그 기분을 이해한다고도 말할 수 없지. 경솔했던 건 미안해. 네 말대로 쉽게 말했어."

고개를 숙인 지오반니가 귓가에 진심 어린 사과를 속삭였다.

"그러니 말해 봐. 어찌해 주길 바라? 응?"

그가 다시 물었다. 지오반니는 다시 들려올 대답을 천천히 기다렸다. 호박색 눈동자가 곤란해하는 것 또한 빼놓지 않고 눈에 담았다. 저도 모르게 그가 나긋이 눈을 접었다.

"라즐리."

그의 부름에 라즐리가 짧게 눈으로 대답했다.

"모든 상황, 아무리 사소한 것이라 해도 동등한 위치에 있을 수는 없어. 누군가는 조금 더 유리한 쪽에 위치해 있지."

그것이 자신이 아니라 이 작은 여자라는 것을 알았다.

"너는 상황 파악이 빨라."

"상황 파악이라니……."

"누가 더 우위에 있고, 네 가벼운 손짓에도 상황이 변할 수 있으리라는 걸 알아."

"그럴 리가요."

"전부는 아니더라도 조금은 알고 있을 거야."

라즐리의 목덜미에 제 얼굴을 묻은 지오반니가 속삭였다.

"나는 네 손 아래서 움직여 줄 의향이 있어."

"……."

"전쟁을 바라지 않아. 그것이 가지고 올 공포를 알기 때문에. 나는 수없이 지켜봐서, 원하지 않았어. 솔직히 말하자면 네가 마음을 바꿔 줬으면 해. 끔찍할 테니까."

지오반니가 라즐리의 입술을 손끝으로 훑었다. 물기를 잔뜩 먹은 입술이 손길 한 가닥에 떨었다.

"하지만 네가 조금만 부추긴다면, 날 잡아끈다면 나는 어쩔 수 없을 거야."

"……."

"부추기는 네 말마저, 진창 속으로 밀어 넣는 손길마저 부드럽겠지."

"……."

"그러니 더 부탁해 봐. 너를 대신해 그들을 죽여 달라고. 가장 잔인하고 끔찍하게."

붉은 눈을 한 악마가 이런 얼굴을 하고 속삭일까. 잡아끄는 것은 자신인데도 끌려가는 기분이었다.

"주저 않고 들어준다는 것을 왜 몰라."

그에게는 확실히 이 전쟁을 막을 힘이 있었다. 가장 안전하게, 티끌한 점 흠집 내지 않으리라는 것도 알았다.

"무얼 원하는지 말해."

네 입으로. 내가 움직일 수 있는 명분을 쥐여 줘.

목덜미를 누른 입술 덕에 어눌한 발음이 새어 나왔다.

"나는 네게 모질지 못해."

입술이 닿을 듯했다. 대신 숨결이 섞였다.

"복수."

"그리고."

"그들의 죽음을 내게 가져다줘요."

가장 잔인하고, 고통스럽게. 제 입술 사이로 흘러 들어오는 작은 목소리에, 입술이 맞닿은 채로 지오반니의 입매가 길게 늘어졌다.

파멸로 이끄는 손길마저 아름다울 테고, 거짓을 속삭이는 말조차도 달기 그지없을 테지.

* * *

입술을 지분거리는 채로 그가 나직이 웃었다. 제게 속삭이던 목소리. 물기가 가득 밴 목소리가 가련하게 떨렸다. 고심 끝에 뱉었을 말에 목이 탔다.

복수를 바라는 여자가 가여워지는 한편, 온전히 몸을 기대 오는 모습이 썩 기꺼웠다. 여자가 가지고 있는 복수심과 분노가 달갑지 않았고, 그로 인해 벌어질 전쟁이 끔찍했다.

그럼에도 뱀 같은 목소리로 도와주겠다고 내미는 자신의 손을 덥석 잡은 모양새가 마음에 들었다.

"후회할 거야."

"……그래요?"

라즐리가 한숨 섞인 웃음을 흘렸다.

"설득력이 없잖아요."

"설득력?"

"이런 키스를 하시면서 하실 말씀은 아니라는 거예요."

"그건 그렇네."

지오반니는 짧게 수긍했다.

"네가 바라는 대로 될 거야."

라즐리의 뺨으로 옮겨 간 그의 입술이 자잘하게 입을 맞췄다. 고개를 좀 더 아래로 숙여 턱 언저리에 입술을 묻은 그가 뜨거운 숨을 흘렸다.

"네가 죽음을 바란다면."

"……."

"그리해 줄게."

습기 어린 눈 밑에도 뜨거운 입술이 내려앉았다. 라즐리의 눈이 그에게 짧게 머물다 이내 눈을 감았다. 눈을 감자 더운 숨이 입술 근처를 배회했다.

"프레야 공도 죽게 두지 않아."

"……."

"막을 힘이 있다면 막는 것이 좋겠지."

네 슬픔의 부피를 늘리고 싶지 않았다. 그는 뒷말은 삼키곤 파르르 떠는 눈두덩이에 가만히 제 입술을 눌렀다.

자잘한 키스에 몸이 휘청거리는 것을 지오반니가 다시 잡아 세웠다. 의지할 것은 기대고 있는 등 뒤의 문이 전부였지만 그는 짓궂게 자신과 문 사이의 거리를 좁혔다.

단숨에 삼켜 버리고 싶었다. 작고 따뜻한 만큼 죄 맛있을 터다. 목덜미에서 조금 더 내려가 깊게 파인 쇄골에 얼굴을 묻은 그가 이를 드러내다 이내 거뒀다.

열기 띤 입술로 느껴지는 것은 작게 고동치는 맥박이었다. 작지만 선명한 울림이 느껴졌다. 그래, 삼켜 버리면 안 되지. 너무 아까울 것이 아닌가. 그는 빠르게 생각을 고쳤다.

그는 살아 있다는 것을 증명이라도 하듯 힘차게 뛰는 부분에 입을 맞췄다. 여자가 주는 온기에, 살 냄새에 하루빨리 취하고 싶었다.

그런 생각이 드는 순간 투명한 유리알 같은 눈동자에 짧은 낭패감이 스쳤다. 동공이 가늘어지는가 싶더니 짐승의 눈이 자리했다. 날것 그대로의 모습. 세로로 길게 찢어진 동공이 불길한 빛을 띠고 있을 것이었다.

지오반니가 라즐리에게 가장 보여 주고 싶지 않은 눈이기도 했다. 이성보다 본능의 부피가 조금이라도 커질라치면 일족 본연의 모습이 빠르게 파고들었다. 뱀의 것처럼 요사스럽기 짝이 없는 눈을 그는 가장 싫어했다. 지오반니가 쓰게 웃으며 라즐리의 눈을 제 손으로 가렸다.

"뭐 하세요?"

"그냥."

그는 입술을 떼고 혀로 입술을 축였다. 갈증이 일었다. 흉악한 눈을 하고 있을 것을 알아 실소했다.

"이 모든 게 끝나면."

"네."

"어디로든 가자."

"……."

"짧은 여행이어도 좋아."

어둠에 섞여 은근하게 속삭여 오는 말이 눅진하게 귓가에 스몄다.

"……그래요."

둘 곳이 없어 황망하게 헤매고 있는 라즐리의 손을 자신의 허리에 두른 지오반니가 낮게 웃었다. 가리고 있던 눈에서 손을 뗀 지오반니가 단숨에 라즐리의 입술을 집어삼켰다.

실낱같은 숨결조차 먹어 치웠다. 축축하고 야릇한 기운에 몸서리가 쳐졌다. 서투르게 욕정을 토하는 사내가 이런 모습을 하고 있을까. 그는 지금 제 자신의 모습이 꽤 볼만할 것이라는 생각을 했다.

갈 곳 없는 라즐리를 벽으로 밀어붙이는 지오반니의 가늘어진 눈이 어둠에서도 빛을 발할 정도로 샛노랬다.

입술을 잠시 뗀 지오반니가 라즐리의 이마에 제 이마를 맞댔다. 열기를 띤 흔적이 여실한 발개진 눈이 불길하게 일렁였다.

"눈이……."

"응."

"노란… 뱀 같아."

"그래?"

라즐리가 지오반니의 눈에 홀려 두서없이 말을 내뱉었다. 문득 엉킨다고 생각했다. 얽는 손도, 섞이는 숨도, 모든 것이 한데 뒤섞였다. 그럼에도 머리끝까지 뜨거워지는 열기가 싫지 않아 남자의 입술을 피하지 않았다.

"간지러워요."

지오반니가 목에 코를 박고 한참 동안 목을 지분거렸다.

"네 얘기를 해 봐."

"다 알고 계시잖아요. 그게 전부인데."

"내 이야기도 모두가 알고 있는 이야기였어. 책에 쓰인 것 중 틀린 것은 없었으니까."

지오반니의 어깨에 얼굴을 묻은 라즐리가 잠시 고민하는 듯 침묵했다.

"어디서부터 말해야 할까……."

"……."

"어린 나이였어요. 아침으로 무얼 먹었는지도 기억도 안 나는데, 선명하게 기억할 수 있는 건 있었어요."

과거를 회상하는 라즐리의 눈이 일그러졌다.

"부모님이 죽던 날이었어요. 하지만 난 그날이 잘 기억나지 않아요. 부모의 죽음을 진지하게 알기까지 꽤 오랜 시간이 걸렸어요. 죽는다는 의미를 잘 알지 못했고, 그것의 무게가 크게 와 닿지 않았던 나이였으니까."

그때 느꼈던 감정은 무엇이었을까. 자신은 울고 있었나?

"다만 기억하는 건, 할아버지가 하신 말씀이었어요."

"……."

"네 부모를 죽인 이들을 기억하고, 자신을 버린 황실을 기억하고, 이 치욕을 잊지 말라고 하셨죠. 누구보다 분노를 기억해야 한다고. 훗날 기회가 왔을 때 이 복수를 할 사람은 저라고 하셨어요."

"몹쓸 기억을 박아 두셨군."

"하지만 탓하지는 않아요. 얼마나 화가 나셨으면. 원망스러우셨으면 그 감정을 풀 길 없어 어린아이에게 풀었을까 싶어서요."

라즐리가 자조했다.

"다만 가끔은 기억하고 싶지 않을 때가 있어요."

"……."

"차라리 기억하지 않았으면 할 때가 있는데 변덕일 뿐이에요."

누구에게도 내비친 적 없는 기억 한 조각. 그리고 뒤따른 물기 어린 목소리. 가능하다면 그 기억에서 벗어나고 싶었다. 내리 귓가에 박힌 할아버지의 말씀도, 이 끔찍한 복수로부터도.

*　　*　　*

"슬슬 떠날 때가 된 것 같은데."

의자 위로 몸을 길게 늘어뜨린 탄탈로스가 지오반니의 목소리에 얼굴을 들었다.

"아아, 그래?"

"이 꼴을 보기 싫으면."

"이 꼴이라면."

"네가 썩 기꺼워하지 않는 여자가 이 저택을 드나드는 거."

"키스도 하고 몸까지 섞으려는 건 왜 빼나."

날이 서 있는 말에 지오반니가 눈썹을 들었다. 아를리안이 일족인 히사의 죽음을 기리기 위해 타미르의 나무를 찾은 것이 벌써 열흘도 더 된 일이었다.

그것을 탄탈로스는 꽤 고까워했는데, 그녀가 타미르의 땅을 방문할 적마다 탄탈로스는 질색하며 그녀의 곁을 떠나 있었다. 아를리안의 뒤를 그림자처럼 따르는 그가 유일하게 그녀에게 내비치는 불만이었고, 반항 같은 것이었다.

"네가 상관할 일이 아니지."

"인간과 몸을 섞는다……."

지오반니의 말을 무시하곤 탄탈로스가 중얼거렸다.

"끔찍하군."

"답지 않게 심술부리지 마."

"차라리 짐승의 교미가 낫겠어."

"아를리안이 입조심하라고 말하지 않았나?"

"할 놈이 있고 필요 없는 놈도 있지."

탄탈로스가 질색하며 고개를 저었다. 온통 여자의 냄새였다. 발갛게 물든 지오반니의 눈자위로 보니 흥분한 기색이 역력했다. 물불 안 가리는 꼴을 보아하니 몸이 닿아 있는 것도 저 녀석, 여자가 바라는 것을 들어주지 못해 안달이 난 것도 저 녀석이었다.

여자는 복수를 바란다 했지만 그 복수에 완벽하게 일조한 것은 노야였다. 힘이 없고, 상황이 주어지지 않는다면 여자의 복수는 이루어지지 않았을지도 모른다.

그렇기 때문에 여자의 복수는 이루어지지 않을 일이었다. 그저 마음에 묻고 평생을 끌어안고 살아야 할 분노였다. 그것이 상황을 최악으로 만들지, 그렇지 않을지에 대해서는 알 수 없었지만 탄탈로스는 여자의 복수가 이루어지지 않는 것이 더 낫다는 생각을 했다.

노야에게는 여자의 복수를 완벽하게 완성시킬 힘이 있었다. 상황을 바꾸고, 지위를 막론하고 누군가의 목을 틀어쥐는 것은 그에게는 너무나도 쉬운 일이었으므로.

"듣자하니 전쟁이 일어날 것 같다지."

탄탈로스는 여자에 대한 생각을 그만두고, 늦은 밤까지 그를 기다린 이유에 대해서 입을 열었다.

"기오테의 분노가 헬리벨─용이 잠드는 곳─까지 미친다더군."

"기오테가 움직이니 고룡이 다시 지상의 땅에 관심을 가지고, 하르게니아가 흥미로워해. 동녘으로 떠났던 창룡蒼龍 탈리만까지 유난스러운 바람을 몰고 도착했어."

"좋은 징조는 아니네."

같은 땅. 같은 시간에 용이 함께한다는 것은 좋지 않은 결과를 가지고 왔다. 고룡은 제약에 묶였지만 수틀리면 그것을 가감 없이 벗어던질 것이라는 것을 알았다.

호전적인 하르게니아와 하늘을 지배하다시피 바람을 몰고 다니는 탈리만의 조합은 분명 좋지 않았다. 방관이라면 상관없지만 용들 중 누군가 개입한다면 그 균형을 맞추기 위해 자간도 힘겨루기를 해야 했다.

"기오테와 챠의 싸움에 모두들 흥미로워해."

항상 챠의 도발에도 무시에 가까운 행동을 내비쳤던 기오테여서 그럴 것이다. 그의 분노는 전례 없는 일이었다.

"시끄러워질 뿐이야."

"기오테는 전쟁을 원한다고 했지. 그렇다면 너도 전쟁에 나서는 건가?"

탄탈로스의 물음에 지오반니가 얼굴을 마르게 쓸었다. 딱히 부정의 답이 나오지 않는 것을 보아하니 나서려는 모양이었다.

"가볍게 생각할 문제가 아니야, 노야. 너는 용이 개입할 것에 대해 우려하고 있지만, 이 전쟁에 네가 개입한다면 고룡이 가만있진 않을 거다."

탄탈로스가 무겁게 한숨을 내쉬었다.

"가만있지 않으면."

"고룡이 중재를 하든, 북해의 그년이 나서든, 탈리만이 막아서든."

"……."

"인간의 전쟁이 아니야. 너를 상대하는 건 용이 될 거야. 네가 여태 이 세계에 속해 얌전히 지냈다는 건 그들에게 중요한 게 아니잖아. 어느 편에 서냐가 중요한 거야. 암묵적인 규율이라는 게 있지. 네가 여자의 편에 있고, 라제프 편에 서서 너와 기오테가 챠에 맞선다면 분명 챠의 쪽에 용이 붙는다."

탄탈로스가 무겁게 경고했다. 용과의 싸움은, 녀석이 피하려고 하는 전쟁보다 끔찍했다. 순수한 힘으로 부딪치는 파장은 파괴를 불렀고, 흔적도 없이 사라져 가는 것이 대부분이었다.

지오반니가 잠시 멈춰져 있는 용과의 싸움을 다시 일으킬 시발점이 아니기를 바랐다.

"탈리만이 동녘에서 이곳까지 온 이유가 뭐라고 생각해?"

"글쎄."

"고룡은 아직까지 가리온을 위해 몸을 사려야 할 테고. 북해의 하르게니아는 사랑놀음을 하고 있으니 나서지 않는다는 걸 테고. 그들에 버금가는 힘과 몸체를 가진 라이만 급의 탈리만을 부른 거다."

몸체가 제일 크다고 알려진 하르게니아와 비슷한 라이만 급의 용이라니. 용은 몸의 크기와 힘이 비례했다.

알케미나와 하르게니아와는 달리 어느 제약에도 묶이지 않은 탈리
만이 어떻게 날뛸지는 눈에 훤했다.

　"그만둬."

　"생각은 변함없어."

　"일을 크게 키우지 마."

　"······."

　"탈리만이야. 하르게니아와 어깨를 나란히 한다는 창룡이다! 일전
에 녀석이 네게 날개가 부러진 것을 생각하면 눈을 뒤집고 덤비려 하
는 것은 당연한 거야."

　생각해 보니 설상가상으로 지오반니에게 빚을 진 놈이었다. 다 자
라지도 않았던 탈리만이 호기롭게 덤비다 날개가 무참히 찢겼다. 하지
만 그때와는 상황이 달랐다. 성체의 용은 위험했다.

　"바란다 했어."

　"여자의 복수를 부추기는 건 너야!"

　"그래서 해 주겠다고 했고!"

　지오반니가 드물게 언성을 높였다. 눈물짓는 모습에 당황했고 눈이
뒤집혔다. 엉엉 우는 모습을 보고 있자니 걱정에 이어 마음속 깊은 곳
에서 시커먼 악마가 기어 나왔다.

　갈증에 허덕이는 악마는 그녀를 괴롭게 하는 것을 죽이라 제 귓가
에 속삭였다. 네 것을 탐하려는 것들을 어찌 용서하느냐며 긴 혀를 날
름거리며 부추겼다.

　"이것저것 따지지 말아. 용이 힘을 겨루고 싶어 하면 상대해 주면 그
만이야. 탈리만? 탈리만이 무어 그리 대단한 놈인데. 내게 날개 찢기고
용 구실도 못하던 녀석을 말함인가? 녀석이 그 찢긴 날개를 치료하고

기세 좋게 하늘을 난 것은 그리 오래된 일이 아니지. 한번 찢은 것을 다시 못 찢을 성싶나? 내게 그런 새끼가 위험하다고 말하는 거야?"

"……."

"너는 그저, 탈리만이 다시 한 번 날개가 찢기는 걸 지켜보면 되는 거야. 그리고 가리온이나 지킨다며 어중간한 제약에 매여 있는 알케미나나, 사랑놀음에 미쳐 상황을 간과한 하르게니아가 후회하는 꼴을 보는 것도 심심치는 않겠지."

일순 주변의 공기가 차갑게 굳었다. 지오반니의 동그랗던 동공이 세로로 길게 찢어졌다. 편하게 제 몸을 풀어 놓을 생각인지 옷으로 가려진 팔부터 시작해서 손등까지 검은 비늘이 돋아났다.

"차라리 키든 같은 새끼가 이러면 이해를 하지! 왜 너까지 이러는 거야? 너답지 않아."

"나답지 않다고?"

지오반니가 조용히 웃음을 흘렸다.

"나답지 않다는 것이 무슨 말인가. 끔찍한 일족을 닮지 않아 하는 말인가?"

"그래."

"다를 거라고 생각해?"

"넌 달라."

탄탈로스가 고집스럽게 중얼거렸다. 다르지 않은가. 노야는 달랐다. 이 오만함에 취한 이들 중 그만은 달라야 했다.

"아니, 그 피가 어디로 가나. 타미르의 한 줄기에서 나왔으니 다르다는 것이 이상하지."

"……."

"네가 나를 다르다고 말하는 이유는, 학살을 일삼는 일족에 동조하지 않았기 때문이지. 내가 왜 그들에게 동조해야 했는데? 나는 죽일 필요성을 느끼지 못했을 뿐이야. 그럴 가치가 없어서. 모든 것이 귀찮아 그랬다. 오히려 부지런할 정도로 쓸데없는 일들을 하며 화를 부른 것은 내가 아니라 다른 이들이지 않았나. 일족이 지나치게 과했지. 오만했고, 힘을 과신했다. 내가 그들의 유치한 놀이에 장단이라도 맞춰야 했다는 것이 옳았다는 거냐?"

어렸을 때의 노야가 눈에 띈 이유는 대부분이 키튼과 같았던 일족처럼 그악스러운 취미를 가지고 있지 않았기 때문이었다.

일족이 태어나 처음으로 습득하는 것은 자신이 살아갈 세상을 눈에 담는 것이 아니라 살아 있는 것들을 제 발아래 두고 죽이는 것이었다. 파괴를 일삼으니 주위에 남아 있는 것이 있을 리 없었다. 생명력을 갉아먹고 작게 움트는 생명마저 앗았다.

인내심 또한 없어서 저희들이 왜 참아야 하는지조차 알지 못했다. 확실히 무언가 결핍되어 있는 존재들이긴 했다. 지능 있는 생명체라면 응당 가지고 있어야 할 것들이 없었다.

지식과 지능, 그리고 이성을 배우는 것은 나중의 일이었다. 마치 짐승처럼 제 욕구 채우기에 급급했었다. 그러니 그들 중 노야의 존재는 눈에 띄지 않을 수 없었다.

한 가닥의 희망을 본 것 같았다. 안도했다. 이 괴물들만 득시글거리는 곳에 멀쩡한 놈 한 명 정도는 있는 것 같아서.

하지만 이제 보니 다른 것이 아니라 그저 녀석은, 다른 놈들보다 부지런하지 않았을 뿐이었다. 수고를 해 가면서까지 남 생명을 앗지는 않았던 것이다. 동정이라거나 자비가 담긴 것은 아니었다.

그것은 너무나 성가신 일이었기 때문에.

"그런 말이 아니잖아."

"나는 동족과 다르지 않아. 다르다면 게을렀다는 거겠지. 필요성을 느끼지 못했을 뿐이고, 필요성을 느낀다면 행한다."

동족처럼 피를 즐기지 않고 키튼처럼 살인을 즐기지 않는다고 해서 그 뼈대가 어디 가는 것은 아니었다. 오만함이 하늘에 닿으리만치 높았다. 필요에 의해서라면 살인도, 지겨운 싸움을 시작하는 것도 마다하지 않았다.

"여자 하나 때문에 용과 다시 한 번 싸우겠다?"

탄탈로스가 이를 물고 물었다. 다문 이 사이로 거친 짐승의 울음소리가 맺혔다.

"내가 개입하는 것을 정 못 봐 주겠다면."

"네가 부수려 하지 않는 세계에 법이 있듯이 우리 사이에도 규율이라는 게 있어."

"지켜질 정도로 견고하지 않아."

"……."

"깬 이들은 많았지."

그 깬 이가 노야이기 때문에 반대하는 것이었다. 얌전한 놈이 더 무섭다고, 여자 하나에 다시 용과 싸움을 시작하려는 녀석의 고집에 마냥 동조해 줄 수 없었다.

다시 먹이사슬의 정상 자리가 누구냐를 두고 다투는 일은 진절머리가 나는 짓이었다. 그것이 의미 없는 일이라고 생각하면서도 본능적으로 몸이 움직이고 서로 목을 조르려 눈이 뒤집혔다. 탄탈로스는 지금의 시간에 만족했다. 용과 휴전 중인 지금은 더없이 즐겨야 할 때다. 언젠가 시작될 싸움이겠지만 그 시일을 이런 식으로 앞당기고 싶지는 않았다.

"전쟁이 일어나지 않으면 여자는 원수의 아들과 결혼을 할 텐데."

"그것 또한 일어날 일이겠지."

"네가 말하는 것은 얼빠진 멍청이처럼 여자를 내어 주라는 소리다."

"여자의 결혼이 그렇게 중요한가? 용과의 싸움도 심각한 일이라는 걸 알아 둬라."

탄탈로스가 지지 않고 받아쳤다.

"상황을 바꿀 힘이 있어."

"최악으로 갈 뿐이야."

탄탈로스는 노야를 설득하려 무던히도 애썼다.

"익숙하지 않아."

"……."

"빼앗기는 거. 그렇기에 허락할 수 없는 거야."

"노야."

"줄 수는 있지. 나는 자비로운 사람이니까. 자비 한 점 베풀어 줄 수는 있다. 선심을 베풀어 나누어 줄 수도 있어. 나는 그 정도는 할 수 있어."

지오반니가 손을 꽉 쥐었다 폈다.

쥐었던 것을 놓아준다. 빼앗긴다.

둘은 미세한 듯하지만 극명한 차이가 있었다.

"하지만 빼앗길 수는 없어. 내가 허락하지 않았잖아."

"……."

"너도 빼앗겨 본 적이 없지."

어두운 눈동자가 찌푸려졌다.

"답해 봐라. 내가 빼앗겨야 옳은가?"

순수에 가까운 물음이었다. 하지만 온통 독점욕으로 점철된 질문이었다.

"아를리안이 다른 사내의 품에 안기는 것을 생각해 봐."

"예시가 적당하지 못해."

"상상만으로도 화가 치밀지. 끔찍하잖아. 상황을 바꿀 힘이 있다면, 너 또한 이렇게 할 거야."

노야의 입술 사이로 차가운 한기가 흘러나왔다. 탄탈로스가 눈을 감았다.

"내가 이렇게 하는 것이 맞아."

잿빛 눈이 사납게 빛났다. 탄탈로스는 부정할 수 없었다. 녀석의 말대로 주는 것은 있으되 빼앗길 수는 없었다. 빼앗긴다면 그 화에 네가 잡아먹혀. 분노를 감당할 길이 없을 터다.

* * *

"후와 이런 독대는 처음인 것 같군요."

파멜라가 하얀 크림을 듬뿍 올린 쿠키 하나를 집으며 건조하게 입을 열었다. 그것을 먹으려 입술 근처까지 가져갔던 그녀는 이내 동하지 않는지 쿠키를 내려놓았다.

지오반니는 파멜라의 가느다란 손이 접시 위를 오가는 것을 바라보았다. 단것을 좋아하는 여자는 제 곁에도 있었다. 그의 시선이 부풀려진 하얀 크림에 잠시 머물렀다.

오키아의 어깨 너머로만 봐 왔던 여자였지, 이렇게 얼굴을 맞대고 말을 섞은 것은 손에 꼽을 정도로 적었다.

"결혼을 앞두고 불미스러운 일이 많아 고충이 크시다는 걸 알고 있습니다."

형식적인 인사치레였다. 지오반니는 미미하게 고개를 끄덕이는 것으로 예를 표했다.

"의회가 소집되었다 들었습니다."

"예."

"분명 그곳에서도 라지노예프에 대해서 끊임없이 거론될 거예요."

"아마 그럴 테지요."

지오반니는 그리 말하는 여자를 바라보았다. 파멜라라 불리는 여자는 황후 되는 여자이기에 앞서, 자신에게는 아리엘의 친구라고 더 기억되는 여자였다. 몰락한 부족에서 살아남은 아리엘이 제국에 흘러들어 왔고, 자세한 사정이야 알 수 없었지만 프레야의 후계자의 눈에 들었다.

시간이 꽤 지난 후에야 힘을 인정받을 수 있었지만 비천한 신분으로 인해 제약이 많았던 여자였다. 그런 여자와 인연이 닿아, 파멜라는 아리엘을 친구라 불렀다.

신분의 제약으로 속을 앓던 아리엘을 위해 마법석인 라스펠리아로 만든 목걸이를 하사하고 여신의 일곱 개의 신기 중, 여신의 창인 '라지노예프'라는 이름을 붙였다.

확실히 그 후로 그녀의 처우는 꽤 나아졌다고 할 수 있었지만 그것은 아리엘을 더 옭아맸다. 아리엘이 승전의 소식을 가지고 올 때마다 사람들은 열광했고, 나라는 부유해져 갔지만 아리엘은 죽어 가고 있었다. 모두가 그 찬란함에 취해 갔으니 사람 한 명 죽는 것은 보이지도 않았을 터였다.

"라지노예프는 고룡이 거처하고 계시는 칼라로프로 이송될 예정이지만 의회의 결정에 따라, 그리고 폐하의 명령이라면 얼마든지 바뀔 일이라는 것을 알아요."

"……"

"사람들은 많은 것을 알게 됐죠. 여신의 이름이 붙은 아리엘이 휘두르던 창이, 사실은 정령이 깃들었다는 것과 그 정령을 라즐리가 다룰 수 있다는 것. 그것을 멍청한 라르기얀이 세상에 까발렸죠."

"그 정령은 죽었습니다."

"멍청한 라르기얀이 처음으로 잘한 일이었습니다."

파멜라는 유쾌한 듯 말하면서도 곤란한 얼굴을 숨기지 못했다. 그녀가 입술을 깨물었다. 라르기얀은 자신이 겁 없이 까분 것의 파장이 얼마나 커다란지 모를 것이다.

"하지만 그 정령이 죽었다는 것은 상관없어요. 귀족들에겐 다시 한번 전성기를 가져다줄 이가 생겼고, 그 가능성을 라즐리에게 걸었으니까요. 여차하면 황실의 정령을 훔쳤다는 죄목을 붙일지도 모릅니다."

"기오테가 기각한 일입니다."

"기오테의 말이 절대적이진 않아요. 폐하께선 주의하는 듯하지만 귀족들은 그렇지 않죠. 그들에게 기오테는 도구에 지나지 않아요. 그 증거로 기오테는 전쟁을 명했지만 폐하께서는 전쟁을 생각지 않으시죠. 폐하께선 라르기얀과 친목을 도모하시니 기오테의 의견에 반反하셨습니다."

지오반니가 실소했다. 기오테의 의견을 무시했다고……. 오키아는 착각하는 듯했지만, 기오테는 선택권을 준 것이 아니었다. 이 땅 위에서 챠의 불꽃을 걷어내라 명한 것이었다. 그의 수호를 받고 있는 이상 선택의 여지는 없었다.

"귀족들은 아리엘의 상징이었던 라지노예프라는 목걸이가 사라지는 것을 원치 않아요. 그것을 라즐리에게 하사해야 한다는 소리가 커지고 있습니다. 그런 힘을 가지고 있다면 응당 제국을 위해 쓰이는 것이 맞다면서요. 어미와 딸이 똑같은 길을 걸으라는 소리입니다."

"……."

"폐하께서는 찬성하진 않으셨습니다."

"그렇다고 부정하지도 않으셨겠죠."

"그건……."

파멜라가 오키아를 변호하기 위해 입술을 벙긋거렸다. 중립의 입장이 얼마나 잔인해질 수 있는지 알았다. 나쁜 놈이 되기는 싫은데, 이득은 취해야겠고 잃는 것은 원하지 않는다. 이 얼마나 간사하고 욕심 많은 녀석인가.

"후께서는 의회에 참석하실 수 있으니 부탁드릴게요."

파멜라가 고통에 침잠된 눈을 들었다.

"더 이상 제 죄가 커지지 않게 해 주세요."

"폐하."

"내 친구를 죽음으로 몰아넣은 제 죄가, 딸에게까지 옮겨 간다면 저는 무엇으로 이 죄를 갚아야 한단 말입니까. 이 죄를 누구에게 빌어야 한단 말입니까."

곧 울 듯했다. 지오반니는 그 모습을 식은 눈으로 바라보았다.

"웰시노 후, 그 아이를 지켜 주세요."

조르는 듯했다. 오키아는 득과 실의 무게를 내세워 제 입장을 끊임없이 내세우며 합리화하려 했고, 파멜라는 어쭙잖은 동정심을 구했다.

그 모습들이 꼭 혼나지 않기 위해 구질구질한 변명을 늘어놓는 어린 꼬마들의 모습과 다를 바 없어, 그는 흔하게 내비쳤던 웃음 한 자락 내비치지 않았다.

이놈이고 저놈이고. 징징거리고 울며 졸랐다.

"아리엘에게 주었던 모든 것들을 기억하십니까?"

그래서 가만히 들어 줄 수 없었다. 듣자 듣자 하니 모든 것이 쉬워 보이지 않는가. 죄를 비는 모습도, 용서받으려는 모습도, 어쩔 수 없었다고 일단락 짓는 모습도.

"라지노예프 외에도 많은 것들이 있었죠. 폐하께서 아끼는 친구에게 선물한 것은 값나가는 것들뿐이었습니다. 폐하의 말처럼 아리엘을 빛나게 해 주었죠. 하지만 조금만 더 생각해 본다면 그것들이 아리엘을 숨 막히게 하리라는 것은 모르지 않을 수 없었어요."

당신이 아리엘을 진심으로 생각했다면 줄 수 없는 것들이었다.

"선물을 할 때에는 말이에요. 상대방의 기분을 고려하죠. 이걸 받으면 좋아할까? 무슨 생각을 할까? 하는 것들 말입니다. 제가 폐하의 선물을 받았다면, 잘 모르겠군요. 폐하께서 건네는 선물들은 하나같이 빛나고, 아름답기 이전에 숨을 조이듯 죄 무거운 것들뿐이었거든요. 그것은 아리엘의 친구가 아닌 저라도 아는 것들입니다."

"······."

"폐하의 부탁이 아니더라도 저는 라즐리를 모른 척하지 않을 겁니다. 그 여자의 보호마저 남에게 부탁하는 잔머리 같은 것은 없어서."

이 죄가 더 커지지 않게 해 달라고 말했었나. 저가 짊어져야 할 것을 남에게로 던진 꼴이다.

"하지만 이제 누구에게 하는지 모를 사과는 그만두세요. 모든 사람들이 당신의 실수를 알고 있죠. 당신이 아리엘에게 얼마나 미안해하고 있는지도 알아요. 이제 모든 사람이 당신이 얼마나 그녀에게 죄스러워하고 있는지 안다는 소리입니다."

"……."

"많은 위로를 받으셨죠. 당신의 잘못이 아닐 것이라는."

지오반니는 하얗게 질린 파멜라의 얼굴을 바라보았다.

"그러니 이제 그만하십시오. 제 입에서 아리엘이 그렇게 된 데에는 당신의 잘못이 아니라는 소리를 들어야 오늘 밤 잘 주무실 듯한데, 저는 차마 그러진 못하겠습니다."

그는 방에 들어섰을 적부터 집요하게 눈에 달라붙었던 빵 한 조각을 집었다. 크림이 잔뜩 올려진 그것은 혀를 얼얼하게 할 정도로 달았다.

"당신도 똑같이 그녀의 목을 졸랐습니다. 그녀에게 많은 것들을 바랐죠."

"그만… 하세요."

"친구라는 껍질을 쓰고서."

비식. 그가 입술을 말아 올렸다. 흔들리는 눈동자를, 떨리는 몸을 주체하지 못하는 여자의 모습에 잔뜩 약이 오른 고약한 머릿속이 조금은 누그러지는 듯했다.

*   *   *

"이미 라지노예프는 화산 칼라로프로 이송되었습니다. 고룡 알케미나도 라지노예프를 위험한 물건으로 간주했습니다. 황실의 결정이기도 했습니다."

"그것이 왜 위험한 물건으로 간주된다는 소리입니까? 위험한 요소는 애초에 존재하지도 않았습니다. 아리엘이 죽고 주인이 마땅하지 않자 처분하라는 명이 떨어진 것이죠."

"적임자가 생겼으니 다시 하사하시는 것이 맞습니다."

의회가 열리자 너 나 할 것 없이 궁금해하는 것은, 본래라면 칼라로프 화산으로 이송되어 고룡에게 전달했을 라지노예프의 이야기였다.

지오반니의 앞이라 말을 아끼는 듯했지만 시간이 흐르자 그러한 태도는 사라져 서로의 생각을 말하고자 목소리를 높이고 있었다. 그곳에는 아리엘과 라즐리의 이름이 심심찮게 들어가곤 했다.

"라스펠리아 수십 개로 만들어진 라지노예프라는 목걸이가 왜 위험 물건으로 판단되었는지 아십니까."

"당시 명확한 이유는 없었죠. 마법석으로 만든 목걸이일 뿐입니다. 지금도 많은 세공사들이 마법석을 깎아 목걸이와 같은 장신구들을 만들곤 하죠. 그렇다면 그것도 위험 물건으로 간주되었어야 함이 옳습니까?"

"백께서 말씀하신 장식품을 위해 쓰이는 마법석들은 애초에 마력을 담을 구실도 하지 못하는 것들입니다. 하지만 라지노예프는 다르죠. 황후 폐하의 부친 되시는 탐야크 후작께서는 그것을 온전히 아리엘을 위해 만드셨고, 그녀의 힘을 증폭시키기 위해 만든 물건입니다. 마법석이 수십 개가 달려 있다는 건 말입니다, 자신의 힘을 수십 배로 끌어올릴 수도 있다는 소립니다. 그래서 고룡이 위험하다 판단했고, 우리의 손에 있는 것을 원하지 않았기에 칼라로프에서 녹인다 하셨습니다."

높낮이 없는 정갈한 목소리였다. 그 목소리의 주인이 지오반니라는 것에 첫 번째로 당황했고, 그 목소리에 한심한 기색이 역력해 두 번째로 당황했다.

"그래서 당시에 고룡이 마법석을 발굴해 내는 광산의 소유권을 두고 탐야크 후작과 마찰이 있었다는 것은, 기억은 하십니까?"

빈정거리며 묻는 투에 호기롭게 라지노예프는 위험한 것이 아니다, 라고 말한 귀족의 얼굴이 붉어졌다.

"하지만 그렇다고 해서 그 목걸이가 그렇게 쉽게 사라질 물건은 아닙니다."

여태 상황을 지켜본 닐리암스 백작이 고심 끝에 입을 열었다. 그는 선황제부터 꾸준히 제자리를 지켜온 남자였다. 지오반니가 기억하는 그는 노련하고, 눈치가 빠르며, 계산이 빠른 남자였다.

"네빌루스는 제국이 섬기는 신입니다. 할라모르 대왕께서 나라를 세우실 때 제 피를 바쳐 맹세한 개국 신. 그 이름이 뜻하는 바를 정녕 모르시겠습니까? 황후 폐하께서는 열 개의 마법석으로 만들어진 목걸이에 라지노예프라는 이름을 붙이셨습니다. 주위의 만류에도 불구하고 말입니다. 그리고 그 목걸이를 아리엘에게 하사하셨고요. 이십 년 전, 소신을 포함한 많은 귀족들이 다시 생각해 보실 것을 청하였음에도 불구하고."

"그래서 그 물건을 다시 가져와 하사하는 것이 맞다고 말씀하는 겁니까?"

"그렇게 말씀드리지는 않았습니다. 그래서 신을 섬기는 나라에서 그렇게 무게 있는 이름은 함부로 붙이는 것이 아니라 간언드렸습니다. 쉽게 존폐 문제를 결정할 수 있었다면 많은 이들이 반대하고 나서지 않았겠죠."

지오반니의 눈이 가늘어졌다.

"라지노예프를 다시 가져오자는 뜻으로 말씀드린 것은 아니지만,

다시 심도 있기 생각해 볼 필요는 있는 것 같군요. 먼저 고룡께 연락을 취하고, 칼라로프로 이송될 예정일을 늦추는 것이 좋겠습니다."

"본 후가 듣기에는 그 목걸이를 결국 다시 가져와서 적임자라 생각하는 이에게 주려 하려는 것 같은데."

"억측이십니다. 물론 적임자가 나타난다면 주어야 하는 것이 맞을 테고요."

"그 적임자가……."

"……."

"본 후와 결혼할 이를 입에 담는 것은 아니겠지요."

닐리암스 백작이 그것은 생각지 못했다는 얼굴을 했다.

"후 부인이 되실 영애께서 적임자이시라면 응당 주인이 되셔야지요."

"주인이라."

당연하다는 듯 말하는 닐리암스 백작의 태도에 지오반니가 턱 부근을 매만졌다. 곤란하거나 심기가 불편할 때마다 나오는 버릇이었다.

"황후 폐하께서 하사하셨습니다."

"……."

"직접 아리엘의 목에 걸었습니다. 그 모습을 저만 지켜본 것은 아닐 테지요! 각하께서도 보셨을 겁니다."

턱뼈가 불거질 정도로 이를 문 닐리암스 백작이 참지 못하고 소리쳤다. 단언컨대 이 일의 시작은 황후의 욕심에서 비롯된 것이었다.

자신의 친구를 행복하게 만들고자 할 의도는 좋았지. 그것이 제 친구의 목을 졸라맬 줄도 모르고. 당신이 '라지노예프'라는 과분한 이름을 붙였을 때 누가 찬성을 했었나. 과하다며 당신을 말리는 이는 있어도 찬성하는 이는 없었다. 그 이름의 주인이 너무도 비천했기 때문에.

그 이름을 감당키엔 여자는 너무나도 초라한 모습을 하고 있어서.

사나운 북풍과 눈보라를 몰고 와 하늘의 문을 연다는 창. 개국 신의 이름을 빌린다는 것이 이 나라에서는 예삿일이 아니라는 것을 알면서도 고집을 부린 것은 철이 없던 파멜라, 당신이었다.

"멈추셨어야지요. 이렇게 후회하실 거면 그다음에서는 멈추시는 것이 옳았습니다. 하사하셨을 때, 주위에서 쏟아지는 우려를 조금이라도 들으시려 하셨어야지요."

그가 지오반니를 거칠게 힐난했다. 하지만 그에게 화를 내는 것이 아니라, 이 자리에는 참석할 수 없는 파멜라에게 분노하고 있었다.

"그래서 끝을 내겠다는 겁니다."

"그리 쉽게 끝을 낼 일입니까? 이 좋은 기회를 누가 마다하려 하겠습니까? 기오테의 명으로 멈출 것이었다면 이런 입씨름은 벌어지지도 않았을 겁니다. 자국이 흥하길 바라시는 분들이라면 많질 않습니까."

라즐리가 라지노예프라는 창을 휘두를 수 있을지 말지가 중요한 것이 아니었다. 불가능하다면 가능하게라도 만들 요량인 것이었다.

"닐리암스 백께서는 그 작은 여자에게 거는 기대가 지대하시군요."

"없다고는 말하지 않겠습니다."

"쉽지 않으실 겁니다."

"어려운 일이더라도."

"상황이 많이 다르다는 것을 아셔야 합니다."

"……."

"그때의 라지노예프의 주인은 비천하다 생각하셨겠지만. 이 자리에 계시는 분들 중, 제 약혼자를 그렇게 생각하시는 분들은 없을 테니."

노년의 남자가 눈을 감았다. 지오반니의 말처럼 쉽지 않을 것이다.

아들 내외의 죽음을 본 프레야 공작이 허락지 않을 것이고, 곧 결혼을 한다던 저 남자도 마찬가지였다.

하지만 그럼에도 겁은 언제 먹었냐는 양 라지노예프가 가져다준 황금기를 다시 맛보려 개떼들처럼 달려드리라는 것을 알았다.

* * *

지오반니의 발걸음이 다소 빠르게 움직였다. 아직까지도 미하엘은 라제프에 머무르고 있었다. 그보다 이성적이어 뵈는 동생은 한시라도 빨리 자국에 돌아가고 싶어 하는 듯했지만 미하엘은 어쩐 일에선지 느긋하게 일정을 미루고 있었다.

라즐리와 이렇다 할 접촉은 없었지만 그저 한곳에 머무르는 것만으로도 불쾌해지는 녀석이었다. 미하엘은 수풀 속에 몸을 숨기고 때를 기다리는 짐승의 흉내를 내고 있었다. 보아 주는 것이 가여울 정도다. 제 딴에는 사냥을 하려는 모양인데, 그것이 모두 제대로 이루어질 리 없었다.

"라르기얀이 아직도 궁에 머물던데."

거침없이 방 안을 가로지르는 지오반니가 오키아의 인사를 잘라먹고 말했다. 인사는커녕 라르기얀의 거취부터 따지고 드는 것을 보아하니 그가 여태 라제프에 머무는 것이 지오반니에게는 영 탐탁지 않은 것 같았다.

"해야 할 것들이 많아."

"많다는 것은."

오키아는 지오반니의 방문 이후 처리해야 할 업무에 영 집중을 하지 못하겠던지 자리에서 일어났다. 지오반니의 맞은편에 쓰러지듯 앉은 오키아는 피곤한 얼굴을 하고 있었다.

오키아는 지오반니의 물음에 잠시 코끝을 매만지더니 입을 열었다.

"황자와 만나 무슨 일을 하겠어. 여태 얼굴 붉히던 일들은 모두 잊고 서로 득을 보는 쪽으로 고민해 보는 것이겠지."

"기오테가 명한 것은 그것이 아니질 않나."

지오반니의 마뜩지 않아 하는 얼굴을 바라본 오키아가 대답 대신 시선을 피했다. 지오반니 또한 인간이 아닌지라, 기오테와 같은 정령이나 용이 개입되어 있는 문제에선 그들의 입장에 서게 될 수밖에 없었다. 라제프를 수호하는 기오테가 분노했고, 오키아는 그 분노에 응당 동조해야 했다.

그것이 수백 년 동안 이 땅을 지켜 온 기오테에 대한 예우였다. 그런 그의 동의 없이 라르기얀과 이마를 맞대고 더 나은 쪽으로 생각해야 할 선택지 따위는 애초부터 오키아에게 주어진 것이 아니었다.

"지오반니, 너는 이해하지 못할 수도 있겠지만 사람 일이라는 것이 그래. 예측하지 못한 일이 벌어지고, 아무리 기오테의 명령이라고 해도 곧이곧대로 따를 수 없다는 거야."

"내가 모른다 모른다 하지만 너보다 모를까. 너보다 무지할까 싶은가. 기오테는 네게 선택권을 준 게 아니야."

지오반니가 차갑게 말했다.

"일을 벌인 것은 라르기얀 황자였어. 녀석이 먼저 라제프에 챠를 풀었지. 그 불길로, 완전하지도 않은 기오테의 조각을 겁주고 죽인 것은 녀석이다."

"나는……."

"결과적으로 기오테는 분노했고."

그는 간단하게 결론지었다. 그들의 차가움을 알았다. 기오테의 분노를 사서 좋을 것은 없었다. 그는 이 땅을 사랑하고 인간을 사랑하는 듯했지만, 언제든지 버릴 수 있는 차가움을 지녔고 그것이 오키아라고 해서 예외는 아니었으므로.

"기오테가 허락한 일인가?"

"이해해 주지 못할 리 없어."

"못할 리 없다?"

그의 말에 지오반니가 나직이 웃었다. 평소라면 기분 좋게 들려왔을 묵직한 웃음소리가, 오늘만큼은 오키아의 귓속을 거칠게 긁고 지나갔다.

"오키아, 기오테의 분노를 사지 마."

지오반니가 경고했다.

"기오테의 이해라는 것은, 네가 그의 심기를 거스르지 않았을 때, 네가 그의 말을 잘 따라 심기를 상하지 않게 할 때다."

"……."

"그네들의 차가움은 네가 더 잘 알지 않나."

재차 얼굴을 쓸어내리는 오키아가 가느다란 신음을 흘렸다. 어느 것 하나 놓을 수 없었다. 이 나라를 수호하는 거대한 존재도, 라르기얀이 내미는 것들도. 깊은 곳 숨겨 두었던 불안감이 하루가 다르게 부피를 늘렸다.

패망한 나노아의 소식이 들려올 때는 잠을 이루지 못할 정도였다. 나노아의 땅을 두고 여러 나라가 달려드는 꼴을 보자면, 먼 미래의 라제프도 저 꼴이 날 것만 같았다.

그러할 것이다. 기오테가 이 나라에 아낌을 베푼 것도 꽤 오랜 시간이 흘렀다. 오래도록 이 땅을 방치했고, 저 남부 아래로는 벌써 불모지가 된 땅이 얼마이던가.

"누바라와 더 이상 이런 관계를 가질 수 없어. 에르만틴이 위협하는 건 그리 머지않은 시간일 거다. 설산 우첸바라가 시간을 끌어 줄 테지만 하르게니아의 위세를 업은 에르만틴이 언제까지고 기다리진 않겠지. 우리는 해결책이 필요해. 정령이 이 땅을 떠나고도 지금과 같은 위세를 유지할 방법. 패망한 나노아처럼 되지 않을 해결책 말이야."

"그래서, 황자와의 이야기가 네 구미에 맞게 풀리는 대신 내건 조건이 뭐였는데."

"……."

"아리엘의 딸이라도 주겠다는 거였나?"

지오반니의 입매가 한껏 비틀렸다. 복잡한 얼굴의 오키아를 보자니 의문은 확실시되었다. 미하엘이 내건 수십 개의 조건들 중에는 라즐리도 포함되어 있었다.

"오키아."

"……황자가 바란 것이 그것이긴 했었지."

"미쳤구나, 네가."

바람 섞인 웃음 뒤로 흉포한 분노가 서렸다. 절로 이가 갈리는 분노였다. 그의 동공이 세로로 응축했다. 날것의 것처럼 찢어진 동공은 언젠가 라즐리가 말했던 것처럼 뱀의 것을 닮아 있었다.

"그냥 두라고 했어."

"지오반니."

"내 이해 또한 바랄 생각 하지 마라."

분노했지만 죽이겠다는 생각은 하지 않았다. 그것은 지오반니가 오키아를 꽤 위한다는 것이기도 했다.

"네놈이 정녕 인간의 탈을 쓰고 있다면 최소한의 양심은 있어야지."

"……."

"나는 배제하고서라도. 프레야 공을 봐서라도 네가 할 짓은 아니었다, 오키아!"

지오반니가 언성을 높였다. 오키아와 같은 성격을 마음에 들어 했다. 득을 좇는 그의 이해타산적인 면모도 퍽 마음에 들었다.

약해 죽는 것보다야 아등바등 살려는 노력이 보여 그러했다. 하지만 녀석이 지금 하고 있는 것은 무엇인가.

노력인가. 분에 넘치는 욕심을 좇고자 함인가.

"언제나 네 선택을 존중했다. 너를 위했다. 아리엘의 죽음에 눈을 감아 줬지. 그 여자가 탄팔로 사막의 사람이고, 나를 섬기던 것을 생각한다면 가만히 지켜보아 줄 일은 아니었어. 하지만 그것 또한 네가 바라는 것이고, 네가 구구절절 말하던 큰 것을 위한 작은 것의 희생이라고 생각했기 때문에 나는 네 근심을 보태는 짓은 하지 않았어. 누바라가 내 땅의 사람들을 죽였을 때도 나는 그 분노를 너를 보며 눌렀다."

"……."

"한데, 정도가 지나치잖나."

침묵을 지키던 오키아가 마음에 들지 않았던지 그가 테이블을 발로 거칠게 밀었다. 대답을 강요하는 모습이었다.

"내 친절이 누구를 위한 것이었는데. 귀가 먹은 모양이지. 그냥 두라고 했어. 그 여자, 들쑤시지 말고 가만히 두라고!"

"그렇다면 내가 무슨 선택을 했었어야 했는데."

"……."

"라르기얀이 내미는 손을 거절하고 기오테의 고집에 따르는 것? 지오반니, 나는 말이야. 네가 생각하는 것보다 더 이기적인 놈이야. 네가 개입되어 있지만 않았어도, 프레야 공작이 애지중지하는 손녀딸 정도는 라르기얀에게 쉽게 줄 수 있었지."

"오키아."

"그의 아들을 버렸지. 충신인 신하도 버렸어. 내가 더 하지 못할 성싶은가?"

오키아가 비명을 지르며 물었다.

"내가 무슨 선택을 했어야 옳았을까! 기오테가 떠나려는 이 땅을 도대체 어찌하면 좋았을까. 내가 라르기얀 황자가 내민 손을 거절하는 것이 옳았다는 거냐? 충신의 아들을 살리려 내가 그 많은 것들을 잃어야 했을까? 그의 목숨이, 네가 결혼한다던 그 여자의 가치가, 그리도 대단한 것이던가?"

"……."

"내가 계산적이라고 했지. 득과 실을 두고 지겹게도 저울질한다고. 하지만 나는 최선을 찾는 것뿐이야. 더 나은 것, 살 수 있는 방법. 누구보다도 나는 현명하다. 나는 현명한 방법을 찾는 거야!"

오키아는 엉망이 된 얼굴로 악을 썼다. 죄책감에서 벗어나려는 것 같기도 했고, 원망이 가득 담긴 것도 같았다.

"그래. 네 위치가 그렇다고 하자. 하지만 오키아, 사람의 도리라는 것이 있다. 이 나라와 선황을 위해 팔 하나 정도는 기꺼이 내어 주던 남자를 보아서라도. 너는 조금 더 다른 선택을 할 수도 있었어."

"……."

"하지만 네가 그 정도의 자비도 베풀지 못하겠다면 더 이상 할 말은 없겠지."

지오반니가 자리에서 일어섰다. 더 이상 이 자리에 앉아 있기가 고역스러웠다.

"전쟁은 일어나지 않을 거야."

"뭐?"

"라르기얀과 척을 지지 않을 거다."

오키아의 멱살을 잡고 끌어올린 지오반니가 거칠게 으르렁거렸다. 목울대 깊은 곳에서부터 그르륵거리는 울음소리는 짐승의 것과 흡사했다.

그 말은 프레야와 누바라의 황가를 기어이 결합시키겠다는 뜻이었다.

"오키아."

"너 또한 이 땅을 버릴 것임을 모르지 않아."

"나약함에 매여 화풀이하지 마."

"나는 최선의 방법을 찾은 거고, 현명할 뿐이야. 나는, 그래."

오키아가 홀린 것처럼 같은 말을 되풀이했다.

"아니. 모든 일은 네가 손을 뻗지 못하는 곳에서, 예상하지 못한 곳에서 일어날 거다. 어리석은 카야도르의 핏줄."

샛노란 눈과 마주한 오키아의 얼굴이 일그러졌다.

"기오테가 너를 이해해 줄 거라 했었지."

그것이 얼마나 얄팍한 믿음이었는지.

"그래. 적어도 네가 무릎을 꿇고 죽는 시늉을 한다면 또 모르겠구나."

기오테가 너를 이해할 일은 없을 것이다. 아주 조그마한 가능성도 없는 일이었다. 너는 그의 분노를 그 무엇으로도 해결해 줄 수 없기에.

그 분노의 불길을 달랠 것이 네겐 없었고, 기오테 또한 너에게 그 대가를 바란 적이 없었다.

*   *   *

전쟁이 발발한다는 소문이 퍼지자 이를 먼저 중재하고 나선 이는 고룡인 알케미나였다.

그가 몸을 담고 있는 협회의 취지가 대립을 중재하고 평화를 주장하는 것처럼 그는 꽤 현명하게 대처하는 듯싶었지만, 그마저도 자간인 지오반니가 이 전쟁에 개입하고 창룡인 탈리만마저도 지오반니와 맞서게 될 것이라는 것을 알고는 충격을 금치 못했다.

알케미나는 전처럼 요란스럽게 땅으로 내려오는 것 대신 조용한 자리를 마련하는 것을 선택했다. 오키아와 미하엘의 동의를 구해 기오테와 챠를 위한 자리를 마련했으며, 오키아와 미하엘이 자리에 참석하는 것에 조심스럽게 반대했다.

이것은 기오테와 챠의 일이라는 명목을 붙여서였다. 또한 알케미나는 비밀리에 지오반니와 창룡인 탈리만을 참석시켰다. 인간의 전쟁이었지만 승패를 좌지우지하는 것은 인간이 아닌 존재에 의한 것이기 때문이었다.

온전한 형체를 잡지 못해 계속해서 몸이 부서지는 기오테를 한 번, 양초 끝에 앉아 빠른 속도로 심지를 태우고 있는 챠를 한 번, 마지못해 자리에 참석한 지오반니와 탈리만에게 차례로 시선이 머무는 알케미나의 얼굴이 복잡해졌다.

키든의 일과는 심각성부터가 달랐다. 녀석은 막아설 수 있었고, 지금은 제대로 막아설 수 있는 자가 몇 명이나 되냐 말이다. 알케미나의 자색 눈이 혼란스러움을 담고 둥근 탁자에 둘러앉은 이들을 차례차례 바라보았다. 그러다 별안간 웃음이 터졌다. 대체 이게 얼마나 대단한 일이라고 괴물 같은 놈들이 한자리에 모였단 말인가.

먹이사슬 상위의 위치에 존재하는 자들이 모두 한데 모일 날이 올 줄은 몰랐다. 그것도 서로 싸우면서가 아닌, 얌전한 모습을 한 채로 말이다.

"전쟁이… 일어난다고 하던데."

그것이 여타의 다른 전쟁들과 같았다면 이렇게 신경 쓸 일이 아니었다. 가리온에 협회를 만들고 기구의 설립 취지가 평화를 위한다는 것이긴 했지만, 그렇다고 해서 이 땅 위의 모든 전쟁을 막을 수는 없었고, 막아진다 하여 평화롭다고도 할 수 없었기 때문이었다.

하지만 이 전쟁은 막아야 했다. 나아가서, 막지 못한다면 멈추어진 용과 자간의 힘겨루기의 시발점이 될 싸움이었다. 피를 부르는 살육이었고, 긴 시간 동안 다시 싸움이 지속되는 것이다.

그럴 수는 없었다. 가리온에 자리를 틀고 날개족의 어린 여자를 품기 위해 무슨 노력을 했던가. 제약에 묶인 것은 꽤 성가시기도 했지만, 여자를 지키기에는 더없이 흡족한 벽이었다.

"라제프와 누바라의 전쟁이라면 나도 말리지 않아."

두 나라 사이의 해묵은 감정을 알기 때문이었다. 자세히는 알지 못해도 오래전부터 사이가 좋지 않은 것이 일련의 사건으로 인해 극에 달했다는 것 정도는 알았다.

일어나지 않았다면 좋을 전쟁이지만 막는다고 해서 해결되는 것은 없었다. 그 무엇 하나 해결되지 않은 채로 억눌러지고, 막아지기만 한다면 그것이 과연 평화로운 것이냔 말이다. 표면적으로는 그리 보일 수 있어도.

"하지만 자간이 개입하는 것이라면 찬성할 순 없어."

"⋯⋯."

"기오테와 챠로도 벅찬 전쟁이다. 자간이 개입한다면 기오테 쪽으로 쏠린 힘의 무게를 균일하게 만들 수밖에 없잖아. 네 일족을 끼워넣을 수는 없으니 용이 개입되어야겠지."

"큰 문제인 양 말하는군."

"작은 문제인가?"

"제약에 묶이더니 꽤 이성적인 척을 하는데."

응? 고개를 비스듬히 기울이는 지오반니가 이보다 더 우스운 일은 없다는 양 조롱했다.

"인간 행세를 하고 있는 네가 용과 싸운다면 인간이 아니라는 것 정도는 다른 이들도 알게 되겠지. 그것을 너도 원하지는 않을 거야."

"그래서."

"전쟁할 시기를 늦춘다. 시일은 네가 그들에게 죽었다고 알려졌을 때. 라제프에서 완전히 발을 빼고, 다시 탄팔로로 돌아간 후에. 네가 개입하지 않는다면 탈리만도 나서지 않을 거야."

"나는 그럴 생각이 없는데."

"노야."

"기오테도 그럴 생각은 없을 거다. 그 화를 몇십 년 후에 풀라는 것도 우습지 않나. 그것도 예쁜 구석 하나 없는 나를 위해서."

지오반니가 기오테를 바라보며 말했다. 찬 기운을 품고 있는 녹빛 눈동자가 지오반니에게 짧게 머물렀다.

"네가 인간이 아니라는 것을 다 까발리고서라도 이 짓을 하겠다고?"

"그건 비밀이 아니었어."

"……."

"믿지도 않을 테지만, 그렇다 해서 문제가 될 것이 뭐야. 자간은 용들처럼 대외적으로 나서지 않을 뿐, 이 땅 위의 모든 책에서 존재하지. 너희만큼 우리는 친숙한 존재다."

"다시 싸움을 시작하자는 거냐?"

탈리만이 담배를 태우며 물었다.

"고의는 아니지만."

"이게 고의가 아니라면 뭐야!"

담담한 태도를 유지하는 탈리만과는 달리 알케미나가 불같이 성을 냈다.

"그럼 내가 싸움을 일으킬 정도로 무모하다는 건가? 네놈만이 이 싸움에 반대한다고 생각하지 마. 이 싸움이 시작될 것을 아는 탄탈로스 또한 내 앞을 몇 번이고 막아섰다."

"그런데도 강행하겠다?"

"네 녀석이 되도 않는 평화를 운운하며 협회를 설립한 이유가 무엇이었어. 날개족의 계집에게 홀려 그리한 것이 아닌가. 계집 하나를 위해 가리온의 수호를 자청했지."

"무슨 말을 하고 싶은 거야?"

언성을 높이는 알케미나를 보며 지오반니가 입매를 비틀었다.

"네가 고집을 부리던 이유와 다르지 않다는 거다."

"너……."

"약한 것에 끌리는 피가 어디 가려고."

"철부지처럼 굴지 마라. 히사마저 죽고 마라그에 처박힌 키든을 제외하면 네놈의 일족이 몇이나 남았는데 다시 싸움을 재개하려 들어."

"너야 쉽게 당해 주지 않겠지. 하지만 어린 용의 날개 정도는 쉽게 찢을 수 있지 않겠나."

그렇게 말하는 지오반니의 재색 눈이 탈리만에게 향했다. 지금이야 알케미나와 어깨를 나란히 할 만한 성체로 자랐지만, 그에게서 날개를 찢길 때까지만 해도 그는 덜 자란 용이었다.

얼마나 무참히 찢겼는지 회복하고 다시 하늘을 가로지를 수 있게 된 것이 채 오 년도 되지 않았다. 그때의 치욕을 기억하는 탈리만의 눈이 고울 리 없었다.

알케미나는 빠르게 최악의 사태를 생각했다. 암묵적으로 멈춰진 자간과 용의 싸움이 다시 시작되었을 때, 서로의 전력이 어떻게 되는지를 가늠했다.

히사가 죽고, 몇백 년 동안 마라그로 추방당한 키든을 제외하더라도 자간의 세는 죽지 않았다. 시간을 주관하는 타미르를 배알했다고 알려지는 아를리안만을 보더라도 그녀를 막아설 수 있는 것은 북해의 하르게니아뿐이었다.

가리온에서 그녀의 분노를 막을 수 있었던 것은 운이 좋아서였다. 평화를 입에 담는 여자였지만 그녀의 변덕이 얼마나 들쭉날쭉한지는 몸소 체험한 바가 있었다.

"기오테."

알케미나의 한숨 섞인 부름에 기오테가 감정 하나 담기지 않은 무심한 눈을 들었다.

"싸움을 멈추셔야 합니다."

"글쎄……."

기오테는 잠시 고민하는 듯한 얼굴을 했다. 하지만 잠시 의문을 갖는 것일 뿐, 고민이 아니라는 것쯤은 알았다.

"내가 왜 그래야 하는데?"

기오테의 눈이 새파랗게 빛났다.

"나는 화가 났고. 분노케 한 원인은 분명하지."

"……."

"내 분노를 누를 정도로 이 땅의 것들이 가치 있나?"

"당신이 수호하고자 하는 땅을 위한 일이기도 합니다."

"말은 바로 해야지, 알케미나."

기오테의 입에서 제 이름이 나오자 알케미나의 미간이 좁아졌다. 감정 한 점 들지 않은 눈으로, 살아 있는 것이라고는 생각하지 못할 만큼 무심한 목소리였다. 그런 그에게서 이름을 불리는 것은 꽤나 불쾌한 일이었다.

"땅의 안위를 위한 걱정이 아니라 자간과 용이 다시 지겨운 싸움을 하게 될 것 같아 겁을 먹은 것이 아닌가."

"부정하지 않겠습니다."

"하지만 너희들이 싸우는 일이 내 분노를 감내해야 할 정도로 커다란 일이란 말이냐?"

"……."

"어린것들이 싸우는 것 정도야, 내겐 신경 쓸 가치조차 없는 것을."

기오테는 부서지는 제 몸에서 떨어지는 모래 알갱이들을 바라보았다. 쥐려 하면 손가락 틈으로 빠져나가는 것에 꽤 약이 올랐는지 그는 알케미나에 집중하지 않고 모래 알갱이들을 쥐려 하는 행동을 반복했다.

"그 땅 위의 것들을 사랑하여 수호를 자청하셨습니다."

"사랑하지. 사랑하고말고."

그는 고민하는 기색 하나 없이 대답했다.

"하지만 그것이 중요하다더냐."

"기오테."

"사랑하되 나는 그들로 하여금 내 분노를 가라앉힐 생각이 없고, 아끼되 나를 누르면서까지 그리할 생각은 없다."

단호한 기오테의 대답에 알케미나가 눈을 감았다. 저를 비웃는 지오반니의 웃음소리가 환청처럼 들려오는 것 같았다.

"다시 한 번 생각해 주십시오. 당신께는 아무 일도 아닐지는 모르나 저희에게는 그렇지 않습니다. 아시지 않습니까. 이 싸움이 얼마나 길었고, 얼마나 많은 희생을 불렀는지를요."

"너희가 치고받고 싸우는 것까지 생각해 달라는 것이냐?"

"……."

"뭐? 힘을 균일하게 맞추기 위해 이 싸움에 용을 한 마리 더 끼워 넣는다고? 그것이 너희들 사이에 불문율처럼 자리한 규칙 같은 것이라고?"

"……."

"아직도 모르겠니? 이 일을 크게 만드는 것은 너희들이란다. 규칙 같은 것이 아니라 서로가 지기 싫어해 바득바득 우기는 꼴이질 않아. 부득불 개입하겠다고 고집을 부리는 녀석이나, 평화를 운운하며 예의 바른 척하는 놈이나 다를 것이 무어야?"

기오테는 여전히 귀찮은 기색이 한가득인 눈을 하고 있었다. 왜 이런 긴 설명을 네게 해야 하느냐는 한숨도 흘러나왔다.

"챠가 내 아이를 죽였지. 그 분노를, 치욕을, 내게 견디라는 소리구나, 네놈."

"기오테."

"설사 그 아이가 다시 되살아난다 해도 무르지 않을 일이다. 그렇다 해서 챠가 내게 한 짓이 없던 일이 되는 것은 아니잖니."

부서져 가는 기오테의 입에서 차가운 한기가 흘러나왔다.

"차라리 챠에게 애원해 보는 것이 어떻겠니."

"……."

"내게 무릎을 꿇고 잘못을 고하면 퍽 자비로운 내가 마음이 바뀔 수도 있지 않겠어?"

기오테의 눈이 챠에게 향했다. 챠의 눈이 휘었다.

"하나 그 정도로는 어림없는 일. 팔다리를 잘라 내어, 저놈의 불이 다 사그라들 때까지 북해의 새파란 물속에 처박아 버리는 거야."

"화가 단단히 났는데."

"어쭙잖은 녀석이 이리 만들어 놨지."

기오테가 드물게도 성을 냈다. 부서져 내리는 몸을 제외하고 멀쩡한 것이라곤 새파란 녹색 눈뿐이었지만, 그것만으로도 그가 화를 내고 있다는 것을 알 수 있었다.

"대화 좀 해 볼까 하고 참석한 건데 말이야."

"닥쳐라."

"진심을 곡해하진 마."

"챠."

더 험한 말이 나올까 싶어 알케미나가 그 사이를 비집고 나섰다.

"챠 또한 그 땅을 위해……."

"기오테가 앞서 말한 것은 듣지 못한 모양이구나. 사랑하되, 아끼되."

"......."

"수백 년 보살핌에도, 그 땅은 내게 그다지 가치 있지 않거든."

"뭐라고요?"

"흥미가 떨어지려던 참, 재미있는 녀석 덕을 보고 있는 중이지. 한 마디를 건네주면, 열 마디를 앞서 보는 녀석이거든."

"라르기얀을 말씀하시는군요."

"너도 겪어 봐서 알겠지만 꽤 재미있는 놈이잖아. 나와 말이 잘 통해. 놈은 계집을 원해 내 힘에 기대었다. 그 조건으로 내건 것이 기오테의 땅을 밟는 것이었지."

"......."

"그랬더니 참으로 재미있는 일들이 연속으로 일어나는 거야. 봐라. 얼마나 재미있니. 얼마나 우스워. 이 모든 일에 고뇌하고 절망하는 이들의 얼굴을 지켜보는 것은 평생토록 잊지 못할 일이다."

모든 것이 챠의 장난으로 인해 벌어진 일이었다. 라르기얀을 부추겼고, 라르기얀은 거대한 존재에 힘입어 동조했다. 하지만 이 얼마나 위험한 결과를 초래했느냐는 것이다.

"더 들을 필요도 없다."

기오테가 차갑게 일갈했다.

"설득하지 마라. 들어 줄 생각이 더 이상 없다. 녀석의 장난질로 인해 시작된 일이지만 이만큼 커진 것을 내게 희생하라 하느냐. 내가 물러선다면 무엇을 줄 테냐. 이 모욕을 잊고, 그보다 더 가치 있는 것을 줄 테냐?"

기오테의 눈이 알케미나에게 향했다.

"그런 것을 가지고 있나?"

알케미나가 입술을 깨물었다.

"없을 터다. 네게는."

기오테가 연이어 무너지는 몸으로 챠에게 다가갔다. 목을 조를 듯 손을 뻗은 기오테가 바람 한 가닥으로 챠의 몸을 이지러뜨렸다.

"북해에 처박히는 날을 고대하겠다."

* * *

오늘도 거의 자리에 없다시피 한 미하엘의 공석을 바라보며 엘리노라의 입술에서 무거운 한숨이 흘렀다. 오라비가 예고했던 것처럼 부친의 상태는 썩 좋지 못했다. 정말 마가리타와 작당이라도 한 모양인지, 자국에서 날아든 부친의 소식은 병세가 위독해 정신도 못 차린다는 것이었다.

정말 죽으려는 모양이다. 그렇다면 자신은 무슨 행동을 취해야 할까. 오라비에게 반反하여 부친을 살려야 하는 것일까. 엘리노라는 대체 언제부터 미하엘이 그런 생각을 가지고, 부친을 죽이려고 한 것인지 생각했다.

하지만 그녀는 그러한 생각을 곧 멈췄다. 미하엘이 언제부터 그런 생각을 품고 있었냐니. 그것은 꽤 오래전부터일 것이 아닌가. 이미 어그러져 버린 부자 사이였다. 피를 나눈 천륜이라고는 생각지 못할 만큼 지독한 사이가 아니었던가.

엘리노라는 복잡한 얼굴을 한 채로 창가로 향했다. 여전히 낯선 풍경이었다. 도무지 익숙해질 수 없었다. 자국이 그리웠고, 그곳에 계실 부친이 그리웠다. 하지만 다시는 보지 못하겠지.

운 좋게 숨을 이어 가고 있다 한들 미하엘이 잘라 버릴 것이었다. 살고 싶다면 실수라도 부친의 이름은 담지 말아야 할 것이며, 그의 죽음에 일말의 애도 따위도 빌 수 없다는 것을 알았다.

비틀려 버린 관계였다. 부친은 미하엘을 죽이고 싶어 했다. 미하엘은 자신이 부친을 죽이는 것은 정당방위이며, 살아남기 위해서는 어쩔 수 없다고 합리화했지만, 아들을 죽이려는 아버지나, 아버지를 죽이려는 아들이나, 모두 제정신은 아니었다.

지금보다 미하엘이 조금 더 인간적이었을 때가 있었다. 부친에게 배신감을 느끼고, 그의 앞에 몸을 엎드려 오열했을 때는 감정이라도 있었지만, 조금 자라고 나선 그마저도 사라졌다.

부친을 죽여야겠다는 생각을 항시 가지고 있었고, 오늘에 이르러서야 그의 숙원이 이루어졌다. 팔 년에 가까운 시간이었다. 장장 그 시간 동안 미하엘은 부친에게서 살아남았다.

그 끔찍한 시간 속 그가 무엇을 좇고, 무엇을 바라보며 살 생각을 했는지는 모를 일이었다.

"일라이."

"예, 전하."

"미하엘은 아직도 황제와 이야기 중이신가."

"그렇습니다."

문득 모든 것이 부질없다는 생각이 들었다. 미하엘이 부단히 노력하고자 하는 것도, 부친과 미하엘 사이의 길고 긴 싸움도. 이 모든 게 무엇을 위한 것이란 말인가.

"전쟁은……."

"……."

"일어날 게다, 일라이. 그렇지?"

"확신할 수 없습니다."

"일어난다면 두 나라 사이의 이 앙금을 풀 수 있단 말이냐?"

"전하."

"이 모든 것이 끝이 날까."

엘리노라가 지친 눈을 들어 일라이에게 물었다.

"아바마마를 죽이려는 미하엘도. 그 죽음에 침묵하는 나도."

엘리노라가 허탈하게 웃었다.

"모두 정상은 아니지. 이 어찌 정상이라 말할 수 있어."

보고 싶다 생각하니 쉬이 생각이 물러지지 않았다. 부친의 죽음을 막을 수 없다면 얼굴이라도 봐야 했다.

입 밖으로 꺼낼 사죄는 고할 수 없으나, 눈물로라도 잘못을 빌어야 했다. 그래야 이 죄책감이 조금이라도 사라질 것 같았다.

"이 싸움은 언제야 끝난단 말이냐."

미하엘을 보필하기 전부터 엘리노라와는 같은 스승 아래서 자랐으나 둘의 사이가 꽤 격 없다는 것을 많은 사람들은 알지 못했다. 미하엘을 보필한 후로부터는 개인적으로 만날 기회가 없었으니, 이렇게 제 고민을 털어놓는 엘리노라는 꽤 오랜만이었다.

"글쎄요."

"아바마마께서는 모든 죽음이 어쩔 수 없다 말씀하셨지."

"……."

"고의적인 것은 없었다고. 모든 것이 누바라의 광영을 위한 일이었다고 말씀하곤 하셨다."

―짐은 이 나라를 부강하게 만들려 부단히 노력했다. 빛 뒤엔 어두운 그림자가 늘 존재하기 때문에. 짐은 적들 또한 많아. 그러니 황녀는 조심해야 한다. 짐이 지은 죄는 이 代에서 해결되면 좋겠지만 인간의 수명은 짧아 그러지 못한다. 조심하라. 짐이 찔러 죽인 그들의 혈육을 무서워해라. 무서워한다면 맞서지 않게 될 터이니. 그들과 맞서지 말라. 그들은 어둠 속에서 수년 동안 칼을 갈아 왔고, 분노는 생각보다 크다. 황녀가 감당할 것이 못 된다.

엘리노라는 저를 염려한 부친의 말을 떠올렸다.

"하지만 그것이 고의인걸요."

"그렇지. 부친이 행한 죽음이 모두 고의였던 것을. 그래서 나는 두려웠다. 이 나라에 발을 들이는 것이. 미하엘이 아리엘을 욕심냈을 때부터 나는 모든 것이 무서웠어."

어쩌면 예정된 수순이었는지도 모르겠다. 그의 집착이 이런 식으로 변모될 것 정도는.

"너는 미하엘이 아리엘의 딸에게 미쳤다는 것이 이해가 가느냐?"

"잘 모르겠습니다."

"아바마마께선 자신이 죽인 자들의 핏줄을 무서워하라 하셨지."

"……."

"가만두지 않을 거야. 아리엘과 같은 붉은 머리칼을 가지고 있는 그 라즐리라는 계집 말이야. 내 오라비를 죽이려 하지 않겠니."

숨이 턱턱 막혔다. 붉은 것이 무서웠다. 아리엘과 꼭 닮아 있는 색이라서 그러했다. 그래서 그 여자에게서 태어난 라즐리라는 계집에게도 겁이 났다. 어미를 닮아 있겠지. 그 잔인한 손속. 날랜 몸. 선득하게 빛나는 눈마저도.

"대체 이 일을 어찌해야 한단 말이냐."

엘리노라의 목울대가 거칠게 울컥거렸다. 비통해해야 할지, 분노해야 할지 그마저도 갈피가 잡히지 않았다.

두통이 이는 머리를 붙잡고 엘리노라가 의자에 앉았다. 일라이가 따뜻하게 데운 물을 가져다주자 엘리노라가 그것으로 입술을 축였다.

엘리노라가 고개를 들었다.

"챠."

주위로 열기가 몰린다 했더니 챠의 존재가 가까이에 머물러서인 모양이었다.

"어째서 이곳에 계십니까."

'**미하엘은 이곳에 온 이후로 굉장히 바빠 나랑 놀아 줄 여력이 되지 않아.**'

챠는 수선스럽게 몸을 빙글빙글 돌려 가며 허공을 빠르게 배회했다.

'**이 땅은 재미있는 것들이 가득이야. 그렇지 않은가. 엘리노라.**'

"예."

그래서 상황을 이딴 식으로 만들었냐고 묻고 싶었다. 하지만 호전적인 챠에게 그럴 만한 용기는 없었다. 가려서 까불어야 한다고, 챠를 상대할 때에는 그가 원하는 답을 들려줘야 했다.

'**엘리노라, 너는 참 재미없지만 미하엘은 꽤 재미있는 녀석이야.**'

"마음에 드셨습니까."

'**그래. 그 아비보다 훨씬 더.**'

챠는 시끄럽게 웃으며 벽난로 안에 자리를 잡았다. 더워지는 날씨에 굳이 벽난로에 자리를 잡은 이유는, 분명 엘리노라가 더운 것을 참지 못한다는 것을 기억했기 때문일 것이다. 그는 남의 약한 곳을 파고 들어 재미로 삼는 정령이었으니까.

'꽤나 재미있지 뭐야. 말귀도 곧잘 알아듣고, 내가 원하는 대로 움직여 주니까.'

"무슨 말씀이세요?"

떠들고 싶은 것이 있는 모양이었다. 알게 모르게 의미심장한 말들을 흘리는 것을 보면.

'나는 미하엘이 욕심내는 것을 보면 그렇게 재미있을 수가 없어.'

"챠."

'네가 화내는 것도 썩 재미있는 일이지.'

"말씀해 주십시오."

엘리노라가 화를 눌러 담으며 말했다.

'욕심 있는 놈을 부추기는 건 쉬워.'

"챠가……."

'녀석을 이곳으로 이끌었지.'

"챠!"

엘리노라가 참지 못하고 고함을 질렀다.

'말 한마디에 움직이는 꼴이 얼마나 우습던지. 눈치 한 번 주면 열 마디를 깨우치는 통에 영특하다 머리를 쓰다듬어 주었다.'

미하엘이 챠를 잘 따르는 것은 엘리노라도 아는 바였다. 챠는 미하엘을 칭찬했다. 그의 말처럼 머리도 곧잘 쓰다듬었다. 힘들어하는 그를 품에 안기도 했겠지.

미하엘이 바라던 아버지의 상을 챠를 통해 본 것이라면, 챠의 명령에 미하엘은 죽는 시늉도 할 것이다.

하지만 챠는, 그는 제 오라비를 무엇이라고 생각하는 건가.

'재미있는 녀석.'

그래. 딱 그 정도일 뿐이었다. 그저 허탈한 미소만 비집고 나올 뿐이었다.

"대체 왜 미하엘을 부추기셨습니까?"

'기오테의 땅을 밟기 위해.'

"미하엘이 아니더라도 마음껏 밟으실 수 있으셨습니다."

'하지만 이런 재미있는 일은 일어나지 않았겠지.'

재미있는 일이라고. 이 상황이.

'엘리노라, 너는 무엇이 그리도 분하단 말이냐?'

"챠의 무심함에 비통할 뿐입니다."

'무심하다고?'

"미하엘을 부추겨서는 안 되었어요. 챠, 지금이라도 좋으니 제발 그를 설득해 주세요."

'그건 참 재미없는 상황이 될 텐데.'

챠는 화난 기색이 역력한 엘리노라의 눈앞에서 느릿하게 부유했다.

'내 즐거움이 사라지면 무엇을 줄 테냐?'

"아시다시피 제가 가지고 있는 것 중 챠를 만족시킬 것은 없습니다."

'그렇담 말리지도 말아야지. 꼭 가진 것 없는 이들이 바라는 건 많아.'

"미하엘에게 무엇을 약속하셨습니까?"

'모든 것을 준다고 했지. 여자도. 라제프도.'

"짓궂으셨어요."

'그래?'

챠가 상관없다는 양 물었다.

"대체 미하엘에게 왜 그러셨어요? 챠도 아셨을 겁니다. 그것이 미하엘을 얼마나 괴롭게 하고 갉아먹었는지. 그리고 이 상황도 아셨겠죠!"

'알다마다.'

아아. 흘러나오는 탄식과 함께 엘리노라가 현기증을 참지 못하고 주저앉았다.

'왜 그랬느냐고? 미하엘이 너무나 괘씸해서 그랬지.'

"미하엘은 당신에게 거스를 만한 짓을 하지 않았어요."

'적어도 내 눈과 귀를 피해 라제프의 황제와 살 궁리 같은 것은 하지 말았어야지. 자비로운 기오테와는 달리 나는 넘어가 주지 못해.'

"정령의 가호를 받고 있는 나라라면 한 번쯤은 생각해 보았을 일입니다. 너무 가혹하세요. 챠, 너무나 잔인하십니다. 그렇다면 말씀해 주세요. 챠께서 바라시는 일이 이 나라가 망함입니까? 나노아와 같은 절차를 밟는 것입니까?"

'엘리노라, 나는 기오테가 아니야. 기오테는 오키아가 그따위 짓을 해도 자비롭게 넘어가 줄 테지만 나는 아니란다. 이 땅은 내 것이야. 그러니 내가 떠나면 이 나라 또한 스러지는 것이 맞지. 하지만 너희는 그런 것들을 받아들이지 못하더구나. 순리를 받아들이지 못해.'

카펫을 말아 쥔 엘리노라가 이를 물었다. 분노로 점철된 신음을 간신히 참아 냈다.

'미하엘은 나를 기만했어.'

"기만한 것이 아니에요."

'그렇다면 그 수순이 맞다.'

"챠……."

'아무것도 없는 곳에 내가 존재함에 많은 것들이 만들어졌다. 대부분의 것들을 내가 이뤄 냈지. 그런 곳에 머물며 내 숨결을 흘려 축복을 내리고 내가 수호했다. 그 존재가 사라졌는데 망함이 옳지 않은가.'

"……."

'내 땅이다. 인간의 딸아, 너희들이 일구었다 생각하지 마라. 내가 없었다면 진즉에 스러졌을 땅이었다.'

얼굴을 감싸 쥐곤 한참을 신음하던 엘리노라가 얼굴을 들었다.

점차 방으로 다가오는 발소리가 들리자 챠가 나직이 웃으며 몸을 감추었다. 미하엘이 오고 있는 것 같았다. 그런 그녀의 예상이 틀리지 않았는지, 방문을 부술 듯 들어올 때부터 미하엘은 제 성질을 참지 못해 몸을 떨고 있었다.

"상황이 좋지 않게 돌아가는 모양이죠."

잔뜩 성이 난 얼굴로 방 안에 들어오는 미하엘을 보곤 엘리노라가 무심하게 말을 건넸다.

"오키아가, 오키아가……!"

"전쟁을 한다고 하던가요?"

미하엘은 몸을 덮은 분노를 참지 못했다. 책상 위의 것들이 카펫 위로 나뒹구는 것을 망연히 바라보던 엘리노라가 바람 빠진 웃음을 흘렸다.

제 성질머리를 이기지 못한 미하엘이 기어이 깨진 유리 조각을 잡고 피를 보자 놀란 일라이가 달려갔다. 지혈을 하려는 데도 한사코 거부하자 일라이도 한 발자국 물러섰다. 분간 못하고 휘두른 탓에 일라이의 팔도 피를 흘리고 있었다.

잔뜩 흥분한 미하엘이 상처가 벌어진 손으로 다시 물건을 집어 들었다. 아직도 부술 것이 남아 있는 모양인지 그는 제 피에 이어 일라이의 피를 보고서도 멈추지 않았다.

"멍청한 놈! 쓸모없는 새끼!"

"그만하세요. 몸이 상하십니다."

보다 못한 엘리노라가 그에게 다가갔다. 그래도 제 동생이란 자각은 있는지 유리를 쥔 손이 엘리노라만은 비켜 갔다. 엘리노라의 손을 야멸차게 쳐 낸 미하엘이 으르렁거렸다.

"오키아가, 그 새끼가, 모든 일을 망쳤어!"

"자국으로 돌아가야 합니다."

"그 계집 하나 주는 것이 그리도 어렵다던?"

"어려울 겁니다."

"그 계집만 주면 이렇게 질질 끌지 않아도 되었어!"

"미하엘이 포기하셨어도 됩니다."

"뭐라고?"

미하엘이 잔뜩 일그러진 얼굴로 엘리노라를 바라보았다. 그의 눈이 이상하다는 양 엘리노라의 입술을 노려보고 있었다.

"미하엘께서 한 가지만 포기하셨어도 일이 이렇게 되지는 않았습니다."

"엘리노라!"

"그 여자만!"

"······."

"그 여자만 포기하셨더라도 이렇게 꼬이지는 않았어요."

당신이 라즐리만 욕심내지 않았더라면. 아리엘을 좋아했다면 그저 추억으로 남겨 두는 편이 좋았을 것이다. 그 시절, 당신의 순수한 사랑이 바래 버리지 않게.

그날의 아리엘은 아름다웠고, 그래서 반했노라고. 그 정도의 사랑이었다면 모두가 좋았을 뻔했다.

어그러졌던 부친과의 상황이 좋아질 수도 있었고, 이 땅을 방문하는 날이 없었을 것이며, 전쟁마저 일어나지 않았겠지. 그리고 당신 때문에 무고하게 피해를 본 그 라즐리라는 여자는 지금쯤 순탄한 결혼 생활을 하고 있었을지도 몰랐다.

모든 것을 망쳤다. 제 오라비가.

여러 사람을 망쳤다. 그 사람들의 인생에 더러운 흙탕물을 튀겨 제 발자국을 찍어 놓았다. 오라비가 그들의 인생을 꼬이게 만들었다고 해도 일말의 죄책감을 가질 엘리노라가 아니었지만, 미하엘이 욕심을 부림으로써 여러 사람의 앞날이 줄줄이 꼬이는 것을 보자 그저 기가 막힐 뿐이었다.

"정신 차리십시오. 챠를 꺼내 보이셨습니다! 챠를 이 나라에서, 기오테가 수호하는 나라에서 꺼내 보이시고는 그 조각을 죽이셨습니다. 당신께서 위협하셨습니다. 약한 것을 누르고 죽였죠. 그것이 옳은 일이라던가요? 충분히 미하엘은 무례하셨습니다."

"그래서."

"이번에도 죽임을 당한 쪽이 잘못이라고 하실 건가요? 나약한 쪽이 잘못이라 우기실 겁니까? 명백히 미하엘의 잘못입니다. 섣불렀어요. 아리엘의 딸을 취하고 싶으셨다면 다른 방도도 있었을 겁니다."

"다른 방도라고? 다른 방법이 무엇이 있었는데! 내게 그럴 틈이 주어졌느냐? 모두가 나를 견제했지. 파고들 틈이란 없었어. 내가 이렇게 억지를 부리지 않았다면 여자와 만날 수나 있었을 것 같으냐?"

제 딴에는 노력을 했다는 소리였다. 그런데도 설득은커녕 엘리노라의 속을 답답하게 긁고 지나갔다.

"그 감정이 조금이라도 순수성을 띠기라도 했다면, 아마 많은 것들이 달라졌을 겁니다."

아리엘을 좋아했던 감정이 순수했다고 치더라도 라즐리에게 향했던 감정이 오롯이 호감으로서의 순수성이냐 묻는다면, 미하엘도 그렇다고 대답하지 못할 터다.

한쪽의 감정이 저리도 비뚤어졌으니 둘의 시작이 좋지 못한 것은 당연한 일이었다.

"가지고 싶으시면 숙이십시오. 원하고자 하시면 고개 한 번 수그릴 줄도 아셔야지요!"

"나를 또 꾸중함이로구나."

"꾸중하는 것이 아니라 걱정으로 들어 주세요, 제발!"

"나를 훈계해! 아바마마처럼!"

별안간 미하엘이 엘리노라의 목을 거세게 졸랐다.

"어디 더 입방정을 떨어 봐. 아바마마처럼 날 가르치듯 떠들어!"

"전하!"

일라이가 놀라 달려왔다.

"막지 마라. 누구를 보필하는 자냐. 엘리노라의 사람인가?"

"전 전하의 사람입니다. 하지만 이건 아닙니다. 진정하십시오."

일라이가 강경하게 버티고 서자 미하엘이 한 발 물러섰다. 그가 흐트러진 옷매무새를 가다듬었다. 쓰러져 밭은 숨을 몰아쉬고 있는 엘리노라의 눈높이에 맞춰 쭈그려 앉은 그가 헝클어진 머리를 귀 뒤로 넘겨 주었다. 땀에 젖은 이마를 소매로 닦아 주고, 마지막으로는 붉은 기가 도는 입술을 툭툭 쳤다.

"입조심을 할 필요가 있겠다. 엘리노라."

"……후회, 후회하실 겁니다."

여태 자신이 했던 걱정과 애원에 조금이라도 귀를 기울여 주는 줄 알았더니 그마저도 아닌 듯싶었다. 엘리노라의 눈이 습해지는가 싶더니 곧 넘치어 흘렀다.

"이런. 울면 마음이 좋지 않다."

미하엘이 손을 들어 흐르는 눈물방울을 닦아 주었다.

"후회야 늘 하는 것인걸. 지금도 네 목을 조른 것을 후회하고 있지."

입꼬리를 말아 올리는 미하엘이 언제 흥분했냐는 양 사람 좋게 웃었다. 방금 전까지 악을 쓰던 남자는 온데간데없고, 차분한 음성과 웃음을 띠는 남자가 자리해 있었다.

방 안이 소란스러웠다는 것을 알려 주는 것은 책상 아래로 너저분하게 떨어진 물건들과, 엉망이 된 미하엘의 손 정도였다.

* * *

끝까지 전쟁을 막아 보고자 했던 알케미나의 노력이 수포로 돌아갔다. 챠는 이러한 상황을 즐겼고, 그로 인해 기오테의 분노가 식지 않은 것은 당연했다. 챠는 미하엘이 어떻게 되든, 자신이 수호하는 나라가 어떻게 되든 상관이 없는 것이다. 흥미가 떨어졌다면 지금의 땅을 버리고 새 땅을 찾는 것쯤이야 어렵지 않은 일이었다.

걱정이 되는 것은, 아를리안의 분노였다. 그녀는 전쟁을 바라지 않았다. 누구보다도 용과의 휴전을 바랐고, 그로 인해 일족이 피해 보는 것을 원치 않았다.

스러져 가기 때문이었다. 사라져 가는 것을 두려워하고 있었다. 그것만이 덧없는 저주에서 풀리는 길임에도 불구하고 그녀는 그 사실을 견뎌 내지 못했다.

타미르의 땅을 밟은 그가 복잡한 눈을 했다. 타미르. 얼마나 원망한 이름이던가. 그럼에도 이 금역에 발을 들여놓은 것만으로도 절로 나른해지는 기분이었다.

어머니의 품 안이 따뜻하다던 누군가는 이를 두고 한 말일 것이다. 단내가 나는 곳에 몸을 깊게 묻고 있는 것 같았다. 희미하게 들려오는 노랫소리에 눈이 절로 감겼다. 품에 안겨 있다면 그 속으로 좀 더 파고들어 안온함에 취했을 것이었다.

"아를리안."

몸을 수그려 작은 풀들을 헤집고 있던 아를리안이 제 이름을 부름에 고개를 들었다.

"노야."

"탄탈로스가 꽤 화가 나 있던데."

"심술일 뿐이야."

내가 이 땅을 방문하는 것을 좋아하지 않으니까. 아를리안이 덧붙였다.

그녀가 이 땅에 방문해야 하는 이유가 생기는 것은, 일족 중 누군가가 죽었기 때문이었다. 아를리안의 눈물로 땅을 적셨고 한 달이라는 시간 동안 위로했다. 오랜 시간 아를리안의 연인이었고, 그 관계를 지속하고 있는 탄탈로스로서는 달갑지 않은 일이었다.

그는 답답해하면서도 아를리안을 이해했다. 그럴 수밖에 없었기 때문에. 일족의 연장자로서 그녀가 해 줄 수 있는 일이 이런 것뿐임을 알아서였다.

"히사가 좋아하겠는데."

히사가 좋아하던 꽃들이 그녀의 이름에 새겨진 관 주위에 한 아름
놓여 있었다. 그 외에도 많은 꽃들이 있었다.

"네가 놓아 준 건가?"

"아니."

당연하게, '그렇다.'라는 대답이 나올 줄 알았다. 뜻밖의 대답에 지
오반니의 눈이 조금 커졌다.

"이 붉은 꽃을 준 인간은, 자기를 히사의 친구라고 했어."

"……."

"이 흰 꽃을 준 사람은 히사에게 도움을 받은 이라고 했지. 타미르
의 땅에 들어오는 걸 허락한 건 아니야. 히사의 물건을 정리하러 갔었
거든. 운 좋게 만날 수 있었어."

아를리안은 미미하게 웃음 지었다.

"노야."

"응."

"판데라의 이름이 새겨진 동상을 봤어."

"판데라……."

"언젠가 말해 준 적이 있어. 작은 마을을 구해 냈다고 내게 자랑처
럼 늘어놨는데. 그 마을에서 판데라는 영웅이었어. 작은 신이었지. 작
은 아이들도 판데라의 이름을 노래처럼 불러."

푸른 눈이 판데라의 이름이 박힌 관으로 향했다. 그녀는 새겨진 이
름을 손끝으로 더듬고 머릿속을 더듬어 판데라의 행적을 좇았다.

"나는 잊히는 게 두려웠어. 지금도 두려워. 누군가의 기억에서 잊혀

진다는 건 정말 끔찍하잖아."

"……."

"하지만 그렇다고 해서 모두에게 잊히는 건 아니야. 단 한 명이라도 기억한다면 괜찮을 것 같아."

그렇지? 아를리안이 눈으로 물었다.

"긴 여행이었어. 그래서 외로웠고, 무엇으로도 메울 수 없었지. 일족이 죽는 것을 보지 못했어. 후계를 생산하지 못해 슬프기도 했어. 하지만 그보다 더 괴로웠던 건 이 끝이 무엇일까 하는 두려움이었던 것 같아."

"……."

"찬란했던 우리의 끝은 무엇일까. 비참한 말로일까. 용처럼 근친을 행해 씨를 말릴까. 기오테나 챠와 같은, 영원의 길을 걷는 것일까. 나는 사라지는 것을 원치 않으면서도……."

셀 수 없는 시간을 살았다던 아를리안은 얼마나 오래도록 두려움을 안은 걸까. 이 거대하고 감당할 길 없는 시간 속에서 그녀가 무슨 생각을 했는지 묻지 못했다.

"이 저주가 하루라도 빨리 끝났으면 했어. 이 영원永遠의 시간. 반복되는 모든 것. 기오테와 챠같이 그 시간에 갇히는 게 아닐까. 그래서 어머니 타미르를 원망해. 이건 타미르의 저주야. 우리를 사랑한다는 명목하에 자신의 이기심으로 우릴 죽인 거야."

"노야, 어머니가 꿈에 찾아들었어."

"타미르가?"

지오반니가 놀라 물었다.

"나, 이제 잠에 들 수 있을 것 같아."

"아를리안."

"사라지는 건 이 땅 위의 모든 것들이 밟는 순서니까."

그녀가 곧이라도 사라질 듯 아스라하게 웃었다.

"진심이야?"

"내일이라도 잠에 든다는 건 아니야. 하지만 곧 잠에 들겠지. 그날을 기다려. 이 모든 것의 끝이 죽음이라면 난 미련 없이 잠들 수 있을 거야."

그렇게 말하는 아를리안이 발걸음을 천천히 옮겼다. 타미르의 땅이라 알려진 이곳은, 거대한 정원을 연상시키는 곳이었다. 사시사철 녹음으로 푸르렀고 땅이 마를 일 없는, 가장 기름진 곳이었다.

"탄탈로스가 네 걱정을 많이 해."

정원 안을 꽤 걸었다고 생각했을 즈음, 아를리안이 운을 뗐다.

"용과 싸우게 될 거야."

"그 아가씨 때문에?"

"아니야."

"그렇다면 네 이기심 때문이겠구나."

"그래."

가타부타 말이 없는 아를리안의 눈치를 보던 지오반니가 그녀를 따랐다.

"기오테가 물러서지 않았어."

"그리고?"

"여자의 복수에 일조하겠다고 했어."

"……."

"내가 그랬어. 내가 여자에게 도와주겠다고 했어."

탄탈로스처럼 좋지 않은 말이 나올지도 모른다는 생각에 지오반니가 급하게 라즐리를 감쌌다.

"화난 거야?"

"왜 그렇게 생각해?"

"용과의 싸움을 바라지 않았으니까."

탄탈로스와는 확연히 달랐다. 탄탈로스가 반대할 때에는 몇 번이고 강경하게 제 의견을 말할 수 있었건만, 아를리안의 앞에선 그마저도 어려웠다.

그것은 지오반니의 기억 속, 아를리안의 엄격한 모습을 알고 있기 때문일 것이다. 타미르를 대신해 일족의 어머니 노릇을 해 온 그녀가 무서운 얼굴을 하고 조용히 훈계를 할라치면 곧 죽어도 말을 듣지 않았던 키든도 조용해지곤 했다.

사실 이 두려움도 힘의 서열에 의해 나타난 것일지도 몰랐다. 일족이 힘을 위해 치고받는 것은 정말 그들 사이의 일일 뿐, 경쟁의 대상에 아를리안도 함께였던 것은 아니었다. 그녀는 일족의 여왕이었다.

몇백 년을 고고하게 그 자리에 있었던 여자. 포식자의 위에서 군림하는 포식자였다.

"조금은. 나한테 상의라도 할 줄 알았거든."

"……."

"그런데 또 얌전한 녀석이 그러니까 말을 못하겠어. 키든처럼 뭐든지 가벼운 녀석이 그러면 머리라도 쥐어박았을 텐데."

하늘을 올려다보는 아를리안의 눈이 천연하게 빛났다.

"탄탈로스처럼 설득도 해 주질 않네."

"설득도 먹힐 놈에게 하는 거지. 넌 네 생각이 너무 곧아서 내 말은 들어 주지도 않을 거잖아. 그리고 용과의 휴전은 언젠가는 끝날 휴전이 었어. 오래되었지. 그동안 서로의 증오가, 경계가 사라졌다면 모르겠지 만 자간과 용은 그러지 못해. 너도 용과의 싸움이 달갑지만은 않았을 터다. 당하지야 않겠지만 쉽지는 않을 거야. 버거운 상대지. 용은."

"……"

"그래도 네가 생각 없이 이런 선택을 했을 거라곤 생각하지 않아." 그녀는 너그러운 얼굴을 하곤 상황을 긍정적으로 받아들였다.

"다치지 마."

"그래."

"곧 찾아갈게."

"응."

아를리안이 지오반니의 뺨에 입을 맞추고, 어린아이의 칭얼거림을 달래듯 등을 토닥였다. 그 손길만으로도 여태 복잡하게 얽혀 있는 생 각을, 그리고 소란스러워졌던 심장을 잠재울 수 있었다.

*　　*　　*

타미르의 땅을 방문한 후, 그의 발걸음이 자연스럽게 향한 곳은 거 의 공사가 끝난 별장으로였다. 깔끔해진 외관의 모습이 눈에 들어왔 다. 라즐리가 가장 마음에 들어 하던 키 큰 나무가 있는 것을 본 그가 만족스러운 얼굴을 했다.

그러다 정원 한쪽에 놓인 마차를 보는 지오반니의 얼굴이 거짓말처 럼 무너져 내렸다. 무표정한 얼굴을 하던 남자의 얼굴에 뜻밖의 기쁨 이 스며들고 입매가 늘어졌다. 서두를 생각이 없음에도 발걸음에 속도가 붙었다. 거추장스럽게 목을 조이던 셔츠의 단추를 풀었다.

"각하!"

제 집무실에서 급하게 나오던 라일을 본체만체하며 지나쳤다. 분명 한 마디라도 받아 줬다간 말이 길어질 터였다.

그런 지오반니의 속을 아는지 모르는지 라일이 뒤따랐다.

"왜 따라와?"

"절 못 보신 줄 알았습니다."

"봤어."

"오늘 탐야크 후작께서……."

"중요한 거야?"

"네."

"그럼 알겠다고 해."

내용이 무엇인지는 알고 저러는 건가. 으으. 라일이 화를 가라앉히 며 다시 뒤따랐다.

"자꾸 따라올 거야?"

"한마디만 하고 가려고 했습니다."

"말해."

"영애께서는 방에 계십니다. 기다리시다 잠드셨어요."

"온 지는 오래되었나?"

"이곳에서 오찬을 드셨습니다."

타미르의 땅을 나설 때부터 어둑어둑해진 하늘을 떠올렸다. 점심 식사를 했다면 오랜 시간 이곳에서 있었다는 뜻이었다. 조심스럽게 문 을 연 그가 누군가에게 들키기라도 할 것처럼 발소리를 죽였다.

희미한 불빛 아래 곤히 잠든 얼굴이 보였다. 허탈한 웃음이 비집고 흘러나왔다. 저택 안에 방을 마련해 줬음에도 이곳에서 잠들 건 뭐야.

제 침대 위에서 잠든 여자의 모습이 왜 이렇게 기분을 들뜨게 하는지.

"라즐리."

미세한 소리에도 반응하는 저와 달리 라즐리는 꿈쩍도 하지 않았다. 지오반니는 의자를 끌어다 침대 가까이 붙이고 앉았다. 몸을 길게 늘어뜨린 그의 입에서 묵직한 한숨이 흘렀다.

하루가 길었다. 알케미나와 탈리만. 그리고 기오테와 챠. 타미르의 땅을 방문하기까지. 모든 것이 오늘 하루 동안, 불과 몇 시간 전에 일어난 일이었다.

알케미나를 이해했다. 그가 염려한 모든 것들을 알았다. 다시 시작될 싸움. 지킬 것이 생긴 그로서는 달가운 일이 아니었다. 그 평온함에 안주하고 싶을 알케미나였다. 그 평화를 깬 것은 미안하게 생각하는 바였다.

그럼에도 멈추지 않았다. 이 방법만이 그 늙은이의 복수를 완성시킬 수 있는 유일한 방법이었다. 끝내지 않는다면, 과거의 잔상에서 끝끝내 발이 붙잡힐 라즐리를 알았다.

살아갈 수야 있겠지. 모든 이들은 과거의 것에 붙잡혀 살아간다. 그것이 현재의 자신을 갉아먹을 수도 있었고, 앞으로 나아갈 수 있는 발판이 되어 주기도 했다.

하지만 라즐리의 경우는 전자였다. 끝내지 않는다면 잡아먹혀. 그녀 스스로의 힘이 없으니 도와주고 싶었다. 괴롭게 우는 여자의 모습을 다시 볼 자신이 없었다. 그렇게 괴롭게 우는 여자에게 해 주지 못할 일이 무언가 싶었다.

"집에 가야지."

그렇게 말하면서도 바라지 않았다. 모른 척 넘어간다면 아침나절이 되어서야 눈을 뜨겠지. 잠이 많았으니까.

라즐리에게 고개를 숙인 그의 입술이 뺨을 간질였다. 그것이 거추장스러웠는지 라즐리의 미간이 좁아지며 간지러운 뺨을 긁곤 고개를 돌렸다. 지오반니가 그것을 짓궂게 좇았다. 라즐리의 얼굴을 제게로 돌린 그가 이번엔 뺨이 아닌 입술 위에 자잘하게 키스했다.

"……피곤해요."

지오반니의 집요함이 끝내는 깊게 잠이 든 라즐리를 끌어냈다. 작게 웅얼거리는 목소리에 웃음이 새어 나왔다. 그가 입술을 비비고 짓뭉갰다. 숨을 앗아 가는 것에 벅찼는지 옷깃을 쥔 손에 힘이 더해졌다.

"나도 피곤한데."

"몇 시죠? 주무셔야 하는 거 아니에요?"

그제야 창문 밖의 하늘이 어두워졌다는 것을 안 모양이다. 자신을 팔 안에 가둔 지오반니의 가슴을 민 그녀가 창문으로 가까이 다가가려 하자, 그가 그것을 저지했다. 라즐리가 풀지 못하게 손가락까지 얽은 그를 이유 모를 눈으로 바라보았다.

"자고 갈래?"

라즐리의 눈이 단숨에 가늘어졌다.

"밤이 늦었으니까."

"항상 이 시간에 가곤 했어요."

"내일 다시 올 거잖아."

"정말 그뿐이에요?"

"번거로울 것 같아 하는 말이야."

찰나의 순간, 그녀가 치장하는 것을 번거로워하고 황도 외곽에 있는 별장까지 오는 시간을 무료해한다는 것을 떠올린 것은 큰 운이었다.

"내일은 귀찮게 하는 사람이 없을 거야. 치장하라고도 하지 않을 거고. 원한다면 그것만 입고 있어도 돼."

"정말요?"

잠옷용 흰 드레스를 내려다보는 라즐리의 얼굴에 화색이 돌았다.

"응."

"그래도 이건 좀 아닌 것 같은데."

라즐리가 고민하는 것을 보는 지오반니의 눈이 휘었다.

"피곤해."

"······."

"자자."

라즐리를 품에 안은 그가 그녀의 목에 얼굴을 묻었다.

"잠 좀 자게 해 줘. 응?"

"굳이 저는 없어도 될 것 같은데······."

"잠 못 자는 날 위한다면 그런 서운한 소린 못 할 거야."

"못 주무시는 게 아니라 안 주무시는 거잖아요."

"말이 너무 길어."

"그럼 오늘만 자고 갈게요."

"착하다."

한참을 지오반니의 머릿속을 헤집던 라즐리의 손이 멈췄다. 그를 재우려 했지만 도리어 먼저 잠에 빠져든 것은 라즐리였다.

못 자는 것이 아니라 안 자는 것이 사실이었는지 잠 좀 자게 해 달라던 지오반니는 말과는 달리 오래도록 눈을 뜨고 있었다. 라즐리의 목에 코를 묻고 살 냄새에 취한 듯 그의 눈이 흐려졌다.

그는 한참을 여자를 품에 안고 그 고요한 시간을 즐기다, 어슴푸레한 빛이 지평선 너머를 밝힐 즈음 눈을 감았다.

*　　*　　*

지르밟힌 풀꽃이 서걱거렸다. 밟힌 꽃을 망연히 내려다본 남자가 조심스레 제 발을 치웠다. 꿈인 듯 아닌 듯, 괴이하기 짝이 없는 곳이었지만 꿈이 아니라고 말해 주듯 밟힌 풀의 흔적은 선명했다.

끝도 없이 푸른 하늘. 물기를 축축이 베어 문 꽃들이 바람에 가만히 흔들렸다. 이따금씩 바람결에 꽃잎에 맺힌 방울진 물기가 후드득, 묵직한 소리를 내며 떨어졌다.

남자는 느릿하게 발걸음을 옮겼다. 온갖 보기 좋은 것, 잡스러운 향이 섞이지 않은 곳은 정성스레 관리한 정원인 것 같기도 했고 혹은 존재하던 것들의 일부분인 것도 같았다.

남자는 제 발밑에서 느껴지는 흙의 감촉에 기분이 좋아졌는지 눈을 감았다. 폐부까지 뚫는 청량감에 느른하게 잠겨 있던 남자의 눈이 또렷하게 뜨였다.

투명한 회색 눈을 가진 남자였다. 어찌 보면 연한 바다 빛을 닮은 것도 같아. 주위를 둘러보는 그의 눈이 파르라니 빛났다.

'여긴…….'

어디인가. 그는 뒷짐을 지고 제 이마를 간질이는 바람을 느꼈다. 바람? 아니, 바람이라기보단 간질이는 숨결같이 온화하고 미약하기만 했다.

오래 지나지 않아 그는 이곳이 어디인지 궁금한 것보다 무언가 이상하다고 느꼈다. 아무리 작은 것이라도 살아 있는 것이라면 무릇 느껴져야 할 생명력이 그 어디에서도 느껴지지 않았다. 생명력이 없는 곳이 이리 물기 배고 여유로울 수 있나.

그는 메마른 사막과 이곳을 비교했다. 모든 것이 이질적이었다. 그렇게 느끼자 어미의 태처럼 편안하다고 생각했던 곳이 꾸며 낸 것처럼 부자연스럽게 느껴졌다.

누구의 농간질인가. 누구의 공간인가. 꿈속일 수도 있겠구나. 남자는 영민하게 알아차렸다.

남자의 여유로웠던 걸음이 다소 빨라졌다. 제 앞을 가로막는 풀숲을 헤치고, 발치에 얽히는 줄기들을 억지로 떼어 냈다. 키 큰 나무들 사이로 유독 높게 솟아오른 나무가 보였다. 허리가 어찌나 굵은지 실로 어마어마했다. 남자가 비로소 그곳에 다다랐을 때, 차갑게 그늘진 눈이 놀라움으로 크게 뜨였다.

'비로소 내 꿈에 찾아들었구나.'

나무 아래서 햇빛에 취한 여자가 저를 보고 웃었다. 마치 저가 올 줄 알았다는 듯 놀란 기색 하나 없었다.

'이리 오련.'

여자가 누구인지 알 턱이 없음에도 남자는 말 한마디에 이끌리듯 여자에게로 향했다. 생각할 틈 없이 무조건적으로 이끌렸다. 여자는 이 세상 사람 같지 않게 아스라한 존재였다. 햇빛이 몸을 비추고 있는 듯 여자의 모든 것이 투명하고 빛이 났다. 아지랑이같이 여자의 주위가 일그러지며 흔들렸다.

곧 사라진다고 해도 이상하지 않을 만큼.

여자는 일부러 끼워 맞춘 듯 이곳에 있었다. 아니, 이방인은 이 여자가 아니라 자신이었다. 여자의 공간에 찾아든 이방인.

이곳의 주인인 양 햇빛에 녹아들던 여자도, 저도, 이상하리만치 기묘했다. 둘 모두 이곳에는 도무지 어울리지 않았다.

'야를.'

'……'

'내 사랑하는 아이야.'

'뉘던가, 당신.'

자신은 빛이 가득한 이곳에서 유일하게 어두운 빛을 품고 있는 사람이었다. 따스한 빛이라고는 없이 시퍼런 냉기를 흘리고 있었다.

'너는 많은 이름으로, 혹은 다른 이름으로 불리고 있지만 내게는 모두 같다. 내 아이, 야를.'

'당신이 함부로 입에 담을 이름이 아니야.'

단칼에 쳐 버리는 남자의 냉랭한 말에도 여자는 바람결에 아무렇게나 흔들리는 들꽃처럼 웃었다.

'나는 꿈을 꾸는 타미르. 이날을 고대하였다.'

'어째서.'

'시간을 거스르고 거슬렀다. 너와 내가 만나니 비로소 시간이 제대로 흘러가는구나. 그러니 내게는 시간이 없다. 내게는 더 이상 시간을 거스를 힘이 없어, 아이야.'

여자가 새하얗게 웃었다. 투명한 손이 남자의 뺨을 쓸었다.

'하늘신의 은혜로 이리 맞닿게 되었으니 무얼 바랄까.'

'뉘냐고 물었어.'

'꿈을 꾸는 타미르.'

'제대로 대답해.'

'어머니.'

'……뭐?'

'너의.'

여자가 바람에 스러질 듯 웃었다. 그녀의 말에 남자의 몸이 휘청였다.

'나는 신 타미르. 내 숨결로 너를 빚었다. 밤낮을 가리지 않고 칠일을 공들여 정성스레 널 만들었단다. 인간처럼 태를 빌려 너를 배 아파 낳진 않았지만 너는 나에게 그 이상으로 소중해.'

타미르. 저희들을 빚은 신. 어머니라 불리었지만 이렇게 낯선 이도 없을 것이다. 그녀는 정말 어미라도 된 양 굴었다. 한 번도 받아 보지 못한 온기. 애석하게도 어머니라 말하는 여자에게서 느낀 것은 그리움이라거나 가슴이 벅차오름과 같은 흔한 감정이 아니었다.

가슴을 선득하게 하는 낯섦과 동시에 반감이 들었다. 여태 뱉지 못하고 가슴속에만 묻어 둔 원망의 말들이 죄 쏟아져 나올 것 같았다.

이러한 제 얼굴을 봤음에도 불구하고 여자는 아무렇잖게 심장 부근이 간질거리는 말들을 쏟아 내고 있었다.

'제정신인가?'

'네가 듣는 것에 한 치의 거짓도 담기지 않았느니.'

그녀는 아이를 대하듯 머리를 쓰다듬었다.

'내 아버지 하늘신 울리아르는 네게 억겁의 시간을 주셨고, 어머니 하샤는 인간과 인연의 실을 놓아 주셨으며 내 오라비인 탈타마르는 네게 무한의 힘을 쥐여 주셨다. 그리고 자매 틸레야는 네게 사막을 선물해 주었지.'

문제는 지금 이 미친 소리에 귀를 기울이고 있다는 것이었다.

'하지만 온기 가득한 심장은 주지 못해서 늘 마음에 걸렸다.'

'……'

'너와 너를 비롯한 일족은 인간이 아니되 그들과 섞여야 살아갈 수 있거늘. 그래야만이 비로소 완벽해질 수 있다는 것을 간과했어. 이 어미는 네가 걱정이 되어 이곳을 떠나지 못했다.'

어미. 여자는 그리도 쉽게, 익숙하게 그 단어를 입에 담았다. 뺨을 쓰다듬는 여자의 손에서 꽃냄새가 진하게 났다. 남자는 저도 모르게 안온함에 휩싸여 눈을 감고 그 온기를 느꼈다.

'하지만 이제 괜찮아 뵈니 마음이 놓여.'

여자는 까무룩, 나락으로 가라앉으려는 제 정신을 애써 붙잡았다.

'꿈을 꾸고 있어야 할 이가 이리 깨어 있으니 벌써부터 저 아래가 시끄러워지는구나.'

'……'

'사랑하는 아이 야를.'

더없이 달콤했다. 저를 부르는 목소리가, 뺨을 감싸는 손길이.

'내 아이야, 들어라. 더 이상 아버지를 노하게 하지 말라. 아버지는 일족의 오만함에 노하셨다. 저가 생명을 불어넣어 준 것의 배은망덕한 탐욕에 등을 돌리셨다. 그 분노를 어찌하랴. 그 노기에 하늘이 울고 강물은 말랐다. 모든 것이 말라 가니 생지옥이 따로 없었느니. 쥐여 준 것에 순응하며 살아라. 그것조차도 너희에겐 벅차고 넘친다.'

'나는……'

순식간에 돌변한 여자의 태도에 지오반니가 당황해 말을 잃었다. 나긋나긋하고 따뜻하던 분위기는 온데간데없었다.

'하늘 위의 것을 탐내지 말라. 너희를 사랑하되 허락하지 않았다.'

사랑하되, 허락하지 않았다.

이 얼마나 모순적인가. 정말 저주라도 받은 건가 싶었다. 오만함에 취한 우리들을, 파괴를 일삼는 저희들에게 벌을 내리려나 싶었다. 그렇지 않고서야 저런 잔인한 말을 할 리가 없었다.

'사랑하긴 하셨습니까?'

지오반니가 서글프게 웃었다.

'**그래. 내 손으로 빚었느니.**'

'이 말씀을 전하려 꿈에 찾아드신 게로군요.'

'**부정하진 않으마. 이 말을 전하고자 했으나 너를 사랑한 이유도 있었다.**'

지오반니는 제 뺨을 감싸는 타미르에게서 한 발자국 뒤로 물러섰다.

'너무 달게 들려 착각할 뻔했습니다.'

'**내가 말한 것 또한 거짓은 없었어.**'

'그렇게 흉내를 내실 바엔 차라리 일족의 말로를 비웃으십시오.'

그의 말에 타미르의 눈이 일그러졌다.

하늘 높은 줄 모르고 받들어지길 원했고, 군림하길 원했으며 더 나아가서는 하늘 위의 세상까지도 탐냈다. 지상의 신이라 추앙받았으니 정말 신이라도 된 양 착각을 한 모양이었다. 시간이 흐른 지금, 일족은 멸족의 길을 걷고 있었다. 신들의 노여움을 샀나? 어둠이 짙게 깔린 밤, 문득 그런 생각이 들었다.

타미르는 따스하던 온기와는 달리 차갑게 일갈했다. 곧 사라진다. 나무에 기댄 그녀의 몸이 서서히 옅어졌다. 제게 닿은 손이 곧 스며들 것처럼 투명해졌다. 사라지고 있었다.

'**힘은 존재하되 시간은 더 이상 주어지지 않는다. 일족의 피를 타고**

태어난 후계가 그리될 것이다. 나약하고, 또 나약할지어다. 그렇게 피는 퇴색된다. 붉은 것이 하얗게 바랠 것이야. 그것을 아버지께서는 간절히 바라신다. 진했던 것은 점점 그 색을 잃어, 후에는 없어지리라.'

저와 똑같은 회색 눈이 빙그르르 웃었다. 힘들게 몸을 일으켜 저보다 훨씬 큰 남자를 안으려 팔을 벌렸다.

'비로소 족쇄 달린 발이 풀어졌으니 조금은 가벼워질 게다.'

지오반니는 팔을 벌린 여자를 망연히 바라보았다.

'어머니.'

'그래.'

'저희를 사랑하셨습니까?'

'거짓 없이 사랑하였다.'

거짓이구나. 거짓이 아니라면 당신은 사랑 하나 베풀지 못하는 존재일 것이다.

'어머니.'

주위가 흐려졌다. 물기가 사라지고 축축했던 흙바닥이 버석거렸다. 희미하게 불어오던 바람도, 낭창하게 흔들렸던 꽃들도 모두 거꾸러졌다.

'그렇게 불러 보고 싶었습니다.'

어머니. 그가 읊조렸다.

마지막으로 무성하게 덮였던 나뭇잎이 순식간에 사라졌다. 족히 몇백 년은 그 자리에 버티고 있었을 나무가 앙상해졌다. 비단 그 나무만이 아니었다. 꿈이라도 꾼 것인지, 바람 속에 나뭇잎이 자잘하게 부딪히는 소리도 들을 수 없었다. 그 어떠한 것도.

하얗게 빛나던 곳에 어둠이 찾아오는 것은 금방이었다.

'사랑하는 야를, 내 아가.'

귓가로 잔상처럼 엉켜들었다. 남자가 난생처음 제 어미라는 여자의
그리운 온기를 느낄 틈 없이, 그의 주위로 모든 풍경이 무너져 내렸다.

*　　*　　*

"지오반니."

라즐리가 그를 흔들어 깨웠다. 악몽이라도 꾸는 것인지 몸을 비트
는 모양이 영 심상치 않았다. 그러다 관자놀이를 타고 흐르는 눈물에
그를 깨우던 그녀의 손이 멈췄다.

"⋯⋯지오반니?"

조심스러운 라즐리의 목소리에 그의 눈이 크게 뜨였다. 거칠게 가
슴을 들썩거리는 그는, 얼마나 정신이 없었던 것인지 눈앞에서 어지럽
게 헝클어진 제 머리칼을 미처 정돈하지도 못했다.

"울어요?"

흐릿해진 시선이 라즐리에게로 닿았다. 물기가 채 마르지 않은 눈
에서 다시 한 번 굵은 눈물방울들이 툭툭, 떨어졌다.

"꿈을⋯ 꾼 것 같은데."

가라앉은 그의 목소리가 음습하게 갈라졌다. 저의 손을 감싸는 온
기. 라즐리의 것과 비슷한 체온이지만 전혀 달랐다.

"악몽?"

"아니."

그가 고개를 저었다.

"다시 한 번 꾸고 싶을 정도로⋯⋯."

간절한 꿈. 꿈에서밖에 만나지 못한다면, 기꺼이 찾아가고 싶다는

이상한 생각.

"다시는 못 꿀 거야."

다시는. 그는 확신했다.

"이제야 좀 그쳤네."

눈물을 닦아 주던 라즐리가 곤란한 듯 볼을 긁적이며 웃었다. 넋이 나간 얼굴로 연신 눈물만 흘려 얼마나 당황했는지 모른다. 그는 혼란스러운 얼굴을 하는가 하면 절망스럽게 얼굴을 일그러뜨리기도 했다.

"나보다 눈물 많으면 큰일인데."

어미 새처럼 그를 끌어안은 라즐리가 저보다 큰 남자를 어떻게 위로해 줄까 생각에 잠겼다. 등을 토닥이는 것 외엔 별다른 것이 떠오르지 않아, 그를 힘껏 끌어안고 다독여 주는 것이 전부였다.

그럼에도 그는 그것에 위로라도 받은 양 라즐리의 품으로 파고들었다. 가슴팍이 금세 젖어 드는 것이 느껴졌지만 그녀는 개의치 않곤 등을 끌어안은 손에 힘을 더 주었다.

"꿈에서 누가 나왔어요?"

"……."

"되게 보고 싶은 사람이었나 보다."

"……."

"그리운 사람이었나 봐요. 그렇죠?"

그가 고개를 끄덕였다.

"꿈에서."

"네."

"어머니가 나왔어."

"어머니요?"

그에게서 부모에 관한 이야기를 듣는 것은 처음이라 라즐리가 놀라 물었다. 그는 자신을 고대의 신이라고 했고, 간혹 자신들을 빚었던 신들의 이야기를 담았지만 그들이 부모에 가까운 존재였냐 하냐면, 그 것은 아니었다.

지오반니는 그들을 부모라 칭하지 않았다. 그들에 관한 이야기를 자주 입에 담았고, 원망했다. 그 원망조차도 정에 기반한 것은 아니었 으며, 완벽한 타인으로 대했다. 지오반니와 그들의 사이는 그러했다.

"얼굴도 기억나지 않아. 본 적이 없으니까. 그런데 내 어머니라고 말하는 그 여자, 의심도 들지 않았어. 당연한 것처럼 내 어머니라고 생각했어."

"……."

"그 온기가, 제게 지어 주던 웃음이, 정말로 진짜 같아서. 그래서 단 한 톨의 의심도 들지 않았다. 차마 하지 못했다는 말이 맞겠지. 아 니어도 상관없었어. 꿈이니까."

그는 홀린 듯 횡설수설 중얼거렸다.

"사랑하는 줄 알았지."

"……."

"그래서 우리를 만든 것이라고, 그렇게 생각했어. 그들의 손 아래서 태어난 일족들도 다르지 않게 생각해."

여자는 저희들을 사랑하지 않았다. 사랑으로도, 애정을 두고 만든 것이 아니었다.

그녀의 사랑을 믿었던 때가 있었다. 모호한 부분이 있었지만 스스 로 다독이며 어머니라 불리던 타미르의 사랑을 올곧게 믿을 때가 있 었다. 하지만 꿈에서 그녀를 만나고 나니 모호했던 것들은 모두 확실해져, 선명하게 자리 잡았다.

그는 타미르의 얼굴을 떠올렸다. 제 딴에는 정 많은 소리를 지껄인다고 생각하고 있을지 모르겠지만, 여자에게 정을 갈구하는 이라면 모를 수 없었다. 철저한 무관심. 서릿발처럼 차가운 얼굴이었다.

타미르는 일족을 아껴 정성으로 빚고 큼지막한 땅과 힘, 그리고 영원의 시간을 선물했다고 하지만 그 결과는 어떠했나.

땅은 도취되어 버린 힘으로 스스로 망가뜨렸고, 파괴를 일삼는 힘은 씨를 말리고 모든 것을 죄 바스러뜨렸다. 또한 영원의 시간마저 축복이 아닌 저주로 남아 있을 뿐이었다.

"그런데요?"

"아니었지."

그가 허탈하게 웃었다. 스스로에게 향하는 질문은 항상 같았다. 억겁의 시간, 주어지는 힘. 그것은 무한의 젊음과 산 것들을 꿇리게 해 그 위에 올라서는 것을 가능케 했지만 그런 희열은 이내 차갑게 식었다. 그럼으로 얻는 것은 무엇인가. 그렇다 하여 우리는 행복한가? 이 불안정하고 결핍된 무언가를 과연 그따위의 것으로 채울 수 있다는 것인가.

결국에는 신이 만들어 낸 인형에 지나지 않았다. 늙지도, 죽지도 않는 인형은 그저 주인의 장단에 맞추며 움직일 뿐이다. 흥미가 식었으니 버려지는 것도 당연했다. 처리하기 어렵다면 방관하고, 이내는 거두어들이면 그뿐이었다. 모든 것이 그리도 쉬웠다.

대체 왜 자신을 이 땅에 태어나게 하셨는가. 이 꼴로. 이 괴물의 모습으로. 차라리 여느 인간들과 다를 바 없이 여생이 짧다면 살려고 아등바등 노력이라도 해 볼 것이 아닌가. 원망이 스몄다. 분노했다. 그럼에도 이 원망의 소리조차, 어머니라 불리는 타미르에게 닿지 않을 것을 알았다.

"지오반니."

라즐리의 부름에 지오반니가 어둡게 가라앉은 눈을 들었다. 자신을 말갛게 올려다보는 연한 눈을 보자, 그의 눈이 살포시 일그러졌다.

"사랑하지 않을 리가 없어요."

"……."

"당신 같은 사람을 빚어 낼 정도였으면 어머니라 불리던 그 여자, 정말 노력했을 거예요. 당신은 정말 공들인 것 같거든."

라즐리의 손이 지오반니의 각진 턱을 지나 입술로 향했다.

"좋아하지도 않는데 왜 노력이란 것을 해요? 사랑하지 않으면 시간을 쏟지 않아요. 이름을 주지도 않겠죠."

그는 타미르가 자신을 야를이라 불렀던 것을 기억했다. 야를. 그래, 그런 이름도 있었던 것 같았다. 기억을 더듬지 않는다면 잊는 것이 이상하지 않을 정도로 오래전이었다.

"사랑하는 방식이 조금 달랐을 뿐이야."

"……."

"그 여자가 서툴러서일 수도 있어요. 무얼 줘야 할지 몰랐고, 가장 좋은 것들을 주는 게 당연하다고 생각했을지도 몰라요. 그래서 힘을 주고 시간을 줬잖아요. 사랑하지 않는다면 줄 수 없는 것들이에요. 사랑을 받지 않는 이가 가지기엔 너무 과분한 것들이잖아요."

"……그럴지도 모르지."

그가 쓰게 웃으며 답했다.

"너무 미워하지 말아요."

"미워하지 않아."

"……."

"좋아하지도 않지만."

라즐리는 그렇게 말했지만 타미르에 대한 생각이 바뀐 것은 아니었다. 원망도 수그러들지 않았다. 라즐리의 말처럼 방식이 달랐을 수도 있을 테지만 그것을 모두 이해해 줄 정도로 타미르에게 너그러워지고 싶지 않았다.

누군가의 기분에 깊게 관여할 정도로 배려 있는 놈도 아니었거니와, 없던 배려가 타미르로 인해 생겨날 리 만무했다.

"기분은 어때요?"

"나쁘지 않아."

"좋은 것도 아니고?"

"좋은 것 같기도 해."

라즐리의 품에 안긴 지오반니의 발음이 어눌하게 뭉개졌다. 오랜 시간 라즐리의 온기 안에서 안정을 찾은 그가 느리게 눈을 떴다. 일정하게 뛰는 심장의 소리 안에서, 타미르에 대한 원망도 차차 식어 갈 즈음이었다. 문득 그런 생각이 들었다.

―사라진다면.

그가 놀라 몸을 뒤척였다. 평온했던 시간이 깨어지는 것은 순식간이었다. 그는 자신을 재차 부르는 목소리에도 미처 대답하지 못했다.

자신의 시간 속에서 네가 사라진다면 무슨 얼굴을 해야 할까. 많은 일족이 그러한 길을 밟았듯, 탄탈로스의 우려가 현실이 된다면. 가히 끔찍한 상상이었다. 타미르에 대한 생각을 잠식시킬 정도로 혼란스러웠다.

생각지도 못했던 두려움이 스미는 것은 빨랐다.

고룡 알케미나의 설득에도 기오테는 의견을 굽히지 않았다. 전쟁을 강행한다는 의사를 밝혔고, 챠의 무례함에 대한 대가를 확실히 받아야겠다고 소리쳤다.

사람들은 기오테의 분노의 크기에 대해 크게 생각하지 않았는지, 이러한 반응에 다들 의외롭다는 반응을 내비치곤 했다.

하지만 바유의 일로 라르기얀에게 된통 당한 적이 있는바, 라즐리는 기오테가 더 패악질을 부려 줬으면 했다. 더한 억지를 부리고 곤란케 하길 바랐다.

"기오테가 화가 많이 난 모양이야."

"기오테는 그 조각을 자신의 아이라고 칭했어요. 저희에게는 자식이나 다름없다는 뜻이겠죠."

"잘된 일이라고 생각했단다. 전쟁은 끔찍하지만 더한 괴로움이 있다는 걸 알기 때문이지."

투박한 손으로 찻잔을 쥔 제너가 가볍게 입술을 축였다.

"더 이상 무엇이든 잃고 싶지 않다. 전쟁과 네가 누바라로 가는 것 중 어느 것이 더 끔찍하냐고 묻는다면 나는 후자라고 대답할 거야."

"……."

"네 아비가 죽은 그날, 너는 내가 무슨 생각을 했는지 모를 것이다. 알았다면 너는 필히 나를 불경하다 했겠지. 너뿐만이 아니라 모두가 내게 그리 말했을 터다. 입바른 소리들을 하며 나를 타일렀을 거야."

그는 나직이 웃었다. 어쩔 수 없었던 그 상황을 이해하면서도 이해하지 못했다. 애초에 이것이 이해를 해야 하는 부분인가 싶었다. 온몸을 잠식한 분노. 비록 그곳이 지옥의 아귀 속이었더라도 언제든지 그 불구덩이 속에 몸을 내던질 준비가 되어 있었다.

아들이 죽은 기분을 그 누가 이해해 줄 수 있으랴. 유혹에 능한 악마가 귓속에 속살거렸다.

─죽여 버려. 네 아들을 이 꼴로 만들어 버린 나라를 부수는 거야. 멍청한 황제의 심장에 칼을 꽂아 넣고 저주를 퍼부어. 네가 느낀 지금 이 감정을, 잊지 마. 잊어서는 안 되지. 아주 억울할 거야…….

그리하려 했었다. 못할 것도 없었지. 간사한 악마의 말대로 황제의 심장에 칼을 찔러 넣고 온통 피바다로 만드리라고. 그것만이 억울하게 죽은 아들의 한을 풀어 주는 길이라고 생각했었다.

그때 그 깊고 기분 나쁜 수렁에서 구해 준 것은 저보다 한참이나 작은 아이였다. 차갑게 식은 손에 제 온기를 기꺼이 나누어 주고, 엉망이 된 얼굴을 닦아 주었다. 달래려는 티가 역력해 외면할 수도 없었다.

네게는 아무 의미 없었을지는 몰라도, 온통 까맣게 암전되어 있었던 시야가 그제야 밝아지는 듯했다. 그리고 부모를 잃은 아이가 시야에 들어찼다. 아들을 잃은 자신과 부모를 잃은 아이의 아픔의 크기를 잠시 가늠했던 것 같기도 했다. 누가 더 괴로울까. 누가 더 절망적일까.

"하지만 가문의 사람들은 할아버지를 이해했을 거예요."

"너는. 나는 네 생각이 중요하다."

"저야……."

라즐리가 눈을 접었다.

"늘, 할아버지 옆에 있는걸요. 할아버지가 나쁜 짓을 해도 저는 그

편에 섰을 거예요."

"미련하긴."

"제겐 그래요. 항상 모든 것의 기준이 할아버지예요. 그러니 모두가 손가락질해도 나쁘다고 생각하지 않아요."

그때의 너를 잊지 못한다.

"할아버지가 생각하시던 것이 설사 불온한 생각이라 해도, 기꺼이 따랐을 겁니다."

숨죽여 울고 있던 너의 뒷모습은 아직도 빼내지 못한 가시.

"아직도 우세요?"

너 또한 기억하겠지. 어린 너를 앞에 두고 울던 남자를. 연둣빛 눈 동자가 거칠게 일렁거렸다.

"저는 죽지 않아요."

거친 뺨을 감싸는 라즐리가 속삭였다.

"죽지 않을 거예요. 당신께서 그리 두실 리 없을 테니까."

"……."

"저를 지켜 주리라는 것을 알아요."

－죽지 않을 거예요.

웃는 모습이 아들의 것을 닮아 있었다. 길게 이어지는 눈꼬리를 보고 있자니 희미한 잔상이 겹쳤다. 믿음. 애정. 자신을 향한 아이의 눈에 담긴 것은 그것들 외에도 많았다.

"그래."

그러니 이번에야말로 그 믿음을 저버릴 수 없었다. 너는. 너만큼은. 제대로 지켜 보이겠노라고 절망으로 살아온 수많은 날들에 맹세했다.

피곤해. 지오반니가 습관처럼 중얼거렸다. 더운 물로 몸을 씻고 나왔지만 불쾌한 기분은 여전히 자리 잡고 있었다. 라즐리의 위로가 생각보다 큰 힘이 되었던 것은 사실이지만 잠깐의 시간 동안 기분이 누그러졌을 뿐, 오래가지 못했다.

탈리만과의 싸움이 가까워져 오고 있음을 알려 주듯 몸이 달았다. 때로는 참지 못하고 힘을 내보였다. 지독히도 본능적인 것이었다. 용으로부터 자신을 보호하려 하고, 죽이려 했다. 몸을 짓누르는 묵직함이 만족스러웠다.

탈리만의 날개를 찢던 일이 내내 머릿속을 부유했다. 공기를 찢던 탈리만의 비명 소리에 기꺼워하며 그것을 즐겼었지. 녀석은 성장했을까. 자신을 향하던 차가운 눈초리를 기억했다. 자신에게 그런 건방진 눈을 할 수 있다면 그것만으로도 성장한 것일 테다.

탈리만. 탈리만. 지오반니가 그 이름을 나직이 중얼거렸다. 그들과의 싸움을 지겨워하면서도 끊임없이 찾아 나섰다. 그들의 뼈를 밟고 죽이는 것만이 삶의 이유라도 되듯. 무료해하는 일족은 그것만이 삶의 이유라도 된 양, 용의 씨를 말리는 데에 되도 않는 이유를 수십 가지나 덧붙였다. 가장 큰 이유로 든 것이 자간의 세를 위협한다는 것이었지만 용과는 달리 무리를 이루지 않는 일족에게는 상관없는 일이었다.

달가울 리 없었을뿐더러 타미르가 꿈으로 찾아든 것 또한 생각 외로 큰 충격을 가져다주었다. 그녀가 한 말을 되씹어 보려 해도 기억이 조각조각 난 것처럼 순간의 대화만 기억이 날 뿐, 온전하게 떠오르는 것은 없었다.

무어라 했더라. 타미르의 꿈을 생각해 보려 해도 기억나는 것은 차가운 여자의 눈길과 벙긋거리는 입술 모양이었다. 사랑한다 했었던 것 같기도 하고, 그렇지 않은 것 같기도 했다.

"지오반니!"

지오반니의 눈살이 미세하게 찌푸려졌다. 그래, 불쾌했던 원인 중 한 가지가 더 있었다. 타미르의 꿈을 떠올리려 했더니 끝까지 도와주는 꼴은 보지 못하는 모양이다.

"각하."

뒤이어 라일이 급하게 따라 들어왔다. 황당한 얼굴을 한 그도 갑작스러운 여자의 방문이 황당했는지 눈을 둥그렇게 뜨고 있었다.

"예정되어 있었나?"

지오반니의 목소리에 날이 섰다. 그는 생각할 것이 아주 많았다. 아주 오래전 낡아 빠진 기억들도 꺼내야 할지도 몰랐다. 구질구질한 것뿐인 그 기억들을. 그런 시간을 방해받았다. 지오반니의 눈이 느리게 여자를 훑었다. 제게 뭐 하나 쓸모없는 자였다.

"아닙니다. 제 불찰입니다."

"부관의 잘못이 뭐가 있으려고."

라일은 지오반니의 기분이 평소와는 다르다는 것을 느꼈다. 그의 눈이 고모 되는 여자를 면밀히 살필 때면 라일도 바짝 긴장하게 되었다. 마치 짐승이 사냥감을 품평하는 듯한 눈빛이랄까. 라일은 조마조마한 심정으로 그와 여자를 바라보았다.

"옆방까지는 소란스럽지 않게 해. 산책을 하는 것도 좋겠구나. 어두운 것을 좋아하지 않으니 불빛이 많은 뒤편 산책로가 좋겠지. 단것을 챙기는 것도 잊지 말고."

"명심하겠습니다."

아직 별장 안엔 라즐리가 있었다. 작위 승계 후 웰시노 가문이 소란스럽다는 것을 모르는 사람은 없었지만 구태여 그것을 보여 주고 싶지는 않았다.

"나가 봐."

지오반니가 너그러워 뵈는 얼굴을 하곤 말했다. 멀어지는 발소리를 들으며 지오반니가 그제야 날 선 얼굴을 거두었다.

"연락도 없이 방문을 하시다니요, 고모님. 연락을 주셨다면 식사 정도는 준비했을 겁니다."

"지오반니, 내 섭섭한 게 있어 아침부터 달려왔습니다."

그래서 여기까지 찾아왔다는 거지. 이곳은 자신의 사적인 공간이었다. 외곽에 버려진 정원을 사들인 이유에는 시끄러운 저들 때문도 있었다.

피가 섞이지 않은 자신이 가문을 이을 때부터 시작된 싸움이었다. 죽은 후작과의 사이도 썩 좋지 못한 상태에서, 자신의 승계위가 기름을 부었다.

"조카에게 무엇이 그리 섭섭하셨습니까?"

고모. 조카. 제 입에서 나오는 말들이 이다지도 어색할 수 있을까. 조카라는 소리에 여자의 눈이 대번에 일그러졌다.

"제게 이러실 수는 없습니다."

"그러니 제가 묻지 않습니까. 제게 무엇이 그리 섭섭하셨냐고. 그렇게 둘러 말씀하시면 이 머리 나쁜 놈은 알아듣질 못해요."

"제 아들마저 페르덴으로 보내시다니요! 그곳은 춥기도 춥거니와 내전으로 들끓는 곳이 아닙니까!"

"제국은 페르덴이 필요합니다. 그리고 페르덴에는 인재가 필요하고요. 그곳에서의 일만 잘 처리해 준다면, 저는 제 귀한 사촌을 후하게 대접할 겁니다. 돈은 물론 명예와 권력도 뒤따라올 테죠."

지오반니가 온화한 얼굴을 하곤 그녀를 타일렀다.

"레너드가 항상 잘되길 바라신 건 고모님이셨습니다. 이제야 레너드를 출세할 수 있는 곳으로 보내 주는 선심을 베풀었는데 마음에 들지 않으셨습니까?"

"······."

"그런 곳은 레너드가 갈 곳이 아니라던가요?"

묻는 의중은 분명 조롱을 하려 함이었다.

"레너드는 버티지 못할 거예요. 더 나은 자리는 많지 않습니까."

"페르덴의 지휘관 자리도 레너드에겐 과한 자리라는 걸 아셔야 합니다."

"······."

"그 멍청한 머리에 어울릴 만한 곳을 내 손으로 직접 골라 줬습니다. 본 후의 정성을 이렇게 무시하셔서야 되겠습니까?"

페르덴으로 제 사촌을 보낸 것은 그를 출세시키기 위해서였지만 구실에 불과했다. 사사건건 간섭하고 영지를 제집인 양 휘젓는 여자의 입을 다물게 하기 위한 용도였다.

"다시 생각해 주세요, 지오반니."

"이미 끝난 이야기입니다."

"아들을 죽게 둘 순 없습니다."

"말씀 한 번 이상하게 하십니다. 죽게 둔다고 하지 않았습니다. 피를 나누진 않았지만 레너드는 제게 사촌입니다. 레너드는 똑똑하고 상황파악을 잘하니 그곳에서도 아주 잘해 줄 겁니다."

"지오반니!"

여자의 귀에 걸린 화려한 장신구들이 흔들렸다.

"내 이리 부탁하고 있질 않습니까."

"부탁을 하셨습니까?"

"……."

"부탁이란 것은 고개를 숙이고 정중하게 하는 것을 이르는 말입니다.
제 비위에도 맞춰야겠죠. 그러기 위해서는 먼저 약속을 잡고 제 집을
방문하세요. 무엇보다 사적인 공간에 들이닥치지도 말아야겠지만요."

지오반니는 무지한 아이에게 일러 주듯 차근차근 설명했다.

"고모님의 부탁에 바꿀 마음이었다면, 레너드의 이름이 회의에서
나오지도 않았을 겁니다."

"무섭습니다, 무서워요."

여자가 입술을 깨물었다. 시린 눈이 우습게도 제 오라비와 똑 닮아
있었다. 피 한 방울 섞이지 않았을 터인데 자연스럽게 사람을 업신여
겨 보는 눈이나, 주눅 들게 하는 고압적인 태도는 제 오라비와 마주했
을 적과 같았다.

"피 한 방울 섞이지 않은 아이를 데려와 작위 승계가 이루어진다고
했을 때, 나는 오라비를 지지했습니다. 그리고 조카께서는 별 탈 없이
그 자리에 앉으셨죠. 그 자리에 앉은 것이 오라비의 덕만 있다고 생각
하십니까? 바로 제 덕도 있었습니다."

"그렇습니까?"

"그때의 일을 생각하시면 이러실 수는 없습니다!"

"제게 작위 승계가 이루어지는 것을 지지하신 줄은 몰랐군요."

"본인의 것이 아니었습니다. 그럼에도 누리게 해 드렸습니다. 다른 이의 피가 웰시노 가문을 잇는다는 것에 반대하지 않았습니다. 후께선 지나친 호사를 누리셨습니다. 제대로 된 이름조차 없는 이가 누리고 살 수는 없는 것들을 주었습니다! 앞으로도 그러실 테고요. 후가 낳으시는 핏줄이 그것을 누릴 테죠. 그러신 분이 레너드의 일이 그렇게 고까우셨습니까?"

점점 높아만 지는 언성을 듣고 있던 지오반니가 입을 열었다.

"고모님."

그가 한 발, 여자에게로 다가섰다. 여자보다 키가 큰 지오반니가 앞에 서서 비뚜름하게 그녀를 내려다보았다. 그리고 흘러내린 머리카락을 귀 뒤로 넘겨 주었다.

"저는 말입니다. 주제넘는 것을 굉장히 싫어해요. 분수를 모르는 것도 싫어해."

"지오반니."

"레너드가 그러했지. 힐끔힐끔 얼마나 이 자리를 노리던지 신경이 쓰이지 않을 수 없었어요."

"……."

"이 자리 같은 거, 욕심나지 않았습니다. 달라고 하면 드렸을 겁니다. 뒤에서 사람들을 불러 모아 작당을 하지 않더라도 말이에요. 하지만 지금은 조금 달라졌죠. 꼭 필요해졌기 때문에 남이 탐내는 걸 지켜보지 못하는 겁니다."

라즐리가 존재하는 이 세계에 안주하고, 그녀와 어깨를 나란히 하기 위해서는 없어서는 안 될 자리였다. 라즐리를 만나기 전까지는 거둬 가도 하등 상관없을 자리였겠지만 지금이라면 말이 달라졌다.

"이 자리를 위협하는 것은 레너드입니다."

"위협하지 않았습니다."

"욕심을 냈죠."

"후께서 가질 자리가 아니었습니다!"

"하나 지금은 제가 가졌지 않습니까?"

지오반니가 부드럽게 눈을 접었다. 이따위 대화가 아니라면 세간의 소문이 그러했듯 유순하고 다정한 남자라는 가면이 퍽 어울렸을 것이었다.

"내가 네 아들을 페르덴으로 영원히 처박아야 정신을 차릴까?"

여자는 가만히 옛일을 회상했다. 또렷하게 머릿속에 박히는 지오반니. 재색 눈에 드는 것 하나 없이 저를 응시하던 말간 시선.

직계의 핏줄도, 먼 친척도 아니었다. 그야말로 남이었고 어디서 구르다 왔을지 모를 소년이었다. 거슬러 올라가 남자의 흔적을 찾으려 했을 때에는 아무것도 나오지 않았다. 사람이라면 이럴 수 있을까. 흔적조차 없다는 것이 마음에 걸렸고 불길했다.

사이가 썩 좋지 않았던 오라비는 이런 남자를 기꺼이 집 안에 들였고, 제 작위를 승계했다.

"……영원히?"

여자는 흡사 목이라도 졸린 듯 어렵사리 그 말을 뱉어 냈다.

"못할 것도 없지."

"지오반니."

"제게 어려운 일이라 보십니까? 고모님도 아시다시피 제 뜻대로 되지 않은 것은 없었죠."

"……."

"몇 년을 탐내고 이 자리를 갖기 위해 고군분투하던 당신의 아들과는 달리 저는 이 자리에 앉았고, 당신의 아들을 페르덴에 처박기까지 했죠. 지금은 고모님의 숨통을 쥐고 있어요. 저는 당신의 오라비와는 달라요. 머리 나쁜 짓은 하지 않는단 소립니다. 시끄럽게 다그치지도 않을 거예요. 훈계질도 하지 않을 거고. 이 집을 탐내는 꼴도 그냥 지켜보지는 않을 겁니다."

지오반니가 여자의 목에 걸린 알이 굵은 진주를 가만히 제 손에 쥐었다.

"앞으로는 조용히 사세요. 너무 시끄러워서 귀가 아플 정도야. 내 집에는 발걸음하지 말아요. 이 별장에도. 머리를 굴려 보겠답시고 내가 아닌 약혼녀를 찾아가 볼썽사나운 모습을 보인다면 매우 화가 날 겁니다."

그의 눈매가 만족스럽게 접혔다.

"앞으로는 이 사치스러운 목걸이조차도, 제 손을 거치지 않고서는 걸 수 없을 겁니다."

지오반니가 여자의 턱을 들어 자신을 바라보게 만들었다. 바들바들 떨리는 몸이, 여자의 수치와 분노를 말해 주고 있었다.

"지방으로 내려가는 것도 괜찮겠군요. 어디가 좋으십니까? 조부의 영지인 남부가 좋을까요?"

투두둑. 목걸이가 억센 힘에 의해서 끊어졌다. 굵은 진주알들이 카펫 위로 떨어졌다. 쥔 턱을 놓자마자 여자가 크게 휘청거렸다. 그런 그녀를 내려다보는 지오반니의 얼굴에 여지없이 환멸이 가득했다.

"빠른 시일 내로 모시겠습니다."

억겁의 세월을 살면서 그 어느 것도 기억하려 하지 않았고 의미를 두지 않았다. 기오테는 습관처럼 말하곤 했다. 인간들은 정말 사랑스러운 존재들이지만, 시간이 짧은 그들에게 정을 주면 안 된다고. 기오테는 수만 가지의 인연실로 얽히는 것을 선택하면서 셀 수 없는 죽음을 보았다. 남겨졌고, 비통해했다.

기오테가 하는 말을 귀담아듣지 않았다. 연이 닿을 일이 무엇이란 말인가. 기오테에게서 파생된 존재였고, 남겨진 시간을 무료하게 보낼지언정 그들과 연을 맺지 않았다. 기오테로 보건대 그것이 꽤 귀찮은 일임을 알기 때문이었다.

하지만 얼마나 오만했던가. 기오테의 길을 밟지 않겠다 과신했었다. 하지만 아리엘을 만나 연을 맺고, 후계를 지켜볼 수 있다는 욕심을 가지게 된 지금 기오테의 말의 의미가 무엇인지 소름 끼치게 깨달았다. 소중한 친구. 죽기 바라지 않았던, 간절하게 바랐던, 유일한 인간.

모든 것이 허망하게 흘러갔다. 그들이 죽음은 그러했다. 강줄기가 변하는 것을 보는 것만큼이나 부질없기도 했다. 세상이 무너질 것처럼 슬픈데도 이 비통함을 알아줄 이가 없었다. 그래서 욕심이 났다. 그들의 시간이 자신처럼 영원하길 바랐다.

"바유."

'응?'

자신을 끈질기게 물고 늘어지는 생각의 상념에서 벗어난 바유가 얼굴을 들었다.

"무슨 생각을 그렇게 해?"

'아니. 아니야.'

시간이 흐르고 라즐리가 나이를 먹어 감에 따라 불안감의 부피도 늘어 갔다. 걷지도 못하는 어린아이를 본 것이 그리 오래지 않은 시간인 것 같았는데, 어느새 아이는 자랐고 결혼을 앞두고 있었다. 무료하다고만 생각했던 시간이 이다지도 빠르게 흐를 수 있을까.

"너, 요즘 부쩍 생각이 많아."

'생각 없이 사는 것보단 낫잖아.'

의심 가득한 라즐리의 시선에, 바유가 유연하게 맞받아쳤다.

'아직도 챠의 힘이 느껴져. 라제프에 머무는 거야?'

"아니야. 며칠 전 떠났는걸."

그럼에도 불꽃의 힘은 잔존해 있었다. 탄내가 스미는 것에 욕지기가 치밀었고 기피하게 되었다. 몸 전체에 퍼지던 챠의 뜨거움이 끔찍했다.

'질긴 녀석.'

바유가 낮게 혀를 찼다. 그 짓궂은 녀석이 미하엘을 어떻게 휘둘렀을 지는 눈에 훤했다. 미하엘이 영리하다곤 하나 챠에 비할 바가 아니었다. 챠에게 미하엘은 그저 혀에 굴리기 쉬운 놈이었고 흥미로울 뿐이었다.

이 전쟁조차도 그러했다. 챠에게는 그저 놀이일 뿐이었다. 훗날에는 기억도 나지 않을 터. 미하엘은 챠의 무서움을 알지 못했다. 분명 다디단 목소리로 어르고 다정함을 가장했을 것이었다.

자신을 죽인 것 또한 기오테에게 억하심정이 있어 그런 것이 아니었다. 그저 이 무한의 시간 속 무료해하는 것을 참을 수 없어 그리한 것이었다. 그런 점들이 기오테를 분노케 했다.

오래전부터 철저하게 대립했던 둘이었다. 기오테가 라제프를 수호하자, 보란 듯 챠는 누바라를 수호했다.

'챠는 최악이야. 그의 장난에 모두가 휩쓸리는데도 정작 판을 벌인 놈은 웃고 있지.'

챠의 장난이 얼마나 질 낮은 것인지 알았다. 그가 웃자고 벌인 일 하나로 멈추어진 용과 자간의 싸움이 다시 시작되었다. 다분한 장난기에서 시작된 일들은 생각 외로 커다란 피를 보기도 했는데, 챠는 일말의 동정심도 내비치지 않았다. 그러다 조금이라도 흥미가 식으면 관심을 거두었다.

'차라리 북해에 처박히는 게 나을지도 모르지.'

"죽는 거야?"

'챠 같은 늙은이들은 죽지 않아. 그 불길이 다시 되살아나기까지 시간을 버는 거지. 그런 모욕은 치를 떨리게 싫어하니까.'

챠가 얼음같이 차가운 북해 밑으로 가라앉아 괴로워할 것을 생각하니, 상상만으로도 기분이 한껏 고조되었다. 녀석은 그리될 것이다. 기오테의 분노 아래, 그리고 라즐리를 위해 이 전쟁에 기꺼이 개입한 자간이 그리 만들 것이다.

'오키아는 아직도 포기하지 못한 것 같은데.'

"그렇겠지."

법도와 규율이 제 삶이던 라제프의 황제는, 정해진 길 위에서 벗어나는 것을 무서워했다. 그의 두려움을 좀먹던 것은 기오테의 부재. 이 땅 위에서 언젠가 사라질 기오테의 존재였다.

그것이 황제의 마음에 불안함을 싹틔우고 불신을 낳았다. 떠날 기오테는 배제하고 누바라와 새로운 것을 도모하려는 취지는 나쁘지 않았다. 자신의 그늘로부터 벗어나려는 오키아를, 기오테는 탓하지 않았을 것이다. 어머니 되는 기오테는 누구보다 그것을 바랐다.

하지만 수백 년 동안 이 땅을 수호해 온 기오테의 분노를 무시할 수는 없었다. 그것이 아무리 기오테가 아끼는 이 땅 위의 아들이라 해도.

'겁만 많은 놈.'

라즐리는 그 말을 부정하지 않았다.

"하지만 어쩔 수 없었겠지. 그는 황제야. 우리하곤 입장이 많이 다르잖아."

'그러기 전에 인간이지. 양심을 가지고 있는. 생각이 있다면 그르친 일은 반복하지 않아야 해. 놈의 사정이 무슨 상관이야. 녀석의 과오는 큰 것을 위해 작은 것은 응당 희생해야 한다는 생각이지.'

"……."

'희생의 기준은 함부로 정할 수 있는 게 아니야. 어머니 기오테조차 죽음과 희생에 무게를 두지 않지. 죽음 앞에 더 크고 더 작은 것이 있다고? 그것에 무게를 둔 것이 오키아의 오만이었어. 생명을 기만한 거지.'

그렇게 말하는 바유의 얼굴에 경멸의 빛이 여실했다.

'오키아는 자신이 이성적이고 합리적이라고 생각하겠지. 눈 가리고 귀 막은 놈이 어디까지 생각할 수 있겠냐마는.'

바유가 신랄하게 오키아를 비난했다.

"그만해, 바유."

짐짓 엄한 말투에 바유가 코웃음을 쳤다.

"나 궁금한 게 있었는데."

'응.'

"자간이…… 그 종족이라는 게, 정확히 뭔지 알고 있어?"

그에게 용기 내어 물을 수 없었다. 일족에 대해 이야기하는 지오반니는 곧 울 듯한 얼굴을 하기 때문이었다.

'야를이 말해 주지 않아?'

"야를?"

'타미르는 녀석을 그리 부르던데.'

찻잔을 젓는 작은 스푼 아래로 가볍게 내려앉은 바유가 말을 이었다.

'시간을 관장하는 신 타미르의 손에서 빚어진 존재들이야. 너희들처럼 누군가의 배를 빌려서 태어나지 못하고, 용처럼 알에서 깨어나지도 않아. 타미르가 만들었지. 아를리안은 타미르를 어머니라 부르더군. 그들의 모습은 너희와 썩 닮았으나 인형이라 봐도 무방해.'

"인형이라니?"

'그래. 인형이지. 타미르에 의해서 만들어졌고, 그녀로 인해 부서질 것들.'

"부서진다는 게 무슨 소리야?"

'자간은 후계를 생산하지 못해. 후계를 생산하지 못하는 종족의 끝은 사라지는 거야. 하지만 이 저주가 처음부터 그랬다는 건 아니야.'

처음부터 그랬다는 것이 아니라면. 라즐리와 눈이 마주친 바유가 어깨를 으쓱였다.

'어느 날부터 시작된 저주지.'

"……."

'누가 그런 저주를 걸었을까? 용과 힘을 나란히 하는 그들에게. 용도, 정령도 그럴 만한 힘을 가지고 있지 않아. 저주를 건 건 타미르야.'

"분명 어머니라고 했어."

'너희들이 말하는 어머니와, 그들이 말하는 어머니는 달라. 애정에 기반된 것이 아니야. 공들여 만든 것을 한순간에 흙으로 돌아가게 할 순 없지. 타미르는 그들의 탄생과, 죽음까지 모두 지켜볼 거야. 타미르가 그들에게 준 시간이 끝을 보이고 있어. 그들에게 준 시간을 거두고 힘을 거둘 거야. 그 힘이 이어지는 건 너무나 위험하니까.'

"......죽어?"

라즐리가 놀라 물었다.

'사실 모르겠어. 그들도 모를 거야. 용처럼 시간이 정해져 있는지. 우리와 같은 억겁의 시간을 살아가는지. 하지만 끝을 보는 것은 모두 똑같지. 자간은 스스로 이 세상 속으로 들어오는 것을 선택해 인간들과 인연을 맺었고, 그 이별의 시간을 견뎌 내지 못해 스스로 잠에 드는 것을 선택했어. 용은 친숙하되 낯설지. 그들은 배타적이야. 폐쇄적인데다 스스로 고립되는 것을 선택해 근친을 행했어. 스스로 씨를 말린 꼴이지.'

정상적인 후계가 생산될 리 없었다. 알을 깨지 못한 용이 부지기수였다. 어미의 도움을 받아 알을 깨고 나온 용은 백일을 넘기지 못하고 숨을 거두었다.

그럼에도 멈추지 않았다. 정당치 않은 피를 섞고 싶지 않아 했기 때문이었다. 날개가 기형인 용이 탄생되고, 더러는 반쪽짜리 날개를 가진 용이 태어나기도 했다. 그럼에도 멈추지 않았다. 그것만이 저희들의 길이라 여겼다.

'불사의 존재가 아니야. 종래에는 모두 사라져.'

"너는?"

'글쎄. 그것 또한 알 수 없지.'

바유가 모호하게 웃었다.

"외롭지 않을까?"

'미래의 일은 생각하지 않아. 현재에 충실에도 시간은 빠르게 흘러

가거든. 바뀌지 않을 일이라면 순응하는 게 맞잖아.'

"맞는 말이네."

라즐리에게서 한숨 섞인 웃음이 흘렀다. 지금의 시간에 충실하기에도 버거웠다.

* * *

"손님이 왔어요?"

"돌아갔어."

라즐리가 읽던 책을 덮으며 그를 맞았다. 이 별장에서의 손님은 자신을 제외하곤 처음이었다.

"산책은 잘 했고?"

"정원이 정말 괜찮던데요. 그런 산책로가 있는 줄은 몰랐어요. 앞으로 같이 걸어요."

"그래. 근데 무슨 책이야?"

라즐리가 덮은 책의 표지 제목을 본 그가 희미한 미소를 머금었다.

"이게 재미있어?"

"당연하죠. 요즘 없어서 못 읽는 책이에요."

"실제 인물이 아니잖아. 리차드는 나쁜 놈이라고."

"어떻게 아세요?"

"네가 몇 번이나 말해 줬거든."

라즐리가 새침하게 받아쳤다. 요 근래에 리차드라는 가상인물에 빠져 있는 참, 지오반니가 계속해서 훼방을 놓았다.

지오반니의 말이 맞았다. 리차드라는 매력적인 남자가 마리안느를 매정하게 버리는 내용이었는데, 그럼에도 불구하고 리차드가 영애들 사이에서 인기가 있는 이유는 그 매정함보다 리차드의 매력이 크기 때문일 것이다.

"있지도 않은 놈 말고 나한테 신경 좀 써 주면 좋잖아."

"저는 항상 신경 쓰고 있어요."

지오반니의 찡그려진 눈썹을 쭉쭉 펴 주며 라즐리가 답했다. 불쾌함 가득한 얼굴을 갈무리하지 못한 것을 보니 그는 자신의 표정이 꽤나 험악한 것도 모르고 있을 것이 분명했다.

"방문하신 손님들이 많이 싫으셨나 봐요."

"티가 나나?"

"엄청."

"달갑지 않아."

죽기 전부터 시끄러웠던 집안싸움이었다. 명백한 적의와 끈질긴 간섭은 오랫동안 이어지고 있었다. 그것이 귀찮음에도 자르지 않은 이유는, 혈연으로 묶였다던 그들이 생각보다 끈질긴 이유도 있었을 테고, 그들을 상대하는 수고를 하면서까지 후작이라는 자리에 연연하지 않았기 때문이었다.

하지만 지금은 상황이 달라진바, 전처럼 두고 볼 수 없었다. 이 세계에 안주할 이유가 생겼다.

"무슨 일인데요? 말해 봐요. 들어 줄게."

라즐리가 침대 끝 쪽으로 제 몸을 조금 옮기자, 옆에 빈 공간이 생겼다. 라즐리가 웃으며 제 옆의 남은 공간을 툭툭 쳤다.

"내가 무슨 짓을 할 줄 알고?"

지오반니는 난처하게 웃으면서도 라즐리의 옆으로 슬금슬금 제 몸을 밀어 넣었다.

"기분이 나쁘셔도 그 농담은 계속 나오시네요. 습관은 무서운 거라던데."

"농담은 아닌데."

라즐리의 옆으로 파고든 그의 얼굴이 부드럽게 풀렸다. 코로 밀려드는 여자의 냄새가 좋았다.

"어디서부터 이야기를 해 줘야 할까."

"처음부터. 저는 당신에 대해서 더 알 필요가 있어요. 너무 비밀이 많은 남자라. 아무리 물어봐도 부족해요."

"음."

"여기까진 어떻게 오게 된 거예요?"

지오반니의 머리칼을 나긋하게 헤집던 라즐리가 입을 열었다.

"처음은 오키아 때문이었어."

"폐하와는 무슨 관계이신데요?"

"몇 되지 않는 친구야."

지오반니의 말에 라즐리의 눈이 놀란 빛을 띠었다.

"일종의 거래라고 보면 돼. 나는 하루하루가 무료했어. 더 이상 내가 살아 있다고 알고 있는 이는 없었어. 여행하면서 수많은 이름이 생겼어. 그들은 나를 인간이라고 알고 있었고, 이름 없는 내게 새로운 이름을 주곤 했지."

"무슨 이름이었어요?"

"야를."

제 어미에게서 불린 이름. 세상 빛을 보고 처음으로 불린 이름이기도 했다.

"노야."

이것은 동족에게.

"팔라크."

저 북녘의 땅, 오래전 죽은 친구에게.

"팔라크?"

"북녘의 땅... 용병이었던 녀석이 나를 그리 불렀지."

그는 기억을 더듬었다. 기억을 더듬으니 저 위의 땅, 우첸바라까지 다다라 있었다.

"팔라크는 설산 우첸바라 근방에서 악명이 자자하던 괴물이었어. 전설일 뿐이었지만. 녀석이 우스갯소리로 붙인 이름이 어느새 이름이 되어 있었지."

"다음은요?"

"지오반니."

그리고 이건 양아버지라 불리었던 남자에게. 지오반니가 짧게 설명했다.

"그 외에도 많았어. 하지만 방금 말한 이름들 외엔 가물가물해. 많은 이름을 기억하고 사는 게 지친다고 생각했거든."

정말 그때는 그런 생각을 했었다. 지쳤다. 모든 것이. 저가 거닐었던 땅은 이름의 흔적과 함께 사라진 지 오래였고, 기억하던 사람들 또한 죽었다. 자신이 기억하는 것이 무어 가치가 있을까. 새로운 이름을 얻고, 버려지고. 사라지고. 혼란마저 일었다.

야를. 노야. 팔라크. 지오반니. 이름은 여러 개일지언정 모두 같은 사람이었다. 그럼에도 이 중 온전히 존재하는 것은 없었다.

"오키아는 재미있는 경험을 시켜 준다고 했었어. 무료한 시간을 심심치 않게 달래 줄 테니 자신에게 이 땅을 빌려 달라 호기롭게 말했지."

"그래서……."

"그래서 나는 흔쾌히 허락했고."

"사막의 땅을 빌려 달라던 폐하의 부탁이 쉬운 부탁이었나요?"

"흥미가 일지 않았다면 허락지 않았을 테지만, 거짓말처럼 궁금해지지 뭐야. 오키아는 땅을 넓혔고 저주받은 땅을 거닐 수 있는 대단한 사람이 됐지. 그래서 장자를 몰아내고 제위에 오를 수 있었던 거야. 그게 우리 둘 사이에서 성립된 거래야."

거래라 하기엔 조금은 삭막한 것 같기도 해. 그가 고민하는 듯하더니 덧붙였다.

"재미있는 경험이 뭐였는데요?"

"저가 사는 곳을 구경시켜 준다고 했었어."

"그게 끝?"

"꽤 기대가 컸거든."

하지만 오키아가 자신 있게 말한 것이 기대에 부응했다는 것은 아니었다. 여느 인간들과 다름없이 돈을 좇고, 부를 누리기 위해 누군가의 생을 앗는 일도 마다하지 않는 것은 팔라크일 때도 수없이 보던 것이었다.

"만족스러웠던 건 아니지만."

너희들이 말하는 가치 있는 것이 그것이고 그리도 뜻깊은 것이라면 비난할 생각은 없었다. 제게는 하등 쓸모없는 것들이었지만 저들에게도 그러리라는 법은 없었기에.

"그래서 자식 하나 없는 웰시노 후의 양자가 된 거야."

"아들 노릇은 잘 해 드렸고요?"

"해 줄 시간도 없었지. 내가 그 집에 들어섰을 땐 후계 문제로 싸움이 극에 달했을 때였고, 후작은 짧은 문서만 쓰고 죽었으니까."

침상 위에서 끊어지는 숨을 간신히 붙잡고 있었던 늙은 남자를 기억해 냈다. 검버섯이 잔뜩 올라온 남자는 흐릿한 눈을 들어, 마지막 순간까지도 제 손에 쥔 것을 놓으려 하지 않았었다. 기억하겠다는 듯 그 자리에 모인 이들을 차례차례 눈에 담고.

마지막에는 늘그막에 들인 양자인 저에게 모든 것을 양도하고 간 남자. 얼굴도, 나이도, 하물며 공유할 추억거리도 없는 남자였다. 자세하게 기억나는 것이라곤 미련이 한가득 남았었던 쇳소리와 비슷한 숨결.

남자의 입술이 제 귓가에 속삭였었다.

"주지 마."
"네?"
"내 것이다. 저들에게 줄 바에야 네게 주고 말지."
"……."

"양아버지라 불리는 남자의 유언이야."
"살벌해라. 사이가 좋지 않은 것이 정말이었나 보네요."
"남의 집안싸움에 끼어 버린 꼴이지."

그가 바람 빠진 웃음을 흘렸다.

"이런 이야기는 재미없어."
"그럼?"
"네 수다가 훨씬 재밌겠다."
"거짓말."

"정말이야."

웅얼거리는 라즐리의 입술을 바라보고 있던 지오반니의 눈이 스륵 감겼다.

"피곤해요?"

"아니."

"말씀하시는 거와는 달리 눈이 다 감겼는데."

잠이 오려는 모양이다. 정신이 점점 아득해지려는 순간, 물기 밴 입술이 닿았다. 그가 나지막이 웃으며 그 키스에 응했다.

"조금 겁이 나요."

라즐리의 말에 꿈길과 현실의 경계를 오가던 지오반니가 눈을 떴다.

"왜?"

"당신은 죽지 않았으면 좋겠어."

"복수를 해 달라고 했던 여자답지 않게 왜 약한 모습이야."

우울한 얼굴을 한 라즐리의 모습과는 대조적으로 지오반니는 주책 없이 늘어지려는 입매를 어찌할 줄 몰랐다. 라즐리가 볼세라 입을 다물었다.

"별 걱정을 다 해."

"어떻게 될지 아무도 모르잖아요."

"이변은 없어."

"……."

"돌아올 곳이 있다면 돌아와. 내겐 네가 돌아올 곳이야."

안주할 곳이 생겼다는 것에 대한 욕심을 알까. 오랜 시간 땅 위를 거닐고, 그 위를 헤매었다. 여자의 품에서 안주하고 싶었다. 이 세계에, 여자가 있는 세계에 속하여 시간을 보내고 싶었다.

"너는 아리엘을 닮았어."

"……."

"내 허리에도 미치지 않았을 때의 아리엘을 봤어."

지오반니는 어렸던 때의 아리엘을 기억했다.

"친구인 탄탈로스가 예지를 내렸어. 녀석은 앞을 내다보는 힘이 있었는데, 곧 나한테 반쪽짜리 아수르가 찾아온다더군. 내겐 귀한 존재였지. 일족에게 찾아오는 인연은 귀해. 놓치고 싶지 않았어."

"……."

"처음엔 아리엘인 줄 알았어. 하지만 아리엘은 완벽한 아수르의 핏줄이야. 아수르 부족은 힘을 유지하기 위해 부족 내에서 핏줄이 이어지곤 했는데, 간혹 근친도 이루어졌어. 아무래도 반쪽짜리 아수르는 태어날 기미가 보이지 않고, 녀석의 예지가 점점 잊힐 때였어."

어둠 속에 스민 전등 때문에 그림자가 길게 비추는 천장을 한참 동안이나 바라보다, 지오반니가 입을 열었다.

"탄팔로에서 널 보고 얼마나 놀랐는지 몰라."

라즐리의 붉은 머리칼을 손끝으로 매만지는 지오반니의 눈에 어렴풋이 옛 기억을 회상하는 빛이 어렸다.

"녀석이 말한 반쪽짜리 아수르가 네가 아니면 누구겠어. 처음으로 예지력이라는 것을 믿었지. 길거리 점쟁이보다 못하다고 생각한 예지력을 믿을 줄이야."

자신을 이끌었다. 탄팔로로. 그리고 네게로. 지오반니는 처음 마주하던 날, 어린 소년이 첫사랑을 하는 것처럼 떨리던 느낌을 잊을 수 없었다.

"그 친구분한테 감사드려야겠어요."

"그저 남의 미래 훔쳐본 게 전분데 무슨 감사를."

잔머리를 귀 뒤로 넘겨 주는 지오반니가 한참 동안이나 라즐리를 내려다보았다.

"일이 마무리되면 탄팔로에 가요."

"더울 거야."

"당신이 햇볕 정도는 가려 주겠죠. 어떤 곳이에요?"

"별을 볼 수 있는 곳. 좋을 거야. 장담하지."

지오반니가 간단하게 함축했다.

"지오반니."

잡고 있는 손끝이 부드러웠다. 손끝을 매만지던 지오반니가 라즐리의 부름에 고개를 들어, 눈을 맞췄다. 곧 품 안을 뒤적이던 라즐리의 행동이 부산스러워졌다.

"툴라부르 보석에는 신비한 힘이 있대요."

인지할 새도 없이 곧 약지 손가락이 차가운 금속에 죄어졌다. 검붉은 빛을 띠는 보석을 신기하다는 듯 이리저리 돌려보는 그가 물었다.

"뭐야?"

"괜한 걱정인 거 아는데."

"……"

"오래전부터 아수르 부족에 내려오는 미신이에요. 죽지 않게 해 준다는, 그런 거요."

"그래서……."

턱에 손을 괸 지오반니가 흥미로워하며 물었다.

"죽지 않았다던가?"

"네."

지오반니의 입꼬리가 호선을 그리며 올라갔다.

"다치면 안 돼요. 아프지도 말고."

"그래."

"기다릴게요."

"……."

"오래 걸려도 괜찮으니까."

이 남자는 안 된다. 전쟁이 앗아 가는 것은 부모로 족했다. 만약에, 만일, 이런 불확실한 수식어가 달린 생각만 하면 속이 울렁거렸다. 극도로 불안해졌다. 온갖 최악의 상황이 머릿속에서 그려졌다.

"십 년이나 걸리면 어떡하지?"

그가 라즐리를 놀리듯 물었다.

"그래도 괜찮아요."

눈앞의 여자가 결연하게 대답했다.

"정말?"

"다 괜찮아요."

"늙은이랑 결혼해도 괜찮다는 거야?"

"지금 농담이 나와요?"

"늙어도 나랑 만나 줄 거야?"

"지금도 충분히 늙었잖아요."

라즐리가 고개를 끄덕였다. 부드러운 손끝에 제 입술을 지분거리던 지오반니의 입에 기다란 웃음이 걸렸다.

"빨리 끝내고 와야겠다. 네 말대로 안 다치고 안 아프고."

"……."

"제일 먼저 달려올게."

재색 눈동자에 웃음기가 섞였다.

"그리고 꽉 안아 주는 거지. 로랑이 마리안느에게 그랬던 것처럼."

"읽으셨어요?"

"한 번."

로랑. 리차드에게 버림받은 마리안느를 진심으로 사랑한 남자. 전쟁터에서 돌아온 로랑이 제일 먼저 찾아간 사람은 마리안느였다.

"울고 있지 마."

벌써 붉어지는 눈가를 보는 그의 손이 허공을 맴돌았다.

"믿어."

"믿어요."

"죽지 않아. 그럴 수도 없다니까."

"그래야만 하고요."

라즐리의 얼굴을 감싸 쥔 지오반니가 미지근한 체온을 즐겼다. 눈가에 입을 맞추자 축축한 물기가 배어 나왔다.

"걱정해 줘서 고마워."

손가락을 죄는 차가운 감촉이 나쁘지 않았다.

"나타르타."

그의 말에 라즐리가 물기 어린 눈을 들었다. 이제는 지상 위에서 사라지고 없는 말이었다.

"돌아오면 알려 줄게."

*   *   *

"자작께서는 내 부모가 죽던 날을 기억하세요?"

그 무엇도 다를 것 없는 오후였다. 전쟁이 발발해 프레야 공작과 웰시노 후작이 나란히 전쟁에 참전한 것이 한 달도 더 된 일이라는 것만 제외한다면. 이 평온함과 고요함은 그 사실마저도 무감케 했다. 언젠가는 반드시 일어날 일이라는 것을 상기시켜 주듯, 전쟁은 너무나도 당연하게 시작되었다.

머리 위로 내리쬐는 볕은 졸음이 올 만큼 따뜻했고, 이름이 불린 질브레 자작은 그 나른함에 취해 눈이 감기려던 것을 애서 참고 있었다.

그러다 이 평온함에 어울리지 않는 주제가 꺼내어지자 불편한 헛기침과 함께 몸을 뒤척였다.

"예."

아니라고 할 수도 없어 그는 작게 고개를 끄덕였다. 잊고 싶어도 잊을 수 없는 기억이었다. 무너지던 공작을 보는 것이 무에 그리 서글펐던지 모르겠다.

자신은, 죽은 라즐리의 부모를 애도하기도 전, 소식을 전해 받고 무너지던 공작을 보며 울었었다. 남자의 세상이 무너지던 것을 목전에서 지켜봤다.

"저는 울고 있었나요?"

"제가 말씀드릴 수 있는 건……."

"기억이 나질 않아서 그래요. 꿈처럼 아득해서. 꿈에서는 내가 울고 있는데, 생각해 보니 그건 아닌 것 같아. 하지만 또 울고 있었던 것 같기도 해요."

"울고 계셨습니다."

어린 나이임에도 그날의 분위기가 이상했던 것을 알았던 모양이다.

"그날, 나는 꽤 많은 생각을 했던 것 같아요. 고작 그 나이에 심각하면 얼마나 심각하겠냐 하시겠지만."

"생각이시라면……."

"사실 기억은 대체로 다 흐릿해요. 제가 울고 있었는지 아닌지도 애매할 정도니까. 하지만 대체 이 기분이 뭘까, 하던 느낌은 선명해요."

자작은 라즐리의 말을 이해할 수 없었지만 아무 말 하지 않고 듣고 있었다.

"기다리는 시간이 길었습니다."

"예?"

"그들은 죽을 거예요. 그리고 나는 그 소식을 듣겠지."

뾰족한 턱을 매만지며 라즐리가 길게 입매를 늘어뜨렸다.

"웃어야 할까요? 적어도 웃어 주긴 해야겠죠. 통쾌하다며 그들을 한껏 모욕적인 말로 비틀기도 해야겠죠. 하나 그렇다고 해서 속이 개운하지도, 통쾌하지도 않겠죠. 이렇게 한다고 돌아가신 내 부모가 살아 돌아오실 리 없을 테니. 가끔 행복한 꿈을 꾸고는 하는데, 그 꿈처럼 돌아갈 수 없다는 것 정도는 알아요."

"……."

"그건 꿈이고, 정말 꿈에서나 있을 법한 일이었으니까요."

라즐리가 거듭 강조했다.

"할아버지께서는 아직도 그 방에 드나드세요."

질브레 자작 또한 그 방에 대해 알고 있었다. 기실, 이 저택 내의 사람이라면 모를 수 없는 방이었다. 작은 주인의 방은 그가 죽었음에도 무엇 하나 치워지지 않은 채로 보존되었다. 집의 주인인 프레야 공작 외에는 누구도 들어가 보지 못한 방이었지만, 참으로 기괴하지 않을 수 없었다. 죽은 이를 보내 주지 못하여 그의 것을 죄 끌어안고 방에 들락날락거리는 꼴이라니.

아들의 죽음에 비통해하던 주인을 본다면 이해할 법한 일이었지만, 그런 너그러운 이해도 해가 지날수록 희미해졌다. 작금에서야 질브레 자작은 프레야 공작을 말려야겠다는 생각마저 했다. 이것이 정상일 수 없었다. 십 년이 넘도록 죽은 아들의 방이 그대로 존재하고, 그의 방을 드나든다는 것은.

과거의 상념을 떨쳐 내지 못하는 것도 정도가 있는 법이었다. 그가 방에 들어가 무엇을 하는지는 알지 못했다. 그저 방 안에 머무는 시간이 길어지면 그에 따라 걱정도 늘어났다.

"이 일이 끝나면, 각하를 위로해 주세요. 많이 힘드실 겁니다."

네. 라즐리가 대답했다. 뒤이어 질브레 자작이 무거운 분위기를 환기시키려 말을 이어 갔지만, 어느 것 하나 귀에 들어오지 않았다.

그의 목소리가 멀어졌다.

—어디서부터 시작되었고, 누구로부터 시작되었나.

라즐리는 이 생각으로부터, 벗어나고 싶었다.

* * *

"누구……세요?"

그는 아주 기이한 사람이었다. 기나긴 오솔길을 걸어왔을 남자는 어두운 그늘에서 벗어났음에도 불구하고 어둠이란 어둠은 죄 끌어안고 온 것 같은 착각이 들었다. 아니, 끌고 온 것이 아니라 몰고 왔다.

분명 해가 높이 걸려 있었는데. 그 빛마저 남자에게 닿지 못했다. 실제로도 남자 주위의 반경이 그림자라도 진 것처럼 어두웠다. 착각이었는지, 무엇에 홀린 것인지 알 도리가 없었다.

절로 묻는 말에 날이 섰다. 하지만 그마저도 남자의 기세에 압도당해 말끝이 점점 흐려졌다. 마치 물어서는 안 될 것을 물은 것 같아 라즐리는 혼란스러운 눈을 하고 있었다. 별장을 찾아온 손님일 텐데도 어쩐지 입장이 바뀐 기분이었다.

"누구시냐고, 물었는데요."

마지막 물음이었다. 더 이상은 물을 엄두가 나지 않았다. 잔뜩 경계심을 품고 있는 얼굴을 본 남자가 비뚜름하게 입매를 끌어올렸다. 고개를 갸웃거리는 그의 입이 열렸다.

"용기가 가상하네."

그것이 칭찬인지, 비웃음인지는 알 수 없었지만 라즐리는 후자라고 확정지었다.

"탄탈로스."

"……."

"아가씨는?"

"아, 저는."

"녀석이 애지중지하는 것?"

묻는 말에는 미묘하게도 조롱기가 섞여 있었다. 라즐리의 눈이 가늘어졌다. 그런 라즐리를 무시한 탄탈로스는 제집인 양 그녀를 지나쳐 계단을 밟았다. 저택의 관리인은 자신을 탄탈로스라 소개한 남자를 아는 눈치인지 막아서지 않았다.

"친구분이세요?"

"가족."

"가족?"

"친구보다는 가족이라는 말이 맞겠지."

가족. 지오반니를 그리 칭할 수 있는 자들은 많지 않았다. 라즐리는 본능적으로, 자신을 탄탈로스라 소개한 남자가 지오반니와 같은 동류의 존재라는 것을 알아챘다.

그녀의 눈이 빠르게 남자를 훑고 지나갔다. 지오반니와 비슷한 키에, 더 건장한 듯한 체격. 그리고 온통 어두운 빛을 띠는 머리칼과 눈. 지오반니 또한 무채색을 연상케 하는 남자였지만, 탄탈로스라 불린 남자는 그보다 정도가 심했다. 좋은 뜻으로는 아니었지만 그를 잊을 수는 없을 것 같았다.

"지오반니는 지금 이곳에 없어요."

"알아."

그는 익숙한 발걸음으로 위층으로 향했다.

"지금 뭐 하시는 거예요?"

"녀석의 부탁으로 머무는 것뿐이다."

"부탁이라고요?"

"보이는 것과는 달리 걱정이 꽤 많은 놈이지."

탄탈로스는 한숨과도 같은 웃음을 흘렸다. 탈리만과의 싸움을 걱정해야 할 놈이 여자 걱정 따위를 하고 있다. 그것도 자신이 꽁꽁 숨겨놓은 주제에. 귀찮은 부탁을 감수하면서까지 자신을 이 낡은 저택으로까지 이끌었다.

노야가 전쟁을 위해 황도를 떠난 것은 한 달도 더 된 일이었지만, 지금에서야 이곳을 방문한 것은 여자의 안위에 대한 나지막한 경고가 떠올랐기 때문이었다. 잊을 만하면 떠오르는 말에 찜찜함을 누를 수 없었다. 하여튼 약하면 성가시다.

벌써부터 탈리만이 몰고 오는 바람 냄새에 코끝이 비렸다. 녀석이 진다는 것은 상상도 할 수 없는 일이었지만 팔 한쪽이 성하지 않다거나, 뱃가죽이 뚫리는 것 정도는 감수해야 할 일이었다. 친구 녀석이 무료함에 시간을 보낼 즈음, 그 어린 용은 적어도 제 발톱을 날카롭게 할 노력이라도 했을 테니까.

다 자란 용에 바짝 긴장을 해도 모자랄 판에 어쭙잖은 걱정은.

"계속 따라올 건가?"

"아."

"이야기를 하고 싶다면 먹을 걸 가져와. 비싸 보이는 술이 많던데."

라즐리는 무언가 분한 기분이 들었지만 고개를 끄덕였다.

"마음에 드세요?"

"나쁘지 않아. 노야가 이런 취미가 있을 줄은 몰랐거든."

그가 원한 대로 술이, 그리고 함께 먹을 마른 과일 같은 것들이 차려졌다. 라즐리가 온 것을 모르지 않을 텐데도 자신을 탄탈로스라 소개한 남자의 눈은 창밖을 향해 있었다.

라즐리의 물음에 창문 너머, 정원의 풍경을 오랫동안 응시하던 그가 미미하게 고개를 끄덕였다.

"저 정원은 노야의 작품은 아닌 것 같은데."

"노야?"

"너희들은 지오반니라 부르는 것 같더군. 그 장단에 맞출 생각은 없으니 그냥 들어."

강압적이기까지 한 남자의 태도에 라즐리가 질렸다는 얼굴을 했다. 한 시간도 채 되지 않아 탄탈로스라는 사람이 얼마나 무례하고, 제멋대로인지 알아 버렸다.

"제가 꾸몄어요."

"녀석이 허락하던가?"

"흔쾌히요."

"까다로운 녀석인데."

확실히 의외이기는 했다. 표정 변화가 조금이라도 다양했다면, 놀라워하는 얼굴을 여자가 볼 수 있었을지도 모르겠다.

"제집에 누가 들어오는 것도 싫어하고."

"……."

"흔적을 남기는 건 더욱이 싫어하지. 그런데 너는 예외인가 보군."

탄탈로스는 녀석이 싸고도는 여자를 가만히 응시했다. 무엇 하나 특별할 것이 없는 여자. 이 여자를 위해서 노야는 원하지 않는 전쟁을 감행하고, 여자의 초라한 복수에 일조했다.

오래전 예지해 준 것을 믿고 있는 건가. 노야에게 반쪽짜리 아수르가 귀인이 될 것이라고 넌지시 말해 준 것이 정말 실제가 될 줄은 몰랐다.

앞날이란 것은 얼마든지 다양한 가능성을 가지고 있었고, 자신의 예지는 신의 능력 중 일부분의 것을 가져온 것일 뿐 완벽한 것이 아니었다.

실제로도 그가 오래전, 앞날을 내다본 일들 중 완벽하게 그 길을 따라 흐른 것은 없었다. 신경은 쓰고 있었겠지만 그 일을 마음에 담아 두고 언제까지고 기약 없는 기다림을 계속했을 노야가 아니었다.

그러니 이것은 정말, 알 수 없는 일이었다. 신의 장난일까. 노야를 가련히 여긴 타미르의 농간일까.

"혹시 앞날 보신다는 친구분이세요?"

"내 이야기도 하던가."

"네. 좀처럼 친구 이야기는 하지 않으셨는데 당신 이야기는 하시더라고요."

"쓸데없는 말은 그만하고. 나이가 어떻게 되지?"

"열아홉이요."

"세상에."

탄탈로스가 기가 막힌 듯 과장된 감탄사를 내뱉었다. 그러고는 들어서는 안 될 것을 들은 양 고개를 저었다. 실제로도 과장을 꾸며 낸 감탄사가 아니라, 정말 놀랐다.

열아홉이라니. 노야가 열아홉에 무엇을 하고 있었단 말인가. 일족 안에서는 아이의 축에도 끼지 못할 만큼 어린 나이였다.

"친구 녀석의 도둑질이 이 정도일 줄이야."

키든이 들었다면 타미르의 곁에서 잠이 들 때까지 놀림거리가 될 일이었다.

"그 도둑질엔 저도 일조했어요. 제가 찬성했다는 게 의미가 있는 거죠. 박수 소리가 그냥 나지는 않잖아요."

"지지 않고 대답하네."

맹랑하고 맹랑해라. 노야와 저 여자가 하는 행동이 똑같아 놀라울 뿐이었다.

"겁이 났을 거야. 나지 않았다면 거짓말을 하는 것일 테고."

"무슨 겁이요?"

"너와 같은 인간이 아니잖아."

"다양한 존재가 있어요. 용이 협회의 지도자로 앉은 지금, 지오반니의 존재가 놀라울 것도 없어요."

"너는 노야의 존재가 놀라울 것도 없다고 했지만 그것이 타인이었을 때와 제 우리 속에 넣었을 때와는 경우가 달라지지. 인간은 동류가 아닌 것에 꽤 배타적이야. 지금이야 겉가죽에 홀려서 감정을 착각한 걸 수도 있지."

"착각할 정도로 멍청하지 않아요."

탄탈로스는 자조적으로 웃었다.

"우리는 너희에게 협조적인 용들과는 달라. 노야에게도 들었겠지. 우리는 용과 대립하고, 너희는 상상도 못할 힘을 손에 쥐어 수백, 수천의 목숨을 저울질하지. 단순히 죽이는 게 아니야. 학살을 행하는 거다. 악마와 다를 것이 없지."

"......."

"그 어떤 것에도 죄책감 따위는 느끼지 못해. 너희를 이해하지 못하고, 감정을 이해하지 못해. 왜 이것을 해야 하고, 그리 아둥바둥 살려는지 알려 하지 않아. 우리는 강하고, 그 힘에 대해서 어떠한 대가도 치르지 않지. 책임질 것이 없으니 우리는 죽이는 것도 쉬워. 용과 다르다고 누차 경고하겠다. 이해를 바라지 마. 노야가 지금 네 장단에 맞춰 주고는 있지만 녀석은 너를 사랑하기 이전에 인간이 아니야."

"그 사람은 아니던데요."

"뭐?"

"미안해하던데."

라즐리의 눈가가 일그러졌다.

"그 사람은 많은 걸 느껴요. 친구의 죽음에도 슬퍼하고, 어머니의 사랑에 목말라 하기도 해요. 사랑을 주지 않는다고 생각하는 어머니에게 배신감을 느끼기도 하죠. 과거의 자신의 행동에 대해 생각해요. 뉘우칠 건 뉘우쳐요. 그렇다고 해서 그 잘못이 사라지는 건 아니지만 자신이 했던 행동에 대한 자각은 있죠."

"……."

"사람의 감정을 이해하지 못한다고 하셨죠. 어쩌면 부모를 잃고 복수하려는 저를 이해하지 못할 수도 있었겠네요. 하지만 이해하려고 노력하고, 그 상실감에 대해서 생각해요. 이해하지 못할 수도 있어요. 하지만 노력하는 것과, 이해하지 않으려 하는 건 차이가 꽤 커요, 탄탈로스."

연한 호박색의 눈을 보던 탄탈로스가 허탈하게 웃었다. 어린 계집이 자신을 훈계함인가. 아를리안에게도 받아 보지 못한 건방진 충고에 탄탈로스의 입매가 저절로 비틀렸다.

"건방지게."

"당시도 저한테 충분히 무례하셨어요."

"마음에 드는 계집은 아니군."

"저라고 당신이 좋겠어요?"

세모꼴을 한 눈이 어딘가 익숙하다고 생각했는데, 나란히 마주 본 자신과 여자가 서로 그 눈을 하고 있었다.

"어설픈 사랑놀음을 할 거라면 그만둬."

"……."

"너는 찰나의 시간이겠지만, 녀석에게는 영원의 시간이야."

그는 씨알도 먹히지 않을 충고를 다시 한 번 입에 담았다. 얌전하게 고개를 끄덕일 여자가 아니었다. 그럼에도 앞으로 살아가며 기억 한 번은 하라고 쐐기를 박았다.

본능적으로 방어하려 함이었다. 상처받을 것들로부터 물러서고, 막아 내려는 탄탈로스의 행동에 절로 입 안이 썼다. 마뜩지 않은 눈을 하곤 술잔을 기울이는 탄탈로스를 보며 라즐리도 함께 입을 다물었다.

"걱정해 주셔서 감사해요."

"듣지도 않을 거 감사하긴 뭘. 날 놀리려 하는 건가?"

"당신이 마음에 안 든다는 거지, 걱정까지 허투루 듣는다는 건 아니었어요."

곤란한 얼굴을 했으면서도 다박다박 제 할 말은 끝까지 해야 하는 여자 같았다. 더 이상 입 여는 것은 의미가 없었다. 이곳에 오기 전까지만 해도 약하기 이를 데 없는 여자에게 거는 기대가 꽤 컸다.

노야가 아니라면 여자가 그에 대한 감정을 접어 줄 것이라는 희미한 기대가 아직까지 남아 있었기 때문이었다. 한쪽에서 접는다고 통보와도 같은 이별을 받아들일 노야가 아니었지만, 그는 노야가 판데라와 다른 길을 걷게 하려 무던히도 애를 썼다. 다른 길을 걸을 수 없다면 조금이라도 방향을 틀려고 했다.

환영처럼, 꿈의 잔상처럼 눈앞을 어른거리던 친구의 앞날도 더 이상 보이지 않게 되었다. 그것은 곧 두려움으로 다가왔다.

수십 갈래로 뻗어졌던 친구의 미래가 한 길로 정해졌다고 말해 주는 듯했다.

"……걱정해 주셨는데 미안해요. 하지만 무시한 건 정말 아니에요."

"됐다. 그대도 그렇고, 노야도 그렇고. 나이 어린 애가 아닌데도 너무 억지를 부렸군. 신경 쓰지 말아. 원하는 대로 해 줄 것이 아니라면 사과도 하지 말고."

그는 나름 배려해서 말한 듯했지만 말에서 느껴지는 서슬 퍼런 한기는 도저히 적응할 수 없는 것이기도 했다.

태어날 때부터 배려를 하는 쪽이 아닌 배려를 받는 쪽에 익숙했기 때문에 그랬다. 호의에 호의를 거듭한 행동을 받았고, 그것은 사람과의 관계에서도 나타났다.

지오반니에 대해서 물을 것이 많았는데 엄두가 나지 않았다. 맞받아치는 것도 정도껏이지, 계속해서 이런 차가운 말을 들을 담은 없었다.

그러다 라즐리는 가장 궁금한 것을 참지 못하고 물었다. 딱딱해진 분위기를 풀어 보고자 한 의도도 섞여 있었다.

"나타르타가 무슨 뜻인지 알아요?"

"나타르타?"

탄탈로스는 눈만 깜빡였다.

"나타르타를, 네가……."

이번에는 라즐리마저 당황했다. 여태 표정 변화라곤 비웃거나, 코웃음 치는 것이 전부였던 남자가 놀란 것을 보니, 지오반니에게서 들어서는 안 될 말이라도 들은 것 같았다.

"녀석이 그런 말을 하던가?"

"네."

술잔을 빠르게 비운 그가 난처한 웃음을 지으며 이마를 매만졌다. 녀석의 간절함에 더 이상 자신이 나서서 말리는 것도 우스웠다.

언젠가 제게 했던 말을 기억했다. 꿈길을 헤맬 듯 취한 목소리를 하고선. 정말 그것을 바란다는 듯 눈을 부드럽게 접고는.

─안주하고 싶다면, 그 여자가 있는 곳이 좋겠어. 여자가 있는 그 세상에. 여자에게 소중한 존재가 되고 싶어. 욕심이 나.

*   *   *

"무슨 생각을 그리 하십니까?"

자신이 초대한 것이 무색하게도 여자는 상념에 잠겨 있었다. 그런 그녀를 위해서 남자는 잠시 침묵을 지켰다.

그녀의 생각은, 재색 눈을 가진 남자가 다녀간 이후로 더 깊어졌다. 끔찍함으로 얼룩지는 시간이 길었다. 남자의 말 한 마디, 두 마디가 여자를 사납게 꾸짖었다. 치부를 들킨 것 같아 턱이 떨렸다.

'아니야. 남자는 옳지 못해. 그가 틀렸다. 나는, 나는……'

"아버지."

파멜라가 입술을 짓이기며 간신히 입을 열었다. 남자가 쥐어짜고 비트는 저 깊은 나락 속에서 간신히 빠져나올 수 있었다. 한참 후에 여자의 입이 열렸다. 혼란스러움을 가득 안고 있는 여자의 눈엔 언제나 그렇듯 죄책감이 한가득 스며 있었다.

"예, 폐하."

"오래전에, 아버지께서 제게 충고하셨지요."

여자의 이야기는 아주 조용히 시작되었다.

"말은 사람을 옭아매는 언쇄言鎖이기 때문에 하찮은 말 따위라도 분명 족쇄의 힘을 가지고 있어 함부로 이름 붙여서도, 의미를 부여해서는 안 된다고."

"예. 분명 그리 말씀 올렸습니다."

"줄곧 생각하곤 합니다. 제가 그 목걸이에 라지노예프라는 이름을 붙이지 않았다면, 그 목걸이를 아리엘에게 하사하지 않았더라면."

다시 파멜라의 이야기가 시작되었다. 제 아버지에게 어둠을 틈타 끊임없이 고백했던 것. 지오반니의 말처럼 제 죄를 덜기 위해 한 행동이었다.

하지만 그 이야기를 담는 파멜라는 전처럼 습기 진 눈을 하는 대신 남의 이야기를 전하듯 담담한 눈을 하고 있었다.

"그 두 사람이 살 수 있지 않았을까."

언제나처럼 시작된 이야기는 그 두 사람이 살 수 있었다는 가능성에 대한 희망적인 가정으로 결말을 맺었다.

"그럴 수 있을지도 모르지요."

"항상 제가 내린 모든 결정의 대부분을 후회하곤 삽니다. 제 위치가 높다랗기 때문입니다. 하지만 흘러간 시간을 붙잡는 것만큼이나 한심하고 부질없는 일은 없다는 아버지의 말씀을 새겨듣고 후회하지 않으려 노력했고, 마음에 담아 두려 하지 않았습니다. 하지만 말입니다. 이번만큼은 되돌린다면 되돌리고 싶어요. 수년이 지난 지금도 후회합니다. 제 결정에, 어렸던 제 이기심에."

"……."

"다디단 상상 따위를 해 보곤 해요. 그들이 살아 있는 상상을. 평소와 마찬가지로 시시껄렁한 농담을 주고받는 상상을. 그 상상만으로도 이 사람은 행복해져, 내가 감히 무슨 짓을 벌인 것인가 싶습니다."

에드거가 쓰게 웃었다. 그들의 죽음이 몇 사람을 나락으로 떨어뜨렸는지. 과거의 잔상에 묶여 빠져나오지 못하는 사람은 제너뿐만이 아니었다. 딸아이가 그러했고, 오키아가 그러했다.

"폐하께서는 그 상황에서 할 수 있는 일을 하신 겁니다."

파멜라의 입술이 그린 듯 올라갔다. 그녀는 제 아버지에게서 마른 목을 축이기라도 할 것처럼 거친 입술을 혀로 쓸었다.

"그게 과연 최선이었을까요? 그때의 저는, 어렸던 저는, 과연 그리 생각했을까요?"

"아리엘을 위하셨던 폐하의 마음마저 그르다 하지 마십시오. 당신께서는 몰락한 부족의 여자를 위해 입지를 세워 주려 하셨고, 귀족들로부터 그녀를 보호하셨습니다. 하실 만큼의 일을 하셨습니다. 당신의 잘못이 아닙니다."

파멜라는 그토록 듣고 싶어 했던 대답을 들을 수 있었다. 여태 자신을 무겁게 저 심해 속으로 끌고 가던 힘이 느슨해지는 듯했다.

발목에 달린 보이지 않는 추가 사라졌다. 그녀를 잡아끄는 지오반니의 목소리가 거짓말처럼 들려오지 않았다.

"그랬군요. 저는…… 그래요."

파멜라는 알 수 없는 말들을 중얼거렸다. 에드거의 처연한 눈이 그런 파멜라에게 닿았다.

아리엘이 죽어 그 죄의 무게를 안고 가려는 딸의 모습이 어찌 가려하지 않을 수 있을까.

그는 무너지는 파멜라의 모습을 다시는 보지 않았으면 했다. 십 년도 더 전의 일들이 빠르게 스쳤다. 소식을 전해 들은 딸은 오열했고 비통해했다. 그 슬픔을 감히 위로해 줄 수 없어 자리를 지키는 것이 전부였다. 그는 슬퍼하는 파멜라를 다시 위로해 주고자 마른 입술을 열었다.

"가감 없이 말해 볼까요? 라지노예프라는 목걸이를 하사받아 입지를 굳건히 하지 않았어도 황제 폐하께서는 아리엘을 전쟁터로 내모셨을 겁니다. 폐하께서는 실보다는 득을 선택하는 분이시기 때문입니다."

"……."

"사람 일은 알 수 없는 것이라 단 한 번의 선택이 평생을 좌지우지할 수도 있습니다. 하지만 폐하께서 아리엘을 위해 하셨던 일들이 그녀의 인생에 큰 영향을 끼친 것은 아닙니다. 그것은 분명 그녀도 알고 있을 겁니다. 모든 상황들이 맞물린 탓이죠. 죄스러워하지 마십시오.

당신께선 친구를 위해 할 수 있는 일들을 하신 겁니다.”

그랬기에 비천한 여자가 누릴 수 없는 것들을 누린 것이었다.

“혹여 라즐리 때문에 옛일이 더 생각나시는 거라면.”

“예. 그 아이를 보면 아리엘이 보이는 듯하여.”

“……”

“끔찍합니다. 제게 힐난을 하고 있는 것만 같아요. 그 아이의 존재가 사랑스러우면서도, 괴로워요.”

“폐하.”

“그래서, 그 아이만큼은 아리엘처럼 되지 않기를 바랐습니다. 진심으로 그리 바랍니다.”

에드거의 거친 손이 파멜라의 작은 손을 감쌌다.

“이 이상 아리엘의 그늘에 계시면 위험합니다.”

“아버지 저는, 저는……”

“아리엘은 살아 있을 적, 당신께 좋은 친구였을지는 모르나 지금은 당신을 갉아먹는 독입니다.”

“저는 어찌해야 합니까?”

“이제는 그 그늘에서 나오셔야 합니다.”

에드거가 단호하게 대답했다.

“그렇다면 이제 말씀해 주십시오.”

후작의 눈이 휘었다.

“저에게 이 이야기를 해 주신 이유가 있지 않습니까.”

“프레야 공이 전쟁에 참전한 이유를 알고 계실 겁니다.”

“……”

“그는 아리엘처럼 무르게 행동하지 않을 거예요. 프레야의 장자를 죽였던 5황자를 죽일 겁니다. 전쟁을 승리로 이끌되 온전하지 못한 승리입니다. 할라모르 대왕의 법전은 폐지되지 않았고, 그를 경계하는 귀족들은 이 기회를 잡으려 할 거예요. 아무리 그라도 상위의 법을 어긴다면 상황이 심각해집니다."

파멜라가 머뭇거리며 입술을 달싹였다.

"그 사람도 각오하고 벌인 일입니다. 며칠 사이에 만들어진 해묵은 감정이 아니니까요. 그의 복수는 그런 것입니다. 그의 복수가 크나큰 변화를 부른다는 것은 아닙니다. 하지만 그가 할 수 있는 일이라곤 그 것밖에는 없죠."

물기에 젖은 눈이 간곡하게 애원했다.

"그를 도와주세요."

"폐하."

"더 이상 그들이 다치는 것을 보고 싶지 않아요."

"청문회가 열릴 테고, 그곳에서 과반수의 표를 얻지 못하면 저도 장담할 수 없습니다."

"저를 보셔서라도."

꽉 다문 잇새로 울음을 참는 소리가 들려왔다. 파멜라는 허탈하게 웃었다. 그래, 남자의 말이 어느 정도는 맞을지도 모르겠구나.

"죄스럽습니다. 이 죄의 무게를 늘리고 싶지 않아요. 견디지 못할 겁니다. 도와주세요. 제가 아리엘의 그늘에서 나올 수 있도록."

"폐하의 잘못이 아닙니다."

저 말을 듣고 싶었다. 그녀의 죽음이 너로부터 기인된 것은 아니라고. 너는 친구로서 아꼈던 그녀가 잘되길 바랐고, 분에 넘치는 많은 것들을 쥐여 줬다고. 그러니 너는 그 죄스러움 속에서 살아갈 필요는 없다고 말해 주길 바랐다.

"바라시는 대로. 그리되실 겁니다."

*   *   *

"전쟁이 길어지는군."

탄탈로스가 지루한 듯 고개를 까닥였다. 지면 지는 것이고 이기면 이기는 싸움을 무어 이리 길게 끌고 있는 것인지 모르겠다.

벌써 반년이 가까워지는 시간에 탄탈로스가 혀를 찼다. 어린 용의 힘이 꽤나 컸던 것인가. 그렇기에 고전을 면하지 못함인가.

시간이 길어지는 것만큼 느는 것은 불안함이었다. 아니, 그렇지는 않을 것이다. 노야의 강함에 대해서는 의심할 수 없었다.

귀찮은 생각들을 떨쳐 버린 탄탈로스의 시선이 건조하게 창밖을 바라보는 라즐리에게 향했다. 그의 어두운 눈이 라즐리의 손목에서 흰 빛을 띠고 있는 보석을 바라보았다. 그곳에 탄탈로스의 눈이 오래 머물렀다.

"노야가 준 것이겠지."

탄탈로스가 무엇을 두고 말하는 것인지 뒤늦게 알아챈 라즐리가 대답했다.

"네."

"도둑질을 제대로 하려면 이것저것 바쳐 사탕발림을 해야겠어. 빛나는 것 하나 쥐여 준다고 그대로 넘어오는 모양새가 얼마나 기꺼웠으려고."

"또 그 소리세요?"

"녀석이 네게 잘 보이려 복수에 응해 줬다는 것이 우스워 그런다."

제게는 하나도 웃길 것이 없는 이야기를 탄탈로스는 몇 날 며칠을 곱씹으며 우스워했다.

반년이 넘는 시간 동안 상당히 많은 날을 함께한 탄탈로스는 여전히 고압적이고 제멋대로인 남자였지만, 처음 본 날처럼 무례하게 굴지는 않았다. 다소 친절을 베풀며 어울리지도 않는 관심을 보였다.

"꽤나 성가시게 붙어 다니는군."

탄탈로스의 시선이 라즐리의 머리 위로 향했다. 챠의 불길에 죽었다던 기오테의 조각은 버젓이 살아 있었다. 하지만 저 조각이 살아난 것은 살아난 것이고, 화가 난 것은 화가 난 것이다. 저가 아끼던 조각이 살아난다 한들 챠가 행한 짓을 무를 수는 없었다.

챠는 호기로웠고, 짓궂었다. 그 짓궂음이 이번만큼은 과했다. 그로서는 장난이라고 하지만 당한 이가 장난이 아니라면 장난이 아닌 것이다.

기오테는 물러설 생각이 없었고, 챠는 용서를 구하지 않았다. 어찌보면 용서를 구한다는 말은 맞지 않았다. 챠는 일을 벌이기 전부터 기오테가 분노할 것을 알고 있었으므로.

'신경 쓰지 마.'

"노야에게는 말 한 번 붙이지 못하던 놈이 내게는 다박다박 잘도 대드는구나."

'상성이 맞지 않을 뿐이야.'

"네가 무서워하는 건 아니고?"

탄탈로스의 말을 가볍게 무시한 바유가 라즐리의 주위를 천천히 배회했다. 전쟁에 대해 근심과 불안을 안고 있는 라즐리를 위해 국경 인근까지 시찰을 다녀왔다. 탄내를 가득 몰고 온 바유는 진저리를 쳤다.

"챠의 불길이……."

바유가 가져온 소식을 탄탈로스가 혀로 굴렸다.

"챠의 불길이 그 일대를 뒤덮어 가까이 다가갈 수 없었다?"

'그래.'

"지칠 줄 모르는 힘이야. 아직까지 그렇게 불을 뿜어 대는 것을 보면."

'하지만 오래가지 못할 거야.'

"무슨 소리야?"

'이제 분위기가 슬슬 판가름이 나는 눈치거든.'

바유는 챠의 불길에도 휩쓸리지 않던 남자를 떠올렸다. 자간의 힘이 챠와 기오테에 근접했었나. 아니, 아닌데. 그렇진 않을 텐데. 하나 불길 속에서도 유유히 걷던 남자가 한 짓이 무엇이었나.

챠를 내리눌렀다. 살갗이 타 버리는 것은 물론이고 뼈를 태우는 화기였음에도 그는 아무렇잖아 보였다. 저 정도의 힘을 왜 기오테가 견제하지 않았을까 싶을 정도로 무자비한 힘이었다.

'노야가 챠의 팔다리를 잡았다. 기오테가 챠의 목을 졸랐고.'

탄탈로스가 휘파람을 불었다.

"용은."

'탈리만은… 글쎄. 둘의 상성이 붙여 놓으면 최고일 텐데도 분위기는 별로야.'

"왜?"

'탈리만은 그다지 챠에 협조할 생각이 없고 지오반니에게만 집중하거든. 그리고 챠가 너무 제멋대로 날뛰어서 녀석의 장단에 맞춰 주려면 탈리만이 꽤나 고생해야 할 거야.'

탄탈로스가 혀를 찼다. 이러다 정말 기오테의 경고처럼 북해에 처박힐 수도 있겠는데. 제 힘을 믿고 날뛰기엔 기오테가 개입했고, 판도를 뒤엎을 수 있는 자간이 개입했다.

"그런데 이제야 탈리만이 부딪친 모양이지?"

"탈리만이 누군가요?"

"창룡."

"……."

"저 하늘이 제 것이라고 생각하는 멍청한 용."

"고룡의 친구예요?"

"알케미나가 듣는다면 불쾌해할 거야. 우리와는 달리 용은 서열에 민감하거든. 나이를 불문하고 자신보다 약한 이에게 절대로 예를 갖추지 않지. 알케미나와 탈리만이 친구라니, 점잖은 알케미나가 화를 내겠어."

그가 킬킬거리며 탈리만과 알케미나를 친구로 묶은 맹랑한 여자를 바라보았다.

"탈리만은 알케미나보다 약해."

"……."

"어느 정도냐면……."

탄탈로스가 잼을 가득 바른 빵을 크게 베어 물며 가늠했다.

"알케미나의 발. 아니, 그보다 더 아래. 가리온에는 감히 발도 들이지 못하는."

"그래도 강한 거 아닌가요?"

"노야에게는 재롱을 부리는 정도일 테고. 탈리만의 가치를 높이 사 주는 이유는, 녀석은 드물게 성체로 자란 용이기 때문이야. 몸체로 비교해 보자면 알케미나와 하르게니아, 그 둘과 견주어도 무리 없지. 그

알맹이가 조금 비어 있어서 문제지만."

"……."

"너는 노야의 강함에 대해서 알지 못해. 모든 것이 상상 이상이거든. 모든 것을 파괴할 수 있는 힘이지. 파괴하고, 부수고, 싹을 말리는."

이상하게도 계속 들어 줄 수 없었다. 마치 자신과는 다르다고 극명하게 말하는 것 같아 고역스러웠다. 라즐리는 이 주제가 달갑지 않았다.

"용이 전쟁에 참여한다는 건 듣지 못했어요."

"공식적인 참여는 아닐 테니까. 기오테가 전쟁을 주도하고 자간이 전쟁에 개입했다. 그쪽에서도 쪽수를 맞춰야 하는데 자간이 동족인 노야에게 맞설 리는 없을 테고, 그를 견제할 수 있는 용인 탈리만이 힘의 균형을 이뤘다."

왜 힘의 균형을 이루기 위해 용이 개입을 했는지 그녀로서는 이해할 수 없는 점이 한두 가지가 아니었다. 라즐리는 질문하는 것을 그만두고 고개를 끄덕이는 것으로 대화를 마무리 지었다.

"아직도 걱정을 함인가?"

탄탈로스가 제 손가락에 묻은 잼을 입술로 가져가며 물었다.

"녀석은 죽지 않는 불사의 존재에 가깝고."

"……."

"네가 아끼는 가족도 죽게 두지 않을 테지. 퍽 다정한 녀석이거든."

"걱정이 안 될 수는 없어요."

"네가 도와달라고 했잖나. 네 초라한 복수를 위해서 끌어들인 주제에."

그의 말을 부정할 수 없어 라즐리는 저를 바라보는 차가운 시선을 피했다.

"정 궁금하면 네 머리 위에 있는 녀석에게 한 번 더 다녀와 달라고 부탁이라도 하든지. 생사가 궁금한가?"

"말 좀 걸지 말아요."

"무소식이 희소식이라고 좋게 생각해라."

라즐리는 초조하게 잘 정돈된 손톱 끝을 매만지다 입을 열었다. 물을지 말지 고민하던 것이었으나, 묻고 싶지 않은 질문이기도 했다.

"지오반니가 용과 싸우게 되면, 그 사람은 어떻게 되는……."

이전처럼 생활이 가능할까. 많은 것들이 변해 있을까. 라즐리는 바보 같은 질문들을 제게 물었다. 그럴 수 있을 리 없다는 것을 알면서도.

"그렇게 되면 아무래도 노야가 인간이라고 생각하기에는 어렵겠지. 하지만 굳이 비밀이랄 것도 없는 문제였다. 녀석을 부르는 사막 신이라는 호칭은 용만큼이나 흔하고, 너희들이 꾸며 내는 미신과 밀접하니까."

"……."

"놀랄 수야 있겠지. 하지만 용과 다를 게 뭐지? 인간의 모든 것을 초월한 존재임에는 변함없는 것을."

탄탈로스는 간단하게 함축했다. 그럼에도 그것이 결코 가벼운 일이 아님을 알았다.

"하지만 그 잘난 녀석도 희생 정도는 치러야 하지 않겠나. 이렇게 떠들썩하게 제 존재를 드러냈는데."

"죄책감을 가지나? 이제 와서."

라즐리의 눈에 그늘이 지는 것을 보며 탄탈로스가 물었다.

"그렇게 못되게 말씀하지 좀 마세요."

"네가 생각지 못했더라도 녀석은 충분히 생각하고 벌인 일이다."

"위로라고 하시는 거예요?"

"널 잘 보살피라고 했지 울리라는 말은 없었으니까. 챠의 불길도 견 딘 녀석이 내게 뭔 짓인들 못 하려고."

탄탈로스답지 않은 농담에 그제야 라즐리도 미약하게나마 웃어 보 일 수 있었다.

"죽음의 땅이라 알려졌던 탄팔로의 모든 비밀들이 까발려질 거다."

"……"

"노야의 존재가 수면 위로 떠오르는 것은, 그런 것을 의미하지."

전설로만 남겨지고, 그래야만 했던 땅. 고대 유적이 묻혀 있고 고대 의 마법이 발현되는 신의 정원. 밤을 지배하는 여신 칼란디바가 탄팔 로에 제 정원을 만든 것은 전설 따위가 아니었다. 실제로 그곳은 신의 숨결이 담겨 있었다.

말을 잇지 못하는 라즐리를 보며 탄탈로스가 다소 신경질적으로 웃 었다. 다시금 여자의 곁에서 안주하겠다던 말 안 듣는 친구 녀석이 떠 올라서였다.

"녀석은 너를 위해 그런 것들을 감내한 거다."

멍청한 선택을 하고 만 거야. 탄탈로스가 작게 덧붙였다.

* * *

생각보다 길어진 전쟁의 햇수는 삼 년으로 접어들고 있었다.

전쟁의 참상이 황도까진 닿지 않았지만 간혹 들려오는 소식은 처참 하기 그지없었다. 기오테와 챠가 부딪쳤다. 상식과 이해를 뛰어넘는 힘이 모든 것을 불사르고 집어삼켰다.

모든 것이 상상 이상으로 끔찍했다. 간신히 소식을 전하는 이는 그리 말할 뿐이었다.

그사이 많은 것들이 변했다면 변해 있었다. 선황시절 누바라에게 빼앗긴 땅을 온전히 찾아 줬었고, 라제프를 지원한 바아 또한 남부의 영유권을 되찾았다. 애초부터 바아의 협력을 대가로 내건 것이 수십 년 동안 지속된 누바라와의 영토 분쟁에 대한 해결이었다.

바아는 목적을 달성한 것을 굉장히 만족스러워해 왕이 아끼는 단탈 모레를 남겨 두어 예를 갖추었다.

기오테에 의해 챠가 북해에 수장되었다. 죽지 않는 존재이니 수장되었다는 표현은 옳지 않았지만, 그는 제 불꽃을 꺼뜨릴 북해에 몇백 년 동안 갇혔다. 그리고 영역의 주인인 하르게니아의 감시가 이어졌다.

그것은 역사가 기록된 이래로 최초의 사례였다. 그들과 같은 존재들이 뚜렷한 의도를 가지고 정치에 개입한 것은 최초였다. 챠의 기운이 억압되자 고룡의 거처인 칼라로프의 화산이 활동을 멈추었다. 그것이 타오르는 모든 것들의 근원인 챠가 억압됨으로써의 영향인지는 알 수 없었다.

그동안의 안온함을 비웃기라도 하듯 불안한 소식들은 속속히 전해져 왔다. 프레야 공작은 전쟁을 승리로 이끌고 종전 회담을 성공적으로 끝낸 사람이기에 앞서 라제프의 황자를 죽인 죄인이었다. 영웅과 죄인. 그 둘의 차이는 극명했으므로 사람들은 그의 처분에 대해서 소리를 높였다.

그가 황도로 입성하기 전, 도시 리벨타에 황실의 인장이 박힌 여러 개의 마차가 도착했다. 그것이 환영을 뜻함이 아닌, 죄인을 구금하기 위한 것임을 모르는 이는 없었다. 그는 환대 속에 황도로 돌아왔다. 그것이 영웅으로였는지, 죄인으로였는지는 알 수 없었다. 건국왕 할라

모르가 자신의 형제들을 보호하기 위해 만든 법전은 아직 개정되지 않았고, 그것을 폐지하기 위해 불러올 파장을 오키아는 감내하지 않을 것이므로.

전쟁의 수고를 기리기 위한 파티와 행사들을 뒤로 미룬 채 청문회의 일정이 잡혔다. 그악스러웠던 더위도 한풀 꺾인, 이제는 아침바람에 찬 내음이 묻어나는 자넷janet의 달이었다.

"바빈의 상태가 그만하길 다행이구나."

"네."

"내가 그리 조심하라 일렀는데 말을 듣질 않아. 운이 좋지 않았다면 나는 전쟁터에서 손자의 부고를 듣지 않았겠느냐."

영지의 사냥터에서 사냥을 즐겨 하던 그가 말 위에서 떨어졌다. 하마터면 큰 사고로 이어질 수 있는 일이 팔 하나 부러지는 것으로 대신해 간단한 사고로 그쳤다.

까칠하게 자란 턱 주변을 깔끔하게 다듬으며 정복으로 차려입는 그를 보는 라즐리의 얼굴은 유쾌해 보이는 공작과는 반대로 썩 좋아 보이지 않았다.

"라르기얀을 보셨어요?"

"전쟁을 지휘하긴 했지. 어린 녀석이 벌써부터 그따위 눈을 하고 있는 것이 영 정이 안 가. 정신이 있다면 결혼이란 소리는 꺼내지도 못하지 않겠니. 선황은 죽었고, 찬란해야 할 제위식은 비웃음거리로 가득할 테니까."

"……."

"녀석의 위치는 그 정도다. 패기도 넘치면 오만이 되는 것이지. 오만하고 오만한 라르기얀. 영광이 되었어야 할 녀석의 첫 시작이 치욕으로 물들었으니 그 고고한 자존심이 얼마나 상처 가득했으려고."

제너가 가감 없이 그를 비웃었다. 연일 전쟁의 이야기를 담은 신문들이 팔려 나갔다. 과장스러운 영웅담들이 퍼져 나가면서도 황제의 형제를 죽인 우려도 심심찮게 담아냈다.

정략혼으로 누바라의 작위를 얻은 형제였고, 이름만 남은 계승 서열권에 불과했지만 황제가 이를 묵과할 것인지 건국되었을 때부터 제국의 기반이 된 법을 적용할 것인지에 대해선 말들이 많았다.

"웰시노 후가 라르기얀에게 이를 갈던데."

"많이 싫어했었어요."

"팔 하나가 거의 잘리다시피 했지. 덜렁거리는 것을 어찌 잘 붙이고 간 모양이더구나. 그 용만 아니었다면 죽었을 놈은 라르기얀이었을 거야."

그의 입에서 용의 이름이 담기자 라즐리가 놀란 얼굴을 했다.

"그 사람은."

"용을 죽였지."

"좋은 사람이에요."

급하게 덧붙이는 말이 지오반니를 변호하기 위한 것임을 모르지 않았다. 꽤 두서없는 말들을 빠르게 내뱉는 라즐리를 보며 제너가 건조하게 답했다.

"나쁘다 하지 않았다."

"잔인한 사람도 아니에요."

"전쟁터에서 잔인한 것은 꽤 훌륭한 장점이지."

"괴물도 아니에요."

라즐리의 말에 제너가 바람 빠진 웃음을 흘렸다.

"용을 죽인 놈이 괴물이 아니다?"

"……."

"그 힘이 사람의 것이라고 하는 게냐?"

"할아버지."

"지금은 고룡이 가리온의 수장으로 있기 때문에 말을 아끼겠지만, 용은 괴물이란다. 그 힘. 우리가 두려워하는 힘을 품고 있지. 불길한 힘, 숨기고 있는 폭력성, 짐승의 교활한 눈. 괴물은 괴물의 손으로만 죽일 수 있는 것이란다."

라즐리와 눈을 맞춘 제너가 몸을 낮추며 타이르듯 말했다.

"그 힘은 말이다. 모든 것을 파괴하지. 되살리는 것은 할 수조차 없고, 숨통을 막고, 온통 파괴하고 죽이는 힘이다."

"……."

"겁이 나는 힘이야. 공포스러운 힘이고말고. 못할 것이 무엇이겠니. 모든 것을 앗는 것이 당연한 힘인데. 그런 놈을 괴물이라 칭하는 것이지. 아니라 말할 수 있느냐?"

"그렇게 말씀하지 마세요. 그 사람이 원해서 얻은 힘이 아니에요. 쥐어졌고, 그렇게 태어났어요. 선택할 수 있는 그 무엇도 없었어."

"그렇게 태어났으니 위험하다는 게다."

"제가 부탁했어요. 그와는 아무 상관없는 일에 끼어든 거야."

그 힘을 눈앞에서 목도했다. 용이 한 번 발을 구를 때면 남아나는 것들이 없었다. 산이 무너지고 지면이 마른 땅처럼 쩌적쩌적 갈라졌다.

모두가 그 대단한 존재 앞에서 별것 아닌 존재가 되어 버렸다. 날고 긴다 하는 라르기얀도, 과거 영웅이라 불리던 자신도. 바스러지는 것은 그리도 쉬울 것 같았다.

성채만 한 용의 앞을 가로막은 지오반니가 날것의 눈을 드러냈다. 날개를 찢고, 짐승이 내는 울음소리를 가볍게 밟아 올라섰다. 잔인무도했다. 그 일을 행하기까지 일말의 망설임조차 없었다.

그저 본능인 것이다. 제 앞을 가로막으니 죽인 거야. 떠오르는 불쾌한 생각에 제너가 눈살을 찌푸리며 옆 탁상에 올려져 있는 무테안경을 집어 들었다.

하지만 무엇보다도 그가 인간이 아니라는 것을 선명히 느낀 것은, 챠의 불길 속에서도 고고한 채로 존재했기 때문이었다.

"결혼은."

"그 이야기는 나중에 하는 것이 좋겠다."

"……."

"나뿐만이 아니라 그 자리에 있던 수만 명의 사람이 그 광경을 봤다는 것을 잊지 마라."

평소처럼 들려오는 흔쾌한 답이 아니었다. 거절과도 같은 단호한 대답에 라즐리가 눈을 감았다.

"놈이 정확히 무엇인지는 너와 이야기해 보면 알겠지. 모르지는 않은 듯하니. 생각해 보니 괘씸하기 짝이 없구나. 내 걱정은 미뤄 두고 후의 걱정만 한단 말이냐?"

"돌아오시면 제대로 말씀드릴게요."

그는 오랫동안 거울 앞에 서 있었다. 칼라를 매만지고 흐트러진 곳이 없는지 꼼꼼하게 확인했다.

"할아버지."

"응?"

그가 제 뒤에 서 있는 라즐리에게 시선을 옮겼다.

"후회하지 않으세요?"

"무엇을 말이냐?"

"이 전쟁이요."

"무엇이? 폐하의 형제를 내 손으로 죽인 것? 나는 이 전쟁을 승리로 이끌라는 폐하의 명령에 따른 것뿐이다. 그러기 위해선 그의 형제는 꽤나 성가신 존재였지. 나는 아리엘처럼, 혹은 리온처럼 이것저것 따질 배려심이 없어. 무르지도 않다. 그러니 내가 그를 죽였어야 함이 옳다."

"……."

"복수를 위한 것이든, 승리를 위한 것이든."

그는 언제나 확고한 신념을 가지고 있었다. 그리고 그것이 언젠가 그의 목을 조를지라도, 그는 괘념치 않는다는 것을 알았다.

"너는 내 이런 생각들이, 확고한 무언가가 나를 괴롭힐 것이라 말했지."

"목을 조를 거라고도 말씀드렸어요."

"하지만 난 지금 누구보다 기분이 좋아. 궁지에 몰렸다고 생각지 않는다."

"할아버지."

"나는 이 전쟁을 승리로 이끈 영웅이고."

"……."

"오키아는 그런 날 버리지 못하지. 겁이 많거든."

그가 웃는 낯으로 말하며 오랜 시간 동안 들여다본 거울 앞에서 멀찍이 떨어졌다.

"이리 쉬이 쓰러질 사람이었다면 오래전, 전쟁터에서 죽고 말았을 게다. 전쟁터보다는 지금 이 상황이 더 낫거든."

적어도 배고프지는 않으니까 말이야. 웃으며 덧붙이는 제너가 라즐리의 손에 있던 겉옷을 건네받았다.

"꺼진 불씨인 줄 알았더니 아닌 모양이야. 너로 인해 일어난 일이 아니다. 그러니 죄책감이니 뭐니 쓸데없는 생각은 말아. 어차피 일어날 일이었으니, 일어난 게야. 일어나지 않을 일이었다면 일어나지도 않는다. 그 정도까지 행사할 수 있는 힘은 없질 않느냐."

"그래도."

"잘잘못을 따지면 끝이 없다. 원인을 물고 늘어지면 본질이 희미해져. 어릴 적 네게 했던 말들이 내내 마음에 걸렸다. 그들의 죽음을 잊지 말라던 말, 그 분노를 안고 가라고, 누구보다 선명하게 기억해야만 한다고 다그치지 않았니."

"원망하지 않아요. 그런 적도 없어요."

"하지만 이 일로 인해 내려놓으면 좋겠다. 나 또한 그럴 테고. 너 또한 그랬으면 좋겠다."

언젠가는, 일어나야 했을 일이었다. 끝을 보지 않았으니 끝을 내야 했다. 그 마무리를 지을 사람은 반드시 자신이었어야만 했다.

"라즐리, 분명해 말해 두겠지만."

그가 라즐리의 어깨를 잡고 눈을 맞췄다.

"네가 죄책감을 가질 이유는 없다."

"……."

"내가 모르면 네 심정을 누가 알아줄까? 네가 느꼈던 분노, 원망, 절대로 내 비통함보다 덜하지 않다. 그러니 그런 얼굴 할 필요 없어."

그가 라즐리의 볼에 가볍게 입을 맞췄다.

"배웅은 받지 않으마."

이대로 무너질 수 없다는 생각을 했다. 아들이 죽었던 그날은, 이 집도, 가족도, 제게 딸려 있던 가솔들마저 잃게 되어도, 아들이 죽은 슬픔에 비할 바가 아니라고 생각했었다.

하지만 지금은 아니었다. 과거는 지금의 현재를 움직이게 할 무언가일 뿐이었다. 영향력을 미칠지언정 간섭할 수는 없었다.

그러니 앞으로의 미래 또한 중요했다. 그래서 손 안에 쥔 것을 놓을 수 없었다. 가족, 제 사람들. 아직은 책임져야 할 것이 많았다.

이 일의 끝에 자신도 함께 나락으로 떨어지리라는 계산은 없었다.

＊　　＊　　＊

"얼굴이 영 아닌데."

"……."

"오랜만에 보는 건데 조금 웃어 주지그래. 키스 정도는 해 줘야 하는 거 아니야?"

그가 짓궂게 웃었다. 삼 년이라는 시간이 무색하게도 그는 마지막으로 보던 때와 다름없는 얼굴을 하고 있었다. 다소 날카로워진 턱 선과 조금은 타 버린 얼굴, 길어진 머리만 뺀다면 그는 여전히 온기 품은 눈으로 자신을 바라보고 있었다.

"옷시중을 들어 주면 더 괜찮을 테고."

라즐리가 얌전하게 그의 옷을 받았다.

"그 상처는 뭐예요?"

"아."

그제야 제 옆구리 쪽으로 시선을 내린 그가 아무렇잖게 말했다.

"탄탈로스가 한 말이 정말이더라고."

"……."

"내가 의미 없는 하루를 흘려보낼 때, 그 어린 용은 적어도 발톱 정도는 갈고 있을 거라고. 긁고 지나간 거지."

그가 말하는 것처럼 가볍게 긁혀 생긴 상처가 아니었다. 날카로운 것이 잔인하게 휘갈기고 갔다. 깊숙이 박혀 오랜 시간 그곳에 머물러 후벼 팠을 상처였다. 용의 것이리라.

"많이 아프지 않았어요?"

"아팠어. 울 정도는 아니었고."

"거짓말이 늘었네요."

차라리 아팠다고 했으면 이 죄책감이 조금은 가라앉을까. 굳이 자신을 배려해 아무렇잖은 듯 말한 것 같지는 않았다. 강하던 남자는 정말 괜찮은 것일 수도 있었다. 그럼에도 이 밀려드는 죄책감으로 인해 얼굴을 제대로 들 수도, 눈을 맞출 수도 없었다.

"아무 일도 없었던 것을 보니 탄탈로스가 부탁을 들어준 모양이네."

"탄탈로스는… 정말 제멋대로에 강압적인 남자예요."

"고분고분하지는 않지."

"하지만 친절해요. 당신을 진심으로 걱정하고. 나를 싫어하긴 하지만."

"녀석은 정말 싫어하면 말도 안 섞어. 삼 년을 내내 네 곁을 지켰다면 상당히 마음에 들었다는 소리일 거야."

"왠지 인정받는 기분인데요."

그가 나직이 웃었다.

"뭐예요?"

종이를 건네받은 라즐리가 고개를 갸웃거렸다. 전쟁 종결 후 바뀐 지도였다. 라제프가 부피를 늘렸다. 누바라에게 빼앗긴 옛 땅을 되찾고, 탄팔로 사막 위로 꽤 넓은 부피의 땅을 점령했다.

"라르기얀이 울상이 되어 있겠는데."

"이를 갈고 있을 거예요."

"많이 참았어. 녀석한텐 빚이 많았거든."

오래전, 뺨을 스치고 지나갔던 활의 느낌이 선득했다. 운이 좋지 않았다면 얼굴이 꿰뚫렸을지도 몰랐다.

"약속은 지켰어."

"……."

"죽지 않고 멀쩡하게 돌아왔잖아."

"멀쩡하게는 아니잖아요."

차가운 온도를 띠고 있는 라즐리의 손이 옆구리에 길게 그어진 자상을 훑었다. 마른 입술을 깨문 라즐리가 그곳에서 시선을 거두었다.

더 이상 보고 있는 것이 고역스러웠다. 지난날, 자신이 그에게 무슨 부탁을 했는지, 그것이 그에게는 얼마나 커다란 것을 희생하게 했는지.

"나타르타가 무슨 뜻이에요?"

눈가에 자잘하게 입을 맞추던 그가 잊고 있었던 것을 떠올렸다.

"한 번도 잊지 않았어요. 탄탈로스는 알고 있는 것 같았는데 가르쳐 줄 생각은 없어 보이더라고요."

"잊은 줄 알았는데."

"그러기엔 정말 궁금하게 하곤 가셨죠."

열기를 띤 그가 그녀에게만 들릴 정도로 속삭였다. 다디단 고백.

"정말 약속 하나는 잘 지키세요."

"이제야 웃어 주네."

—내가 너에게로.

삼 년 전, 그는 약속했던 것처럼 돌아왔다.

*　　*　　*

오키아가 지끈거리는 머리의 두통을 조금이라도 가라앉히려는 듯
꾹 눌렀다.
"지오반니…… 프레야……."
그 모습을 기오테가 말간 눈으로 바라보고 있었다.
그는 전쟁을 승리로 이끌었다. 선황의 오랜 숙원 중 하나였던 옛 영
토를 되찾았고, 탄팔로 사막 위로 부피를 늘렸다. 바아가 원한 조항
또한 깔끔하게 처리했다. 그것으로 바아의 왕이 애지중지한다던 단탈
모레가 여태 황도에 남아 자리를 지키고 있었다.
미하엘과의 종전 회담을 득으로 이끌어 낸 것 또한 그의 공이었다.
공치사를 할 것이라면 많았다. 이렇게 줄줄이 나열하지 않아도 그는,
그의 명성과 위세에 걸맞은 결과를 가지고 왔다.
붉은 깃을 앞세우며 황도로 들어서는 그를 보며 승리의 기쁨에 도
취되었다. 미하엘이 제안했었던 것들이 잊힐 정도로 고조되었다. 환호
하는 국민들과 다를 바 없었다.
하지만 열기가 조금이라도 식자 늘 그랬듯 현실과 마주 섰다. 할라모
르 대왕이 편찬한 법전은 그대로였고, 그의 손에 형제가 죽었다. 허울뿐

인 계승권이라지만 혈통에 민감한 귀족들이 두고 볼 일이 아니었다.

선물이라도 된 양 제 앞에 형제의 머리를 꺼내 보이는 그를 보며 든 생각은 분노도 무엇도 아니었다. 형제의 우애를 느끼기엔, 오래전 아우 되는 녀석이 했던 짓이 꽤나 앙큼했기 때문에. 할라모르의 법을 악용했다. 그렇기에 무너진 것이다. 모든 것이.

오키아는 제 책상에 가득 쌓여 있는 서류들 중 하나를 꺼내었다. 청문회가 열리기에 앞서 프레야 가문에 대한 조사가 이어졌지만 이렇다 할 만한 문제는 제기되지 않았다. 오키아는 그 점에 대해서는 의심하지 않았다.

그는 청렴한 사람은 아니었지만, 욕심이 많은 이는 아니었다. 그것은 그의 혈통의 고귀함에서 비롯된 여유였다. 그는 태어날 때부터 귀함을 쥐고 태어난 남자였다. 그것은 이젠티아의 왕녀와 결합함으로써 완전함을 이루었다. 취하려 하고자 하여 남의 것을 앗지는 않았다. 그는 그런 수고를 하지 않아도 얻을 수 있는 남자였다.

굳이 문제를 들추라면 산티야 지방의 성주 자리의 권한을 내려놓은 이블린과 승인 없이 군사를 배치해 에르만틴과 충돌한 데보아 경의 문제였다.

하지만 이 정도야 그의 가문을 조금 깎아내리는 것일 뿐, 목을 조르는 시늉은 할 수도 없었다. 오키아는 다소 신경질적으로 그 서류를 던지듯 내려놓았다.

테라스의 난간에 몸을 기댄 그의 입술에서 한숨이 흘렀다. 어찌해야 할지 모르겠다는 얼굴을 한 그에게 기오테가 처음으로 입을 열었다.

'득과 실을 저울질하느냐.'

"잘 모르겠습니다."

'소란스러워지겠구나.'

기오테가 감흥 없는 투로 말했다. 누바라를 수호하던 챠를 북해에 처박은 그는 무엇도 기꺼워하지 않았다. 전쟁의 승리도 남의 일인 양 내뱉곤 했다.

그는 자신이 했어야 할 일을 한 것이다. 자신이 느낀 모욕만큼을 챠에게 돌려주었다. 복수 같은 것은 아니었다. 챠가 제게 했던 짓이 진심이 아닌 장난에서 비롯되었듯.

'전쟁을 승리로 이끈 그 인간.'

"프레야 공을 말씀하심입니까."

'가여운 이라 생각했다.'

"기오테마저 저를 설득하십니까."

'오키아.'

기오테가 그를 불렀다. 마치 자신을 힐난하려는 것 같아 오키아의 얼굴에 긴장감이 스몄다. 그는 듣지 않으려 기오테의 푸른 시선을 피했다.

'그가 내딛는 발걸음 중에, 어느 것도 하찮은 것이 없었다.'

"……."

'그가 선택하고, 결정지은 것 중에 밤을 지새우지 않은 것들이 없었다.'

"그렇습니까."

'고뇌했다. 수많은 죽음에 눈물지었다. 자신의 결정에 죽은 이들을 애도하고자 그는 그 죽음 앞에 버티어 섰다. 눈을 감겨 주는 것조차 죄스러워 그는 절절맸어. 그 죽음 앞에 버티고 선다는 것은 말이야, 차라리 죽는 게 낫다 싶을 정도로 괴로운 것이지. 버티게 한 것이 있음이야. 그것은 절박함이다. 되돌아갈 곳이 있고, 기다리는 이들이 있

어 그리했다.'

"……."

'그 절박함에 한 번은 손을 잡아 주는 것도 좋을 것 같아.'

그 다정함에 입매가 비틀렸다. 손을 잡아 준다. 내가 그에게. 그러기엔 너무 많은 것들을 희생하게 하지 않았나. 많은 것들이 뒤틀려 버렸다.

'하지만 너희들의 일이기 때문에 간섭은 않겠다. 너를 위해 한 말이니 고깝게 듣지는 않았으면 좋겠어.'

"감사합니다."

'하지만 당부해 둘 것은 해 두마.'

기오테의 말에 오키아가 놀란 눈을 들었다. 그는 언제나 모든 일들이 자신의 권한 밖이기 때문에 간섭할 수 없다고 했다. 나라가 부흥하고, 쇠퇴의 길을 걸을 때에도 그는 한 걸음 물러서서 방관했다.

그가 이런 식으로 직접적인 걱정과 경고를 한 것은 처음이었다.

'자간이 수면 위로 몸을 드러냈다.'

지오반니가 챠와 함께 선 용을 죽였다. 많은 무용담들이 있었지만, 그중에 믿을 수 있는 것들은 없었다. 부풀려진 것이 아니고서야 이런 힘이 존재할 리는 없었다.

'그들은 대외적으로 활동하는 용들과는 다르지. 제약에 얽매이지도 않았고, 가리온의 수장처럼 몸을 사릴 이유도 없다. 변덕을 부릴 수도 있고 패악질을 부릴 수도 있다. 지금 노야가 네 장단에 맞춰 주는 이유는 여자와 이 세계에 안주하려 함이다. 여자는 노야가 숨을 죽이는 이유가 될 터이니 그것을 방패로 삼아라. 목숨을 쥐고 흔드는 것이 아니라, 네가 말하는 득을 위해 여자를 희생시키지 말라는 뜻이다.'

"……."

'또한 탄팔로는 신의 것. 이 나라의 사람들은 땅의 비밀을 파헤치고, 잠들어 있던 힘을 깨우려 많은 이들이 소리를 높일 것이다. 하지만 그 소리에 동조하는 순간 그것은 실失이다. 득이 아닌 실이 될 것이니 너는 그들을 저지하라.'

기오테의 우려가 피부 가까이 다가왔다. 그는 단 한 번도 경고한 적이 없었다. 물이 흐르듯 살아야 한다고 했다. 자신이 이 세계에서 영향력을 행사하는 순간 모든 것이 어그러지는 짓이라 감히 입을 열지 않을 것이라고도 했다.

'노야는 그 땅을 귀히 여긴다. 존재하되 존재하지 않는 그의 존재가, 유일하게 인정받았던 곳이고 제 발자취를 밟을 수 있는 곳이기에. 그러니 그 땅만큼은 내버려 두어라. 너희들이 탐내고 말고 할 것이 아니야.'

기오테의 걱정 어린 숨결이 오키아에게 닿았다.

'노야는 많은 것을 감내했다. 그곳을 탐내는 순간, 그 분노가 먼저 향할 곳은 네 목이다.'

기오테의 걱정은 항상 진실한 것이었다. 지오반니는 자신을 친구라 말했지만, 그의 손이 제 목을 언제든지 조를 수 있다는 사실은 변하지 않았다.

* * *

법정 안이 웅성거리는 소리로 가득 찼다. 팔걸이를 손으로 툭툭 치는 제너가 조용히 한숨을 내뱉었다. 여전히 기분 나쁜 곳이었다. 위치 하나 바뀌었을 뿐인데 절로 위축되는 기분이었다. 적어도 그때는 파로

발브(청문회로 소환된 자의 죄를 심문하는 열세 명의 귀족들)에 속해 죄를 묻는 자격으로 참가한 것이었다.

"제국력 353년, 자넷의 달 3일."

엄중한 목소리로 개회사를 읊는 에드거의 눈이 짧게 제녀에게 머물렀다. 건조하게 읽어 내려가는 선서에 제녀가 가볍게 고개를 움직였다.

"시작하겠습니다."

서기관에게 문서를 받은 에드거의 얼굴이 복잡해졌다. 저 친구가 벌인 일이 얼마나 큰일이냔 말인가. 건국왕 할라모르 대왕이 만든 법전을 어긴 것은 이례적으로 그가 처음이었다. 그것은 오랫동안 유지되어 온 나라의 근간이었고, 황실의 권위였다. 그 누구도 황실의 일원을 해칠 수 없게 하려는.

그것을 아무렇잖게 부순 그의 처벌을 두고 논쟁이 벌어졌다. 영웅으로 맞을 것이냐, 황실의 권위를 무너뜨린 죄인으로 맞을 것이냐.

"프레야 공."

"예."

"많은 이들이 의견이 갈립니다. 알고 계십니까?"

"……."

"전쟁을 성공으로 이끈 공을 영웅으로 맞으라는 목소리도 높고, 황실의 권위를 아무렇잖게 깎아내린 공을 벌주라는 목소리도 높습니다."

"그렇습니까."

되묻는 말이었으나 답을 바라고 묻는 것이 아니었다. 우습지도 않은 말에 제녀의 입에서 바람 빠진 웃음이 흘렀다. 영웅과 죄인. 떠들기 좋아하는 작자들이라면 저를 죄인이라 할 테고 동정을 베풀겠다면 자신을 영웅이라 하겠지.

"많은 사안들이 제게 보내져 왔습니다."

"사사로운 감정으로 인해 이블린 반 펠시 프레야가 산티야 성주에 대한 모든 권한을 내려놓았습니다. 아무 준비도 되어 있지 않아 산티야 지방은 큰 혼란에 빠졌습니다. 이것은 책임감이 결여된 행동으로……."

"인재는 많습니다. 산티야 성의 성주가 되려는 자들 또한 많죠. 또한 출가외인인 딸의 실책을 제게 물으십니까? 사사로운 감정이라는 것은 무엇을 두고 말씀하시는 겁니까?"

"공께서 전쟁에서 품으신 마음처럼."

"위원장님, 여지가 많아 보이는 말씀은 삼가 주시기 바랍니다."

"시정하겠습니다. 그리고 공께서는 승인을 허가받지 않고 케노비타 경을 우첸바라로 보냈습니다. 맞습니까?"

"그렇습니다."

"그곳은 용이 잠든 곳입니다. 그렇기에 나라 안에서도 조심스럽게 여기고 있는 곳 중 하나입니다."

"우첸바라는 유일하게 라제프와 누바라, 그리고 에르만틴이 국경을 맞댄 곳이죠. 용이 잠들어 있다곤 하나 세 나라가 부딪치는 곳이니 소란스러울 수밖에 없습니다. 누바라가 그곳을 넘어 에르만틴을 치려 하고 호전적인 에르만틴도 병력을 보내고 있습니다. 하지만 그곳엔 라제프 소유의 꽤 큰 규모의 대장간 마을이 있습니다. 후께서 가지고 계시는 라스펠리아 광산만큼은 아니지만 라제프에 커다란 공헌을 하는 곳이죠. 매해 그곳에서는 나라에서 필요한 무기를 생산하는 곳이니 절대 무시할 수 없는 곳입니다."

"그래서."

"하지만 황실에서는 승인 허가를 내 주지 않으셨습니다. 나라의 안

위를 책임질 곳을 버리는 것이 마땅합니까? 제 개인적인 판단으로 내린 결정이니 책임을 물으셔도 할 말은 없습니다만."

에드거의 입에서 마뜩잖은 한숨이 흘렀다. 황후의 부친, 마법석을 생산하는 광산의 주인, 파로발브의 위원장. 이런 호칭들보다 그는 프레야 공작의 친구로 지낸 시간이 길었다. 그러니 이 사람에 대한 일은 절대로 공적으로 처리할 수 없었다. 파멜라의 부탁이 아니었더라도 자신은 그를 변호했을 것이다. 이런 쓸데없는 일들을 들춰냄으로써 그가 황자를 죽였다는 죄목이 조금이라도 흐려지길 바랐다.

"공께서는 그 누구보다도 쿠라마스 법전에 대해서 잘 알고 계시었습니다. 아닙니까?"

"라제프 제국의 귀족이라면 누구나 알고 있습니다."

"한데, 그런 분께서 제국의 가장 상위의 법을 어기셨습니다."

"그 누구에게도 비난받을 일이 아니었습니다."

제녀가 단호하게 대답했다.

"존경하는 위원장님."

"말씀하십시오."

"제가 한 행동이 비난받을 일입니까?"

"근간을 어기셨습니다."

"이 일이 누구를 위한 일이었습니까?"

그가 마르게 웃으며 물었다.

"제가 죽인 것이, 적군입니까, 폐하의 형제입니까."

"말씀을 삼가십시오."

"이 부분부터 정확히 짚고 넘어가야 할 듯싶습니다."

안경 너머의 연둣빛 눈동자가 차게 빛났다.

"폐하."

제녀의 눈이 오키아에게 향했다.

"제가 죽인 것이, 누구입니까?"

"짐의 형제지. 또한 공의 앞을 막은 적군이기도 했을 테고."

오키아는 애매한 답을 내리며 짧은 물음을 마무리 지었다.

"그 적군이 누구인지 몰랐다고 하진 못할 겁니다."

"허울뿐인 계승권을 가진 황자를 말씀하시는 겁니까?"

"……."

"제가 무슨 선택을 했었어야 합니까. 제 아들 내외가 그러했던 것처럼 법전을 줄줄이 읊어 폐하의 형제를 살려 뒀어야 함이 옳다고 생각하시는 겁니까? 그렇다면 지금의 결과는 가져올 수도 없었습니다. 승리? 그것을 바라시면서 적군의 안위를 걱정하시는 겁니까, 위원장님?"

탐야크 후작이 난처한 듯 턱을 매만졌다. 제발 저 사람이 조금만 진정하고, 감정으로 호소해 주길 바랐다. 파로발브는 저 사람이 조금만 동정을 구한다면 마음이 돌아설 것이다. 법을 어겼는가에 앞서, 그는 제 아들을 잃었다. 십 년 전의 그날, 그를 본 사람이라면 어설픈 위로는 내뱉지도 못할 것이었다.

"불온한 싹을 자른 겁니다. 살려 둔다면 더 이상 이런 일이 반복되지 않으리라는 것을 누가 장담할 수 있겠습니까."

"……."

"그곳에 계셨더라면, 위원장님도 별다른 선택을 할 수는 없으셨을 겁니다. 적군이 위협하고, 벌떼처럼 몰려옵니다. 저는 저를 믿고 무기를 든 자들을 무사히 집으로 돌려보낼 책임이 있습니다. 나라를 위해 죽음도 감수한 그들을, 죽지 않게 할 의무도 있죠. 누군가는 떠안고 가야 할 죄의 무게를 제가 안게 된 것뿐입니다. 이 이상의 대답이 필요합니까?"

침묵으로 잠긴 법정 안에는 그의 말을 받아 적는 서기관의 펜촉 소리만이 고요하게 들려왔다.

"다른 이유는 없었는가."

오키아가 턱을 괴고 물었다.

"질문의 의도를 잘 모르겠군요."

"사사로운 감정에서 비롯된 것이 아니냐고 묻는 거야."

놀란 에드거의 눈이 오키아에게 향했다. 당혹스러운 눈과 건조한 눈이 맞물렸다.

"사사로운 감정이라 하시면……."

"공께서도 알다시피."

"여지가 많은 질문입니다, 폐하."

"자네의 아들이 죽었던 것에 복수를 하려 함이었나?"

"폐하!"

에드거가 저도 모르게 제너의 앞을 막아서자 오키아가 손가락을 까딱거렸다. 비키라는 뜻이었다. 냉한 빛을 띤 눈이 에드거의 어깨 너머의 제너를 고집스럽게 바라보고 있었다.

"그 일은……!"

"하고 말고는 내가 판단하는 걸세, 후."

"없다고 해도 믿어 주시지는 않겠지요."

"그렇겠지. 짐은 의심 많은 사람이니."

"가감 없이 말씀드리겠습니다. 멀쩡할 수는 없었습니다."

"그렇다면 사적인 원한으로 죽였다고 봐도 무관한가?"

"앞서 말했듯이 저에게는 선택권이 없었습니다. 제가 전쟁을 승리로 이끌기 위해 그들을 죽였든, 과거의 잔상에 사로잡혀 그들을 죽였든, 결과는 같습니다. 그들의 죽음에 제 사적인 감정이 있었는지가 중요합니까?"

"짐은 공의 의도가 궁금한 거야. 결과 따위가 아니라."

제너의 얼굴에서 한계가 드러났다. 슬슬 짜증이 일었는지 그의 눈가가 일그러졌다.

"결과만이 중요한가? 공의 의도도 중요하지. 공이 얼마나 무서운 사람인지 짐이 알아야 할 것이 아닌가."

"주제의 논지와 벗어난 것 같습니다."

"그것 또한 내가 판단할 일이야. 아들의 죽음으로 내 형제를 죽이고, 누바라에 복수를 한 그대가 대단하면서도 얼마나 무서운 사람이냔 말인가."

"무엇을 묻고 싶으신 겁니까?"

여차하면 사납게 목을 조를 것 같았다. 흉흉한 기세에 에드거가 이러지도 저러지도 못한 채로 발만 동동 굴렀다.

"바라는 답이 있는 것 같군요."

"공의 솔직한 생각을."

"제가 십 년 전의 일로, 복수에 미쳐 전쟁터로 나갔다는 대답을 듣고 싶으신 겁니까?"

그가 비죽, 입술 끝을 말아 올렸다. 팔걸이를 움켜쥔 그의 손이 분노함에 떨렸다. 담담한 표정과는 대조적으로.

"아들 내외가 전쟁터에서 죽었습니다."

에드거가 이마를 짚었다. 저 사람, 화를 낼 것 같았다.

"충신의 아들이 죽었습니다."

쾌득, 팔걸이가 악력을 버티지 못하고 부서졌다.

"낡은 종이 문서 따위를 들이밀며……."

"……."

"제가 간곡하게 말렸습니다. 이 전쟁은 폐하께서 그토록 바라시는 득을 얻지 못할 것이라고. 수많은 것들을 앗아 갈 것이기에 애원 비슷한 것을 한 것 같기도 합니다. 그때도 말씀 올렸었습니다. 할라모르 대왕께서 만드신 법전을 폐하시라, 승리를 위해 그리하시라 주제넘게 충고 올렸습니다."

"짐을 꾸중하는군."

"제가 어떻게 행동을 했어야 옳은 것이었습니까. 설령 복수에 미쳤다고 한들 누가 저를 탓하겠습니까."

"……."

"여기 계시는 이들 중, 저를 이해하려 하신 분이 한 분쯤은 계셨습니까?"

제너가 씹어뱉듯 그르렁거렸다. 목울대 깊은 곳에서부터 욕지기가 치밀었다. 청문회에서의 일이 잘 풀리기만 한다면, 그 후에 불어닥칠 피바람은 상상조차 할 수 없다.

그는 남을 겁주고 괴롭히는 것을 즐기지 않지만, 모든 것에는 선이 있는 법이다. 그는 그어진 선을 넘는 자들에게는 여지를 주지 않았다. 이번 일에 손녀딸도 깊게 얽혀 있는바, 확실히 도가 지나쳤다. 이 일로 인해, 그의 아들의 죽음에 관한 일이 여러 사람의 입에 다시 올라왔고, 그와 그의 집안은 또 한 번 가십거리가 되었다.

"찾아가서 빌었습니다. 기억하십니까? 제가!"

"······."

"폐하의 발아래 엎드려서, 제 아들을 살려 달라고."

연둣빛 눈동자가 탁한 빛을 내며 어그러졌다.

"당장 그 법을 폐하시어, 저로 하여금 제 아들을 구할 수 있는 시늉이라도 하게 해 달라고 간청드렸습니다."

색 바랜 눈이 자리를 지키고 있는 이들에게로 향했다. 마르게 쓸어내리는 얼굴에 자리한 것은 극심한 피로감이었다. 차라리 소리라도 지르고 싶었다. 너희들이 나를 이해할 수는 있느냐, 그때의 처절함과 비통함을 감히 안다고 지껄일 수 있느냐.

"폐하의 발아래 엎드려서, 내 아들을 살려 달라고. 부디 이 사람을 가엽게 여기셔서 그 법을 파破해 달라고 간청드렸습니다. 그것이 어려우시다면, 그들이 원하는 것을 내어 주라고."

"그랬지. 그랬던 것 같아."

오키아 쓴 입 안을 혀로 굴렸다.

"제가 드렸던 부탁이 과했습니까? 어느 것이 득과 실이었습니까. 폐하께서는 무엇을 얻으셨고 무엇을 잃으셨습니까? 반백 년을 라제프를 위했습니다. 제 부탁이 어려우셨습니까."

당신에게 납작 엎드려 한 부탁, 당신은 내가 무슨 심정으로 했는지 모른다. 절박했다. 심장이 쿵쿵 뛰고 초조해서, 당신에게 엎드려 부탁을 하는 와중에도, 체면 따위 신경 쓸 수 없었다.

그동안 일궈 온 것에 대한 자부심은 대단한 것이라 해도 우선순위는 명백했다. 감히 우위를 가릴 수 있는 문제가 아니었다. 평생을 거의 이 땅을 위해 살았으니 그 아이 정도는 살려 주길 바랐다. 당신만큼은 그럴 줄 알았다.

오키아에게 느꼈던 배신감, 원망. 모든 것이 부질없다 느꼈었다. 이 감정들이 한데 섞여 불순물을 만들고 오염시켰다. 그런데도, 괜찮을 것 같았다.

다시 살아 돌아온다면. 이 모든 것들이 거짓말이고, 꿈이라면.

그때 느꼈던 감정들은 아무것도 아니라고. 몇 번이고 다시 참아 낼 수 있을 것 같다고, 수천 번이고 생각했다.

"공께서 너무 흥분한 것 같습니다."

에드거가 분위기를 환기시키고자 나섰다. 제너는 차마 그 뒤의 말을 잇지 못했다.

"폐하께서 듣고 싶은 이야기가 이런 것이라면, 충분히 만족하셨으리라 생각합니다."

지킬 것이 많았다. 그러니, 죽은 아들을 앞세워 동정을 구하는 것도 개의치 않는다. 비굴하고 치졸해 보일지라도. 아직은, 무너져서도, 쓰러지는 것도, 안 되었다. 전쟁터보다는 낫지 않은가. 배고프지도, 더위에 허덕일 일도, 추위에 몸을 떨지 않아도 된다. 제너는 그따위 것들을 생각하며 자조했다.

"하나 의도야 어찌 되었든 결과는 같았을 것이라고, 말씀드리고 싶습니다."

결과 또한 무시할 수 없었다. 그가 전쟁을 무사히 종결시키고, 막대한 이익을 얻어 온 것은 분명하기 때문이었다.

마른 눈이 오키아에게 향했다.

"제가 드릴 말씀은 이것이 전부입니다, 폐하."

오키아가 자리에서 일어섰다. 무심한 눈이 제너에게 닿기도 전에 멀어져 갔다.

　　　　*　　　*　　　*

　　버석거리는 눈이 정원의 풍경을 담았다. 가을로 접어드는 시기였다. 그는 이 자리를 만든 이가 누구인지 개의치 않아 하며 고요함을 즐기고, 선선한 바람이 감겨 오는 것을 가만히 느꼈다.

　　이후로 두 번의 청문회가 더 열렸지만 그의 가문을 깎아내리는 것에 초점을 둔 것일 뿐, 전쟁에서의 그의 죄를 묻고자 하는 것은 아니었다.

　　할라모르가 만든 법전을 폐지하는 문제를 두고 의회가 소집되었고, 고룡에 버금가는 용을 죽인 지오반니의 존재를 두고 염려하는 목소리가 커져만 갔다. 그의 존재가 불러온 파장은 거대했다. 어쩌면 자신의 문제보다.

　　해결하고자 해서 해결할 수 있는 일이 아니었다. 그는 인간이 아니었다. 그것은 또 다른 두려움의 모습으로 부피를 늘리며 다가왔다.

　　습관적으로 찻잔의 표면만을 손끝으로 매만지고 있는 제너의 시선이 제 맞은편의 사람을 스쳐 가, 허공을 맴돌았다. 바람소리에 나뭇잎이 서걱거리는 소리가 유난히 크게 들려왔다.

　　"폐하."

　　오랜 시간 이어진 침묵이 깨어졌다. 그제야 둘의 시선이 서로 닿았다.

　　"저는 곧 황도를 떠납니다."

　　일방적인 통보에도 오키아는 감흥 없는 얼굴로 그를 바라보았다. 다만 미세하게 찌푸려진 미간만이 그의 심기가 썩 좋지 않다는 것을 알려 주고 있었다.

　　"당장은 아닙니다."

　　"떠난다고?"

"남부로 내려가 볼 생각입니다. 딸아이가 권해 주기에."

"이젠티아로 향하려 함인가."

젊었을 적 그의 절절한 사랑을 모르지 않아 물었다. 정략으로 이어진 결혼이었다. 시큰둥한 왕녀와는 달리 달콤한 사랑놀음에 빠진 것처럼 굴기에.

아직도 그 감정이 죽 이어진 모양이었다. 아들이 죽고 도망치듯 제 나라로 떠난 여자에게 아직도 줄 애정이 남아 있었나.

구질구질하기 그지없었다. 비참할 뿐인 외사랑. 그의 사랑에 여자는 무엇으로 보답했나. 결국엔 등을 돌리는 꼴밖에 더 보여 주지 않았단 말이다.

제녀의 지친 얼굴을 바라보는 오키아가 신랄하게 꼬집었다. 어차피 속으로 하는 생각이니 무슨 말인들 하지 못하랴.

"허하시겠습니까."

오키아가 고개를 저었다.

"이젠티아는……."

"여생을 그 사람과 함께 보냈으면 합니다."

"불허한다."

항상 불안하던 것이 있었다. 곁에 두기엔 위험하고 눈에 보이지 않으면 그것 또한 불안했다. 이 사람의 신념과 우직함을 믿지 못해서가 아니라, 프레야 공작의 주변이 시끄러워 그리했다.

그가 아무리 우직하나 부드러운 회유에 넘어가지 않으리라는 보장은 없었고, 사심 가득한 권력욕에 넘어가지 않을 리 없었다. 이제는 이젠티아에 아무런 영향력을 끼치지 못하는 왕녀지만, 뜻 모를 불안감이 엄습하는 것은 어쩔 수 없었다.

"조금 쉬고 싶은 것뿐입니다."

"……."

"쉬어야 할 때가 왔지요. 이 늙은이에게."

그렇게 말하는 그는 주름 가득한 입매를 끌어올렸다. 오키아는 한숨 섞인 웃음을 흘리는 제너를 바라보았다. 언제부터 저리 늙었나. 주름살이 완연한 얼굴에는 세월의 흔적들이 고스란히 녹아 있었다.

"저는 모든 것이 버겁습니다."

"버겁다……."

자신만큼이나 버거울까? 탁상 밑에 자리해 있는 오키아가 주먹을 꽉 쥐었다.

"모든 것을 시간에 맡겨 봐도, 여전히 저는 십 년 전 그대로입니다. 제가 그 아이의 방을 여태 정리하지 못한 것처럼. 저는 아직도 십 년 전, 그 아이의 방에서 한 발자국도 나오지 못했습니다. 무디어지기는 커녕, 그날 일이 모두 떠올라 저를 후벼 파고, 찌르고, 종래에는 제 목을 조릅니다."

"……."

"제 집엔 죽은 아들의 방이 아직도 살아 숨 쉽니다. 모든 것이 그대로죠. 그 아이가 쓰던 물건, 즐겨 쓰던 깃펜, 한 잔을 채 비우지 못했던 차까지도. 녀석이 그리워 남겨 두었던 모든 것들이, 저를 위로하며 저를 갉아먹습니다."

오키아의 눈이 제너의 손등으로 향했다. 본 적 없던 상처였다. 커다란 상처를 가만히 바라보던 오키아가 거북해지는 속에 고개를 돌렸다.

"하지만 그것조차 허락되지 않는다면 견딜 수 없기에 그리했습니다. 폐하, 숨이 막혀 견딜 수 없습니다."

"……."

"저를 죄고 있는 것들이 너무 괴로워 버틸 수 없습니다."

오키아는 지금 자신이 어떤 얼굴을 하고 있을지 몹시 궁금했다. 무감하다는 얼굴일까. 동정을 하고 있을까.

순간 오래전의 일들이 빠르게 스쳤다. 소리를 지르고 있는 자신이 보였다. 감히 명령하느냐. 훈계하느냐. 잔뜩 성이 난 얼굴로 고함을 지르는 남자가 있었다. 그 아래, 몸을 엎드린 채로 뜻을 굽히지 않는 남자도 보였다. 우는 것 같기도 하고. 그렇지 않은 것 같기도 하고.

그 후로는 장막에 싸인 것처럼 잘 기억이 나지 않았다. 종일 좋지 않은 소식만이 들려왔던 것 같다. 아리엘이 붙잡히고, 충신의 아들이 붙잡히고. 종내 그들의 죽음이 프레야 공작에게 닿았을 때, 무너지던 남자의 모습이 보였다. 오열하던 그의 뒷모습을 보는 순간, 천근만근 죄의 무게가 그리도 무거울 수가 없었다. 발걸음이 떨어지지 않았다.

그에게 다가가는 순간, 목소리를 높이며 억지를 부리던 자신의 모습이 겹쳐 보였다. 수치스러워. 수치와 제 자신을 향한 환멸이 몸을 훑고 지나갔다.

그의 눈에 담기는 자신의 모습이 두렵다.

"짐을 원망하겠지."

그대에게 무슨 짓을 한 거지. 오키아의 눈이 탁하게 흐려졌다.

"그날을. 짐의 선택은 그대의 자존심과 충심을 무시하는 것이었지. 최소한의 예의도 없었지 않나."

"폐하께서는 현명한 선택을 하신 겁니다. 늘 말씀하셨던 것처럼 잃는 것보다 얻는 것을 선택하신 겁니다."

"짐을……."

오키아가 울 듯한 얼굴로 입을 열었다.

"또 꾸짖는군. 공은."

"폐하께서는 이 나라를 위해 최선을 다하셨습니다. 무릇 큰 것을 위해서라면 작은 것을 버리는 것이 맞습니다."

"앞뒤 순서가 맞지 않잖나. 내게 동정을 베푸나? 그런 말을 뱉기엔 공께선 복수심에 취해 이 전쟁에 참전했지."

"그러시는 것이 맞습니다. 폐하의 선택이 틀리지 않았습니다. 그래야만 합니다. 그래야 하지 않겠습니까."

제너가 입술을 깨물며 눈을 감았다.

아들의 죽음을 당신에게 이해시켜야 하는 것이 괴롭다.

그래서 견딜 수 없었다. 모두의 안녕을 위한 것이 제 아들의 죽음이라는 것이 가장 현명한 답이었다는 것이. 그렇기 때문에 그 아이가 그렇게 죽을 수밖에 없었다고. 그렇게 결론을 지어 버린 자신이 지나치게 경멸스러워서. 그렇게 생각할 수밖에 없어서. 심장을 후비듯 이 오랜 악몽이 선연했다.

"제 아들은 죽었습니다. 그 사실은 변함없는 사실이고, 번복될 수도 없습니다. 그러니 남아 있는 사람들은 그 사실을 인정하고, 순응하며 사는 것이 맞습니다. 다만, 저는 인정하는 시간이 조금 더뎠던 것뿐입니다."

"……."

"이곳은 괴롭습니다."

당신의 얼굴을 보는 것이 괴롭다. 지난 시간 동안, 나는 당신을 그리도 증오했고, 미워했고, 저주했다. 그러지 않았다면 견디질 못해. 이제 그만 모든 것들로부터 벗어나고 싶었다.

이곳에서, 아들의 죽음의 그림자에서.

합리화시키지 않는다면 견디지 못할 정도로 고통스럽다.

"괴로우셨을 겁니다."

"짐이?"

"예."

우리는 그렇게 오랜 시간 동안 괴로웠다.

오키아는 죄책감인지 무엇인지 모를 감정에 사로잡혔고, 자신은 빛바랜 충정 속에 오키아를 끈질기게 원망해 왔다.

"저는 떠나겠지만 프레야는 영원히 폐하의 날카로운 검입니다. 불온한 것들을 자르소서."

"……."

"다음에 찾아뵐 때는 마지막 인사가 될 듯싶습니다."

그러니 작은 복수 정도라고 해 두자.

당신이 눈을 감을 때까지, 그리고 당신의 후손들에게까지. 나아가서는 카야도르의 피들이. 그 죄의 무게를 알았으면 좋겠다. 모두 프레야의 그늘에서 허덕이며 조금이라도 괴로워했으면 바랐다.

그것을 바랐다. 평생을 아들의 죽음으로 고립되었듯이, 당신 또한 내 아들의 그림자 속에서 살게 되겠지. 그 어둡고 좁고, 음습한 곳에서.

겁 많고 나약한 오키아. 평생을 괴로워해. 내가 그랬듯이.

*　　*　　*

제녀는 자신의 앞에 앉아 있는 남자를 지그시 바라보았다. 삼 년을 전쟁터에서 구르면서 길어진 머리를 깔끔하게 다듬은 그는 이전보다 날카로운 느낌을 주고 있었다. 조금은 수척해졌을 남자였다.

제게 꽂히는 시선을 알았던지 지오반니가 눈을 들었다. 근사한 재색 눈이었다. 미소 지을 때 보이는 고른 치아와 묵직한 목소리. 무리 없이 계집들을 꾀어낼 수 있다는 생각이 들었다.

전 웰시노 후의 죽음을 앞두고 갑작스레 집에 들인 양자는 가문의 판도를 모두 뒤바꾸어 놓았다. 가문을 이을 후계자는 없었고, 흔한 정부에게서 얻은 혈육도 없었던 그였으니 가문을 이을 자는 그의 누이 되는 여자의 아들이었다. 그것은 아무리 그들의 사이가 남보다 못한 것이라 해도 부정할 수 없었다.

집안싸움으로 썩 좋지 않은 관계를 유지하고 있었지만, 여자는 제 아들이 작위를 승계할 것이라는 데에 확고한 믿음이 있었을 것이다. 하지만 남자는 그런 누이의 믿음을 보란 듯 비웃으며 혈육이 아닌 남을 선택했다.

어디서 온 자인지 알 수 없었다. 신원도 불분명했고, 입이 무거운 그의 사람들은 어쩐지 지오반니의 존재에 대해서 함구했다. 궁금증이 일어 알아보려 하면 무언가 막고 있는 듯 그 이상으로 나아갈 수 없었다.

그래서 자신 또한 지오반니에 대해서 알고 있는 것이라곤 대개의 사람들이 알고 있는 것 정도. 남자의 영역은 너무나도 철저하고 완벽했다.

못내 찝찝해하던 것이 이런 식으로 까발려지리라곤 생각지 못했다. 그리고 그의 비밀이 이 정도일 줄도 몰랐다. 감당할 수 있는 정도가 아니지 않나. 가벼운 입으로 떠들기엔 그는 무거운 것들을 죄 끌어안고 있었다.

"본 공을 보고자 했다고."

"영 만나 주시지 않기에."

"누구보다 바쁘실 후가 아닌가."

많은 뜻이 내포되어 있었다. 청문회가 끝나자 본격적으로 지오반니를 두고 입방아를 찧었다. 인간인가, 그렇지 않은가. 용인가, 용이 아니라면 무엇의 존재인가.

"이름이."

"……."

"지오반니는 맞고?"

그의 물음에 지오반니가 찻잔을 들었다. 이러한 상황을 몇 번이고 예상했지만 그렇다고 해서 곤란하지 않은 것은 아니었다.

"곤란한 질문인가? 후의 존재처럼."

"원하신다면 가르쳐 드리겠습니다."

"말해 보게."

"궁금해하실 줄은 몰랐습니다."

"어찌 궁금하지 않을 수 있겠어? 없던 호기심까지 생긴 참이라네."

"많은 이름들이 있었죠. 야를. 팔라크. 노야. 지오반니. 그 외에도 더 많은 이름들이 있었겠지만 기억은 나지 않습니다."

그가 차분하게 책을 읽어 내려가듯 말했다. 제 이야기가 아니라 마치 남의 인생을 떠드는 것 같았다.

"남 이야기하듯 말하는군."

"수많은 이름으로 살아가면서… 그 모습으로 살았던 이들이 저라고 생각하지는 않습니다. 야를은 야를일 뿐이고 팔라크는 팔라크일 뿐입니다. 야를이 팔라크가 될 수는 없듯이. 저는 그렇게 살았습니다. 그 시간을 살았던 각자의 인생이었던 거죠. 그러니 지금 지오반니인 제가, 야를과 팔라크의 인생에 대해 어떻게 말씀드려야 합니까? 다른 이름으로 다른 시간을 살았는데."

다른 시간. 다른 인생. 이름만 다르다 뿐이지 인격체는 하나인데 이상한 소리를 하고 있다고 제너는 생각했다.

"라즐리는 자네가……."

그는 무슨 단어로 지오반니를 정의해야 할지 짧게 고민했다.

"괴물이라는 것을 알고 있는 것 같던데."

"예."

"어리숙한 아이를 쥐고 흔든 기분은 어떠한가."

"모습은 괴물이나 거짓으로 행동한 적은 없습니다."

준비된 대답을 듣는 듯해 제너의 눈이 일그러졌다.

"괴물이라서 반대하십니까?"

"기꺼워할 수는 없지. 내 생각이 달라지는 건 당연하지 않나. 이전과 같을 수는 없어."

"……."

"용을 죽이는 것을 목도하고 말았지 뭐야. 그 존재를 죽이는 것을 평범하게 봐 달라는 이야기는 아니겠지."

용이 주는 두려움은 피부로 느낄 수 없을 정도로 거대한 것이었다. 칼라로프를 지배했던 고룡인 알케미나가 협회의 수장이 된 이후로는 더욱 그러했다. 거대한 몸체. 그리고 그의 힘으로 하늘을 부유하는 땅, 가리온. 그가 아래의 땅을 밟을 때면 붉은 번개가 사정없이 내리꽂혔다. 모든 것이 상식을 벗어난 것이었기 때문일까. 그들을 경외하면서도 두려움이 차지하는 부피가 더 컸다.

그런 존재를 지오반니가 죽였다. 비록 상처를 입긴 했으나 그에겐 별 무리 없어 뵈는 일이었다. 짐승의 살가죽을 찢고, 날개를 부러뜨렸다. 용의 비명소리가 지천에 울렸다. 그 목소리에 스민 것이 두려움과 공포라는 것이 절절하게 느껴져, 발이 땅에 붙기라도 한 듯 움직일 수가 없었다. 그런데도 용의 몸을 밟고 올라선 지오반니는 지금처럼 건조한 눈을 하곤 생명을 앗았다.

용의 발톱이 박혔다던 옆구리는 믿을 수 없게도 피가 멎고, 상처가 아물고 있었다. 허리가 거의 잘리다시피 했던 깊은 상처였다.

"하지만 고맙다는 인사는 해야 할 것 같군."

"무엇을."

잠시 생각하던 지오반니가 그제야 기억한 듯 느릿하게 고개를 끄덕였다.

"위험했던 순간에 도움을 준 것은 분명히 고마운 일이네."

그렇게 말을 하는 제너의 눈이 검게 가라앉았다. 제게로 쏟아지던 챠의 불길을 막아섰다. 그 거대한 불길을 막아, 모두 거둬 낸 그 힘은 무엇이었나. 분명 챠와 대등하게 힘겨루기를 했다. 문득 떠오른 것은 목을 서늘케 하는 것이었다.

"나도, 자네도 운이 좋았던 게지."

"그럴 수도 있겠군요."

지오반니가 짧게 웃었다.

"자네는 너무 무서운 존재야. 그 힘이 그러해. 되살리는 것은 고사하고, 부수고, 파괴하고. 무슨 생각으로 라즐리와 결혼을 생각했는지는 모르겠지만 부디 가벼운 마음이었길 바라."

"……."

"찰나 스쳐 지나가는 인연이었다면 더 좋을 테고."

그러길 바랐다. 서로가 서로를 감당할 수 없을 터다. 그래서 그는 여태 지오반니의 별장을 누가 손수 꾸몄는지도, 그 별장이 그들의 밀회 장소로 바뀐 것도, 급하게 지오반니를 변호하던 라즐리도 잠시 잊기로 했다.

그의 단호한 말에 지오반니가 눈두덩이를 꾹꾹 눌렀다. 삼 년은 짧은 시간이 아니었다. 그 시간 동안 불편한 잠을 자고, 그렇게 끔찍해했던 전쟁의 참상을 지켜봐 왔다. 그것은 생명력을 갉아먹고, 땅 깊은 곳으로 끌어내리듯 무기력한 것이었다. 모든 것이 절망적이었다. 죽음은 항상 목전에 와 있었다. 그것의 두려움이 자신에게까지 닿진 않았지만 항상 주위에 도사리고 있었다.

"프레야 공."

그 끔찍함을 왜 견뎠는데. 모든 것이 하나로부터 시작되었다. 그의 눈에 시퍼런 날이 섰다.

"저는 많은 희생을 했습니다."

"희생?"

"제 존재는 용과는 다르죠. 인간을 좋아하고 대외적으로 활동하는 것을 즐기며 그것을 제 삶의 낙으로 여기는 용과는 달리, 제 일족은 그렇지 않습니다. 그림자와 비슷합니다. 보이지 않는 곳에서 생활하고, 존재를 숨기고. 존재하되 존재하지 않는 것처럼 살아갑니다. 제 삶도 그러했죠."

"……"

"야를이라 불리었던 저는 없고, 팔라크라 불린 저는 죽었습니다. 지오반니라 불리던 저도 사람들 기억에서 죽을 겁니다. 기억이 나지도 않는 많은 이름들을 가지고 있던 저는, 그 이름으로 그 시간을 살며, 그 시간이 흘러간 뒤에는 사라집니다. 대개 그것을 죽음이라고 부르죠."

그는 신경질적으로 웃었다. 이 방에 들어온 뒤, 처음으로 재색 눈에 짜증이 일었다.

"저는 말입니다, 라즐리를 도와주기 위해 조금도 망설이지 않았어요. 복수를 원한다고 하기에 끝이 진창이리라는 것을 알면서도 이 끔찍한 전쟁, 그것이 불러올 죽음. 저는 전쟁이 정말 싫었습니다. 그것들이 가지고 오는 파괴는 제 불길한 힘보다 더 어마어마한 것이기에. 하지만 저는 그 아이를 위해서 이 빌어먹을 전쟁에 찬성했고, 참전했습니다. 생색이라고 생각하셔도 좋습니다."

"정말 생색을 내고 있는데. 자네가 없어도 될 일이었어. 그 복수는 내가 할 일이었어!"

"아니요. 제게 말했죠. 그들의 죽음을 원한다고. 가장 잔인하고 끔찍한 방법으로 그들을 죽여 달라고 내게 원했습니다. 누바라가 스러지길 바랐고, 라르기얀의 그늘에서 벗어나고 싶어 했습니다."

"웰시노 후!"

"내가 없었으면!"

지오반니가 사납게 이를 드러냈다.

"당신은 죽었어. 알아?"

"……."

"챠의 불길에서 살아남는 자가 몇 명일 것 같습니까? 한 명? 두 명? 운이 좋아도 그따위 행운은 없어. 상상도 할 수 없는 힘이라 했지. 그래. 상상도 할 수 없으니까 운이라고 말씀하시는 겁니다."

"……."

"챠와 기오테가 무슨 존재인지는 아십니까? 그런 것들이 전쟁을 일으킨다면 그렇게 고상하게 자리를 지키고 있을 것이 아니라, 당장 도

망치셔야 합니다. 그런데도 모두가 복수를 바랐죠. 당신의 안위를 걱정하고 있을 그 여자 때문에 나는 공을 모른 척할 수가 없었어요. 내가 안주할 이곳에, 흠집 나는 것을 바라지 않았습니다. 그러기 위해선 당신이 살아야 했지. 그 무모한 복수 끝에서 당신만은 살아야 했어!"

지오반니가 밀려오는 짜증을 이기지 못하고 언성을 높였다. 전쟁의 참상. 끔찍함. 모든 것이 불쾌한 것들뿐이었다. 절대로 보고 싶지 않던 것들을 다시 목도했다. 삼 년 동안 그 역한 죽음의 땅에서 버텼다.

"저는 이제부터 긴 싸움을 해야 합니다. 용에 버금가는 존재가 수면 위로 떠올랐으니 궁금증을 풀어 줘야겠죠. 하지만 그 싸움에서 내 편이 있으리라는 생각은 하지 않습니다."

제너가 놀라움을 감추지 못한 채 멍한 얼굴이 되었다.

"공, 나는 이런 희생을 했어요. 하지만 내가 한 선택이 이런 결과를 불러왔다고 해도 후회하지는 않습니다. 평생을 라즐리가 슬픔에 허덕이고 있는 꼴을 보느니 이편이 나았을 거란 생각을 했기 때문이죠. 그런 제 진심을 마치 아무것도 아닌 양, 공의 생각으로만 판단하시면 안 됩니다. 그렇게 취급하시면 안 됩니다."

지오반니가 괴롭게 얼굴을 일그러뜨렸다.

"그리고 지금도 다행이라고 생각합니다. 공이 살아 줘서."

그가 씹어 뱉듯 말했다.

＊　　　＊　　　＊

"일이 잘 끝나서 다행이야."

에드거가 담배 끝을 물며 제너의 맞은편에 앉았다.

"파로발브에 위임해 있을 때만큼은 자네를 심문하지 않길 바랐거든."

"꽤 벌벌 떨던데. 웃음이 터지려는 걸 간신히 참았네."

그는 자신이 말을 할 때면 불안하게 닿아 온 에드거의 눈을 기억했다.

"꽤 걱정이 많지."

"뭐……."

고개를 젖힌 제너가 거친 손으로 이마를 매만졌다.

"웰시노 후가 용을 죽였다는 것이 사실인가?"

"차라리 거짓이었으면 하고 바라."

"일이 커졌군."

"귀족들이 웰시노를 가만두지 않을 거야."

"당할 것 같은가."

"우리는 용을 경외시하지만 경외 아래 깔린 건 근본적으로 두려움이지. 그런데 그 용을 웰시노 후가 죽였어. 내가 직접 봤고. 본 이가 수천은 넘어."

"용을 죽인 자가, 무엇을 무서워한단 말인가."

"그럼, 결혼은?"

"모르겠어."

"큰일이 하나 더 있었군."

끝없이 제 귓가에 속삭이는 것처럼 메아리 되어 되돌아왔다. 그 무모한 복수의 끝에서 당신만은 살아야 했다고. 제게 소리치던 남자를. 모든 것이 라즐리를 위해서였고, 그 아이의 유일한 버팀목인 당신의 죽음을 자신의 손으로 막았노라고.

"파멜라가 부탁하더군."

"그래?"

그게 무엇인지 제너는 묻지 않았다. 그는 무엇을 부탁했는지 궁금해하지 않았다. 그녀의 부탁이 많은 것을 바꾸어 놓았다고 해도 그는 별다른 내색 없이 고개를 끄덕일 것이었다.

"자네를 다치게 하지 않았으면 좋겠다고."

"⋯⋯."

"아직도 아리엘의 그림자에 갇혀 사는 자신을 봐서라도."

"그래."

"딸을 변호하려는 것처럼 보이나?"

"변호하는 게 맞잖나. 그게 나쁜 건 아니지. 자식을 감싸는 건 당연해."

"출신도, 신분도, 무엇 하나 보잘것없는 여자가 불러온 파장은 이렇게 커다랗지. 그 죽음으로 몇 명이 괴로워하냔 말이야."

에드거가 한숨을 흘리듯 미약하게 웃었다.

"파멜라를 원망하고 있겠지."

"아니라고 할 순 없네. 사소한 것 모두에 원망이 드는 터라."

제너가 에드거의 시선을 피해 차창 밖으로 시선을 두었다.

"파멜라가 라지노예프를 하사하지 않았더라면 상황이 달라졌을까?"

"무슨 대답을 듣고 싶은 거야."

"자네의 생각이."

"아니."

그는 어쩐지 서글픈 얼굴로 대답했다.

"바뀔 것은 없었을 거야."

일어날 일은 일어날 테니까.

4. 종착점

널따란 정원을 가로지르는 시종들의 발걸음이 바쁜 태가 나 보였다. 창문 너머에서 그들을 내려다보는 라즐리가 이내, 시선을 거뒀다. 날씨가 추워지니 해 또한 짧아졌다. 해가 떨어지자마자 정원 곳곳에 매달아 둔 전등들이 아롱아롱한 빛을 내며 켜졌다.

청문회가 끝나고, 승전의 소식을 가지고 온 이들을 위해 황제는 크나큰 만찬을 베풀었다. 그 후로 바쁜 날들이 흘렀다. 라즐리에게는 그저 특별할 것 없는 날들이었지만, 제너와 지오반니를 만날 수는 없었다.

프레야 공작이 청문회에서 무죄판결을 받았다는 소문은 입에서 입으로, 그리고 청문회의 결과가 실린 신문을 통해 일파만파로 퍼져 나갔다. 분명 파로발브 청문회에 이의를 제기하는 자들이 많겠지만, 탐야크 후작이 위원장으로 위임해 있는 파로발브의 결정과 황제의 침묵을 무시할 수는 없었다.

"내려가지 않으실 거예요?"

"충분히 즐겼어."

"각하께서 섭섭해하실 텐데요?"

"취해서 모르실걸."

친분이 두터운 지인들과 가족만이 함께하는 간소한 파티였다. 청문회가 탈 없이 끝난 만큼, 그들은 기쁨을 나누고자 벌써부터 흠뻑 취해있었다. 무르익은 분위기를 느끼며 라즐리가 희미하게 웃었다.

"조금 쉬어도 돼."

"정말 여기 계실 거예요?"

"어른들 대화에 끼어 무얼 해? 제인도 쉬어."

라즐리가 웃으며 자리에서 일어났다. 얇은 네글리제로 갈아입는 것을 도운 제인은 고개를 숙이곤 물러났다. 몸에 부드럽게 감기는 천의 감촉을 가만히 느끼다 숄을 걸쳤다. 제인에게 말했던 것과 달리 라즐리가 향한 곳은 침대가 아닌 테이블 쪽이었다. 조금만 마시겠다고 한 와인이 벌써 반이나 비워져 있었다.

'이 정도는 괜찮겠지. 좋은 날이니까.'

시끌벅적한 소리를 즐기며 와인을 음미했다. 기분 좋은 밤이었다. 마음껏 취해도 상관없다고 생각될 만큼.

"취할 텐데."

"어……."

당황한 라즐리가 입술을 벙긋거리며 놀란 얼굴을 했다. 손에 들린 와인잔을 가져가며 제 입술을 축인 남자는 익숙하게 라즐리의 맞은편에 앉았다. 묵직한 음성의 주인을 알았다.

"언제 들어오셨어요?"

"방금."

"발소리 좀 내고 다녀요. 안 계신 줄 알았어요."

"짧게 인사만 드리고 왔어. 네 유모가 나갈 때까지 얼마나 눈치를 봤는데."

"도둑질하는 것처럼 조마조마하셨겠어요."

"조금."

지오반니가 유쾌하게 대답했다. 가벼운 차림을 한 그는 한결 편안한 모습을 하고 있었다.

"많이 말랐어요."

"누구 덕분에 고생을 좀 했지."

황도에 도착하고 난 이후에도 바쁜 그였으니 처음 별장을 제외하곤, 제대로 얼굴을 보는 것은 오늘이 처음이었다. 그는 별장에 들를 시간도 없이 바빴기 때문에 편지를 주고받는 것이 전부였다.

"워낙 시끄러우신 분들이라서. 많이 시끄럽죠?"

"좋은 날이잖아."

와인을 채워 준 그가 잔을 라즐리 쪽으로 밀었다.

"영 기분이 별로인 것 같은데."

"제가요?"

"응."

"정말 좋은데."

"안 본 사이에 거짓말도 늘었고."

그의 말에 라즐리는 와인을 머금는 것으로 대답을 유연하게 피했다.

"능청도 늘었어."

"삼 년은, 변하기엔 충분한 시간이잖아요."

"나도 변했나?"

"아니요."

"너도 그대로야."

라즐리가 웃음을 터뜨렸다. 웃음이 잦아들자 방 안은 금세 침묵으로 감싸였다.

"제가… 너무 이기적이었죠."

"탄탈로스가 그러던가?"

"그게 중요한 건 아니잖아요."

"사냥개 노릇 좀 하라 했더니 이상한 말을 한 모양이네."

그는 넉살좋게 웃으며 테이블 위에서 가늘게 떨리는 손을 겹쳐 잡았다.

"그런 희생을, 하게 될 줄은 몰랐어요. 알았다면 부탁하지도 않았을 거야. 왜 말하지 않았어요? 나쁜 사람이 된 것 같아."

곧 울 것 같은 얼굴을 한 채로 라즐리가 고개를 푹 숙였다. 왜 알려주지 않았냐며 그를 탓해야 이 죄책감이 조금은 사라질까. 안일하게도 지오반니의 입장까지 생각하지 않았다는 말이 맞았다.

조금만 생각해 봤다면 바보가 아닌 이상 탄탈로스가 제게 건넸던 말을, 생각하지 못할 리 없었다. 이 남자의 곤란함보다 복수가 중요했던 것이다. 하지만 과연 그러했었나. 남자가 앞으로 겪게 될 일들을 생각해 본다면, 그것이 그리도 중요한 일이었나.

"글쎄."

"미안해요."

"그런 말을 들으려 해 준 일은 아닌데."

"너무 내 입장만 생각해서."

"원하던 답도 아니고."

"너무 미안해요. 내가 이기적이고, 너무 이기적이어서."

"착한 사람을 좋아하진 않아."

지오반니가 축축해진 볼을 닦아 주었다.

"해결하지 못할 곤란한 상황이었다면 해 주지 않았을 거야."

"……."

"네가 조금은 홀가분해졌으면 좋겠다고 생각했어. 완전히는 아니겠지만. 네 말대로 복수가 답은 아니겠지만, 그걸로 조금 가벼워진다면. 판단은 내가 했어. 원하지 않았으면 거절했을 거야."

여린 손끝에 정성스레 입을 맞추는 그가 속삭이듯 작게 말했다.

"너와 안주하고 싶어. 네가 있는 이곳에."

그러니까 나는 네 세계가 부서지지 않게, 지켜 줘야 했다.

"그러니까 아깝지 않았어. 싸게 먹힌 값이랄까."

"이럴 때 고백은 왜 해요?"

"그래야 더 감동을 받을 테니까?"

그가 나직이 웃으며 라즐리를 침대 쪽으로 잡아끌었다.

"자야겠어. 많이 취했잖아."

"그렇게 안 취했어요."

라즐리가 작게 항변했다. 슬리퍼도 신지 않은 발바닥 아래로 차가운 바닥의 촉감이 닿기도 전에 몸이 붕 떴다. 한 손으로 라즐리를 가볍게 안아 올린 그가 다른 한 손에는 잔을 쥔 채로 걸음을 옮겼다.

"가실 거예요?"

"잠자는 거 보고 갈까?"

"졸리지 않다니까……."

"눈이 반은 감겼는데."

"그럼 좀 재워 주고 가세요."

의자를 끌어다 앉은 그가 이불 속에 거의 파묻히다시피 한 라즐리를 흐뭇하게 바라보았다.

"자장가를 불러 줄 실력은 없는데."

"완벽한 줄 알았더니 흠이 있네요."

"완벽하면 너무 인간미 없잖아."

"그럼 등이라도 두드려 줘요."

라즐리가 익숙하게 이불을 들췄다. 들어오라는 뜻이었다. 지오반니가 머뭇거리는 것을 보자 라즐리가 의아한 듯 물었다.

"왜 그러세요?"

"장소가."

눈치가 보인달까. 누가 엿듣는 것처럼 그가 속삭였다.

"별장에선 자주 해 주시더니."

잠기운을 가득 안고 라즐리가 칭얼거렸다. 그녀의 말에 아, 그렇지. 하며 지오반니가 짧게 수긍했다. 망설이던 것이 언제인 양 그가 이불 속으로 조심스럽게 몸을 밀어 넣었다.

"정작 듣고 싶은 말은 못 들었어."

"뭔데요?"

"적어도 미안하다느니, 이기적이라느니, 같은 말은 아니었지."

"나는 죽 그 말만 생각하고 있었어요. 너무 미안해서."

"미안해하지 않으면 좋겠어."

"네."

"그러려고 한 건 아니니까. 너를 위해서 한 일에 죄책감 가질 필요는 없잖아."

라즐리의 뒷머리를 조심스럽게 감싼 그가 손을 내려 부드럽게 등을 토닥였다.

"보고 싶었어요."

"응. 나도."

"돌아와 줘서 다행이에요. 믿지 않으시겠지만 정말 많이 걱정했거든요."

"돌아갈 곳이 이곳밖에는 없던걸."

"집 잘 지킨 보람이 있어요."

그녀가 한숨을 쉬듯 웃자 달착지근한 향이 숨결 사이로 미미하게 흘러나왔다. 그가 그대로 고개를 숙여 라즐리의 입술을 찾아들었다. 수마에서 거의 빠져나오지 못했음에도 라즐리는 이에 열렬히 응했다. 자의적이라기보다는 거의 끌려가는 것이 맞았다.

입술을 뗀 그가 아직도 운 흔적이 여실해 보이는 붉은 눈가에 입술을 묻었다. 보들보들한 뺨을 지나 귓가에도 제 숨을 흘려 넣은 그가 대담하게 목을 지분거렸다. 도드라진 날개 뼈를 더듬고 곧은 척추를 훑어 내렸다.

"……간지러워."

"집중 좀 해. 나는 진지하잖아."

"너무 졸린걸요……."

제 손길에도 몸을 뒤트는 것이 전부였다. 애가 타는 저와는 달리 퍽 태연자약한 모습이었다. 그것이 못내 약이 올라 지오반니의 손이 치마 속으로 거침없이 들어갔다.

"소리 지를 거야."

"협박은."

그가 가볍게 혀를 찼다. 그가 사심이 가득한 손을 거두었다. 지오반니는 가볍게 입을 맞추면서 이불 위로 잔물결처럼 퍼진 붉은빛의 머리칼을 잔뜩 손에 그러쥐었다.

색감 좋은 머리칼이 마치 자신의 것인 양 손에 감겼다. 그래. 제 것이지. 이 머리칼도, 물기 어린 눈동자도. 여자의 모든 것이. 그렇게 생각하자 생각지도 못하던 만족감이 폐부 깊은 곳까지 차올랐다.

"한 번만 더 해 줘요."

"뭘?"

의아한 눈이 연한 호박색 눈동자와 단단하게 맞물렸다.

"별장에서 해 주던 거."

"기억은 하고?"

"잊을 수가 없잖아요. 그런 고백은 처음 들어 봐."

원한다면 몇 번이고 속삭여 줄 수 있었다. 숨결이 오갈 만큼 가까운 거리에서 그가 낙인이라도 찍듯 고백했다.

"나타르타."

내가 너에게로. 지오반니가 감미롭게 속삭였다.

* * *

단상 아래로 내려온 엘리노라가 비척거리며 미하엘에게 다가갔다.

"아무것도 취할 수 없을 거라 했습니다."

"그렇더구나."

"얻은 것이 있으셨나요? 무엇을 얻으셨습니까. 마법석의 권리를 얻으셨나요, 폐하를 구슬리길 하셨습니까."

미하엘은 침묵했다.

"미하엘이 한 짓들을 보십시오. 그 계집을 가져 보자고 저지른 일들을 보란 말입니다!"

엘리노라는 분이 풀리지 않는 듯 거칠게 씩씩거렸다. 그녀의 눈에 거친 불길이 솟았다. 미하엘의 가슴팍을 민 엘리노라가 소리를 질렀다.

"제가 말리지 않았습니까?"

퍽퍽 소리가 날 정도로 가슴을 치는 행동에도 미하엘은 표정 하나 바뀌지 않은 채로 서 있었다. 밀리면 밀리는 대로, 휘청거리면 휘청거리는 대로였다.

될 대로 되라는 식의 행동이 엘리노라를 머리끝까지 화나게 했다. 차라리 네가 나를 혼계하느냐 목을 조를 때가 더 나았다. 지금의 미하엘은 패배했고, 꼴사나운 것들은 모두 보여 주고 있었기에.

"제발 멈추시라고. 제발, 제발! 그 말을 거듭하지 않았습니까!"

"......"

"끝이 뻔히 보이는 결말에 누구보다 오라비를 말렸습니다. 저는 누구보다 미하엘을 걱정하는 사람입니다. 아들을 잃은 공작이 또 한 번 실수를 반복하겠습니까? 사람이 천치가 아닌 이상 그러지는 않겠지요. 등신이 아닌 이상 두 번은 그러지 않겠지!"

미하엘은 성난 소인 양 화를 내는 제 누이의 말을 가만히 듣고 있었다. 입이 얼어붙어 목소리도 나오지 않았다.

"그런데 기어이 상황을 이렇게 만들어! 전쟁을 일으켜 나라 꼴을 이리 만드냐고요!"

"......."

"무엇이 그리 당당합니까. 어찌 모든 것을 당신의 발아래 두려고 해! 사람이 포기할 줄도 알아야 하고 받아들일 줄도 알아야 하건만, 미하엘은 왜 그것을 못하냔 말입니다."

엘리노라가 숨이 끊어지는 소리를 내며 꺽꺽거렸다.

심하게 부상을 입은 미하엘의 팔을 보자 그 서러움은 배가 되었다. 제대로 쓸 수 없을 것이라 하였다. 전해 받은 보고에 의하면 거의 잘리다시피 한 팔을 기워 넣은 것으로도 충분히 힘든 일이었다고.

뺨에 이어진 긴 자상을 보는 엘리노라가 아이처럼 울었다. 언젠가 웰시노 후작의 뺨을 보기 좋게 그어 놨다며 자랑하던 오라비가 지금 딱 그 꼴을 하고 있었다.

"아바마마를 원망하셨죠. 증오하셨습니다. 하지만, 미하엘. 미하엘의 모습에서 아바마마의 모습이 보입니다. 아주 똑같아요. 너무나 비슷해서 가여울 정도예요. 가엽고 가여워요. 당신이 너무나 불쌍해!"

미하엘은 아바마마와 자신이 닮았다는 소리를 가장 싫어했으며, 모욕을 받은 양 수치스러워했다. 하지만 누구 하나 더 나은 이가 없었다. 어쩌면 미하엘이 그 말을 인정하지 않으려 했던 것은 너무나 닮아 있었기에 그랬을지도 몰랐다. 그리도 싫어하는 사람에게서 자신을 보았고, 그래서 거울을 보는 기분이었을 테니까.

무엇이 같지 않을까. 아버지의 죽음은 우습게도 하르바티 왕국을 무너뜨리고 취해 온 어린 왕녀에 의해서였고, 미하엘의 패배는 그가 그토록 바라고 갈망하던 계집의 손에서였다. 둘의 말로가 이리도 닮아 있었다. 엘리노라는 모든 것이 무기력해지는 기분이었다.

"아바마마께서는… 죽어 가는 와중에도 하르바티의 왕녀를 찾으셨

다고 하더군요. 수년간 품에서 어여삐하던 그 여자를 부르셨죠. 제게
독을 풀어 넣은 줄도 모르고 말이에요."

아리엘이 피를 토해 가며 마지막으로 중얼거렸던 것이 누바라를 향
한 저주였다면 제대로 먹힌 셈이다. 정말 제 오라비는 미쳤으니까.

"누이가 마지막으로 청합니다. 아버지와 같은 길을 더 이상 걷지 않
으시려거든 아리엘의 그림자에서 벗어나셔야 할 겁니다. 그 여자는 당
신을 죽일 거예요. 그 말도 안 되는 감정의 구렁텅이에서 당신을 끝끝
내 놔주지 않을 거라고요."

미하엘은 눈물로 얼룩진 제 동생의 얼굴을 내려다보았다. 그의 눈
이 까맣게 가라앉았다. 담은 것 하나 없는 빈 눈이었다.

―아무것도 얻지 못할 거예요.

여자가 했던 말이 떠올랐다. 당신이 가져갈 것은 아무것도 없을 것
이라던.

*　　*　　*

"귀환을 축하해."

기쁨이라곤 느껴지지 않는 건조한 말에 지오반니는 고개를 끄덕이
는 것으로 답했다. 야트막한 조롱기가 섞여 있었지만 그는 개의치 않
았다.

"삼 년 동안 사냥개 노릇은 잘했고?"

"물론이지. 얼마나 따분하던지. 네가 그렇게 죽고 못 사는 여자의

하루도 읊어 줄까? 피아노 따위를 치고, 책을 읽고, 몸을 치장하더군. 언제? 너는 그 여자 때문에 저 너저분한 곳에서 온몸을 다해 싸웠을 텐데. 퍽 태평한 생활이지 않나."

"울고 있는 것이 더 우습지 않을까."

"……."

"삼 년을 눈물바람으로 지새는 것보다야 그게 낫지."

지난밤 제게 보여 줬던 진심 정도면 충분했다. 죄스러워하되 딱 넘치지 않을 만큼.

"사랑놀음을 하더니 정말 미쳤어."

"떠밀려서 간 것이 아니라 자의적으로 행했지. 여자를 탓할 것이 아니라 나를 탓해야지, 탄탈로스. 아무리 고깝더라도 이상한 소리 같은 건 하지 마. 네가 이상한 소리를 하니 신경 쓰고 있잖아."

"이상한 소리? 이상한 소리인가, 그것이?"

"화낼 곳을 잘못 짚었다는 소리야. 화풀이를 하려면 나한테 해. 여자의 약한 부분은 내가 쥐고 흔드는 거지 네가 흔드는 게 아니다."

"여전히 입만 산 것이 고깝다."

탄탈로스가 분한 듯 입매를 비틀었다. 그 여자의 존재가 녀석이 희생하려는 이 모든 일보다 가치 있다 말하는 것인가? 여자의 존재가 무엇인데. 나약하고, 나약하고, 조금이라도 힘을 주면 잘게 바스러질 그 여자가.

잔뜩 성이 난 얼굴로 탄탈로스가 입을 열려는 찰나, 아를리안이 그를 막았다.

"심술부리지 마."

"말하는 작태를 보라지! 삼 년 동안 고생한 나한테 고맙다고 인사는 못 할망정."

"네가 백 번을 말해도 듣지 않을 거야. 노야는 말을 잘 듣지 않아."

아를리안의 입매에 작은 웃음기가 스몄다.

"그래. 삼 년 동안 역한 곳에서 구른 기분은 어때."

"최악이었지."

지오반니가 유쾌하게 대답했다.

"하지만 후회는 없어."

"퍽이나."

여전히 불퉁한 얼굴로 탄탈로스가 중얼거렸다.

"지금 그렇게 여유를 부릴 때야? 고룡이 비밀리에 회의를 소집했어."

"꽤나 인간 흉내를 내고 있는데."

"용을 죽인 것에 반발이 커."

"다시 시작될 싸움인 것을 누가 몰랐는데."

"탈리만을 상처 입히되 죽일 줄은 몰랐겠지. 우리가 씨가 귀한 만큼 그쪽도 씨가 귀하다. 그쪽은 근친을 행하면서까지 유지하려 하니까."

"어리석긴."

지오반니가 마뜩지 않다는 듯 혀를 찼다.

"왜 스스로 죽인다는 것을 모르나. 날개 없는 것이 용인가? 그렇다면 하르게니아와 인간 사이에서 태어난 그놈도 용이라고 해야 맞는 것이겠지. 날개 없는 것은 거두고, 인간에게서 난 것은 버린다?"

"그들의 일이지 우리 일이 아니야."

탄탈로스는 그들을 어리석다고 말했지만 아를리안은 생각이 조금 달랐다. 사라지는 것을 원치 않았기에 그러는 것이다. 근친을 행하면서까지 그 피를 보존하려 함이다. 자신들 외에 다른 것이 섞이는 것을 원하지 않는다는 점도 이해했다.

"그 마음은 이해하지만 조금 현실적으로 생각할 때도 되었어. 사라지는 것은 원하지 않는데, 다른 것의 피가 섞이는 것은 허락할 수 없다는 것 자체가 모순이잖아."

"우리가 훈계를 하기엔 일족의 상태도 썩 좋은 건 아니야. 그만하지. 이놈이고 저놈이고 죄 사라지게 생길 판에."

차례로 사라지는구나. 지오반니는 입 안이 썼다. 예고되어 있는 멸滅이었다.

"지금 용의 근친이 중요한 게 아니라, 하르게니아가 펄펄 뛴다더군."

"하르게니아?"

그 변덕스러운 여자가 왜? 지오반니의 눈이 가늘어졌다. 북해의 하르게니아. 알려진 바로는 알케미나보다 더 거대한 몸체에, 그보다 힘이 웃도는 여자였다. 질릴 정도로 변덕이 심하고 성격이 꽤나 더럽다던.

어쩐 일에선지 에르만틴에 묶여 있는 듯했지만 그것 또한 하르게니아가 함께하고자 한 인간의 수명이 다한다면 끝날 일이었다.

"네가 탈리만을 죽였으니까."

"마치 살려서 돌려보내야 했다는 소리로 들리는데."

지오반니가 신경질적으로 웃었다.

"이 전쟁이 애들 장난인가? 내 옆구리에 제 발톱을 박아 넣은 새끼를 살려 보내란 거야?"

"알케미나도 꽤나 놀란 눈치야."

"내가 그따위 자비를 베풀 만한 놈으로 봤다면 알케미나의 멍청함을 탓해야지. 다들 이 평온했던 시간이 너무 길어서 무뎌져 그런 것이 아닌가. 사랑놀음에 미쳐 탈리만을 본체만체한 것이 누군데. 탈리만이 아니라 하르게니아가 나왔다면 내가 그년을 죽일 수 있었을까?"

"……."

"아니. 못 죽여. 그건 확실하지. 내가 꿇려지지도 않았을 테지만 그 여자 또한 꿇려지지 않았을 거다."

지오반니는 하르게니아의 강함을 인정했다. 여자는 성격이 더럽고, 제 힘을 과신했다. 그리고 자신의 힘을 내보이는 만큼의 잔인함과, 그에 상응하는 강함을 지녔다. 알케미나마저 절절매며 빌빌거릴 만큼.

"죽이는 건 너무 과했다는 말이 나오고 있어. 어쨌거나 우리도, 그들도, 씨가 말라 가는 것은 똑같으니까. 게다가 자간과 용의 마찰이 아닌, 제삼자에 의해 일어난 전쟁이야. 기오테와 차에 의해. 혹은 네 개입으로 수를 맞추고자 탈리만을 끼워 넣은 거지 직접적인 마찰은 아니었잖아. 그러니 알케미나조차도 간과한 면이 있었겠지."

"이 회의로 무엇을 얻고자 하는데."

"알케미나도 너를 이해하지 못하는 건 아니라고 하더군. 하지만 그는 하르게니아를 어쩌지 못하니 이 회의를 소집함으로써 그 여자의 비위를 맞춰 주려는 것 같은데."

"또."

"녀석이 가리온을 만든 것은 계집 하나를 위해서지. 그곳에 안주한 녀석이 시작될 싸움을 달가워할 리 없다. 그러니 너를 키튼과 같은 방식으로 처벌하거나."

"나를?"

"알케미나처럼 너 또한 제약에 묶였다는 걸 잊지 마."

"웃기는 소리를. 나를 추방하겠다고? 마라그로?"

재색 눈에 흉포한 기운이 서렸다. 치미는 욕지기에 하얀 뼈마디가 튀어나올 정도로 주먹을 꽉 쥐었다.

"그들은 거기까지도 생각하고 있지."

"당할 성싶은가. 찢어 죽일 힘이라면 나도 가지고 있어."

"하지만 내가 너를 그리 둔다는 건 아니다, 노야."

아를리안이 걱정하지 말라는 듯 지오반니의 뺨을 감쌌다. 모아졌던 미간을 펴 주고 사납게 일그러진 눈 주변을 부드럽게 매만졌다.

"사막의 군신이라 추앙받았던 너를 누가 손대랴. 내 아끼는 가족을 누가 감히 이 땅 밖으로 내칠 수 있을까. 싸움을 원하지 않는 것은 우리도 마찬가지이니 조금 장단이라도 맞춰 줘야 하지 않겠니."

"……."

"네가 진정으로 그 여자가 있는 그 나라에서 짧게나마 안주하고 싶다면 구색이라도 맞추라는 소리다. 네게 더 이상의 소란은 좋지 않아."

다정하게 어르는 목소리에 지오반니는 사나워진 눈을 갈무리했다. 거칠어진 숨이 조금 진정되었을 때에야 아를리안의 손을 거둬 낼 수 있었다.

* * *

오키아가 제 얼굴을 마르게 쓸어내렸다. 그는 제너가 찾아왔던 날 이후로 깊은 잠에 빠지지 못했다. 빠질라치면 덫에 걸린 양 충신의 그림자에 갇혔다. 그가 자신에게 했던 말, 지난날 귀를 막고 그와 철저하게 대립했던 기억들이 한데 모였다.

충신의 행복했던 현재를 가장 철저하게 부숴 버린 사람. 그러곤 모르쇠로 일관하며 버젓이 앉아 현왕의 흉내를 내는 사람. 대의를 위해 작은 것을 버린 남자.

지금에서야 물었다. 이제야 물을 수 있었다. 그것이, 네게 진정 작은 것이었던가. 그 사람들이, 네게 향한 충심이 과연 작은 것이었나. 네 옹졸한 자존심을 버리지 못할 만큼? 수없이 물었다. 들려오지 않는 답임을, 스스로 답하지도 못하는 질문을 끊임없이 반복했다.

이 얼마나 역겨운 모습인가. 지나간 일을 되새기며 후회하는 것만큼이나 어리석은 짓은 없었다.

"결혼 준비는 잘되어 가고 있고?"

"잘될 테지."

지오반니가 모호한 답을 흘렸다. 오키아는 검게 그늘진 눈으로 그를 바라보았다. 억겁의 시간을 살아온 남자였다. 어쩌면 그는 제 얘기를 듣고 속 시원한 답을 내 줄지도 몰랐다. 하지만 그런 그의 희망은 채 불이 지펴지기도 전에 사라졌다. 답이 없는 문제이지 않나…….

그는 눈가를 일그러뜨리며 웃었다. 곧 울어도 이상하지 않은 얼굴이었다. 이미 반 정도 비어진 술병을 보아 그는 꽤 많은 양의 술을 마신 후였다. 몸을 뜻대로 가눌 수 없다 뿐이지 저를 지배하는 생각들은 점점 또렷해져만 갔다.

"요즘 잠을 못 자는 모양이던데."

"고충이 많은 자리지. 내가 앉은 곳은."

오키아가 비틀거리며 자리에서 일어섰다. 무겁게 늘어지는 몸에 의해 테이블 위의 잔들이 바닥 위로 떨어졌다.

"아아."

오키아가 이마를 짚었다.

"꺼져 버렸네."

"……"

"다시 제 상태로는 돌리지 못할 거야. 그렇지?"

"궁상떨지 말고 앉아."

지오반니는 더 이상 보아 줄 수 없다는 듯 단호하게 말했다.

"지오반니."

이미 비어진 술병을 보아 오키아는 꽤 많은 양의 술을 마셨다.

"말해."

"할 수만 있다면……"

"……"

"시간을 돌리고 싶은 심정이야. 가능한가?"

"취했군."

"가능할 줄 알았지. 대단한 존재들이 아닌가."

그가 허탈하게 중얼거렸다.

"되돌리고 되돌려서, 내가 프레야 공의 말에 귀를 기울이는 걸세. 그래서 못 이기는 척 그의 말에 따르는 거야. 내 자존심일랑은 다 내려 두고, 내 말이 틀린 것을 인정하고, 한 번만 굽혀서 모든 것을 되돌리는 거지."

"……"

"그렇다면 나는 이리 괴로워하지 않아도 되겠지. 그는 이런 방식으로 복수를 택하지도 않았을 거고. 모두가 어그러질 일은 없었을 거야. 내 말이 맞지?"

발간 눈을 한 오키아가 실소했다.

"공이 떠난다는 말을 들었나?"

"지금 네게 듣고 있잖아."

귀족들 사이에서 은근히 들려오는 소문이 거짓은 아니었던 모양이다. 라즐리에게서 들은 바가 없으니 라즐리도 모르고 있을 가능성이 높았다.

"더 우스운 이야기를 해 줄까."

"듣지."

"나는, 그가 황도를 떠난다고 했을 때, 조금 기뻐했던 것 같기도 해. 분명 아끼는 사람이었거든. 아끼는 사람이었는데, 내가 정말 아끼던 이였는데…… 홀가분했어. 공의 얼굴을 보지 않으니 자책하지 않아도 되고, 부끄러워하지 않아도 되니까."

오키아가 입술을 깨물며 비집고 나오는 웃음을 억눌렀다.

"오래전, 그 전쟁을 끝까지 고집한 내 모습을 떠올리지 않아도 되잖나."

"……."

"나는, 그의 얼굴을 볼 때마다 내가 어려지는 기분이야. 절로 한심해지고 나약해지는 기분. 시간이 멈춰지는 곳은 항상 같아. 나를 설득하던 그와, 그런 그를 다그치던 내가. 눈을 감으면 옳다 목소리를 높이던 내가 있어. 그때의 나는, 내가 틀렸다는 것을 알았지. 나를 훈계하듯 말하는 공의 말이 구구절절 옳다는 것도 알았어."

"……."

"오기를 부렸지."

그리도 오만했었다.

"내 앞에서 고개를 숙이는 순간 멈췄어야 했어. 그가 제 자신을 낮추는 순간, 나도 생각을 고쳐먹었으면 이 사달이 나지는 않았을 것이 아닌가. 누바라에서 원하는 조건을 들어줄 수도 있었지. 하지만 나는 그때도 저울질을 하고 있었던 것 같아. 무엇이 득이고, 실이고. 그들을 살리는 것이 득일지, 죽이는 것이 득일지. 하지만 네가 보기에도 나는 지금 무언가를 잃었지 않은가. 그의 신뢰를 저버리고, 그를 잃었지. 끔찍한 악몽을 얻었고, 평생을 갈 죄책감을 얻었어. 내가 한 선택이 틀린 거야."

그리도 자신했었던 무언가가 완벽하게 부서졌다. 그것은 자신이 아니라 오만에 불과했고, 선택이라 했던 것은 완벽한 실수였다.

"지오반니, 나는 끝까지 그 사람에게 사과를 하지 못했어. 사람이 이리도 졸렬할 수 있을까."

아직도 내세울 자존심이라는 것이 있는 모양이지. 그에게 어떠한 위로의 말도, 사과도, 해 주지 못했다. 대신 변명을 했었지. 대의를 위한 것이라 또 한 번 그를 들쑤셨다.

"사람이 늘 옳은 선택과 판단을 할 수는 없어. 네가 앉은 곳이 고충이 많은 자리이니만큼, 옳고 그름의 잣대를 판단할 수 있는 기준이 명확하지 않기 때문일 테지. 실수는 할 수 있다고 생각해."

"……."

"그렇다고 위로를 받아 합리화를 하라는 건 아니지만."

지오반니가 소파에 몸을 뉘이며 입을 열었다.

"죄스러워해. 그가 바라던 것처럼."

그것이 거대한 무게를 단 추가 되어 오키아를 짓눌렀다. 평생을 안고 갈 죄책감은 수없이 저울질했던 자신의 안일함을 비난하고 있었다.

"수년 전, 아리엘을 본 적이 있어."

지오반니의 말에 오키아가 감싸 쥔 얼굴을 들었다.

"여자는 나를 찾아왔어. 나를 찾아와 부탁을 했는데, 이 땅을 오래도록 관리해 준다는 얼토당토않은 말이었지. 그건 부탁이 아니라 거의 통보식이었거든. 하지만 꽤나 맹랑해 들어 주고 있으니, 은혜를 갚아야 한다고 하질 않나."

"은혜라고?"

"오갈 데 없는 자신을 거둔 라제프의 자비에 빚이 있다고 했지. 그저 사람 한 명 거둔 것인데. 여자는 꽤 깊은 의미를 뒀잖아. 어떠한가. 네 생각보다 더 바보 같은 여자가 아닌가."

곧기만 해서 부러졌던 여자였다. 지오반니는 단단하게 입술을 굳힌 여자를 기억해 냈다.

"모른 척할 수야 있었지. 정말 우스운 이유였으니까. 하지만 여자의 마음이 갸륵해 나는 그러마 했다."

"……"

"누바라에 볼모로 잡히고, 죽음을 맞이할 때까지. 여자는 너를 탓하지는 않았을 거야. 제대로 된 보답을 하고 간다 생각했겠지. 여자의 부족이 그래. 사막에서 태어난 이답게 신념 강하기로 따라올 자가 없어. 참 아이러니하지. 누군가는 저울질하고, 누군가는 기꺼이 제 목정도는 내놓았다는 것이."

"그만."

지오반니가 괴로워하는 오키아의 얼굴을 보며 입매를 비틀었다. 그 늙은이, 제대로 된 복수를 하고 떠나는구나 싶었다. 이리도 괴로워해.

그 남자가 아들의 죽음을 평생 안고 가는 것처럼, 오키아 또한 평생을 안고 갈 죄책감이다. 누가 더 불쌍할까. 누가 조금이라도 더 나을까.

"듣지 않는 것이 나았을 거다. 하지만 여자의 미련스러운 고집 정도는 너도 알아야지."

오키아는 속을 짓누르는 답답함을 누르며 어렵게 물었다.

"네가 본 이 라제프는 어떠했나."

"너희들이 가치 있다 생각하는 것은, 내겐 하등 의미 있는 것들이 아니었고⋯⋯."

"⋯⋯."

"퍽 재미없는 곳이라 생각했지. 따분하고. 지금도 다르지 않아. 그래도 네게 감사해. 네가 아니라면 난 지금쯤 사막 어딘가를 헤매고 있었을 거야. 그리고 더디게 흐르는 시간을 탓하며, 그 시간 속에서 미쳐 가고 있었겠지."

지오반니는 그 말을 끝으로 자리에서 일어섰다. 더 이상 이 우울한 이야기를 들어 줄 인내심이 없었다.

"나는 무슨 선택을 해야 할까."

"무슨 말을 하는지 모르겠는데."

"너를 두고 저울질을 하기는 싫어서 하는 말이야."

"어느 것이 득이고 실인지 기오테가 가르쳐 주지 않던가."

지오반니가 입매를 비틀며 웃었다.

"가르쳐 주더군."

"그럼 그 말을 따는 것이 이롭겠지. 기오테는 똑똑하니까."

장난기가 다분한 지오반니의 말에 오키아가 작게 웃었다.

*　　*　　*

"무슨 생각을 그렇게 오래 하세요?"

"너와 같은 생각일 게다."

제녀는 심기가 불편한 듯 담배를 뒤적거렸다. 곧 불을 붙인 그에게서 한숨과 함께 연기가 흘러나왔다.

"할아버지."

"부르지 마라. 네가 할 말이 무엇인지 알 것 같으니."

"너무 웰시노 후를 다그치지 마세요. 그 사람은 많은 희생을 했어요."

"그런가 보더구나."

"이해해 주세요."

"이해하지 못하는 건 아니다."

"……."

"하지만 이해와 이건 다른 문제지. 내게 웰시노 후의 존재가 마뜩지 않았던 이유는, 그저 건방지고 내게 되도 않는 장난질을 쳤기 때문이었다. 그가 용을 죽일 만큼의 힘을 가진 존재라서가 아니라."

그는 지오반니가 다녀간 날을 곱씹었다. 껍데기는 곱상한 사내. 알맹이는 괴물. 이 모든 것을 라즐리를 위해 했던 남자. 그럼에도 차후에 일어날 이 모든 일에 후회는 없다고 말했던. 라즐리를 위해서라도 당신만은 살아야 했다고 소리쳤던 이. 그의 얼굴이 복잡해졌다.

"괴물이 아니라고 하진 마. 용을 죽였다는 인간은 듣도 보도 못했으니까."

"죽이지 않았다면, 그가 죽었어요."

"알아."

모를 수 없었다. 자신과 상황이 비슷하다면 비슷할 테니. 장난으로라도, 자비를 베푼다는 어쭙잖은 말로 물러설 일이 아니었다.

라즐리가 틀린 말을 한 것은 아니었다. 용의 힘 앞에선 운 따위도 존재할 수 없으니, 그가 살기 위해선 라즐리의 말처럼 용을 곤죽으로 만들어 놓든가, 죽여야 하는 것이 최선의 방법이었을 것이다.

"죽을 수는 있는 존재라더냐?"

제너의 비아냥에 항변하려던 라즐리의 입술이 소리 없이 다물렸다.

"말해 봐라. 인간이 아니라면 죽을 수는 있다던?"

"모르겠어요."

"태어나서 종내 흙으로 돌아가는 것은 너무나도 당연한 일이지. 용마저 흙으로 돌아간다. 한데 그 규칙마저 깨뜨리는 것을, 대체 무엇이라고 단정 지을 수 있냔 말이다!"

그가 답답함에 언성을 높였다. 대체 뭐가 뭔지 모르겠다.

"제가 말씀드렸잖아요. 그가 가지고 태어난 것들 중에서, 그 사람이 선택할 수 있는 건 없었어요."

"그래서 그렇게 태어났기에 위험하다고도 내가 말했었지."

"원하지 않은 것을 가지고 태어났어요. 그것마저 그 사람 탓을 하시는 거예요?"

"똑바로 들어라. 탓이 아니지. 나는 그를 탓하고 있는 게 아니라, 두려워하고 있는 거야. 용을 죽인 그 힘과 잔인함에 대해서."

"그 용을 죽이지 않았으면 지오반니가 죽었어요. 그가 죽을 순 없었고요!"

"차라리 그랬더라면 이런 소란은 없었을 거다."

거리낌 없이 그가 죽었어야 함이 더 편했을 것이라고 말하는 제너의 말에 라즐리의 눈이 일그러졌다.

"라즐리, 그는 오랜 시간을 살았다. 너도 알다시피 많은 곳을 정처 없이 떠돌고 수많은 이름으로 태어나 죽고를 반복했어."

"그게 저와 후의 만남을 반대하실 이유가 되지는 못해요."

"그럼 내가 흔쾌히 허락이라도 할까?"

"……."

"그 괴물과 결혼하라고 내가 허락이라도 해 줘야 직성이 풀리겠어?"

"괴물이라고 하지 마세요."

"그래. 정정하마. 웰시노 후를 보통의 인간으로 알고 있을 때, 내가 너와 후의 결혼을 허락한 건 웰시노 후작이 앙큼하게도 라르기얀의 앞을 막아설 담이 있어서였다. 그 담대함이 마음에 들었다. 그래서 허락한 것이지, 이런 일까지 알고 있었더라면 난 고민할 필요도 없이 허락 따위는 안 했을 거다!"

흥분을 가라앉히지 못한 제녀가 화를 식히려 창문으로 가까이 다가갔다.

"지오반니가 한 희생을 가볍게 여기지 마세요."

"그 대단한 희생은 나도 알지!"

"제가 부탁했어요! 아무런 연관도 없는 일에 지오반니를 곤란하게 한 것은 저였어요. 그런 힘을 가지고 있다고 해서 용과의 싸움을 쉽게 생각하지 않아요. 그 사람은 안온함보다 저를 선택한 거예요."

"정말 눈물겨운 희생이다. 그건 분명 후에게 감사해야 할 일이지. 그래, 나를 그 불구덩이 속에서 구해 준 것은 정말 고마운 일이야. 하지만 그렇다고 해서 모든 것을 허락하리라 생각하지 마라! 네가 연관되어 있다면 조금 달라지지. 너는 누구보다 안전하게 살아야 해. 그 위험한 자의 곁이 아니라!"

"위험하지 않아요!"

"위험하지 않다고? 그자가 끌고 들어온 일이 무엇인지 봐라. 동족을 죽임에 고룡이 분노했고, 에르만틴의 하르게니아마저 적의를 감추지 않는 마당에, 그의 곁이 안전하다고 말하는 게야? 그 괴물이 안전하다고 말하는 거냐고!"

성큼성큼 그녀의 앞으로 다가온 제너가 라즐리의 어깨를 강한 힘으로 붙들었다.

"왜 그 사람을 두려워해요?"

"그 힘을 감당할 수 없을 테니까. 짐승의 눈을 하고 마음만 먹는다면 무엇인들 못할 것 같으냐."

"그 사람이 무언가를 한다고 하던가요?"

—돌아갈 곳이 이곳밖에는 없던걸.

기분 좋은 듯 낮은 울림을 내며 속삭이던 그를 기억했다. 돌아갈 곳은 자신의 곁이라던.

"그 사람이 무엇을 한다고 했는데요? 할아버지를 죽인다고 하던가요? 이 나라를 거꾸러뜨린다던가요. 황위를 위해 치열하게 싸운다고 하던가요!"

"못할 것이 있겠느냐? 그 주위에 속살거리는 사람들이 그를 그리 만들 테지!"

"그 사람이 바라는 건 그게 아니에요. 그 사람은 누구보다 불쌍해요. 그는 오랜 시간 속에 정처 없이 머물러 있어요. 그 사람이 여태 살아온 이름들 중 대부분의 것들은 기억이 안 난다고 하지 않던가요?"

"······."

"그렇지 않아요. 그 사람은 자신이 처음으로 이름을 받은 그 순간부터 모든 것을 기억해요. 두 번째의 이름도 기억하죠. 수십 개, 수백 개의 이름으로 살아가면서 그 사람은 그 이름들을 잊은 적이 없어요. 그 이름으로 살았던 삶조차도 잊을 수 없어요. 이 끔찍한 저주가 반복되는 그 사람, 그런 그가 무서우세요? 불쌍한 게 아니라?"

조심스럽게 제너의 손을 떼어 낸 라즐리가 곧 울 것 같은 얼굴로 물었다.

"제가 죽으면 이 기억 또한 혼자 끌어안고 갈 그가 두려우세요? 상처받을 이는 제가 아니라 지오반니예요. 괴로워할 것도 그고, 그 시간 속에 갇힐 사람도 그죠."

"······."

"그 사람이 저를 놓지 못하는 게 아니에요. 이기적인 사람이 누구인지 아직도 모르시겠어요?"

─너에게는 찰나지만, 녀석에게는 영원이지.

탄탈로스의 나직한 경고가 스쳤다.

그를 놓지 못하는 것은 자신이었다.

그가 영원의 시간 속에서 자신을 그리워할지라도, 제게로만 향하던 지고지순한 눈빛을 보고 있노라면 탄탈로스의 충고는 짧게나마 머물러 그나마 있던 죄책감과 함께 사라졌다.

전쟁에서 돌아오면 말해야겠다고 생각했다. 당신의 시간은 너무나 길어, 자신과 함께하기엔 너무나 잔인한 일인 것 같다고. 제게 주어진 시간은 짧고, 당신은 길기에. 탄탈로스의 말처럼 당신이 영원의 시간 속에서 헤맨다면 그건 꽤나 잔인한 일일 것이라고 말해 주려고 했다.

하지만 놓고 싶지 않았다. 진창 속에 처넣어질지라도 자신을 위해서라면 괜찮다고 한 그 남자를. 돌아갈 곳이 있다고 말한 남자의 절절한 외로움을 모른 척하고 싶지도 않았다.

"저는, 그 사람 곁에 있을 거예요."

끝이 보이지 않는 길을 걸었다던 당신이 잠시 쉬어 갈 곳이 이곳이라면 기꺼이 내어 주고 싶었다.

*   *   *

가리온은 늘 이유 모를 기이함을 느끼게 했다. 고룡의 힘에 의해서일까. 형체 없는 무언가가 몸을 짓누르는 기분이었다. 발걸음을 내디딜 적마다 둔해지고, 무언가 잡아끄는 께름칙한 기분.

목을 죄는 힘에 지오반니가 그 힘을 떨쳐 내려 고개를 까닥였다. 지상에는 없을 것들로 가득 채워 흡사 낙원이라는 이름이 어울릴 가리온은 불쾌하기 짝이 없는 곳이었다.

이곳에서 인내심 있게 버틸 수 있는 시간이 짧으리라는 것을 알았다. 한시라도 빨리 벗어나고 싶었다. 그럼에도 가리온까지 발걸음해 고룡의 회의에 참석한 이유는, 아를리안의 말처럼 더 이상의 소란이 좋을 것이 없다고 판단되었기 때문이었다.

"비토르, 록산느."

먼저 도착한 그들이 아를리안을 알아보고 다가왔다. 아를리안은 한참 동안 그들을 마주 안고 체온을 느꼈다. 일족의 소식이 들려올 때면 대부분 죽음에 관한 것이었으니, 아를리안은 동족의 소식이 어렴풋이 들려올 때면 불안함에 떨곤 했다. 무소식이 희소식이라지만 걱정되는 것은 걱정되는 것이다.

비토르와 록산느가 차례로 탄탈로스와 지오반니에게도 알은척을 했다. 아를리안이 가족이라 부르는 것처럼 그리 친숙한 관계도 아니었고, 연락을 자주 한다거나 하는 것은 아니었지만 일족이라는 테두리 안에서 그들은 서로가 존재함에 안도했다.

일전에 지오반니와 마찰을 빚었던 것은 잊은 양 지오반니를 껴안은 록산느가 안도한 듯 입을 열었다.

"걱정이 되었다."

"걱정은."

"고룡의 존재가 너를 해치려 하니 두고 볼 수 없다고 생각했어. 그 꼴이 난 건 키든만으로 충분하니까."

지오반니는 히사의 죽음을 전하던 록산느의 얼굴을 잊을 수 있을까. 그때의 자신은 화가 나 있었기 때문에 저가 안주하려던 곳을 부수려는 록산느를 막기에 급급했다. 하지만 오래지 않아 후회했었다. 울 것 같은 얼굴로 찾아온 친구 녀석에게 위로 한마디 건네주지 못한 것이. 일족의 부고 소식을 전한 녀석의 얼굴을 제대로 보지 않았던 것이.

"고생했다."

"……."

"탈리만의 앞을 막아서기까지 네 고충을 이해해."

이해한다. 그것이 대단한 말이었다거나, 가슴을 절절케 할 위로였다는 것은 아니었다. 그럼에도 불구하고 지오반니는 눈을 감고 복잡한 생각을 잠시나마 거둘 수 있었다.

$$* \quad * \quad *$$

"회의까지 소집한 건 꽤나 유난스러운 짓이다, 고룡."

탄탈로스의 건조한 눈이 알케미나에게로 향했다. 그리곤 맞은편에 있는 이들을 차례로 훑었다. 자주 보아 온 얼굴이 아닐 터인데도 익숙하기 그지없었다. 회의에는 가리온의 수장인 알케미나와, 북해에 터를 잡은 하르게니아, 그리고 동대륙으로 건너간 키에르, 분쟁 지역에서 힘을 행사하는 리 페레가 참석했다.

"그대로 넘기기엔 일이 꽤 크게 벌어지지 않았나."

"나는 예상했던 바였는데."

비토르가 차갑게 이죽였다.

"그럼 탈리만의 죽음은 누구에게 죄를 물어야 할까."

"죄라고 말함인가? 노야가 무슨 짓을 했는데 그것이 그릇됨으로 가는가."

"용을 죽였지."

"잘못됨인가?"

"애초에 탈리만을 죽이겠단 소리는 없었어. 기오테와 차에 의해 시작된 전쟁일 뿐이었다. 그곳에 자간이 개입했고. 힘의 균등함을 위해서 우리는 탈리만을 끼워 넣었을 뿐, 거기서 탈리만이 죽을 일은 없었어. 힘을 균일하게 하기 위해, 그저 구색을 맞추기 위해 탈리만을 보낸 거였어. 이 긴 휴전을 끝낼 생각이 아니었더라면 노야는 탈리만을 죽이지 말았어야 했다."

"구색을 맞추기 위한 싸움 같은 것이 아니었다. 우리가 언제부터 그렇게 사이가 좋았다고? 네 말대로라면 노야가 탈리만을 살려 보냈어야 했단 소리냐? 이 싸움이 장난인가?”

탄탈로스가 알케미나의 말을 정정했다.

“우리가 언제는 장난으로 싸운 적이 있었나? 그런 사이는 아니지, 우리가. 노야는 자신이 다시 시작될 싸움의 시발점이 될 것을 알고 움직인 거야. 너희처럼 가볍게 생각한 것이 아니라. 내 친구가 며칠을 지새워서 했던 고민을 단순하게 생각하지 마.”

“탄탈로스.”

가만히 그의 말을 듣고 있던 하르게니아가 처음으로 입을 열었다.

“탈리만은 요즘 씨가 귀한 일족들 중 어렵사리 성체가 된 용이다. 오래전 노야에게 당한 상처를 기적적으로 이겨 냈지. 생각이 조금이라도 있었다면 죽인다는 결론이 나오지는 않았을 거야.”

“너희들은 생각을 하고 탈리만을 내보냈나?”

“너희나 우리나 다 죽어 가는 마당에 목숨 귀히 여기는 법을 좀 배워야겠다. 내가 기꺼이 가르쳐 줄 수도 있는데.”

“건방 떨지 마라, 하르게니아. 아무렴 내가 너에게 훈계를 받을 처지겠나.”

탄탈로스의 눈이 새파랗게 빛났다. 이 자리에 앉아 점잖게 대화를 하는 것도 고역스러운데 지껄이는 말이라곤 신경을 벅벅 긁는 말들뿐이었다.

“목숨을 귀히 여겼다면 탈리만이 그 자리에 나올 것이 아니라 적어도 알케미나, 입장이 곤란하다면 하르게니아, 키에르는 동대륙에 있었으니 넘어가고, 적어도 리 페레가 나왔어야지. 왜, 분쟁 지역에서 살육하는 것에 맛이 들려 이따위 전쟁은 눈에도 안 찼다던가?”

“왜 가만히 있는 날 걸고넘어져?”

리 페레가 불퉁하게 내뱉었다.

"너희들이 귀찮아서 어린놈을 내보낸 주제에."

둑이라도 터진 양 거침없는 말들이 쏟아져 나왔다. 아를리안은 무심한 눈을 들어 열을 내고 있는 하르게니아와 알케미나를 바라보았다.

"적어도 노야가 쉬이 죽일 수는 없었을 거다. 고전했겠지. 그 사실을 이 자리에 있는 누가 몰랐나. 알케미나, 네가 몰랐나? 똑똑한 하르게니아가 몰랐을까? 그런데도 아무 거리낌 없이 탈리만을 보낸 것은 너희들이잖아. 그가 다 자란 성체의 용이라 해도 노야의 힘에 견줄 바는 아니잖나."

"……."

"너희들이야말로 분란을 원함인가? 싸움을 시작하고 싶었던 것은 우리들이 아니라 너희들 같은데."

"듣자 듣자 하니 도가 지나친데. 말조심하지그래."

하르게니아가 이를 드러냈다. 그러자 그녀의 입술 사이로 차가운 한기가 새어 나왔다.

"말조심? 너희가 원한 것이 노야의 사과 따위였다면 평생 들을 수 없을 텐데. 대체 무슨 생각으로 이 자리를 만든 것인지 저의가 궁금하다."

"그래서. 다시 싸워 보자는 거냐?"

"싸울 생각이나 있고? 인간한테 미쳐서 에르만틴을 지키겠다고 같잖은 허세를 부리는 것이 누군데."

"너, 진짜 그 입 좀 닥쳐야겠다."

"지킬 것도 많은 년이 자리는 보존해야지."

하르게니아가 참지 못하고 탄탈로스의 멱살을 잡았다. 그도 지지 않고 하르게니아의 목을 조를 듯 감싸 쥐었다. 길게 찢어진 눈이 가감 없이 살의를 드러냈다.

"건방진 새끼가."

"그만해."

"누님, 이야기를 하려 모인 겁니다. 흥분하지 마세요."

아를리안이 탄탈로스를 저지했고, 알케미나가 하르게니아를 달랬다.

"고룡, 이 회의를 소집한 이유가 무어냐."

록산느가 피로한 눈을 꾹꾹 누르며 물었다.

"노야의 행동에 지나친 감을 느껴서지."

"지나친 감을 느꼈다는 게 겨우 탈리만을 죽인 일이라고 말하는 건가."

논쟁이 이어지던 중 아를리안이 처음으로 입을 열었다.

"노야의 사과를 받아야 한다는 소리로 들리는구나."

"적어도. 노야의 죽음으로 갚는 사과는 다소 무리가 있을 테니, 몸을 낮추어 사과하는 정도는 받아야 하지 않겠습니까. 제약에 묶여 있는 녀석이니 더 큰 처벌을 바랄 수도 있겠군요."

"정말 쓸데없는 짓 하는 것 좀 봐. 이미 죽은 놈 사과를 받아서 네가 뭐하려고?"

비토르가 당최 이해가 안 가는 눈을 하곤 물었다.

"이 내가 그 꼴을 보고 있을 성싶으냐."

"……."

"네 부름에 거부하지 않았던 것은, 나 또한 용과의 싸움을 원하지 않았기에 그러했다. 거절하지 않음으로써 너에 대한 예우를 갖추었고. 노야에게 사과를 받아야겠던 지금 네 말도, 나는 참아 주었다."

"아를리안."

"어디까지 참아 주어야 하겠니."

하르게니아와는 다른 의미로 어려운 이였다. 알케미나는 자간을 경계하고 싫어하기 이전에 아를리안의 존재에 대해서는 어느 정도 경의를 표했다. 신에 가장 가까운 이가 있다면 바로 저 여자가 아닐까.

"나는 싸움이 끔찍하다. 다시 시작될 이 싸움이 너무나 고되고 지칠 것을 알기에 달갑지 않아. 감내하고 희생해야 할 것을 알아서였다. 가능하다면 말리고 싶고, 막아서고 싶지. 너와 말이 통한다면 이야기를 나누고 싶고, 나를 설득하려 한다면 억지스러운 말이라도 설득당할 준비가 되어 있다. 하지만 명확하지도 않은 이유로 내 가족의 위신을 떨어뜨리는 것은 용납할 수 없어, 알케미나."

"……."

"노야가 잘못한 일이었다면 네가 따지고 들기 전에 내가 엄히 벌했을 거다. 하지만 이 일이 누구의 그릇됨으로 벌어진 일이냐. 단순히 노야가 탈리만을 죽여 벌어진 일이라기엔, 꽤 찜찜한 결론이지? 그 책임을 누구한테 전가하려 해."

알케미나의 속이 불편하게 울렁였다. 조곤조곤 타이르는 듯했지만 그의 속을 들추고 꾸짖지 않는 말이 없었다.

"기오테와 챠로 인해 벌어진 이 전쟁에서, 탈리만이 살아 돌아갈 가능성이 있기는 했을까."

아를리안의 차가운 벽안이 알케미나에게 향했다. 누군가 꾸짖는다면 저런 눈을 하고 있을까.

"네가 개입하지 않아도 되는 일이었다, 노야."

"……."

"네가 계집을 위한다느니, 같잖은 소리만 하지 않았어도!"

알케미나가 마르게 얼굴을 쓸어내렸다. 탈리만은 죽었다. 아를리안의 말처럼 예정되어 있던 수순이었지만, 역정을 내는 하르게니아의 비위를 맞추고자 자리를 만들었다. 이전보다 나아진 것이라곤 서로 치고받고 싸우지 않다 뿐이었다. 이쯤 되니 알케미나 또한 슬슬 짜증이 치밀었다.

"대체 뭐가 문제야."

서늘한 눈이 일그러졌다.

"너희들이 탈리만을 보냈고, 나는 그 녀석을 죽인 게 전분데."

"그 죽음을 가벼이 입에 담지 마라."

하르게니아가 사납게 으르렁거렸다.

"애초에 힘의 균등이니 뭐니, 쪽수를 맞춘 것은 너희들이었다."

"그건 우리들 사이의 암묵적인 규율이지."

"그래서 일이 더 커졌고. 이게 커질 일인가? 나는 왜 여기까지 와서 이딴 일로 시간을 허비하는지 모르겠거든."

입을 여는 것도 귀찮다는 듯한 행동에 리 페레는 포기한 듯 몸을 축 늘어뜨렸다. 애초에 리 페레는 노야가 탈리만을 죽였다는 소식을 들었을 때에도 별다른 감흥이 들지 않았다. 서로 못 죽여서 안달인 그들에게서 충분히 일어날 수 있는 일이었고, 동족의 죽음에 슬퍼할 만큼 용은 그리 감성적인 존재들이 아니었다.

알케미나는 분노하기에 앞서 하르게니아의 비위를 맞추어 주는 것에 급급해 보였고, 하르게니아가 분노하는 이유는 탈리만의 죽음에 대한 슬픔 따위가 아니라 그저 용이 자간에게 죽임을 당해서였다.

리 페레는 자신이 자간을 끔찍이 싫어하는 것과 별개로 이 회의에 대해 진지하게 고민하고 있었다. 정말 싸우겠다는 심보가 아니라면 그냥 탈리만의 죽음은 묻어 두는 것이 좋았다. 저들의 말대로 노야에게서 탈리만의 죽음을 예상치 못했을 가능성은 없었다. 사막의 군신이라 추앙받았던 그의 힘을 감당키엔 탈리만은 약하고, 어렸다.

하르게니아는 눈엣가시 같은 자간을 한 명이라도 치워 버리려 키든이 그러했던 것처럼 노야를 마라그로 추방하길 원하는 눈치였다. 차라리 죽은 탈리만이 살아 돌아오는 것이 더 빠른 길일 터다. 노야와 키든의 경우는 확실히 달랐다.

"자꾸 말장난을 하면 곤란해. 말도 말 같은 것을 해야 들어 주지. 이래서 날 마라그로 처박을 수 있겠어?"

"뭐?"

"탈리만의 죽음이 아주 좋은 미끼인 양 던지는 것 같은데."

지오반니의 입매를 비트는 모습에 리 페레가 고개를 저었다.

"자꾸 짜증 나게 하지 마. 지금 말 길게 안 하려고 조용히 입 다물고 있잖아."

"……"

"지금 이 회의를 짧게 끝낼 수 있는 방법을 알고 있는데. 알려 줄까? 네가 그리도 감싸고도는 계집. 내가 이 가리온을 이 잡듯이 뒤져서 찾아내 볼까. 내가 마라그로 처박히는 것과, 계집의 목이 부러지는 것 중 무엇이 빠를 것 같으냐, 알케미나. 이 정도 협박을 해 줘야 물러날까?"

"자꾸 협박을 하는데 정말 힘겨루기라도 해 볼 생각이냐? 내가 이 제약에 벌벌 떨어 유지하고 있는 것 같나? 깬다면 깨어질 제약에 미련을 두긴 무얼. 네가 인간 계집에게 미쳐 탈리만을 죽였다 소문이 파

다하지. 나도 협박 하나 해 보자. 내가 네놈에게 목을 졸리는 게 **빠를**
까, 그 계집을 짓이기는 게 **빠를**까."

"말은 바로 해야지. 넌 그 제약이 깨어지는 것에 벌벌 떨고 있는 것
이 맞잖나. 무고한 인간을 죽이는 것도 네 곧은 성정에서는 절대로 이
루어질 수 없는 일이 아닌가. 아끼는 년 거둔답시고 유난스러운 짓을
했지. 이 섬에 꽁꽁 숨기고 사는 주제에. 그 애정이 지대하다지."

자색 눈이 사나워지는 것과는 대조적으로 잿빛 눈이 즐거운 것을
찾았다는 양 이채를 띠었다.

"원하는 걸 말해. 짧게."

집에 가야 하니까.

시답잖은 소리를 더 이상 들어 줄 수 없다는 듯 노야가 덧붙였다.

＊　　＊　　＊

"잘 다녀오셨어요?"

가리온으로 향한다던 지오반니는 새벽녘이 되어서야 돌아왔다.

"이야기는 잘 하셨고요?"

"응."

지친 얼굴을 한 지오반니가 쓰러지듯 라즐리의 품에 안겼다. 휘청
거리는 몸을 바로 잡고 그의 허리를 감싸 안은 라즐리의 눈이 휘었다.

"걱정했어요."

"태평하게 잠들어 있으면 잔소리를 해 주려고 했는데."

허리에 두른 라즐리의 팔을 떼어 낸 그가 테이블 위로 무언가를 올
려 두었다.

"뭐예요?"

밤이슬이 채 가시지도 않은 꽃들이었다. 강렬한 붉은색과 어두운 보랏빛을 띠는, 꽤 화려한 무늬를 가진 꽃들이었다.

"칼란디바."

"……."

"룩스의 빛을 피해 달아난 포악한 밤의 여신 칼란디바가 피운 하늘 위의 꽃."

적열의 꽃. 여신의 손끝 아래서만 피어난다는 꽃이었다. 라즐리는 그것을 물끄러미 내려다보았다. 손끝에서 꽃잎의 선명한 촉감이 느껴졌다.

"필 시기였던가요?"

라즐리는 언젠가 지오반니가 칼란디바라는 꽃을 예찬했던 것을 기억했다.

"이맘때가 가장 아름답지."

"탄팔로까지 들렀다 오신 거예요?"

"응."

"저 주시려고?"

"내 방에 꽂아 두려고 가져온 건 아니니까."

유연하게 답을 피했지만 결국은 무리한 일정을 감행하면서도 자신을 위했다는 소리였다.

"예의상이라도 좋은 표정을 지어야 하는 것 아닌가."

"아, 당황해서."

놀란 그녀의 얼굴이 영 마뜩잖았는지 어느새 라즐리의 앞까지 다가간 지오반니가 고개를 틀어 입을 맞췄다.

"목이 허전한데."

"아."

새하얀 목덜미를 바라보는 그의 눈이 가늘어졌다. 보석으로 치장하기 바쁜 다른 여인들과 달리 라즐리의 목은 단출한 목걸이가 전부였다. 그것도 아니라면 거의 하고 다니지 않았다.

"걸고 있으면 신경이 자꾸 쓰여서."

"선물해 주면 걸고 다니겠지."

"당신이 준다면 그러긴 하겠죠."

라즐리가 짓궂게 웃으며 대답했다.

"그리고."

"그리고?"

"더 가지고 싶은 건."

쉴 틈 없이 입을 맞춰 오는 탓에 그의 말이 길게 맺어지지 못하고 짧게 끊겼다.

"음."

눈을 가늘이며 잠시 고민한 라즐리가 그가 키스하는 것을 막으며 입을 열었다.

"갖고 싶은 건 있는데 주실 거예요?"

"뭐든."

쿡쿡 낮게 웃는 지오반니의 얼굴을 끌어당긴 라즐리가 애교스럽게 입을 맞췄다. 뺨에서 턱으로, 입술 근처에 머물렀다.

"조금 내려 봐요. 키가 닿질 않아서."

그가 얕게 웃으며 몸을 조금 더 굽혔다. 지오반니가 그 눈을 홀린 듯 내려다보았다.

"아이."

라즐리의 눈을 홀린 듯 바라보고 있던 지오반니가 정신을 차렸다. 예상치도 못했던 답에 그가 놀라 입을 벙긋거렸다.

"당신 아이."

"……아이라니."

"당신이 외롭지 않으면 좋겠어."

"……."

"내가 곁에 없는 순간에도 버티게 할 무언가가 있었으면 좋겠어요."

라즐리의 품에 묻었던 몸을 떼어 낸 지오반니가 잔뜩 당황한 눈을 했다.

"잊지 않았으면 좋겠어. 나와 했던 모든 시간이, 당신이 여태 스쳐 갔던 많은 시간들 중 하나라고 생각하지 않았으면 해요. 지금 당신 손을 잡고 있는 사람이 누구인지 잊지 않았으면 하고. 지금 이 순간도, 나도, 앞으로 남은 당신의 시간들 속 찰나일 뿐이겠지만. 그래도 기억해 줬으면 좋겠어요. 정말 좋은 곳에서 쉬어 갔다고. 잊을 수 없을 만큼, 꿈같은 곳에서 있었다고."

"……."

"이기적인가요? 너무 큰 바람일까?"

"아니라곤 말 못 하겠는데."

"미안해요."

"이기적인 게 미워 보이지 않으니 나도 꽤 중증이야."

지오반니가 이마를 맞대고 한숨 섞인 웃음을 흘렸다.

"나도 그렇게 생각할 테니까."

나는 당신을 기억할 테지만 당신은 으레 그렇듯 가볍게 잊을까 무섭다. 종내 당신의 기억 속에서 흐려지진 않을까 두려웠다. 이기적일 지라도. 이 끝없는 이기심이 부피를 늘렸다.

　—당신이 나를 잊지 않았으면.

*　　*　　*

　아이……. 생각해 보지 않은 것은 아니었다. 솔직히 말하자면 결혼 얘기가 오가기 전부터 생각하던 일이었다. 씨가 마른 일족에 대한 고민이 컸기 때문에 훨씬 오래전부터 지속되었다. 아이. 핏줄. 혈통. 흔적을 남긴다는 것은 이루어 줄 수는 없는 것들이었다. 존재하되 존재하지 않은 것처럼 살아왔다. 그것은 자신을 비롯한 일족들이 사는 방식이었다. 지오반니가 이마를 문지르며 묵직한 한숨을 내쉬었다.

　라즐리에게서 그 말을 듣고는 자신이 무슨 얼굴을 했더라. 모자란 놈처럼 말을 더듬은 기억밖에는 없었다.

　"무슨 생각을 그렇게 해?"

　"아."

　탄탈로스가 술이 진열되어 있는 찬장으로 향하며 지오반니의 이마를 튕겼다. 그제야 긴 상념에서 빠져나올 수 있었다.

　"넋 놓고 있긴. 꽃은 잘 가져다줬고?"

　"그래."

　"꽤 인간 흉내를 내는군. 노력하는 것을 보아하니."

　탄팔로에 들른다는 노야를 따라나선 탄탈로스는 뜻밖의 광경을 보게 되었다. 평생 칼란디바는 거들떠도 안 볼 것 같던 친구 녀석은 꽤 고심하며 꽃을 고르고 있었다. 색이 더 고운 것, 마르지 않은 것. 신중하게 꽃을 꺾었더랬다. 누구에게 줄 것인지는 묻지 않아도 뻔했다. 제 방에 꽂아 둘 리는 없을 테니 그 여자에게 줄 것이었겠지.

"좋아하던가?"

"응."

"내가 살다 살다 별 꼴을 다 보는군."

흡족하다는 듯 웃는 노야를 보며 탄탈로스가 혀를 찼다. 계집을 위해 직접 꽃을 따 바칠 줄 상상이나 했겠느냔 말이다. 정말 사랑에 빠진 소년을 보는 것 같아 속이 거북해졌다.

"아아, 피곤해."

비토르가 투덜거리며 몸을 축 늘어뜨렸다.

"대체 알케미나는 왜 저런 자리를 만든 거야?"

"형식 차리는 거 꽤나 좋아하는 녀석이잖아."

"아무리 머리 없는 놈이라도 저 자리를 만들 생각은 안 했을 거야."

평소 말수 없던 록산느마저 오늘 일을 두고 사정없이 비아냥거렸다.

"하르게니아는 여전하던데."

"그 괴랄한 성격이 어디 갔으려고."

"최악이야. 그 여자하고 마주한다는 건."

비토르와 록산느의 불평은 단지 하르게니아의 성격 때문만은 아니었다. 동족 중 가장 연장자에 속하는 탄탈로스에 버금가는 그 힘 탓에, 그녀의 서슴없는 언행에도 화를 삭이는 방법밖에는 없었다. 이러니저러니 해도 그녀는 가볍게 누를 만한 이는 아니었다.

"아를리안, 우리가 가볍게 넘어가야 할 문제입니까?"

"넘어가지 않으면."

탄탈로스가 넣어 주는 아몬드를 받아먹던 아를리안이 심드렁하게 물었다.

"탈리만이 죽으리라는 것을 그들이 몰랐을 리가 없어요. 그럼에도 이렇게 노야를 잡고 늘어지는 것은, 정말 키든에게 했던 것처럼 마라그로 처박으려는 생각이 아니고 뭐겠습니까."

"……."

"그렇다면 정말 노야가 탈리만을 살려 보내줘야 했습니까? 우리 또한 멈춰진 싸움이 다시 시작되리라는 것을 알았죠. 누구도 모르지 않았습니다. 그럼에도 감수하려고 했습니다. 그들도 동의했고요. 혹시 또 모르죠. 사전에 언질이라도 줬다면 노야가 탈리만을 죽이는 일까지는 없었을지도. 하지만 가타부타 말이 없던 그들이 않습니까."

푸른 눈은 여전히 허공을 응시하고 있었다. 그녀는 계속해 보라는 듯 고개를 끄덕였다.

"심보가 고약하질 않습니까. 덫을 만들어 놓고 기다린 모양새와 비슷해요. 노야가 필히 이 세계에 안주하려는 것을 알고 꼬리를 문 겁니다. 알케미나와 제약에 묶인 것은 노야도 비슷하니 그 점을 이용한 거라고요. 여자의 숨통을 쥐면서."

"싸움이 시작되는 건 바라지 않으면서 노야의 처벌을 바라다니."

"노야를 마라그로 쫓아내길 바란다면 적어도 싸움 정도는 감수해야지."

탄탈로스마저 거들고 나섰다. 그는 자신이 받은 치욕인 양 가리온에서의 일을 떠올렸다. 길길이 날뛰던 하르게니아, 무관심으로 일관하던 리 페레와 키에르, 제약을 들먹이며 하르게니아의 비위를 맞춰 주기에 급급했던 알케미나. 말이 길었지만 결국엔 노야를 마라그로 쫓아

낸다는 소리였다.

알케미나가 키든을 마라그로 쫓아낸 전례 때문인지 하르게니아는 생각보다 더 강경하게 버티고 섰다. 하지만 노야와 키든의 경우는 달랐다. 키든은 제약에 묶여 있지 않은 점을 이용해 무고한 살인을 벌여, 알케미나가 처리한 경우였다.

또한 그가 마라그로 쫓아내는 점에 있어서는 동족들 중 아무도 이의를 제기하는 자가 없었다. 동족으로서는 안타까운 경우이기는 했지만 그렇다고 해서 그의 죄를 눈감아 줄 수는 없었다. 그렇기엔 키든이 지나쳤으므로.

그들이 얼토당토않은 소리를 하며 고집을 부릴 수 있었던 이유는, 그들이 바라는 것처럼 자간 또한 용과의 싸움을 바라지 않아서였다. 하지만 치미는 분노는 이미 그까짓 싸움이 무어냐고 속삭이고 있었다. 멈춰 있던 것. 애초부터 끝이 난 싸움이 아니었다. 언젠가는 시작될 것이 아니었나. 친구 녀석 탓이 아니라 그저 다시 시작될 수밖에 없었던 것뿐이다.

그냥 가리온이건 뭐건 다 부술 것을 그랬다. 허울 좋은 말로 높다란 위치에 올라 선망받는 알케미나. 다시 한 번 저 아래로 끌어내려 힘의 우위를 가르쳐 줘야 직성이 풀릴 것 같았다. 그래야 바른말, 고상한 말만 지껄이는 그 입을 다물겠지.

"복잡하게 생각할 것도 없는 것 같은데. 우리가 왜 알케미나의 비위를 맞춰 줘야 하지?"

생각이 여기까지 미친 탄탈로스가 이를 갈았다. 결국 알케미나가 주최한 회의는 이렇다 할 결과도 내지 못한 채로 흐지부지되고 말았지만, 이번 일로 골이 더 깊어진 셈이었다.

"노야, 너는 어떻게 생각해? 저들은 널 마라그로 추방하길 원하는데."

아를리안이 물었다.

"어떻게 해야 할까."

"……"

"나는 이 시간이 깨어지지 않았으면 하고 바라."

지오반니가 피곤한 듯 느릿느릿 말을 이었다.

"과한 욕심인가. 이 짧은 시간 속에 안주하는 것마저 크나큰 바람인가? 알케미나의 장단에 맞춰 줄 생각은 없어. 하르게니아의 비위에 맞출 생각도 없고. 다시 시작될 싸움도 생각한 거고. 알케미나를 가리온에서 끌어내릴 생각도 했지. 챠와 함께 하르게니아를 북해에 묻는 것도 괜찮겠네."

물러서지 않는다는 확고한 답을 들은 아를리안이 온화하게 웃었다.

"그래. 뜻을 전달하마. 동족의 일이기도 하지만 네 일이야. 누구보다 신중한 네 선택을 존중해."

"……"

"나 또한 억지를 계속 부린다면 더 이상 용을 설득할 생각은 없어."

말을 마친 아를리안이 탄탈로스의 품에 몸을 기대어 눈을 감았다. 하루 중 깨어 있는 시간이 얼마 되지 않는 그녀로서는 가리온의 방문이 고된 일정이었을 터다. 타미르가 꿈에서 찾아들었다던 아를리안은 그 후로 하루 중 대부분의 시간을 잠에 들었다.

마치 무언가 예견된 듯한 상황에 탄탈로스는 제 감정을 숨길 수 없었다.

"깨어 있는 시간이 더 짧아지는 것 같은데."

지오반니의 말에 탄탈로스가 한숨을 흘리며 웃었다.

"그래."

"언제부터야?"

"언제부터라는 건 없었지. 사실 타미르가 꿈에 찾아들기도 훨씬 전이었어. 시간이 흐르면서야."

잠에 들고 있어. 죽어 가고 있는 거야.

귀한 것을 만지듯 탄탈로스가 조심스럽게 아를리안의 머리칼을 쓸며 중얼거렸다.

"항상 불안감이 엄습하곤 해. 아를리안이 이대로 깨어나지 않을까 하는."

"……."

"그럴 일은 없는데 말이야. 없어야 하는데. 이대로 정말 '죽음'에 이르는 것은 아닌가 하는 별생각이 다 들어."

죽음을 생각할 수 있다는 것은 어쩐지 서글픈 일이었다. 이 오랜 시간 속에서 죽음이 가까이 와 있다는 생각을 해 본 적은 없었다. 그것은 자신들에게 너무나 먼 단어였고, 와 닿을 수 없었기에.

"꿈에서 타미르가 나왔지."

"너뿐만이 아니라 비토르와 록산느의 꿈에도 찾아들었다."

"시간이 더 이상 주어지지 않는다 하였어."

"우리의 대가 아니다. 분명 후계가 그리된다 했다."

"일족의 후계가 태어난다는 건가?"

비토르가 놀라 물었다.

"알 수 없지."

"일족의 종말을 알리려 타미르가 찾아든 건가?"

"그런가 보더군."

"피가 바래져 퇴색된다 했으니."

"그렇다면 후계는 자간과 자간 사이에서 태어날 수 없어. 힘을 꺼뜨릴 수 있는, 약한 것과 섞이길 바라는 것이지 않나."

"그것이 가장 적절한 방법이지. 이 저주받은 일족의 끝을 보는 건."

록산느가 신경질적으로 웃었다. 마른 입술을 비튼 그가 낮게 욕지기를 내뱉었다. 항상 생각으로만 끝내던 것을 현실로 맞닥뜨릴 줄이야. 아를리안의 우려가 실제가 되었다. 그는 이 상황을 받아들일 수밖에 없는 답답함에 술잔을 들었다.

"비참한데."

"하지만 끝이 보인다니 조금은 안심이 돼. 두려움이 앞서기도 하지만 이 저주가 끝이 보인다니 얼마나 다행인가."

비토르가 쓰게 웃었다. 끝이 보인다. 하릴없이 흐르던 시간의 끝이 보이고, 드디어 이 알 수 없는 감정을 느끼지 않아도 되겠지.

어느 것에도 속하지 못하는 절절한 외로움. 대다수의 사람들과 다른 자신의 모습. 소외되어 정처 없이 헤매는 것을 멈추어도 된다. 누군가는 영원의 시간을, 불사의 몸을, 그리고 이 무한의 힘을 부러워하며 축복이라고 말하겠지만 무엇이 축복이란 말인가.

동족 중 이것을 축복으로 부르는 이는 없었고, 행복하지 못했다. 선택할 수 없었으니 예정되어 있던 불행이었다.

비토르는 타미르가 원망스러우면서도 한편으론 이런 결말을 정해주어 고맙게 생각했다. 더 끔찍할 것도 없어진 지금의 삶 속, 차라리 희망을 찾은 듯했다.

"판데라가 죽고. 히사가 죽고. 많은 생각을 했다."

"……."

"우리들은 어떻게 되는 것이며, 이 끝은 무엇이고, 결국에는 우리들도 흙으로 돌아갈 수 있는 걸까. 하지만 끝이 보여 다행이라고 생각해. 거스르고 산다는 건 너무 힘든 일이지 않나. 다른 이들과 다른 길을 걷고, 다른 모습으로 존재하고. 모든 것을 지켜본다는 건 그리도 끔찍한 일이지."

록산느가 홀가분하게 말했다. 한편으론 왜 저희들에게만 이런 저주가 내려졌나 원망이 앞서기도 했다. 가엽지 않으냐고. 우리와 인간을 사랑함에 차별을 두시냐고 소리 높여 따지고 싶었다. 하지만 그러한 분노보다는 안도감이 밀려왔다.

오랜 시간 빌어 왔던 바람이 있었다. 물이 높은 곳에서 낮은 곳으로 흐르고, 살아 있다면 죽는 것도 당연한 것처럼. 그렇게 순리대로 살아 보고 싶다고.

* * *

이야깃거리의 화두에 오른다는 것은 굉장히 피곤한 일이었다. 어딜 가나 꽂히는 시선과 숙덕거리는 말들을 모두 무시할 수는 없었다. 쏟아지는 관심과 조금은 달라진 시선. 그것이 두려움인지, 경외인지는 알 길이 없었다. 아마 두려움에 가까울 것이다.

오키아가 자간의 존재에 대해서 침묵했다. 듣고 싶지 않다 일갈했기 때문에 당분간은 말이 나오지 않겠지만 언젠가는 다시 나올 주제였다.

지오반니는 잠시 휴식에 가까운 시간을 즐기기로 했다. 그는 종결

된 전쟁과, 알케미나와의 마찰, 그리고 심상치 않은 제녀의 경계로 충분히 피로함을 느끼고 있었다. 그리고 다시 밀려오는 피로감에 눈에 힘을 주었다. 감기는 눈꺼풀이 무거웠다.

서로 언성을 높이던 것이 엊그제 같았지만 벌써 그 이후로 이 주가 흘러 있었다. 그는 많은 생각을 한 것처럼 오랫동안 말을 아끼고 있었다.

"이상한 일이야."

"본 후의 존재보다 더 이상한 것이 있습니까. 무엇이 또 이상하십니까."

지오반니가 지겹다는 듯 물었다.

"후의 존재보다 이상한 것은 없지. 단언할 수 있네."

"아아, 그러십니까."

이제는 될 대로 되라는 식으로 지오반니가 빈정거리듯 물었다. 어차피 비위를 맞춰 준다 해도 사근해질 남자가 아니었으므로.

"아무리 폐하라 하셔도 고대의 신으로 추앙받았다던 자네를 함부로 하긴 어려우셨겠지."

"라즐리에게 들으셨습니까?"

"그 아이가? 날 원망하느라 말도 안 섞던걸."

그것이 마치 지오반니의 탓인 양 제녀가 그를 힐난했다.

"확실히 득과 실의 저울질의 계산이 정확하시지. 자네를 버려서야 쓰겠나."

"……."

"자간?"

그의 입에서 일족의 이름이 불린다는 것은, 마치 처음 말을 내뱉는 것처럼 낯설고 어색한 것이었다.

"심심찮게 나오지 뭐야. 용과 함께, 고대의 신화에, 전설에, 용에 버금갈 정도로 그 이름이 꽤 비중을 차지해서. 내가 자네와 대화 좀 해 보려고 책을 그렇게 뒤졌다네. 어때, 마음에 드나? 노력 좀 했거든."

"그만 빈정거리십시오."

건네는 한 마디 한 마디가 묘하게 신경을 긁었다. 마치 그와 사소한 일로 인해 하루가 멀다 하고 싸우던 때와 비슷했다.

"부르신 이유가 제 인내심이 얼마나 많은지 시험해 보시려 함입니까?"

"후는 인내심이 많아. 내가 알지."

"먼저 일어나겠습니다."

"앉아. 할 말이 있어."

지오반니가 짜증을 누르며 다시 자리에 앉았다. 이렇게 저자세로 나가 주는 것도 마지막이라고 생각하며.

"많은 생각을 했네."

"……."

"후의 말도 생각해 봤고. 라즐리의 말도 생각해 봤어. 본 공을 무섭게 다그치지 뭐야."

"무슨 말을 하던가요."

제너는 잠시 숨을 골랐다.

"괴물이 아니라더군. 모두가 자네를 위험하다고 말하는데 위험하지 않다고도 했고. 나와는 달리 후가 한 희생의 무거움을 알았고. 거대한 힘을 가진 자네를 불쌍하다고 했지."

"……."

"그리고 이기적인 것은 후가 아니라 자신이라고 했었어."

겹친 것은 죽은 아들과 아리엘의 결혼을 반대하던 자신이었다. 신분의 차이가 극명해 부득불 반대했었다. 그 흔한 축하한다는 소리는 평생 건넬 수 없는 말이 되었고, 아들이 좋아한다던 여자에게 흔한 온정도 베풀어 주지 못했다.

이럴 줄 알았더라면 네 말을 조금이라도 들을 걸 그랬다. 네 설득에 한 번쯤은 져 줄 것을 그랬다. 아들의 죽음은 그런 사소한 것들마저 죄스럽게 했다.

"자네는 괴물에 가까워. 라즐리는 후가 무섭지 않고, 괴물이 아니라고 했지만 그건 그 아이가 감정에 취해 한 말에 불과해. 적어도 남들이 보기엔 그러하지. 자네가 괴물인 건 정정하고 싶은 생각이 없네."

"부정하지 않겠습니다."

"늙은이의 긴 이야기를 하자면 말이야, 그 아이만큼은 안온하게 살길 바랐어. 제 어미의 길을 걷지 않길 바랐기 때문에 모든 것에 노력을 기울였어. 그 아이의 성장, 세상, 어느 하나 내 손을 거치지 않은 것들이 없었지. 위험의 여지가 있는 싹은 애초부터 잘랐어. 라즐리에게 영향을 미칠 수 있는 것, 그 아이의 주위 사람들, 그 세상은 내가 만들었어. 위험하지 않고 불행하지 않고 감내하지 않도록. 행복에 겨워 차고 넘치게 살 수 있게."

"……."

"나는 라즐리에게 나쁜 사람이 되고 싶지 않아. 나는 좋은 사람이 아니지만, 그 아이에게만큼은 좋은 사람이어야 하지. 그 원망스러운 눈초리를 감당할 수가 없어."

항상 그 아이의 모든 것에 약했다. 그것이 일찍이 부모를 여읜 아이

여서인지, 그것에 상관없이 어여뻐서 그런 것인지는 알 수 없었다.

"허락하는 거야. 결혼이 하고 싶다면 하게. 죽을상은 그만 짓고."

"진심이십니까?"

"이제 친하게 지내야 하는데 그런 눈초리는 뭐야?"

"방금까지 괴물, 괴물 하시던 분이 허락하셔서 그럽니다."

"내가 후를 허락하는 건."

제너가 마른 눈을 들었다.

"자네는 어떠한 일이 있어도 그 아이를 두고 가는 일은 없겠지."

"……."

"그래서 허락하는 걸세."

제 부모처럼 죽는 일도, 명이 다해 죽는 일도 없겠지. 죽은 그림자를 밟는 것도, 자취를 좇는 것도. 공허함에 허덕이는 것이 내 아이의 몫은 아닐 테니까.

"……감사하다고 해야 할까요?"

"아니."

제너는 거칠게 제 얼굴을 쓸어내렸다. 눈 주위가 뜨거웠다. 꼴사나운 모습을 보일 것 같아 그는 제 얼굴을 감싼 손을 풀지 않았다.

"본 공은 후를 이용하는 거야. 그러니 원망해야지. 원망하게. 끝없이."

"……."

"이 결혼을 반대하지 않은 나를 원망해야 해."

그래서 지오반니가 무슨 얼굴인지 알 수 없었다.

"자네는 분명 후회할 테니까."

"아이에 대해 많이 생각해 봤어."

목 근처를 간질이는 머리칼을 느끼며 그가 입을 뗐다. 고요함에 취해 있던 라즐리가 눈을 떴다.

"싫으세요?"

"달갑지 않은 것이 맞겠지."

그는 숨김없이 말했다.

"나는 오랜 시간 살아가면서 내가 살아왔다는 흔적을 남기려 무던히도 노력했지만, 그게 후계를 생각했다는 건 아니야."

"……."

"이 피가 이어지는 건 끔찍해."

"그렇게 싫어요?"

"네가 생각했던 것보다 더 싫어할걸."

지오반니의 품에 안겨 있던 라즐리는 잠시 생각하는 듯 짧게 신음했다.

"그럼 어쩔 수 없죠. 싫어하는 건 안 해요. 강요하지도 않을 거고."

"근데 또 궁금하긴 해."

"뭐가요?"

"누굴 닮아 있을까."

"저를 닮지 않았을까요?"

"날 닮아 있을걸."

지오반니가 낮은 울림을 내며 웃었다. 고개를 숙인 지오반니가 입술을 짧게 맞췄다.

"괜찮을 것 같기도 해."

"싫다면 안 해요."

"싫다고는 안 했어."

자신이 안주하고 있는 이곳에 너를 닮은 아이들이 태어나고 오래도록 그 아이들의 성장을 지켜본다는 건 꽤나 가치 있는 일이 될 것이다. 넘어지지 않게 잡아 주고 위험으로부터 보호할 수 있는 존재가 되고 싶었다.

"좋을 것 같아."

짧은 상상만으로도 무언가 흡족해지는 기분이었다. 작고 부드러운 것. 그는 하얗고 말랑거리는 아이들의 생김새를 기억해 냈다. 괜찮을 것 같다는 생각이 미치자, 이내 빠르게 확신으로 굳었다. 가지고 싶다.

라즐리의 턱을 들어 올린 지오반니가 애를 태우듯 숨을 불어넣었다. 몸을 조금만 기울인다면 그대로 입술이 닿을 만한 거리였다.

"갑자기 뭐 해요?"

"가지고 싶어."

"변덕이죠?"

"그럴 리가. 누구보다 진지해."

반사적으로 눈을 감은 라즐리가 느리게 눈을 떴다. 그가 웃고 있는 것 같았다. 눈매로 향할 것도 없이 호선을 그리고 있는 입매가 그러했다. 누구보다 진지하다던 그는 그대로 입술을 내렸다. 자연스레 섞이는 호흡에 라즐리의 눈 주위가 발개졌다. 늘 그래 왔듯 그와의 접촉은 낯설고, 부끄럽고, 어지러웠다.

"잠시, 잠시만요."

아직까지도 붉히는 얼굴에 그가 드물게도 소리 내어 웃었다. 평소라면 기분 좋은 웃음소리라고 말했을 테지만, 이번만은 자신을 놀리는 것 같은 기운이 없지 않아 있었다.

"힘들어?"

"안 힘들 수가 없잖아요."

"기다릴게."

일 분 정도. 그가 장난기 어린 목소리로 덧붙였다.

어둡게 가라앉은 눈에서 일렁이는 열기를 모르지 않았다. 적나라한 것이라 모를 수 없었고, 자신을 향한 것이라 더더욱 모를 수 없었다. 이 남자가 답지 않게 조급하게 굴고 있다는 것을 알았다. 항상 담담하고 능글거리던 저 얼굴이 자신으로 인해서 그런 여유로움을 잃는 게 좋았다. 내일이 된다면 제 팔뚝을 잡은 악력을 견디지 못하고 멍이 들 것이라는 것을 알면서도 놓아 달라 말하지 못했다. 맞닿은 피부로 느껴지는 절박함. 거세게 잡히는 무언가의 안도감이었다. 기묘한 희열이었다.

"그 눈 좋아해요."

"눈?"

지오반니가 의아해하며 물었다.

"급해 보이는 거. 누가 쫓아오기라도 하는 것처럼. 거울 보면 놀랄 걸요?"

그가 의심스러운 눈초리를 보내며 제 눈 주위를 꾹꾹 눌렀다. 희미한 열기가 느껴졌다.

"잘 봤네."

지오반니가 흔쾌하게 인정했다. 그러곤 그대로 라즐리의 뒤통수를 잡아 누른 지오반니가 깊숙이 입을 맞췄다. 라즐리의 몸 위로 지오반니의 그림자가 길게 드리워졌다. 그가 조용히 제 아래 누워 있는 라즐리를 내려다보았다.

"절경이야."

"……."

"무슨 얼굴을 하고 있는지 모르겠지."

머리칼을 쥔 손이 아래로 내려와 손목을 내리눌렀다. 자신이 선물해 준 팔찌와 함께 눌렸는지 아프다 칭얼대는 소리가 들렸다. 어둠 속에서도 희게 빛나는 팔찌가 약하게 흔들렸다. 그가 그곳에 입술을 눌렀다. 차가운 금속성과 뜨거운 혀가 얽히는 느낌이 참 묘하다고 생각하며 열기가 몰리는 눈을 꾹 감았다 떴다.

"지금은 어때?"

"뭘요?"

"지금도 쫓기는 것 같아?"

팔목을 지분거리는 것을 멈추고 목에 이를 박아 넣은 지오반니가 물었다. 괘씸해. 울려 볼까. 짓궂은 생각이 들었다.

"모르겠어요. 정신이 하나도 없어."

그녀다운 대답이라고 생각하며 그가 입술을 움직였다.

드러난 어깨 위로 더운 숨이 쏟아졌다. 라즐리의 몸을 아래로 잡아끈 지오반니가 더 가깝게 몸을 붙였다. 거침없이 치마 속을 헤집는 손길에 라즐리의 치마가 허리 부근까지 완전히 올라갔다. 그제야 여유롭게만 보였던 여자의 얼굴에 긴장감이 스몄다.

가는 다리를 허리에 엮자 부끄러워하는 얼굴이 어쩔 줄을 몰라 했다. 호박색의 눈이 흐릿했다. 오가는 숨결이 뜨거워 이제는 누가 누구를 놀릴 상황이 아니었다. 기어이 지오반니의 얼굴이 일그러졌다. 잔잔했던 수면에 큰 파동이 인 것처럼. 손끝이, 입술이, 평소보다 배는 뜨거운 탓이다.

라즐리는 쿵쿵 뛰는 제 심장을 내리눌렀다. 열기로 얼룩진 얼굴이 어지러운 시야 사이로 들어왔다. 노란 눈이 요사스레 빛났다. 마치 똬리를 튼 뱀에게 잡힌 기분이었다. 이러다 정말 통째로 삼켜질 것만 같았다. 그럼에도 흔들리는 자신을 잡아 달라며 팔을 뻗었다.

잡아먹으라지. 대수롭지 않게 생각하며.

*　　*　　*

"왜 허락해 주셨어요?"

막힘없이 움직이던 펜이 멈췄다. 업무를 보는 것을 멈춘 제너가 피로한 눈을 뜨고 감는 것을 반복했다.

"천하의 몹쓸 놈 보듯 하더니 허락을 해 줘도 뭐라고 하는구나."

"반대하셨잖아요."

"평생 반대할까? 네 고집만큼이나 내 고집도 만만치는 않을 게다."

차라리 자신을 피곤하게 하는 것이 일 때문이었다면 좋았을 뻔했다. 적어도 감정 소모는 하지 않을 테니. 그는 이런 식으로 라즐리와 마찰을 빚는 것이 마음에 들지 않았다.

'하필이면 그놈한테 빠질 건 뭐야.'

그는 안일했던 자신을 탓했다. 자신과 사이가 나쁜 지오반니였으니 평생 마주칠 일이라곤 없을 줄 알았다. 이렇게 서로 좋은 관계로 발전되는 것은 빌어먹을 상상 속에서도 없는 일이었다.

"뭐라고 해 줘야 네 마음에 들 테냐."

"할아버지."

"네 마음이 못내 갸륵하여? 아니라면 놈이 괴물임에도 네게 품은 감정이 꽤 커다란 것에 감동을 받아서?"

"비꼬지 마세요."

"내가 진심을 다해서 네 결혼을 허락해 주는 일은 없을 거다."

전에 없이 제녀가 단호하게 말했다. 그것은 어쩌면 지오반니에 대한 죄책감에서 비롯된 것일지도 몰랐다. 그가 바라서 허락을 해 줬지만 몹쓸 짓을 한 것만 같았다. 평생을 그 오랜 시간 안에서 갇혀 있을 것이라던 라즐리의 말이 떠올랐다. 라즐리의 말을 듣고 지오반니를 보는 시점이 조금 달라진 것이 있다면, 그를 괴물로 보기 이전에 이 자는 대체 가늠도 할 수 없는 시간 속에서 무얼 했냐는 것이었다.

힘, 수명, 이 모든 것을 가지고 있는 그의 모습이 행복해 보이던가. 그는 스스로 질문하고 스스로 답했다. 아니. 아닐 것이야. 그것은 저주다. 끝없는 시간 속에서 자신이 언제 사라질지 모르는 불안감을 안고 살아간다는 것은. 속하지 못하고 대다수의 사람들과 동떨어진 모습은. 어느 곳에도 소속되어 있지 않다는 것은 생각보다 큰 불안을 형성하곤 했다.

다른 모습을 한 그는 철저한 이방인이었을 터다. 수십 개의 이름으로 살았다던 그는 찰나의 시간을 머문 것뿐, 온전히 속하지 못했다.

"지고지순하다던 웰시노의 마음에 감복받아 이러한 결정을 내렸다고 생각지 마라. 네 고집이 내 마음을 돌린 것도 아니다."

그는 자신이 지오반니에게 했던 말들을 곱씹으며 자조했다.

"나는 너에게 나쁜 사람이 되고 싶지 않아. 미운 사람도 되고 싶지 않다. 너는 웰시노와 너의 관계를 이어 가면서 이기적인 것은 너라고 했었지. 나도 다르지 않아. 전쟁에서 죽은 네 부모도, 명이 다해 죽을 나도, 언젠가는 죽는다. 지오반니가 보통의 사람이었다면 그도 나와 네 부모처럼 언젠가는 죽겠지. 하지만 그는 아니지 않느냐."

괴물이기 때문에. 네가 누군가의 시간을 좇는 것은 부모로 족했다.

"혼자 남겨질 것이 네가 아니라는 것에 안도한 나를 무정한 사람이라 욕해도 좋다."

그 죽음에 슬퍼하고, 괴로워할 것이 네가 아니라는 것에. 조용히 덧붙여지는 말에 라즐리의 얼굴이 울듯 일그러졌다. 그녀는 끝내 입을 열지 못했다.

*   *   *

그는 천천히 방 안을 거닐었다. 이번에는 빈손으로 오는 대신 라자리아 한 송이를 준비했다. 책상 위에 올려 둔 꽃을 오래도록 손끝으로 더듬었다. 생화의 축축한 꽃잎이 느껴졌다.

그는 무거운 걸음을 떼었다. 오래도록 변화 없던 방 안이 조금이라도 달라진 것을 보자 제너의 눈이 깊게 가라앉았다.

그러고 보니 죽은 이를 붙잡고 있느라 안부 인사 하나 건네지 못했다. 잘 있느냐, 그 흔한 인사를. 꽃조차도 올려 두지 못했다. 죽음을 받아들일 수 없었기에. 수많은 사람들이 두고 가는 꽃들 중, 제 것은 없었다.

"잘 있겠지."

네가 좋아 죽던 여자와 함께일 테니까. 네가 이렇듯 죽을 줄 알았다면 네 간곡한 애원 정도는 들어줄 걸 그랬다. 귀 기울여 한 번 정도는 들었다면, 그때의 자신은 조금 더 네 진심이 어느 정도인지 생각해 보지 않았을까. 네 고집에 져 주지 않았을까.

아들이 처음으로 욕심낸 것이었다. 잘 닦인 길을 군말 없이 걸었던 그가 처음으로 제 뜻을 거슬렀다. 순응했던 아들의 반항이 충격으로 다가왔으니, 그때의 자신의 눈엔 아리엘이 사람 하나 홀리는 마녀 따위로 보였을 것이다.

아리엘과 결혼을 하겠다는 소리에 처음으로 뺨을 올려붙였다.

'제가 좋다고 매달렸어요.'

'싫다고 하는 여자를 제가 취했어요. 벌하시려거든 저를 벌하셔야 할 거고, 매질을 하려거든 저를 치셔야 할 겁니다.'

그랬을 수도 있겠다. 리온은 가지고 싶은 것이 있어도 말하지 않았다. 그것은 그만큼 절박하지 않아서였다. 갖고 싶지만 굳이 수고를 기울여서 얻어낼 가치 같은 것은 없는, 짧게 스쳐 가는 생각일 뿐이었다.

또한 그가 아등바등 가지려 노력하지 않아도 가문은 그의 손에 무엇이든 차고 넘치도록 쥐여 주었다. 노력에 의한 것이 아니라 타고난 태생에 의해서였다.

"미안하다."

그런 네가 소리를 지르며 부득불 그 여자만은 가져야겠다고 했을 때, 네 말을 들어주는 시늉이라도 했었다면 이렇게 마음에 걸렸을까.

또 생각해 보니, 나는 네가 무엇이 되고 싶어 하는지 물은 적이 없었다. 자신이 걸었던 길을 걷는 것은 당연하더라도, 당연한 것과 하고 싶은 것은 다를 수 있으니까.

아들의 죽음은 이런 사소한 것들마저 떠오르게 했다. 생각지도 않았던 것, 그때의 자신의 모습. 어떠했을까, 네 눈에 비치던 내 모습은.

"다시 오는 일은 없을 거야."

그가 멈춘 시계를 바라보았다. 이제 저 녹슨 시곗바늘도 움직일 때였다.

"보내 주는 게다."

그래야 내 시간도 흐를 수 있겠지. 이제야.

그는 라자리아를 매만지던 손을 뗐다.

사랑한다. 마른 입술 사이로 흘러나왔다. 방에 들어서고 나서 처음으로 미소를 띤 그가 미련 없이 등을 돌렸다.

*   *   *

"정말 가실 거예요?"

그가 나오기만을 기다린 라즐리가 문 앞을 막고 서서 물었다. 자신의 결혼이 치러진 지 한 달이 채 지나지 않았다. 결혼식이 끝나기를 기다린 양 떠날 준비를 마친 제너였다. 원망스러움을 숨기지 못한 라즐리가 매달리듯 그의 팔을 잡았다.

"가지 말까?"

"네."

"녀석, 말리는 태도하고는. 애교 정도를 부려 줘야 내 마음도 고쳐지지 않겠니."

단호한 라즐리의 대답에도 그는 그저 껄껄 웃기만 했다. 아무렇잖아 보이는 그의 농담에도 라즐리의 얼굴은 쉬이 펴질 기미를 보이지 않았다. 그가 떠난다는 소식을 듣고 놀라 뛰어온 참이었다. 그의 부재는 생각지도 못했던 것이었기 때문에 라즐리의 눈엔 당황스러움이 여지없이 묻어나고 있었다.

"이렇게 갑작스럽게 가시는 경우가 어디 있어요?"

"거창한 건 질색이라. 떠나는 마당에 파티라도 하면 그 얼마나 꼴사나운 짓이냐. 여러 사람 피곤하게 만들고 싶지는 않아."

"미리 언질이라도 주셨으면 좋았잖아요."

"그렇다고 내가 가는 게 달라진다던?"

"할아버지!"

언성을 높임에도 그는 미소를 거두지 않았다. 눈을 휘자 선명한 주름이 겹겹이 접혔다.

"더 이상 머물 이유가 없다고 생각해서 그래."

"머물 이유가 없긴 왜 없어요?"

"청문회는 문제없이 끝났고, 너는 웰시노 후와 결혼을 했고, 작위 승계는 문제없이 이루어졌지. 그 후에 너와 가문에 일어날 일들은 내가 어쩌지 못하는 것들이다. 나는 미련 없이 모든 것을 두고 갈 수 있게 됐어. 마음이 이렇게 가벼워 본 적은 처음이다. 미련이 없어 절절 맬 것도 없어. 거슬릴 것도, 미워할 것도 없지. 하지만 나는 아직도 이곳이 끔찍해."

"알아요. 그런데⋯⋯."

라즐리는 더 이상 뒤의 말을 이을 수 없었다. 그의 행동을 제지할 이유가 존재할까. 그는 수십 년간 가문의 수장으로서 해야 할 일을 해냈다. 감내하고, 고뇌하고, 굽히고. 사사로운 자신의 감정으로 인해 아직도 이곳이 끔찍하다던 그를 묶어 둘 수는 없었다.

"모든 것을 내려놨음에도 지긋지긋해. 내일 아침에도 다시 이곳에서 눈을 뜬다고 생각하니 얼마나 끔찍하던지."

"……."

"아들의 죽음 앞에서 할 수 있는 게 없었다. 무엇을, 어떻게 해야 할지도 몰랐지. 이렇게라도 원망하지 않으면 안 되겠구나 싶었어. 오키아가 죄책감에 허덕이는 것? 그것이 내게 무슨 웃음거리를 준단 말이냐? 무엇이 기쁘단 말이냐."

그는 신랄하게 웃었다.

"평생을 이곳에서 산다는 건 괴로운 일이 될 게다. 복수랄 것도 없는 복수였지. 제위에 앉은 카야도르의 피는 평생을 프레야의 그늘에 허덕이며, 죄책감으로 살았으면 좋겠어."

"……."

"그리될 테지. 네 존재에 오키아는 괴로워할 테고. 조금 더 괴로워했으면 한다. 그가 나처럼 아들을 잃는 슬픔을 겪는 것은 바라지 않지만 과거의 자신이 무엇을 선택했는지, 무엇을 버렸는지, 무엇을 잃었는지, 그것을 알았으면 하고 바라. 자랑처럼 지껄이던 득과 실의 저울질이 얼마나 미련스러웠던 것인지 조금은 알았겠지."

"아직도 원망하고 계시잖아요."

그는 작게 고개를 끄덕이며 순순히 인정했다.

"원망한다."

"……."

"내 간곡한 부탁에도 전쟁을 완강히 밀어붙이셨던 폐하를."

"……."

"후회해. 그를 설득하시지 못한 나를."

그가 허탈하게 웃었다.

"그만하세요. 가지 말라고도 못하겠어."

고개를 돌린 채로 라즐리는 입술을 벙긋거렸다. 차마 묻고 싶지 않았다.

"······어디로 가세요?"

"아래로, 남부로 갈 생각이다."

할아버지를 잡을 만한 이유가 없었다. 이 나라가 밉다던 그의 주름 진 얼굴엔 지쳤다는 기색이 가득했다. 분명 같은 슬픔이지만 자신과 할아버지가 느끼는 슬픔은 명백히 다른 개념이었고, 그 무게는 달랐 다. 어느 한쪽이 더 가볍고, 더 무겁다는 것이 아니었다. 그가 느끼는 것과 저가 느끼는 슬픔은 아버지의 위치에서, 딸의 위치에서 확연하게 달랐다.

"그만 벗어날 때도 되었어."

그가 소파에 걸터앉아 창문 너머를 바라보았다. 그 너머에 무엇이 있는지는 알 수 없었다.

"내가 가면 말이다."

"네."

"리온의 방은 열어 두렴. 새 손님을 맞이해도 좋다."

"······진심이세요?"

제너가 고개를 끄덕였다.

"켜켜이 쌓여 있던 녀석의 물건들을 모두 버리고, 식어 버린 찻잔도 모두 버리고. 그렇게 잊어 가는 거야. 너도, 나도. 모두가. 너무 오래 붙잡고 있었지 않니. 되도록 새 손님을 맞이하렴. 생각보다 큰 빈자리 가 아닐 것이다. 그러니 빈 것을 쉬이 메워 줄 수도 있겠지."

"할아버지."

"비로소 벗어날 수 있겠어. 지긋지긋하고 끔찍하기까지 한 모든 기억으로부터. 지겹게 반복되던 악몽도 꾸지 않겠지."

그는 괴로워하는 것도 같았고, 홀가분한 것 같기도 했다. 이제야 모든 것을 놓을 수 있다는 듯 편안해 보이기까지 했다.

죽은 부친의 방에 들어가 본 것은 나이가 아주 어렸을 적이었다.

괴이했던 기시감. 금방이라도 방의 주인이 되돌아올 것 같았다. 주인의 자리만이 비워진 채로 모든 것이 그대로였던 그곳이 주는 느낌은 막연한 두려움과 공포였었다.

하지만 그때의 모습을 그대로 간직하고 있었던 방은, 제 할아버지의 무거운 고뇌를 털어놓을 수 있는 곳이 되었고, 때로는 유일하게 아들의 흔적을 좇을 수 있는 곳이었다.

"괜찮으시겠어요? 새 손님을 맞아도."

"내가 그 방을 남겨 두었던 것은, 그 아이의 죽음을 인정할 수 없어서였지. 그래서 꽃 한 송이도 두고 오지 못했다. 그 아이의 죽음을 어렴풋이 인정했을 때에도 그 방을 어쩌지 못했던 것은, 리온이 보고 싶을 때 좇을 흔적이 필요했기 때문이었다. 하지만 지금이라면 괜찮겠어. 그 아이도 괴로울 터다."

비로소. 그는 몇 번이고 그 말을 되새겼다.

"할머니한테 가세요?"

"그래."

"……."

"마지막은 그 여자의 곁이 좋겠어. 그래야 위로라도 받지 않겠느냐. 하찮은 동정심이라도 베풀어 주겠지."

더 이상 고집을 부리면 안 될 것 같다고 생각했는지, 라즐리는 울 듯한 얼굴을 하곤 애써 웃었다.

"연락하실 거죠?"

"……."

"대답해 주세요."

"그래."

"연락은 하세요."

"그러마."

거짓말. 그는 다시 돌아오지 않을 것이다.

라즐리가 입 안에서 맴도는 말을 애써 삼켰다. 아스라하게 사라질 것 같았다. 그런다 해도 이상하지 않았다.

* * *

떠난다고 해서 다다른 곳, 이젠티아의 남부 끝자락이었다. 오래전 들었던 곳을 더듬더듬 찾아 헤맸다.

"당신……."

"초라하지."

"정말 왔네요."

"……."

"라즐리가 연락했어요. 놀라지 말라고 하던걸요."

주름진 눈매를 접으며 그가 멋쩍게 웃었다. 답지 않게 멋을 부린 듯 싶었다. 제 모습을 훑는 이그노엘의 시선에 그의 시선이 황망하게 허공을 헤맸다.

"무례한가?"

"원래 예의 있는 분은 아니셨죠."

"아무것도 남지 않은 늙은이야."

그래도 괜찮으냐는 말이었다.

"저도 아무것도 남지 않은 늙은이죠. 여전히 못미더운 것투성이예요."

"상관없어."

"저도 괜찮아요. 어서 와요."

이그노엘의 투명한 눈에 그가 담겼다. 사람이란 것이 어쩔 수 없는 모양이다. 버리고, 버림받아도 다시 찾아들어. 나쁜 것보다는 좋았던 것을 기억하고 말지.

꿈 날처럼 아득하기만 했던 것들. 행복했던 날을 잊지 못해서 다시 생각하고, 되새기고, 꿈인 듯 아득한 시간을 붙잡는다.

그리고 비로소 꿈에 그리던 것을 마지막으로 찾아든다. 다시 버려진다는 두려움이 여전함에도. 그럼에도 불구하고.

다시 한 번 어쩔 수 없는 사람이라는 것을 깨달아 버렸다. 수십 년의 세월 중 당신과 함께했던 날들만 기억하니 천치도 이런 천치가 없었다.

"어떻게 여기까지 올 생각을 다 하셨어요?"

"누울 곳을 찾으니 생각나는 곳이 별수 없이 이곳이더군."

그가 무심한 듯 말했다.

"제 생각을 하셨어요?"

"오랫동안."

"원망하지 않으세요?"

"그러지 않았다면 거짓말이야."

"저번처럼 모진 말만 하시려고 오신 것은 아니죠?"

이그노엘이 라제프를 방문했을 적을 입에 담자 제너가 그녀의 시선을 피했다.

"그건."

"너무 흥분하셨죠. 알아요. 성격 못 죽이는 거."

이그노엘이 고른 치아를 내보이며 호탕하게 웃었다. 그는 유독 느린 이그노엘의 걸음에 맞춰 걷고 있었다. 전에는 답답했다고 느껴질 만한 것들이 사소한 행복으로 다가왔다.

"제가 이것 때문에 공께 반했었어요."

"무얼."

"저한테 맞춰 걸어 주시던 거요."

"……."

"제 걸음이 느린데도 불평 한마디 않으시곤."

"답지 않게."

부루퉁하게 말하면서도 제너는 여전히 이그노엘과 보폭을 같이하고 있었다.

그녀는 다리를 절었다. 그 사실을 들키고 싶어 하지 않아 무던히도 똑바로 걸으려 연습했고, 곧게 걷는 것은 성공한 듯싶었지만 속도마저 보통 사람과 같을 수는 없었다.

그런 여자의 옆에서 보폭을 맞추는 것은, 여자의 감동을 부르게 할 정도로 어려운 일이 아니었다.

"고생 많으셨어요."

"그래."

"혼자 둬서 미안해요."

"지나간 일을."

지나간 일. 혀끝으로 내뱉기 무거웠던 말들이 점차 부피를 줄이고 무게를 달리했다. 지금보다 시간이 더 지난 후에는, 사소한 기억이 될 수도 있겠지.

"제녀."

여자의 입에서 들려오는 목소리에 여태 해묵은 감정들이 눈 녹듯 녹았다. 자신을 부르는 목소리에 미미하게 고개를 끄덕였다.

그래, 나는…… 네가 보고 싶었을지도 모르겠다. 수많은 원망을 쌓아 올리고 미워하면서도 그 끝에는 너를 향한 미련과 애심이 남아 있었음을 부정하지 못했다.

"이그노엘."

이그노엘. 이그노엘. 천연하게 빛나던 사람.

내가 오랫동안, 손끝으로 그리워하고, 눈으로 그리던 사람아. 비로소 네 곁으로 돌아왔다.

너무도 오랜 시간 끝에, 이 감정을 더 이상 모른 체할 수 없어 발걸음했다.

*　　*　　*

547년. 이븐느의 달

기오테. 기오테. 끈질기게 불러 보아도 되돌아오는 것은 제 목소리뿐, 들려오는 답이 없었다. 언제나처럼 온화하게 자신을 부르던 목소리도, 형체는 없으되 자신을 끌어안던 그 너른 품도 없었다.

제위에 올랐을 때부터 계속되던 불안이 현실이 되는가 싶었다. 기오테가 사라짐으로써 누리던 모든 것들이 스러져 가겠지. 패망한 나노아가 라제프의 미래였다. 챠가 북해에 처박힘으로써 웃음거리가 된 미하엘과, 그 광영을 잃어 가는 누바라가 지금 자신의 모습과 비슷하질 않나.

그가 자조하며 술잔을 기울였다. 모든 것이 이리될 것이었어. 모든 것. 우려하고 두려워했던 모든 것들과 맞닥뜨렸다. 그 앞에서 자신은 무너졌고 겁에 질려 떨고 있었다. 모든 것이 예견되어 있던 일인양 자연스럽고 순차적으로 일어났다.

"취하겠어."

어둠 속에서 모습을 드러낸 지오반니가 술잔을 놓지 않는 오키아의 손을 저지했다.

"취하라지."

지오반니의 손을 뿌리친 오키아가 거침없이 술을 털어 넣었다.

"기오테가 대답이 없어."

"……."

"말해 봐라. 떠난 건가?"

"글쎄."

"제대로 대답해! 너는 알고 있잖나! 대단한 놈이니 뭔들 모르려고!"

지오반니의 모호한 말에 오키아가 참지 못하고 잔뜩 엉망이 된 얼굴을 하곤 술잔을 던지듯 내려놓았다. 가누지 못하는 몸이 이리저리 흔들리다 탁상 위의 음식들을 거칠게 쓸었다. 지오반니가 바닥을 나뒹구는 접시와 음식들을 감흥 없는 눈으로 바라보았다.

프레야 공작이 떠난 것이 벌써 수년 전이고, 기오테의 목소리가 들려오지 않은 것이 벌써 이 년 전이었다. 어둠이 찾아오고 시간이 으슥해질 때면 오키아는 정신이 나간 사람처럼 허공을 향해 기오테의 이름을 불렀다. 애석하게도 그의 생에 있어서 기오테의 비중이 꽤 컸던 모양이었다. 무엇이 그를 이렇게 커다란 불안으로 밀어 넣었는지 알 수 없었다.

"너도 내 곁을 떠나겠지."

"친구라는 이름도 가볍게 버리고."

"그러지 않을 이유가 있나?"

"뭐?"

"내가 이 땅을 떠나지 못할 이유가 있냐고."

지오반니가 비뚜름하게 물었다.

"날 붙잡을 만한 것이 뭐가 있지?"

답을 잃은 것은 오키아였다. 그의 말처럼 그를 이 땅에 머물게 할 것이 무엇인가. 여자의 존재와 그녀가 낳은 지오반니의 핏줄은 짧은 시간 동안이나마 이 땅에 그를 묶을 것이다. 아주 찰나의 시간일 것이다.

그럼에도 안도했다. 기오테의 부재가 이어졌지만, 그에 지지 않는 남자가 이 땅에 존재함에. 그래도 아직까진 스러지지 않겠구나. 아직은.

이 나라가 위험해지면 탈리만을 죽였던 힘을 내보이며 지킬 지오반니를 알았다. 하지만 그것이 라제프의 안위라든가, 친구라 부르는 자신을 위하는 것이 아니라는 것 정도는 알았다. 이 나라에 머무는 이유마저 모호했던 기오테와 달리 그의 이유는 명확했다.

지켜야 할 것이 명확해진 남자는 그저 움직일 뿐이었다. 가족의 보호를 위해 움직이는 것이다.

"하지만 당분간 그럴 일은 없을 거야."

그는 건조하게 대답했다. 아직까지는 이 땅을 벗어날 이유가 없었다. 그것이 오키이 때문은 아니었다.

"어떻게 해야 할지 모르겠다, 지오반니."

"……."

"나는 잘하고 있는 것이냐? 나는 좋은 황제인가. 어리석은 황제인가. 내가 하려는 일들이 맞긴 맞는 게냐?"

"그걸 내가 어찌 알겠어."

지오반니는 진정 귀찮다는 투로 대답했다. 오키아가 좋은 사람이건 좋은 황제이건 알 것이 무언가. 누군가의 잣대가 그리도 중요한 것일까. 이렇게 미쳐 버릴 정도로.

다른 이들의 시선 속에 갇혀 살아 본 적이 없는 그로서는 기오테의 이런 모습이 한심하기 짝이 없었다. 그들의 사소한 시선 속에서 상처 받기엔 그가 할 일은 중대했다.

오키아는 수많은 갈림길 사이에 놓여 있었다. 모두가 좋아할 만한 일을 할 수는 없었다.

"나는, 나는, 너무나도 두려워. 기오테가 없는 이 모든 날들이. 내 그릇됨을 바로 잡아 줄 그가 없는 것에 숨이 막혀 미칠 것 같다."

그는 하루하루 불안에 떨고 있었다. 이상하게도 그 나약함에 위로 따위를 해 주고 싶지 않았다. 기오테에게 의존했다면 응당 그가 사라지고 난 후 걸어야 할 길이었다. 이 꼴을 프레야 공작이 봤다면 멱살이라도 잡았을 정도로 형편없는 모습이었다.

"네 옳음과 그릇됨에 기오테가 간섭을 했나? 그 잣대를 멋대로 나불거렸어?"

눈시울을 붉게 물들인 오키아가 흡사 구해 달라는 듯 그를 올려다 보았다.

"아닐 텐데. 그저 그는 네 헛소리를 들어 주는 게 전부였겠지. 모든 건 네 자의로 이루어진 일이다. 리온의 죽음도, 아리엘의 죽음도 모두

네 선택에서 일어난 일이야. 프레야 공작이 떠난 것은 네 선택에 대한 결과겠지. 그것이 잘못된 결과라고 할 수 있나? 너는 평생 봐야 할 얼굴을 이제 보지 않게 된 것인데. 결과적으로 누구보다 기꺼워할 놈은 너이지 않나."

오키아는 지겨운 것을 떠들었다. 잘못되었다. 모든 것이 어그러졌다. 하지만 무엇이 잘못되었단 말인가. 기오테가 사라진 것을 뺀다면 이 나라는 전과 다르지 않게 잘 돌아가고 있었다.

"그것을 두고 기오테가 옳지 못하다 떠들더냐? 그는 괴로움에 떠는 너를 위하고자 입을 다물었을 거다. 자꾸 궁상떨지 마. 네 나약함을 봐 주는 것도 고역스럽다."

"지오반니!"

"무엇이 그리 불안한데. 그가 가져다준 것이 대체 무엇이었나. 황금을 가져다줬나, 영토를 갖다 바치길 했어, 널 가장 지혜로운 이로 만들길 했나."

지오반니는 남을 위한다는 이유로 말을 유하게 하는 법을 몰랐다. 하지만 일 년이 지나도록 제정신이 아닌 것처럼 구는 오키아의 곁에서 맴도는 이유는 적어도 자신을 이곳으로 인도한 이에 대한 마지막 정성이었다. 하지만 겁이 많고 나약한 오키아는 절대로 기오테의 그림자에서 벗어날 수 없다는 것을 알았다. 그것을 알았기에 지오반니는 말을 더 길게 잇지 않았다.

"기오테는 몸을 의탁하여 머문 것뿐 한 것이 없어."

그것 또한 사실이었다. 머물렀으니 떠난 것뿐.

그의 존재가 바람인 깃처럼 닿는 곳에 머물렀고, 또다시 다른 곳을 찾아 헤맬 것이었다. 잡아 두고자 해서 묶일 존재가 아니었다.

오키아는 자신의 잘못으로 기오테가 떠났다고 생각했지만, 기오테는 오키아가 끔찍한 살인마에 술로 허송세월을 보내는 자라도 곁에 머물렀을 것이다.

기오테의 존재가 이 나라와 오키아를 사랑함에 이유가 없듯, 떠나는 데에도 이유가 없는 것은 당연했다.

*   *   *

앞서 가는 라즐리의 발자국을 따라 밟는 지오반니는 묘한 기분에 멈추어 섰다. 언젠가 이런 기분이 들었던 때가 있었다. 팔라크의 이름으로 살아갔을 때, 눈 덮인 설원에서 친구라 부르던 이의 발자국을 겹쳐 밟았을 때. 누군가 자신보다 앞서 나가 길을 만들고, 인도해 주는 기분이 들었던 묘한 기억의 파편이었다.

그렇게 온기를 느꼈었다. 살을 엘 것 같은 추위가 자리한 북녘의 설원에서.

그때의 자신은 조금 더 어렸고. 그런 것을 느낄 정도로 감성적이었을까. 탄팔로는 외로운 곳이었다. 누군가는 걸었을 사막의 땅은, 흔적조차 남지 않는 땅이었다. 분명 걸어온 길은 거칠고 길었을 텐데 문득 뒤를 돌아보면 제 발자국 따위는 남겨지지 않았다.

제 발자국이 남을라치면 허락지 않는 듯 모래 더미 위로 제 흔적이 덮였다. 그것이 못내 서글펐다. 분명 자신은 존재했지만 어느 곳에서도 존재하지 않았다.

"안 와요?"

"아."

그가 멍한 눈을 들었다. 그러곤 라즐리가 지나감에 숨이 죽은 풀 위로 자신의 발을 내디뎠다.

"당신이 살던 곳은 어땠어요?"

"탄팔로를 말하는 거야?"

"네."

그는 잠시 고민하는 듯했다.

"메마른 곳."

"그리고?"

"척박하고, 생명력이라곤 없는."

"……."

"그럼에도 누군가에겐 고향이 되고 사람이 사는 곳. 거창한 건 없어. 메마른 곳이라 해도 사람이 사는 곳이니까."

지오반니는 라즐리의 뒤를 따라 걷는 것을 멈추곤 나란히 옆에 섰다.

"해가 져요."

일몰이었다. 서서히 스러지는 빛을 보며 라즐리의 눈이 가늘어졌다. 불어오는 바람 사이로 서늘한 바람 내음이 흠씬 맡아졌다. 라즐리의 입에서 얕은 한숨이 새어 나왔다.

남자는 녹아들 듯했다. 정말 우습게도, 말도 안 되는 일인데도. 투명한 눈이 향한 곳은 자신이 아니라 그 너머, 저 멀리였다. 무슨 생각을 하고 있을까.

"무슨 생각 해요?"

"너랑 비슷한 것이겠지."

멈췄었던 그가 먼저 움직였다. 뒷모습을 한참 바라보던 라즐리도 이내 움직였다.

에필로그epilogue

앳된 소년들의 얼굴에 난색이 스쳤다.

"아……."

"울고 있어."

누군가가 흘린 한마디의 파장은 컸다. 그들의 시선이 잔디밭에서 엉엉 울고 있는 작달막한 꼬마에게로 향했다. 이미 흰옷은 흙이 묻어 더러워진 지 오래였고, 옷과 같이 흰 구두는 넘어지면서 벗겨진 지 오래였다.

우는 얼굴이 얼마나 서럽던지 하나같이 앳된 얼굴에 키만 커다란 소년들이 어쩔 줄 몰라 하며 눈만 깜박거렸다.

설상가상으로 무릎은 피를 내비치고 있었다. 달래 주는 이가 없자 왕왕거리는 울음소리는 더욱더 커져만 갔다. 아마 저택까지 들리겠지.

디저트와 차로 나들이 분위기를 한껏 내고 있던 유모와 시녀들이 달려올 터다. 다급해진 소년들은 발을 동동 굴렀다. 당황한 그들이 울상을 지었다. 어쩌면 알리시아보다 더 울고 싶은 건 자신들이었다.

"어떡해? 빨리 달래 줘야 해."

"아버지가 아시면 우리는 죽은 목숨이야."

"형이 가장 나이가 많잖아. 빨리 달래 봐."

"내가 뭘? 너희들이 울렸잖아."

형이라 불린 소년이 억울한 듯 목소리가 격양되었다.

다들 이 순간을 벗어나려 전전긍긍했다. 그리고 결국 그 잘못을 모두 떠안는 것은 첫째인 라페스타의 몫이었다.

"형이 이 자리에 있는 이상 혼이 나는 건 함께야."

벗겨진 알리시아의 작은 구두를 들고 있는 소년이 말했다.

시간이 지날수록 모여 있는 세 명의 소년들의 수군거림이 커져만 갔다. 결국 가장 키가 큰 소년이 떠밀리듯 앞으로 나섰다.

"알리시아, 그만 울어. 그래, 착하지."

큰 손이 어쩔 줄 몰라 하며 알리시아에게 향했다. 다친 무릎부터 털어 주려 서툰 손길로 일으키려는데, 귀를 따갑게 울리는 울음소리가 커져만 갔다. 이렇게 섧게 우는 이유가 뭔가. 울음이 섞여 무어라 말하는지도 모르겠다.

어머니를 닮은 적색의 머리칼을 정리해 주려는데 힘껏 몸을 뒤트는 바람에 엉망으로 풀어졌다.

"알리시아."

간간이 둘째와 셋째의 이름이 들려왔다. 라페스타가 둘을 쏘아보았다.

"왜 애가 이 모양이야? 무슨 짓을 했는데."

라페스타가 절절매던 얼굴을 거두었다. 유순한 얼굴이 사라지고 짜증스러운 기색을 내비치자 영락없이 지오반니의 얼굴이었다. 저희들이 무서워하던 아버지의 모습이 라페스타의 얼굴에 떠오르자 두 소년이 앓는 소리를 냈다. 아무리 봐도 라페스타가 저런 얼굴을 할 순 없는 거다. 저도 아버지라면 벌벌 떠는 주제에.

"형님, 정말이지 그런 얼굴은 옳지 못해요."

"이 얼굴로 아버지와 똑같은 소릴 해 줄까?"

아버지라면 끔찍하게 무서워하는 테비에를 아는 라페스타가 눈을 가늘이곤 물었다.

으으. 테비에가 물러섰다. 아버지를 닮은 얼굴은 그렇다 쳐도 어머니의 앞에선 항상 예의 바른 소리를 하는 것과는 달리 라페스타가 얼마나 까칠한지 모르지 않았다.

이 얼굴을 아는 것은 아마 형제들뿐이리라. 얼굴만큼이나 아버지를 닮았다. 더 자란다면 똑같아질지도 모르겠다고 생각하며 테비에가 진저리를 쳤다.

"아, 그러니까."

"똑바로 말해."

알리시아를 안아 올리려 해도 계집애 고집이 만만치 않은 탓에 라페스타는 다시 내려 줄 수밖에 없었다. 여기저기 꼬집힌 손등이 발갛게 부었다. 밀어내는 손길을 느낀 그가 한 발 물러섰다.

"재미있게 해 주려던 게 전부였다고. 검 놀이를 하고 싶다기에 가르쳐 줬고 뛰어놀고 싶다기에 같이 뛰어놀았지. 계집애가 조신한 놀이는 별로 좋아하지 않잖아."

바쁜 라페스타와는 달리 둘째인 테비에와 셋째인 데미안은 붙어 있는 시간이 길었다. 그것은 라페스타가 첫째라서 바쁜 이유도 있었겠지만 테비에와 데미안과 나이 차이가 꽤 많이 나는 것도 무시할 순 없었다.

두 살 터울의 테비에와 데미안은 친구처럼 붙어 다니곤 했는데 알리시아는 이 사이에 끼어 노는 것을 좋아했다. 오늘 또한 검과 말 타기에 취미를 붙인 둘을 알 리 없는 알리시아는 뭣도 모르고 따라나섰을 것이다. 테비에와 데미안은 동생을 챙겨 줘야 한다며 달가워하지 않았지만 집 안에서 알리시아의 부탁을 들어주지 않을 사람은 없었다.

저희들에게는 엄격하기 그지없는 아버지 또한 알리시아의 말엔 껌뻑 죽었다. 알리시아를 발견하면 이미 저 멀리서 입이 귀 끝까지 걸린 채로 오는 꼴이 얼마나 우스웠던가.

알리시아는 비슷한 또래에는 별 흥미를 느끼지 못하는 듯했고 계집애들이 좋아할 법한 놀이에는 더 흥미가 없었다. 라페스타는 이대로 간다면 알리시아가 고아한 모친처럼은 자라지 못할 것이라고 생각했다.

"그래서."

"원하는 대로 놀아 줬지."

"정말 놀이였어?"

기사가 되어야 한다며 테비에가 정식으로 칼 잡는 법을 교육받는 것을 기억해 낸 라페스타가 물었다.

"뭐…… 그래."

테비에가 잠시 망설였나. 항상 귀찮았지만 유독 오늘은 그 정도가 더했다. 또한 어제 알리시아 덕에 아버지께 혼이 난 기억이 떠오르던 건 왜였을까. 평소 억울한 것이 자신도 모르게 많았던 모양인지 답지 않게 험하게 다루고 말았다. 놀이를 빙자한 화풀이였다.

데미안이 억울하다는 듯 중얼거렸다.

"놀아 주려는 건 아니었잖아요, 형."

데미안이 라페스타에게 들리지 않게끔 목소리를 낮추었다.

"조용히 해!"

테비에가 놀라 데미안의 입을 막았다.

"우리도 놀아 주려고 한 건데 저렇게 울 건 뭐야."

"테비에, 진심으로 검을 휘두르려 한 건 아니지."

라페스타가 팔짱을 끼곤 물었다.

"무슨 소리야. 내가 아무리 그래도!"

"너."

마뜩지 않다는 듯 눈썹을 긁적인 라페스타가 테비에의 앞으로 다가 갔다. 테비에의 거짓말을 모를 그가 아니었다.

"기사 된다는 놈이 자꾸 그따위로 감정에 휘둘릴 거야? 지금 어린 애한테 무슨 짓이야?"

"형, 진짜 진심은 아니었다고요!"

"넌 이따 보자."

라페스타가 무서운 얼굴로 테비에의 어깨를 거칠게 쳤다. 가끔은 라페스타가 아버지보다 더 무서울 때가 있었다. 지금이 그런 때였다.

"알리시아? 알리시아, 여기 봐."

다시 유순하게 얼굴을 바꾼 라페스타가 우스꽝스러운 얼굴로 울음 을 멈추게 하려는 데도 요지부동이었다. 울음소리가 더욱 커지고 시간 이 지체되자 라페스타의 등 뒤로 식은땀이 흘렀다. 오늘 아버지의 일정이 어떻게 되었더라. 외출이 있으셨나. 지오반니의 눈을 닮은 회색 눈동자가 불안하게 떨리고 있었다.

"신나지?"

작은 몸을 들어 빙글빙글 돌려 주었지만 울음은 그치지 않았다. 아버지께서는 이렇게 해 주신 것 같은데……. 그럼 거짓말처럼 알리시아의 울음도 순식간에 그치고는 했었다.

하지만 아버지가 아니라서 그런지 재미가 없어서 그런지, 알리시아는 제 손에서 빠져나가려 버둥거릴 뿐이었다. 섭섭한 마음이 들기도 했지만 우선 알리시아의 울음을 그치게 하는 것이 먼저였다.

라페스타가 다시 한 번 손을 뻗으려는 순간, 위에서 쑥 뻗어 나온 긴 팔이 단숨에 알리시아를 안아 올렸다.

"아껴 주라 말하지 않았던."

"파파!"

라페스타의 손을 쳐 낸 것과는 달리 알리시아가 웅얼거리며 단숨에 지오반니의 목을 끌어안았다. 마치 괴물에게서 구해진 모습이었다. 이러니 정말 어린 동생을 괴롭힌 꼴이지 않은가.

옷소매로 알리시아의 얼굴을 닦아 준 지오반니가 얕은 한숨을 내쉬었다. 지오반니의 눈에 보인 것은 눈물과 콧물로 잔뜩 엉망이 된 얼굴이었다. 물기 밴 목소리가 퍽 안타까웠던지 지오반니가 혀를 찼다. 울음이 멈추는가 싶더니 더욱더 서러운 울음을 토해 냈다. 라페스타에 이어 테비에와 데미안의 얼굴이 절망적으로 일그러졌다.

라페스타는 저보다 한참이나 큰 키를 가지고 있는 남자를 바라보았다. 제 키도 또레의 영웅들과 비교했을 때에 큰 편에 속했지만, 아직 지오반니까지는 아니었다.

"울리려던 건 아니었어요."

라페스타가 다급하게 말했다. 꺼낸 것이라곤 조악한 변명뿐이었다.

그리고 제가 울린 게 아니란 말이에요. 이 상황엔 하등 도움 될 것 없는 말이 목구멍 끝까지 차올랐다. 이 자리에 함께한 순간부터 라페스타 또한 공범이나 마찬가지였다.

"그럼."

"장난을 친 건데. 정말 장난이었어요."

장난을 친 사람들은 저놈들이고, 자신은 뒤늦게 알리시아의 울음소리를 듣고 온 것이 전부였다. 하지만 늘 그래 왔듯이 변명을 하는 것은 자신이었다. 그가 몇 번이나 사실을 고하려는 입을 꾹 다물었다.

"그래."

더 변명을 지껄여 보라는 듯 지오반니가 고개를 끄덕였다.

"……알리시아가 여자라는 걸 잊은 모양이에요. 저도 모르게. 네."

제가 아니라 저 녀석들이 말이에요. 덧붙이려던 것을 얼버무렸다.

"끝이냐?"

"……네."

"오늘은 변명이 짧구나."

담담하게 묻는 지오반니의 말에 소년이 말끝을 흐렸다. 라페스타의 말에 지오반니의 눈이 둘째와 셋째에게로 향했다. 한창 짓궂을 나이의 사내 녀석들이었다.

"네 어머니가 싫어할 게다."

"……."

"테비에, 데미안. 울린 건 한 명이 아닐 텐데 어떻게 라페스타만 변명을 늘어놓나."

차갑게 떨어지는 말에 그제야 뒤에서 조용히 따르던 둘째와 셋째가 더듬거리며 말을 이었다.

"그러니까, 아버지, 알리시아를 절대 울리려던 건 아니었어요."

"울리려고 했다면 여자를 대하는 예법 교육을 다시 받아야 할 거다."

"하지만 아버지, 저희도 마냥 알리시아와 놀아 줄 순 없어요. 알리시아는 여자고, 이렇게 약하잖아요. 오늘만 해도……."

이번만큼은 정말 억울했던지 곱슬거리는 머리를 잔뜩 헝클어 놓았던 테비에가 입을 열었다. 그와 동시에 눈치 빠른 데미안이 그의 입을 막았다. 다행히도 그의 입에서 쏟아질 말들은 막은 셈이었다.

따라다닌 건 저 계집애라는 소리부터 귀찮다느니, 너무하시다느니, 억울하다는 소리만 줄줄이 내뱉을 테비에였다. 하지만 그런 소리는 아버지께 아무 소용이 없는 하소연일 뿐이었고, 순간적으로 욱하는 감정에 하루도 가지 못해 알리시아에게 미안해할 테비에였다. 얼간이처럼 더듬거리며 또 사과를 하겠지.

'알리시아, 미, 미안해. 네가 귀찮다는 건 아니었어…….'라는 식의.

"손 좀 치워 봐라. 하고 싶은 말이 많아 보이는데."

"아닐걸요? 형님, 아니지 않나요?"

데미안의 물음에 테비에가 느리게 고개를 끄덕였다. 허튼 생각을 하다 빠르게 정신을 차린 것 같았다.

"장난을 친 건데 다칠 줄 몰랐어요. 알리시아의 무릎이 아니라 차라리 제 무릎이 까졌다면 좋았을 텐데……."

유연하게 넘어가려는 데미안의 말에 지오반니의 눈이 가늘어졌다. 첫째인 라페스타에 비해 비교적 여유롭게 살았고, 둘째인 테비에처럼 자신과 알리시아의 사이에 껴 고초도 겪지 않았다. 셋째인 데미안은 커 갈수록 마음에도 없는 말들을 늘어놓곤 했는데 지금도 그러한 경우였다.

생각해 보니 자신과의 대화에서도 늘 저런 식이었던 것 같다. 다그치려 하면 웃음으로 무마했더랬지. 그것을 알아차리지 못한 것은, 그가 첫째와 둘째에 비해 자신과 마주치는 횟수가 현저히 적었기 때문이었고, 무엇보다 라즐리의 얼굴을 그대로 빼다 박았기 때문이었다. 만약 데미안이 첫째로 태어났다면 자신은 라페스타처럼 엄하게 훈육하지 못했을 것이라는 생각마저 들 정도였다.

저 성격은 누구에게서 나온 거지. 아무리 생각해도 동족인 비토르나 키든에게서나 볼 법한 말투였다.

차라리 테비에는 순수하기라도 하지 저 녀석은 다 자라면 속에 능구렁이 백 마리는 키울 녀석이었다.

"마음에도 없는 소리는 하지 말라고 했다."

"정말이에요, 아버지. 제가 알리시아를 예뻐하는 정도는 형님들과 비교해도 지지 않는다고요."

지오반니가 알리시아를 안아 올린 채로 미간을 긁적였다. 얄미운 말본새를 더 지켜보지 못한 그가 데미안의 입술을 잡곤 흔들었다.

"이, 이게 무슨 짓입니까?"

처음 당해 보는 일이 꽤나 창피했던지 데미안의 얼굴이 붉어졌다.

"당황하는 걸 보니 그 나이대의 녀석 같다. 방금까진 애늙은이 같았고."

흥. 낮게 코웃음 친 지오반니가 데미안의 이마를 튕겼다.

"자꾸 이러실 거예요?"

"넌 그 능글거리는 모양새가 꽤 내 친구를 닮아 가는 것 같은데."

"누군데요?"

"있다. 마라그에서 풀이나 뽑고 있을 녀석이."

데미안이 창피해하는 것에 만족했는지 지오반니가 등을 돌렸다.

"내가 지겹게 떠들어 대던 걸 말해."

지오반니의 말에 세뇌라도 당한 듯 세 명이 똑같은 내용을 읊었다.

"용맹한 전사가 될 줄 알아야 하고……."

"기억은 하는구나."

"세 시간 정도의 수다를 들어 줄 수 있는 다정한 사람이 될 줄 알아야 하고……."

"또."

"그리고 등도 내어 줄 줄 알아야 합니다."

지오반니가 알리시아를 내려 주었다. 언제 울었냐는 듯한 얼굴이다. 눈가가 발갛게 쓸린 것만 아니었더라면 울었다고는 전혀 생각지 못할 것이다.

"역시 똑똑한 녀석들이다."

그가 등을 돌려 흡족하게 말했다.

"알리시아를 누구보다 아끼는 셋째가 먼저 엎드리는 게 좋겠다."

지오반니의 말에 데미안의 얼굴이 와작 일그러졌다.

"서로 알리시아를 아껴 주는 마음이 지대하니 누가 더 오래 놀아 주는지 시간을 재는 것도 재미있겠지."

처음에는 등을 내어 줘야 한다는 말의 의미를 깨닫지 못했다.

'용맹한 전사로서 등을 보이는 건 수치 중의 수치가 아닌가요?'

하지만 그렇게 묻는 소년들의 의문은 오래가지 않았다.

아버지가 말한 것, 저희들의 등은 막내인 알리시아의 말 타기 놀이를 위해 존재하는 것이었다.

＊　　＊　　＊

"알리시아가 울던가요?"

"조금."

"아무튼 제 성질 못 이겨서 우는 것하곤."

"당신을 빼닮았지."

라즐리가 밉지 않게 눈을 흘겼다.

"당신이 녀석들의 얼굴을 봤어야 했는데."

차례로 엎드리는 그림이 퍽 웃겼던지 지오반니가 새어 나오는 웃음을 참지 못하고 크게 웃었다. 그중 도도한 눈을 한 데미안이 엎드리는 모습이 떠오르자 그는 다시 한 번 어린 아들을 놀려 주고 싶은 생각에 손이 간질거렸다.

"너무 놀리지 말아요. 그 아이들은 아직도 당신을 어려워한다고요."

"데미안은 퍽 편안해하던데."

"그럴 수도 있겠네요. 당신은 첫째인 라페스타를 엄격하게 훈육하는 대신, 그리고 둘째인 테비에를 귀찮게 하는 대신, 비교적 그 아이를 자유롭게 뒀어요."

"그래서 그런가……."

그렇게 꼬박꼬박 받아칠 수 있는 이유가.

"그리고 그 아이는 당신을 가장 많이 닮았죠."

그녀의 말에 지오반니의 눈썹이 올라갔다.

"무슨 소리야?"

"라페스타가 당신을 닮은 건 외모뿐이에요. 당신은 성실한 사람이 아니잖아. 라페스타가 얼마나 성실한데요. 성실한 사람이 없는 이 집 안에서 유일하게요."

"못 하는 소리가 없군."

"테비에는 화를 잘 내는 거지 순수할 뿐이고, 데미안은… 가끔 저도 무슨 생각을 하는지 모를 때가 많으니까. 그래서 꼭 당신 같아. 혼내려고 하면 요목조목 따지는 것도 그렇고. 이상한 말은 어디서 배워 온 건지 딱 당신이 날 구슬리려 할 때 같다니까요. 아직은 우스울 정도지만 조금만 더 자라면 당신처럼 될 거야."

욕인지 칭찬인지 지오반니가 잠시 고민했다.

"아무튼 아이들을 좀 다정하게 대해 줘요. 알리시아 버릇만 나빠지겠어."

"난 친구가 아니니 편하기만 할 순 없어."

"알리시아에게는 그리도 약하신 분이."

"아들과 딸은 달라."

"그들에게 당신은 똑같은 아버지예요."

"말발이 꽤 좋아졌는데."

"말 잘하시는 분 옆에서 몇 년을 있으니 느는 건 이것밖엔 없더군요."

지오반니의 무릎에 앉아 속삭이듯 말하는 라즐리가 그의 턱 부근에 자잘하게 키스했다.

후계를 생산하지 못하던 그의 우려와는 달리 그녀는 슬하에 아들 세 명과 딸 한 명을 두었다. 그는 저주가 풀린 것 같다는 말을 했을 뿐 놀라워하지 않았다.

아니, 그렇게 생각했었다. 침대보에 감싸인 라페스타의 모습을 보기 전까진, 남자가 이 탄생에 대해 별다른 생각이 없다고 생각했었다. 그만큼 지오반니는 무감한 얼굴을 했었고, 기쁠 것 없다는 투로 이야기하곤 했으니까.

그가 좋아할 이유는 없었다. 그는 단지 제 곁이 좋았을 뿐이고, 이 세계에 속해 흔적이 남길 바랐을 뿐이니까. 그가 남기고 싶어 했던 흔적이 혈연은 단연코 아니었다. 가족으로 묶이길 원하면서도 후계가 생산되지 않길 바랐을 것이다. 모순이라 생각하면서 이해했다.

그는 자신을 괴물이라고 했고, 그런 자신의 피가 이어진다면 그건 자신을 비롯해 이 세상에 끔찍한 것을 안겨 주는 꼴이라고 했다.

하지만 라페스타의 작은 존재가 그에게 무슨 변화의 바람을 안겨 주었는지는 모를 일이었다. 그는 끔찍하다고 말했던 것과는 달리 아이를 품에 안았고, 사랑과 온정을 주었다. 아이의 둥근 이마를 맞대며 힘의 염원을 불어넣기도 했다.

건강하게. 행복하게. 모든 것이 네 뜻대로.

"알리시아가 좋아했겠어요. 오라비들과 놀고 싶어 했으니까."

"피곤했으니 자고 있겠군."

자신을 아껴 주는 것을 알아서일까, 제 오라비들이 그 아이를 아끼는 것만큼이나 알리시아는 그들을 어미 새 따르듯 쫓았다.

저택의 사람들은 둘의 아들들이 지오반니에게 혼이 나는 이유의 대부분이 알리시아 때문이라는 것을 알았지만, 그들이 알리시아를 얼마나 아끼고, 알리시아가 그들을 얼마나 잘 따르는지 알았다. 자랄수록 같이 있는 시간이 줄어들 것이 걱정이 될 뿐이었다.

"내일은 예법 수업이 있는데 또 싫다고 고집을 부리면⋯⋯."

벌써부터 공부를 멀리하는 알리시아였다. 라페스타는 아픈 몸을 이끌고서라도 수업을 받았으니 성실한 축에 속했었고, 테비에와 데미안도 소란 없이 수업을 받았다. 퇴짜를 놓고 거부하는 것은 알리시아가 처음이었기 때문에 곤란하기 그지없었다. 알리시아에게는 한없이 약해지는 지오반니가 모진 말을 할 리도 없었고 자신도 마찬가지였다. 어르고 달래는 것도 이제 한계였다.

"아무래도 엄하게 혼을 내야 할 것 같은⋯ 왜 그래요?"

지오반니가 손을 들어 걱정을 늘어놓고 있던 라즐리를 멈췄다. 그의 시선이 고집스레 창문 쪽으로 향해 있었다. 마치 무엇이 올지 알 것 같다는 얼굴이었다.

라즐리를 무릎에서 내려놓은 그가 창문 쪽으로 향하려는 순간 거친 바람이 일었다. 탁자 위에 둔 식은 잔이 흔들거릴 정도의 강풍이었다. 바람과 함께 큰 키의 남자가 창틀을 가볍게 밟고 유연하게 몸을 들였다. 연한 호박색의 눈동자가 커졌다.

"페레⋯⋯!"

라즐리가 비명을 삼켰다.

"놀랐다면 미안해요."

"왜 자꾸 이런 식으로 나타나시는 거예요? 미리 연락이라도 주시면 좋잖아요."

라즐리가 도통 이해가 가지 않는다는 투로 물었다. 무례하기 짝이 없는 밤손님은 항상 멀쩡한 문을 두고 창문을 밟고, 정원 담을 넘었다.

"말하고 나타나면 부인의 남편이 문이나 열어 주겠습니까?"

"제가 열어 주겠죠. 저는 내치지 못하는 성격이니 열어 줄 거예요."

페레의 품에 익숙하게 안겨 있는 알리시아를 보며 라즐리가 입술을 깨물었다. 알리시아는 으레 그 나이가 그렇듯 자신에게 친절히 대해 주는 남자를 좋아했다.

또한 어려서부터 지오반니와 제 오라비들을 보고 자란 탓에 아름다운 겉모습에 익숙해져 있었고, 그 껍데기에 홀리는 것이 빈번했다. 다행이라면 눈이 높아 웬만한 사내는 눈에 차지 않는다는 것이었지만 리 페레라면 또 모를 일이다.

그는 군청색의 눈을 가진 근사한 미남이었다. 지오반니가 가족이라 부르는 탄탈로스를 보았고, 비토르와 록산느라는 자도 봤다. 오래 살면 겉모습마저 근사해지는 건지 알 수 없었지만 대체로 그의 가족의 화려한 외모를 떠올리면, 그들의 존재와 비슷한 용들도 화려한 껍데기를 가졌다는 생각이 들었다.

알리시아가 아무 말 없이 그의 품에 안겨 있는 것도 눈에 거슬리는 것이 한두 번이었던가. 이제는 마치 그 품이 제 것이라고 말하는 듯했다.

"자꾸 이렇게 불쑥불쑥 나타나시면 곤란해요. 알리시아에게도 그렇고……."

아무리 어린 아이라지만 알리시아의 앞날을 생각해 본다면 다 자란 성인 남자가 붙어 다니는 모양새가 이상해 보인다는 소리였다.

그녀는 어린 나이였지만 그 가치와 존재로서도 높이 귀함을 받는 아이였다. 기오테가 이 땅을 떠났지만 그가 만든 기오테의 조각은 자신의 맹약대로 라즐리에 이어 후계를 지키며 머물고 있었다. 정령의 보호를 받고 있다는 것은 기오테가 사라진 이 땅에선 커다란 의미로 받아들여졌다.

알리시아에게 제 뒤에 붙었던 고귀한 꼬리표들이 그대로 따라붙었다. 이젠티아의 핏줄, 개국공신의 혈통, 정령의 존재.

게다가 집안에서 알리시아가 받는 예쁨의 정도를 본다면 허락할 이가 누가 있을지도 의문이었다. 그녀는 라즐리의 태 안에서 자리 잡았을 때부터 온갖 관심과 사랑을 받고 자란 존재였다. 티 내지 않았지만 여아 한 명 정도는 바랐던 지오반니이기도 했다. 욕심 없던 그가 처음으로 가지고 싶다고 말하기도 했었다.

"그렇지만 너무 보고 싶어서."

"페레."

"매일 찾아오려던 것을 참고 있어요. 부인께서도 이해해 주세요."

"대체 당신과 알리시아가 무슨 사이라고 제가 이해를 해야 하나요?"

이제 용까지 붙음인가. 라즐리의 얼굴이 피곤해졌다.

"안 떨어져?"

온순한 얼굴을 거둔 지오반니가 사납게 으르렁거렸다.

"우리가 본 지도 꽤 됐는데 그 험악한 얼굴을 치울 순 없어? 이제 친해질 때야, 노야…… 아니, 지오반니. 각하라고 불러 주길 원한다면 깍듯이 불러 주지."

"말이라고 하나?"

"경어를 써 주길 원한다면 기꺼이. 알리시아의 아비가 너라는데 내가 져 줘야지 어떡하겠어. 뭐, 고약하게 시중 같은 것도 들라고 하면 생각해 볼 수도 있어."

"리 페레."

그가 씹어뱉듯 페레의 이름을 한 자 한 자 끊어 불렀다.

"아, 그리고 내가 여기 온 건 알케미나에겐 비밀이야."

"왜 비밀이어야 하지? 지금 당장 네 녀석을 끌고 가라고 하면 그래 줄 텐데."

"알케미나가 알면 최소한 한 달은 오지 못할 거거든. 날 좋아하는 알리시아에게는 굉장히 슬픈 일이 될 거야."

"너 말고 놀아 줄 사람은 많아."

"야박하게. 네 아버지는 정말 야박한 사람이다. 그렇지, 알리시아?"

알리시아의 뺨에 서슴없이 입을 맞추는 모습에 지오반니의 눈에서 불이 났다. 그가 손을 뻗자 페레가 몸을 돌리며 유연하게 빠져나갔다. 허공에 몸을 띄우자 알리시아도 함께 떠올랐다.

아이는 무엇이 좋은지 연신 웃음을 터뜨렸다. '더 높이 해 주세요!' 하는 들뜬 목소리가 들려오자 지오반니의 미간이 더 깊게 패었다.

"이……."

험한 욕지거리가 나오려던 참, 페레의 뺨에 입을 맞추는 알리시아의 얼굴을 본 지오반니가 입을 다물었다.

"이것 보라고. 알리시아가 가장 좋아하는 건 나잖아."

"날개가 찢겨야 한동안은 찾아오지 않겠지."

"날개로 걷는 건 아니니 걱정하지 마. 다리 정도는 부러뜨려야 하지 않겠어?"

죽여 버릴까. 지오반니의 동공이 세로로 길게 찢어졌다. 리 페레의 웃는 얼굴과는 달리 지오반니는 진심으로 화가 치미는 중이었다.

"또. 또. 야, 너 자꾸 그런 눈 하면 못쓴다. 자꾸 감정 하나 조절 못 해서 어떡할 거야? 나는 매일 찾아올 건데."

"어떻게 할 거냐고? 먼저 네 입을 찢어야겠지!"

"시아, 귀를 막아야겠다. 네 아빠는 너무 입이 거칠어. 그렇지?"

리 페레가 알리시아의 작은 귀를 막으며 연신 낄낄거리며 웃었다.

"알리시아, 당장 이리 와."

"가면 다신 안 놀아 줄 거야. 네 아버지는 이렇게 놀아 주지 않잖아."

"하지만 페레……."

"나를 다신 볼 생각 하지 마."

상당히 단호한 처사였다. 그의 목소리에 담긴 투를 어렵지 않게 알았던지 알리시아의 얼굴이 울상이 되었다.

"페레, 아버지와 싸우지 말아요."

알리시아의 입술에서 나오는 리 페레의 이름이 친근하기 그지없었다. 그의 눈이 닿지 않는 곳에서 페레와 함께하는 딸의 모습이 어렵지 않게 그려지자 지오반니가 이를 갈았다.

"알리시아."

지오반니가 전에 없이 알리시아를 무섭게 불렀다.

"당장 이리 와."

"아무래도 역효과인 것 같은데."

지오반니의 모습에 겁을 먹었는지 알리시아가 페레의 품으로 파고들었다.

"그만해요."

두 남자 사이에서 애를 먹고 있는 어린 딸의 상황을 모면해 주고자 라즐리가 팔을 벌렸다.

"알리시아, 엄마한테 와."

그러자 알리시아가 페레의 어깨를 톡톡 두드렸다.

"내려 줘요. 갈래요."

페레는 그녀의 청대로 알리시아를 내려 주었다. 그녀가 기다렸다는 듯 쪼르르 라즐리의 품에 가 안겼다.

"애를 두고 뭐하는 짓이에요? 둘 다."

"지금 나보고 저 작태를 참으라고 하는 건 아니겠지."

"알리시아한테 화내지 말아요. 페레한테 내면 되잖아."

"부인, 나는 진심으로 알리시아를 좋아해요."

"저 애가 몇 살인지는 알아요?"

"지오반니가 몇 살인지는 알고요?"

"……."

"내가 알리시아를 좋아하는 게 이상해요? 당신도 지오반니와 결혼했잖아. 당신이 나이 차이로 반대하는 건 이해할 수 없는데."

리 페레가 고른 치아를 보이며 웃었다.

"이 아이가 어리다고 생각해요? 부인도 지오반니에 비해선 갓난아기처럼 어려요."

"그런 뜻으로 말한 게 아니에요."

리 페레는 분쟁 지역에서 영향력을 행사하는 용이었다. 때로는 두 나라의 전쟁을 부추겼으며, 종결시켰다. 제 입맛에 맞추어 왕을 이리 저리 바꾸기도 했다. 이러한 일들은 정치적인 일들과는 무관한 것이었고, 모두 리 페레의 변덕스러운 기분에 의해 일어났다. 그는 목적 없이 부수고, 다시 쌓아 올리는 것을 반복했다. 그 변덕스러움이 싫다는 것이었다.

그러다 더한 변덕이 들 때면 멀쩡한 강물을 말리고 좋은 성벽 구실을 해 주던 산을 깎아 버리기도 했다. 그날의 남자의 기분에 따라 어느 누군가는 죽고, 어느 누군가는 살았다.

어디에서부터 연이 닿았는지는 알 수 없었지만 리 페레는 돌연 분쟁 지역에서 손을 떼고 황도로 돌아와 잡상인 흉내를 내며 알리시아의 곁을 맴돌고 있었다.

"알리시아는 날 좋아해요."

"알리시아가 싫어하는 사람을 찾는 게 더 빠를 거예요."

"이상한 헛소리 좀 작작 하지. 네 얼굴을 봐 주는 걸로도 짜증이 치미는데 되도 않는 소리까지 들어 줘야 하나?"

"내기할래?"

"뭐?"

"알리시아와 내가 결혼을 하는지?"

"이 미친놈이……."

알리시아만 보지 않는다면 벌써 멱살을 잡고 나뒹굴었을 것이다.

"그건 제가 반대예요."

라즐리가 조심스럽게 입을 열었다.

"부인이 반대할 줄은 몰랐네요."

"이 사람의 생각을 반대할 순 없으니까."

"알리시아가 결혼한다 하면?"

"글쎄요……. 그때도 쉽게 허락할 것 같진 않아요."

"이유를 말해 준다면 노력을 해 볼 겁니다."

"당신은 가진 게 없잖아요."

라즐리는 그를 허락할 수 없는 이유들 중 가장 큰 부분을 차지하는 것을 말했다.

"부인이 가지고 있는 이것들을 말씀하시는 겁니까?"

리 페레가 방을 둘러보며 물었다. 그녀가 말하는 것이 인간들이 가치 있어 할 법한 작위나, 돈, 그리고 땅 따위라는 것을 알아챈 듯했다.

"페레, 당신은 용이기에 상관없을 수도 있지만 알리시아는 용이 아니에요. 그 아이를 아무것도 없는 사람에게 보낼 수는 없어요. 모든 것을 누려도 부족할 것 없는 아이예요. 아마 지오반니가 당신을 반대하는 이유에는 그것도 포함되어 있을 겁니다."

페레가 턱을 매만졌다. 한참을 고심한 남자가 입을 열었다.

"그럼 부인의 입맛대로 높다란 곳에 올라 보도록 할게요."

"네?"

"왕이 마음에 드십니까. 알리시아를 그대처럼 후 부인으로 만들어 드릴까요. 아니면 저 북녘의 땅, 고아한 얼음성의 주인으로 만들어 드릴까."

"……."

"나는 무엇이든 가능해요. 그런 것쯤은 어렵지 않죠."

그가 분쟁 지역에서 힘을 행사하던 것을 잠시 잊은 것일까. 왕도 갈아치우는 마당에 그 자신이 왕이 되지 못할 이유가 무엇이란 말인가.

"사람을 죽이는 게 마음에 걸리나요? 원한다면 그러지 않을게요. 알리시아를 위한 일이라면. 내가 분쟁 지역에서 입맛대로 왕을 갈아치우는 건 변덕이 심해서겠지만 알리시아에겐 그러지 않을 거예요."

그는 마치 제 생각을 읽고 있는 양 말했다.

"그러니까, 부인. 내가 마음에 들지 않는 다른 이유를 말해요. 이 껍데기를 조금 더 화려한 것으로 뒤집어쓸까요?"

"지금도 충분히 화려해요."

"각하, 너도 불만스러운 걸 말해 봐. 바꾸려고 노력할게."

"다. 네 존재 자체가 불만스럽지. 꺼져 주길 바라면 꺼져 주나?"

"그건 곤란해."

참지 못하고 욕을 뱉으려는 순간, 라페스타를 비롯한 그의 아들들이 들어왔다. 주눅 든 테비에가 리 페레의 얼굴을 보곤 화색이 돌아 달려왔다.

"페레!"

"귀염둥이들. 잘 놀았어?"

페레는 넉살 좋게 라페스타의 머리를 쓰다듬고 테비에를 끌어안았다. 그의 팔은 아직도 벌려져 있었는데, 그것이 데미안의 몫이라는 듯 벌린 팔을 접지 않았다.

"데미안은, 잘 놀았고?"

"네."

페레는 영민한 눈으로 자신을 훑고 있는 데미안을 바라보았다. 저 얼굴은 부인의 얼굴을 닮았는데, 하는 짓이 지오반니였다.

"여전히 경계하네. 한 번쯤은 품에 안겨도 좋잖아."

"가르침받길 모르는 사람은 가족이 되기 전까지 경계하라고 배웠거든요."

"아버지에게?"

"네."

"정말 지오반니다운 교육이야."

페레가 지오반니를 바라보며 눈을 휘었다.

"잘 가르친 것 같아. 그럼 가족이 되면 나한테 한번 안겨 주나?"

"그럴지도 모르죠."

"재미없는 것도 딱 네 모습인데."

"조용히 해."

지오반니는 어렵사리 화를 누르며 문 쪽으로 향했다.

"가."

"정말?"

"가."

"시아가 섭섭해할 거야."

지오반니가 손수 문을 열었다.

"가라면 가."

네놈 얼굴을 봐 주는 것도 역겨우니까. 사나운 눈엔 분노가 선명했다.

　　　　＊　　　＊　　　＊

"화나셨어요?"

"기가 차서……."

남자가 별안간 진열장에서 술을 꺼냈다. 그는 술을 즐기는 취미도 없었을뿐더러, 카드놀이나 다트와 같은 게임에도 재미를 붙이지 못하는 사람이었다.

"너무 신경 쓰지 말아요."

근래 들어 예민해진 신경에 리 페레까지 더해졌으니 그의 이마에 주름이 늘었다. 새로운 법안을 통과시키기 위해 쌓인 일들이 수두룩했고 지금의 그는 제 몸이 한 개라는 것에 굉장히 애석해하고 있었다.

"리 페레……."

지오반니가 조심스레 그 이름을 굴렸다.

리 페레가 너무 괘씸해 내일은 하루 내내 집무실에 처박혀 있어야 함에도 불구하고 일에 대한 생각은커녕 리 페레의 여유 가득한 얼굴만 선명하게 떠다녔다.

"분쟁 지역은 어쩌고 저러시는 거예요?"

"변덕 심한 놈이니 내가 알 게 뭐야."

그는 아직도 분노를 가라앉히지 못하곤 턱이 붉어져 나올 정도로 이를 물고 있었다. 용이라면 끔찍해하는 그를 알았다.

시간이 지났음에도 자간과 용의 사이는 나아질 줄을 몰랐다. 탈리만의 일이 그들 사이에 불을 지폈고, 지금에서야 일단락되었다곤 하지만 간혹 탈리만의 일이 불거질 때면 치열하게 이를 드러냈다.

"리 페레가 싫으세요?"

"좋아하길 바라?"

"아니, 뭐……. 나쁜 분은 아닌 것 같아서."

라즐리는 일 년 가까이 본 리 페레에 대해 짤막하게 평을 남겼다.

"나쁜 놈이 제 얼굴에 나쁜 놈이라고 써 붙이고 다니나?"

"그건 또 아니네요."

예민하긴.

"그럼 객관적으로 말해 봐요."

"뭘."

"리 페레는 어때요?"

"묻는 저의가 뭐야?"

"궁금하잖아요."

"용에 대해 궁금하다고?"

"아니요. 리 페레에 대해 궁금하다는 거예요. 알리시아가 저렇게 좋아하니까."

아내가 페레에 대해 궁금해하는 것이 마음에 들지 않았는지 그의 눈이 뾰족해졌다.

"리 페레가 알리시아를 좋아하는 게 확실한 건가요?"

"그래."

처음으로 지오반니에게서 긍정의 답이 나왔다.

"진짜 아니라고 할 줄 알았는데. 정말이에요? 어떻게 알아요?"

"좋아하지도 않는 사람을 일 년이 넘도록 만나러 오는 건 용이 아니라 인간이라 해도 하지 않는 일이야. 그리고 용은 결혼이라는 말을 함부로 입에 담지 않아."

이 땅에 안주하려는 자신이 조금은 특별한 경우일 뿐, 용과 다른 자간도 그렇다는 것은 아니었다. 용에게 혼인이라는 것은 스스로를 묶는 족쇄나 다름없었다. 강압적인 것을 싫어하고 연애에 자유로운 그들이 인간들이나 할 법한 결혼을 입에 담지 않는 것은 어쩌면 당연한 일이었다.

그들은 혈통을 이어 가기 위해 아버지와 어머니가 될 짝을 고르는 것뿐, 사랑을 운운하지도 않았다. 물론 알케미나처럼 여자에게 눈이 돌아간 예외적인 경우도 있었다.

그런 리 페레가 스스로 묶이길 원했다. 리 페레가 자신을 너무나 싫어해 딸을 이용해 복수를 하려고 한다 해도, 제 자신을 버려 가면서까지 복수를 할 가능성은 없었고, 일 년이 넘는 시간 동안 경계를 받아 가면서까지 알리시아에게 공을 들일 가능성 또한 없었다.

라즐리가 생각하는 것들이 무엇인지 알았다. 리 페레의 방문이 단순히 유흥거리라면. 알리시아를 좋아하는 것이 단순한 감정뿐이라면.

하지만 그러지는 않을 터다. 언젠가 알케미나는 곁에 둘 여자를 고르는 데 있어서 그저 눈에 박혔다는 조잡한 표현으로 지껄이곤 했었다. 마치 각인이라도 된 것처럼 꼼짝없이 붙잡혔다는 것이다. 덜떨어진 놈이 모자란 듯 말하기에 멍청하다고 생각했었는데, 리 페레가 언젠가 말했던 것이 알케미나와 조금도 다르지 않았다.

'눈에 박혀 버렸어.'

모자란 놈이 두 마리였다. 말 꾸미는 재주도 형편없었다. 한눈에 반했다는 유치한 말이나 듣게 될 줄은 몰랐다.

혈육에 집착하지 않는 자간과는 달리 용은 끔찍스럽게 제 혈육에 집착하곤 했는데, 그 수고와 노력에 비례해 제 씨를 품을 여자도 함부로 고르는 법이 없었다. 용에게 제 아이를 낳을 여자는 그들에겐 없어선 안 될 날개의 유무보다 중했다. 그들이 무엇에 이끌려 여자를 고르는지는 알 수 없었다.

오랜 시간을 살아오면서도 알 수 없는 것은, 용이 제 짝을 고르는 기준이 '제 여자'로서인지, '어머니'의 존재를 위해서인지 알 수 없다는 것이었다.

"알리시아는 어려요."

"너도 어려."

"지금 편드신 거죠? 페레의 편을 드셨어요."

라즐리가 놀라 눈을 동그랗게 떴다.

"편을 든 게 아니라, 너와 결혼한 내가 뭐가 되냐는 소리야."

몇 시간 전, 리 페레가 나이에 대해 입에 올린 것이 신경이 쓰이는 모양이었다. 지오반니가 나이 차이에 대해 꽤 예민하게 구는 것을 모르지 않는 리 페레였으니 짓궂은 말장난이었다.

"리 페레는 어떤 용이에요? 사심 하나 없이 정말 객관적으로 말해 봐요."

"힘든 부탁이야."

그렇게 말하면서도 지오반니는 리 페레가 어떤 용인지 기억하려 했다. 알케미나보다는 덜 고압적이고, 건방진 탈리만보다는 개념이 있고, 시끄러운 하르게니아보다는 조용한. 그나마 낫다고 볼 수 있는 용이었다. 하지만 나은 축에 속할 뿐 마음에 든다는 소리는 아니었다.

"놈은 안 돼."

"왜요?"

"이유가 필요한가."

"알리시아를 설득하려면 그만한 이유가 필요해요. 그 아이는 더 이상 어리지 않아요. 당장은 무리겠지만 앞으로 결혼 이야기도 심심찮게 나올 거예요."

그 아이가 쥐고 있는 가치가 많은 것들을 끌고 들어올 터였다.

"그렇다면 선택하셔야 해요. 정말 리 페레인지, 다른 사람인지."

"넌 리 페레를 염두에 두고 있는 것 같은데."

"······."

"내 선택지에 리 페레는 없어."

"그렇게 우기실 일이 아니라요."

그나마 지금이 아니라면 우길 수 있을 때도 없었다. 용이 선택한 제 짝은 아주 특별한 경우가 아니라면 그 길을 벗어날 수 없었다.

그것은 제 딸이라도 마찬가지였다. 리 페레와 힘겨루기를 한다면 가능하겠지만 그마저도 알리시아가 페레가 좋다 하면 아무짝에도 쓸모없는 일이 되고 말 터다. 힘겨루기가 무슨 소용이고 제 반대가 무슨 소용이란 말인가.

알리시아가 리 페레를 받아들이는 순간 자신은 그 영역에서 확실히 물러나야 했다. 망할 녀석이 잘 닦아 놓은 길을 가려던 아이의 앞을 막았다. 화가 나는 이유는 늘어놓을 수 있을 정도로 많았다.

"저는 리 페레가 썩 괜찮아 보여요."

"뭐?"

지오반니가 믿을 수 없다는 눈으로 라즐리를 바라보았다. 알리시아가 리 페레의 짝이 된다는 기정사실에 이대로 미치는 게 아닌가 싶을 정도로 짜증이 치미는데, 그녀는 속 편한 소리를 하고 있었다.

"지금 뭐라고 말하는 거야?"

"지오반니, 리 페레는 강해요."

"내가 놈에게 지지는 않을 테지."

"부모의 보호와 배우자의 보호는 달라요. 알리시아가 결혼을 하고서도 졸졸 쫓아다니실 거예요?"

"못할 것 같아?"

"그렇게 말씀하실 줄 알았어."

눈살을 찌푸린 라즐리가 지오반니의 팔뚝을 때렸다. 그만 좀 해요, 진짜. 타박도 이어졌다.

"그는 알리시아를 위협하는 모든 것으로부터 지켜 줄 거예요. 도사리는 위협에, 불온한 것들로부터 안전하게 해 주겠죠."

"무슨 말을 하고 싶은 거야."

지오반니가 신경질적으로 물었다.

"리 페레는……."

와인잔을 빙글빙글 돌리는 라즐리가 문득 서글픈 얼굴을 했다.

"그 아이를 두고 가지 않을 거예요."

나와는 달리. 라즐리는 상황을 우울하게 할 말을 굳이 입 밖으로 꺼내진 않았다.

똑같은 말을 하고 말았다. 할아버지와 같은 생각을 했다. 그러는 자신이 경멸스러워 라즐리는 애써 웃었다.

"죽은 흔적을 좇는 건 내 아이가 아닐 테죠."

"너……."

"나는 그게 얼마나 다행인지 몰라요. 슬픔에 허덕이는 게 알리시아가 아니라는 것이."

종내 혼자 남게 될 것이 내 아이가 아니라는 것에 안도했다. 지오반니가 모르게 그런 생각들을 해 왔다. 알리시아의 곁을 차지한 남자가 그래서 다행이라고.

"그 아이가 슬퍼하지 않길 바라요. 리 페레가 용이라는 것은 제게 중요하지 않아요."

"내가 리 페레를 반대하는 이유를 용이라고만 생각하지 마."

"그 부분이 지대하게 차지하고 있긴 하잖아요."

"네가 말하는 죽음에 대한 슬픔은, 알리시아가 보통의 인간과 결혼하고 살아가게 된다면 반드시 겪어야 할 일이야. 그건 알리시아뿐만 아니라 라페스타도, 테비에도, 데미안도 그럴 테지. 그건 당연한 거야. 태어나고 죽고, 그것을 따르는 건 지극히도 당연할 수밖에 없다고."

너는 당연할 수 없는 삶을 살게 되어 버렸다. 그것은 평생토록 빌어야 할 죄였다. 그는 평범한 삶을 살아야 했던 여자가 그러지 못한 데에 죄책감을 느꼈다.

"인간이 아닌 다른 존재와 엮이는 순간 그 아이의 인생도 그리되는 거야."

"저처럼요?"

"그래."

지오반니는 부정하지 않았다. 이 여자와, 이 세계에 욕심내는 순간 여자의 인생은 어그러졌다.

"제가 지금 어떻게 됐는데요?"

"괴물과 살고 있지."

"불행해 보이나요?"

"모르겠어."

정말 모르겠다. 네가 행복한지. 그렇지 않은지.

"저는 제가 불행해질 길을 선택하지 않아요."

"……."

"당신은 나한테 선택권을 충분히 줬죠. 내가 선택할 길도 많았고요. 내가 행복해지기 위해서 당신을 선택했어요."

"……그래. 다행이다."

무언가 얹히기라도 한 듯 목이 메었다. 그는 간신히 말을 쥐어짰다. 손이 내밀어진 순간 네게서 구해졌다고 생각했다. 너무나 참을 수 없는 것은 빛에 이끌려 너를 욕심낸 이 죄를 사할 길이 없다는 것이다.

"다행이야."

여자에게서 흘러나오는 말 몇 마디에 안도하고 말았다. 라즐리의 입술이 달래듯 겹쳤다. 느리게 비벼지는 입술 사이로 따뜻한 숨이 흘렀다.

"당신은 항상 그래. 지금 내 옆에 있고 저 아이들의 아버지 되는 사람인데도 선을 긋고 있어요."

더 이상 당신은 혼자가 아니고, 외로이 떠돌지 않고, 당신의 시간이 이곳에 정착했는데도 무엇이 그리도 두려우냐고 묻고 있었다.

"우린 잘 살고 있어요. 무엇 하나 특별할 것 없이. 무엇 하나 다르지 않게."

그것이 마치 구원인 양 들려왔다. 다디단 말은 저 아래 처박혀 몸을 옹송그린 남자를 가볍게 끌어올렸다.

다시는 이런 날이 오지 않겠지. 어떠한 사람도 너와 같을 순 없겠지.

<完>

-마지막 이야기

705년, 탄팔로 사막

옷을 덮은 흙먼지들을 털어 내며 한 남자가 열려 있는 신전 안으로
모습을 비췄다.

"내 오랜 벗."

꽤 친근한 인사에 제단 위에 누워 있던 남자의 몸이 미세하게 반응
했다. 짧은 머리칼을 헤집은 남자는 느릿느릿 몸을 일으키며 제 친구
를 맞았다. 건조한 재색의 눈에 빛이 스민 것은 실로 오랜만이었다.

부연 눈동자의 주인은 그 빛에 적응하려는 듯 한참 동안 눈을 끔뻑
거렸다. 평생을 빛이라곤 보지 못한 사람처럼 굴어 탄탈로스의 입매가
비틀렸다. 저 꼴을 누가 신에 근접했다던 남자로 볼 텐가. 수백 명의

신도를 발아래 두었던 고귀한 남자로 생각할 수 있을까.

"탄탈로스?"

그 이름을 뱉는 남자의 얼굴에 일순 실망감 비슷한 것이 밀려들었다.

"다 죽어 간다는 소식에 이리 달려왔지."

"달려온 것치고는 꽤 오래 걸렸는데."

오랜만에 보는 친구의 냉랭한 말에 검은 눈이 마뜩잖은 빛을 띠었다.

"오래? 거리상으로 따지면 나는 이 땅의 반대쪽에 있었어."

"꽤 말이 많아졌어."

"혼잣말이 늘었지."

비토르와 록산느가 차례로 잠에 들고, 아를리안마저 타미르의 곁에서 눈을 감았다. 건방진 작태에 참지 못해 오래전 땅속으로 처박았던 케릴에 대한 화도 눈 녹듯 사라졌다. 제 다리를 붙잡고 울며 비는 모습을 봐야 화가 좀 가라앉을 줄 알았는데 그마저도 아니었다. 해일처럼 덮쳤던 분노는 지금의 제게 아무것도 아닌 게 되어 버렸다.

스스로 손을 내밀었다. 땅 밑에서 죽음에 가까운 기분을 느끼고 있을 가족에게. 모든 것이 당연히 일어날 일이었다는 양 마치 순리처럼 흘렀다.

자간의 세가 줄어들자 용 또한 번식의 문제를 해결하지 못한 채로 도태되었다. 근친으로 낳은 씨앗은 스무 해도 넘기지 못하고 죽는 것이 다반사였고, 날개 없는 돌연변이도 태어났다. 이렇게는 안 된다고 판단했는지 살아남은 소수의 용은 이 땅을 떠났다.

그들이 이 땅을 떠날 정도로 많은 시간이 흘렀다.

"네가 마지막이야."

지오반니가 놀란 듯 탄탈로스를 바라보았다. 하지만 이내 담담한 얼굴 뒤로 감추었다. 그리고 사소한 생각을 했다. 일족의 막내였던 케릴마저 타미르의 곁에서 안식을 취했구나, 하는. 아주 사소한 생각 중 하나였다.

"곧 죽는구나."

"네 입에서 나오니 낯설기 짝이 없는데."

탄탈로스가 입매를 비뚜름하게 말아 올렸다. 이 녀석이 눈을 감는다면 자신이 마지막이 되는구나 싶었다. 갑자기 가슴 부근이 먹먹해지는 기분이었다.

"노야, 아를리안이 네 걱정을 많이 했다."

"그래?"

"유난히 네 걱정을 많이 했지. 어미가 제 새끼한테 정을 주듯."

탄탈로스가 나직이 웃었다. 그래. 그랬던 적이 있었다. 저주라고 지겹게 말해 왔던 시간들 속에서도 즐겁고 행복했던 때는 분명히 존재했다.

"그 여자는."

"……."

"죽은 모양이군."

"살았을 리가."

짧다면 짧고 길다면 긴 시간이었겠지만, 지오반니는 확실히 짧은 시간이었다고 단정 지을 수 있었다. 여자는 43세의 나이로 죽었다. 그것이 병이었는지, 정해진 명이 거기까지였는지는 알 수 없었지만.

여자의 안부를 묻는 것 자체가 말이 되지 않았다. 여자가 감당키 어려운 시간이 흘러 있었다. 여자의 부재. 그것은 무료한 시간을 지새우는 지오반니의 꼴만 보더라도 쉬이 예측할 수 있는 것이었다.

녀석은 놀랍게도 더 이상 다른 곳을 찾아 헤매지 않았다. 많은 이름으로 새 인생 찾아 나서듯 끊임없이 떠돌고 잔류하는 것을 원하던 이전의 모습과 비교해 볼 때 그는 어딘가 달라져 있었다.

"더 이상 새 이름을 짓지는 않는 건가?"

"감당할 수 없는 이름의 개수를 가졌어. 그 이름과 생을 안고 가기에도 벅차다."

그들의 무한한 애정에 목말라하던 지오반니는 여자가 죽자 깊은 잠에 빠지고 깨기를 반복했다. 그는 왜 자신은 죽지 않느냐 투덜거렸다.

"꽤 괜찮은 여자였는데."

"마음에 들어 하지도 않더니."

"앙큼한 구석이 있어서 그랬지. 지금 다시 생각해 보니 괜찮았던 것 같아."

"그래. 괜찮았지. 생각 이상으로."

지오반니가 허탈하게 중얼거렸다. 잠에서 깰 때면 그녀는 지겹도록 찾아왔다. 꿈속에서, 잠에 들기 전, 그리고 깨어 있을 때에는 닿을 듯 어른거렸다. 손을 뻗어 잡으려는 것도 수차례였지만 감히 닿을 수 있을 리 없었다.

라즐리는 행복한 얼굴을 하고 있을 때도 있었지만, 그에게 찾아오는 대부분의 기억은 그녀가 죽기 며칠 전의 것들뿐이었다.

"지오반니."

"응."

"울어요?"

"아니."

"이렇게 눈물 많은 사람을 두고 어떻게 가요."

가는 손이 지오반니의 눈 근처로 다가왔다. 습진 눈을 훑자 축축이 젖은 속눈썹이 느껴졌다.

그녀는 조금씩 야위어 가고 있었다. 미세한 변화였다. 눈 밑이 어둡게 그늘지는 것도, 오랜 시간 잠에 든 것도. 모든 것이 모른 척하고 싶은 것들뿐이었다.

라즐리는 아무것도 아니라고 말했다. 그리고 그 말을 믿었다. 그런 말을 믿을 정도로 바보여서가 아니라, 제 곁에서 죽어 가는 여자를, 그 현실과 마주하고 싶지 않아서였다.

그래. 외면하고 있었을지도 모르겠다. 그 커다란 슬픔을 감당해 낼 길이 없을 것 같아서.

"눈물이 늘었어요."

"네가 이상하게 구니까."

"익숙해지라고 하는 거예요. 너무 갑작스러우면, 사람이 어떻게 해야 할지 모를 수도 있으니까."

"그러지 마."

그녀의 허리를 감싸곤 납작한 배에 얼굴을 묻었다. 울 것 같은 얼굴을 보여 주고 싶지 않았다.

여자는 잔인했다. 어둠이 깔릴 때면 그녀는 자신이 죽는 것에 익숙해져야 한다곤 말했다. 그것은 그녀의 몸이 이상해졌을 무렵, 매일같이 듣던 소리였다.

"나를 배려한 것치곤 너무 가혹한데. 네가 죽는 상상을 몇 번이나 더 하라는 거잖아."

자신의 죽음에 익숙해지라는 모진 소리였다. 그는 고개를 저었다. 어떻게 그럴 수 있을까.

"간다고 하지 마."

"아직은 못 가죠. 테비에가 철든 건 보고 가야겠어."

"그래. 테비에, 그 녀석은 철이 들려면 아직 멀었으니까."

그는 어린아이가 칭얼거리듯 고집을 부리고, 라즐리의 손 아래서 머리를 비볐다. 부쩍 떠난다는 소리가 늘었다. 그것이 단순한 헤어짐을 예고하는 것이 아니라는 것을 알았다. 그녀는 자신이 죽었을 때를 염려했다. 혼자 남겨질 그의 모습에 비통해했다.

"저를 잊지 말라고 했었잖아요. 저와 함께한 모든 시간을 기억하라고."

"……."

"생각해 보니까 너무 이기적이었던 것 같아."

"아니."

그렇지 않아. 충분히 그럴 수 있는걸. 평생 동안 그 시간을 좇는 건 무리도 아니야. 뱉지 못한 말들이 입 안을 맴돌았다.

"당신은 당신 삶을 살아요. 여자를 만나도 괜찮고, 또 다른 이름으로 살아도 괜찮아요. 그렇다 해도 당신은 나한테 똑같은 사람이니까. 지오반니. 노야. 팔라크. 모두 나한텐 똑같은 사람이야."

그가 고개를 저었다.

"그만하자. 이런 얘긴."

"좋아해요."

"……."

"내가 사랑한다고 말해 준 적이 손에 꼽을 정도로 적어서, 많이 미안해요."

"미안하다고 말하지 마."

네가 내게 그러면 안 된다고. 야속한 말을 뱉으려는 찰나, 그가 입을 다물었다.

"불안해요?"

"……네 생각 이상으로."

너는 모른다. 내가 무슨 생각을 하고 무엇에 겁을 집어먹는지. 옆에 잠든 네가 더 이상 눈을 뜨지 않는다면 나는 무슨 얼굴을 해야 할까.

네가 평소에 가르쳐 준 것처럼 담담한 얼굴을 해야 할까. 그런 얼굴을 할 수 있다면 제 죽음에 익숙해지라며 내내 속삭인 네게 고마워해야 할까. 죽음을 예상했다면 네 죽음에 놀라지 않을 수 있을까.

답이 없는 질문들이 이어졌다.

나는 대체 어떻게 해야 할까. 너의 죽음에. 밀려드는 슬픔을 어찌 감당해. 이 허망함을, 무슨 방법으로.

"죽지 마."

가지 않았으면 좋겠어. 머물러. 죽지 마. 이곳에 나를 두고 가지 마. 속으로 삼킨 말들이 절박했다. 절박함에도 쉽게 말할 수 없었다.

제 죽음에 익숙해지라는 여자의 마음을 모르지 않아 애써 눌렀다.

"죽지 않았으면 좋겠어."

"……."

"내 곁에서, 영원히. 그렇게 살아. 응?"

그럴 수 없으리라는 것을 알면서도 고집을 부렸다. 어린아이처럼 떼를 썼다.

사막의 신이라 추앙받으며 살아왔고 그에 버금가는 힘을 누리며 살아왔다. 하지만 이것이 신에 근접한 자의 모습이던가. 이 어린 여자의 발아래 몸을 낮추어 애원하는 자신이.

그녀의 죽음을 감당하지 못할 것에 겁을 집어먹은 이 모습이. 어린 짐승처럼 가련했다. 들춰내 보면 이리도 약했다.

"죽는다고 말하지 마. 버틸 수 없을 거야. 네가 아무리 가르쳐 줘도 담담해지지 못해. 생각만으로도 이렇게 울고 있잖아. 네 죽음에 내가 어떻게 아무렇지 않을 수가 있어?"

그가 보채며 물었다. 너 또한 제정신으로 죽음을 입에 담지는 않을 테지만, 간혹 담담한 얼굴을 한 채로 네 죽음을 내게 속삭이는 네가 야속하다. 밉기도 해. 너는 어째서 내 앞에서 그런 얼굴을 할 수 있는 것일까. 나는 이리도 엉망인데.

"버티지 못해."

"여태 잘 살아오셨어요."

잘 살아온 것이 아니었다. 그저 끔찍했던 격통을 겪고서도 부서지지 않은 몸을 이끌어 다시 발걸음한 것뿐.

잊지 못한 기억 속에선 수백 개의 고통이 자리해 있었다.

"쉽게 말하지 마. 네가 죽고서도 멀쩡히 살아갈 거라고 단정 짓지 말라고."

"후회해요?"

"뭘."

"탄탈로스가 말렸던 때가 있었잖아요."

탄탈로스가 이별에 준비할 시간조차 없다고 말한 것이 떠올랐다. 작금에서야 인정했다.

"우리요. 다시 만날 수 있을까요?"

"다음엔 만나지 않을 거야."

"……."

"너무 괴로우니까."

"미안해요."

오래지 않아 흙먼지로 돌아갈 여자를 알았다.

"그래서 일찍이 멈췄어야 했어. 일족의 끝은 언제나 같다는 것을 알면서도 나는 그러지 못했지. 탄탈로스의 걱정 어린 충고를 귀담아들었어야 했어."

하지만 이 이야기의 끝을 알아도 이 선택에 주저하지 않으리라는 것을 알았다. 다시 선택하리라는 것 또한.

"네가 좋아. 이 세계에 안주하고 싶은 거창한 이유 따위는 미뤄 두고."

네 시간은 내 시간에 비해 턱없이 짧고 빠르게 흘러가지만. 우리 둘은 이다지도 다르지만. 끝이 지금과 같다 하더라도.

그저 네가 이곳에 존재해서 욕심이 생겨난 것이다. 괴물의 모습으로 인간의 탈을 쓰고 곁에 머물기를.

"지오반니."

라즐리가 그의 손에 끼워져 있는 툴라부르 보석을 매만지며 입을 열었다. 쓸어내리고 입 맞추었다.

"좋아해요."

"……응."

죽음. 여자의 수명. 혼자 남게 될 저의 모습. 어렵지 않게 그려지는 모습에 그는 이를 물었다.

"사랑해."

"응. 그래."

"울지 말아요."

지오반니. 지오반니. 꿈결인 듯 그 목소리가 반복되어 메아리쳤다. 꿈이라면 깨어나는 것을 원치 않을 정도로 달콤한 목소리였다.

시작되는 하루에, 져 버리는 하루에 빌었다. 오늘만큼은, 지금만큼은, 이 사람의 숨을 거두지 말라고.

조금 더, 하루라도 더, 연명해 자신의 옆에 남아 주길 바랐다.

"또 여자의 생각을 했지."

탄탈로스가 초점이 흐려지는 지오반니의 눈을 보며 혀를 찼다. 과거의 잔상을 훑는 게로구나. 방금까지 자신의 이름이 몇 번이나 불렸는지도 모를 터였다.

"꿈을 좇는 것도 낙이라면 낙이라고 해 두자."

"그건 미련이라고 하는 거야."

멍청한 놈. 탄탈로스가 그를 흘겼다. 너는 평생을 그 약하고 보잘것 없는 여자에게서 헤어 나오질 못하겠구나. 동족의 끝이란 언제나 이렇다. 바뀌지도, 틀리지도 않아. 정말 무서울 정도로 같아서 이제는 안타까울 정도였다.

"미련이라도 좋지. 아무 생각도 안 하는 것보다야."

"너처럼 미련한 놈을 멍청이라고 하는 거다."

"그럼 너 같은 놈은 뭐라 불러야 하는데?"

그런 지오반니의 말을 무시한 탄탈로스가 입을 열었다.

"동족을 보고 싶다."

지오반니에게는 가족이라 부를 수 있는 이들이 있었다. 물론 시간이 흐르자 죽어 버렸지만.

일족에게서 자식이 난 것이 가히 놀라웠다. 저주가 풀렸다고는 하지만 일족 중 누구에게서도 그 피가 이어지지는 않았었기에. 일족 중 자식을 낳고 그들이 자라는 것을 지켜본 것은 지오반니가 유일했다.

"나가 보지 않을 테냐? 많은 것들이 바뀌었어."

"그다지."

탄탈로스가 몸을 일으켰지만 지오반니는 신전으로 들어설 때와 다르지 않게 제자리를 지키고 있었다.

"흥미 없어."

빼다 박진 않아도 그들에게서 죽은 여자의 흔적 하나쯤은 찾을 수 있을 텐데도 지오반니에게선 흔한 흥미로운 기색을 찾아볼 수 없었다.

녀석에게 후손이니 핏줄이니 하는 것들은 하등 쓸모없는 것들이었다. 흥미가 동했다 하더라도 이 정도의 시간이 흘렀으니 식었을 것이다.

애초에 녀석은 제 핏줄에 큰 동질감을 느낄 만한 녀석이 아니었다. 그는 제 피가 이어지는 것을 못마땅하게 여기던 이였다. 그 차가움을 알았다. 그는 제 자식이 태어나는 것을 고까워하면서도 일족의 핏줄이 끊기는 것을 애통해했다.

"부질없다."

"……."

"모든 것이."

재색 눈에 빛 한 점 들지 않았다. 온통 침잠되고 침잠되어 어둠에 잡아먹힐 것 같았다. 일족의 끝은 언제나, 한 치의 오차도 없이 같았다.

밀어닥치는 슬픔에 어찌할 바를 몰라 그들은 겁을 집어먹고, 닥쳐온 이별을 실감해 내지 못했다.

여자가 죽은 걸 실감하기라도 할까? 저 녀석도 딱 그 모양이라, 제 친구에게 무슨 말을 해 줘야 할지도 몰랐다. 힘을 내라 어쭙잖은 위로도 건네지 못했다.

"여자는 죽었어."

"모를까 봐 확인시키나."

"그런데도 여기서, 이러는 이유가 무엇인지 묻는 거다."

지오반니는 입을 다물었다.

"내일이라도 저 여자가 신전 문을 열고 들어올 것 같아서?"

"갈 곳이 없어서."

"뭐?"

"머물 곳이 없어. 돌아올 곳이라곤 이 땅이 전부더군."

그는 여자의 곁만이 자신이 머물 곳이라고 생각하는 모양이었다. 그 맹목적인 사랑에 탄탈로스가 혀를 내둘렀다.

"여자가 죽은 걸 믿긴 해?"

"탄탈로스."

지오반니가 차갑게 경고했다.

"너는 그 여자가 죽은 걸 실감하지 못한 거야."

"입 다물어."

"꿈을 좇는 게 아니라, 과거를 회상하는 게 아니라, 현실인지 꿈인지 구분을 못하는 거다."

이곳에 내내 틀어박혔을 녀석을 보니 무리도 아닐 것이라는 생각이 들었다.

"왜냐면, 너는 아직도 여자가 버젓이 살아 돌아다닐 거라고 생각하기 때문에. 저 문을 열고 들어올 거라고 생각하고 있지 않나. 그래서 감히 여자의 죽음을 입에 담는 눈을 찢어 죽일 것처럼 노려보는 거고."

녀석조차도 입에 담지 못했을 여자의 죽음이었다. 깊은 실망감이 느껴지는 것은 그 때문이었나. 두서없이 지껄이는 것이 하나같이 맞아떨어지고 있었다.

"그러니까 내가 일찍이 후회할 거라 했지. 네 집에 틀어박혀 종이나 태워 먹던 하찮은 불꽃마저 경고했었다. 그리고 반쯤 머리가 돌아 버린 키든도 알았다면 말렸을 거야."

"……."

"그들의 인생은 너무나 짧아서, 그들이 아닌 우리가 감당치 못할 것임을 알아서."

"후회하진 않아."

"말은 잘하지. 잘했다고 너 자신한테 박수라도 쳐 주지 그래."

빌어먹게도 마음에 들지 않는 것은 후회의 빛이라고는 찾아볼 수 없다는 것이었다. 짙은 그늘도, 슬픔도. 하지만 녀석이 이렇게 태연자약할 수 있는 이유는 정말 이 녀석이 여자의 죽음을 인식하지 못했기 때문일 것이다.

같잖은 자존심이라곤, 그저 자기 자신을 위로하는 것이 전부일 테다.

"후회 안 하면."

탄탈로스가 마른 얼굴을 쓸어내리며 작게 중얼거렸다.

"그럼 됐어. 징징거리지나 말든가."

위로라는 건 어떻게 해 줘야 하는 거야. 지오반니의 옆으로 가 앉은 탄탈로스가 작게나마 투덜거렸다.

"하지만 어리석어."

"부정하진 않겠다."

"네가. 곧 죽어 갈 우리들이."

"하지만 나는 더없이 기쁘다."

"……."

"우리, 이제야 흙으로 돌아갈 수 있겠구나 싶어서."

모두의 끝처럼. 그런 끝을 맞이한다는 것이. 지오반니는 기대감으로 가슴이 부풀었다. 순리대로 흘러갈 모든 것에.

"족쇄가 풀렸다 했어."

"그래서 내가 핏줄을 얻었고."

"우리의 시간은 무無가 아니라, 유有로 흐르겠구나."

"더없이 기쁜 소식이다."

"거스르고 거스르고. 온통 거스르기만 하는 존재였잖아. 정말 저주였을지도 몰라. 우리들만 동화되지 못하고, 겉돌고. 조화 속에서 비틀려 버린 느낌이랄까. 하지만 이제야 제 시간을 사는 것 같아서 후련하기도 해."

"아를리안이 죽고 정말 말이 많아졌네."

"조금은. 말할 상대가 없으니 혼자라도 떠들어야지."

"다만 네가 마지막까지 남아 있어 마음에 걸린다."

친구의 걱정에 탄탈로스의 눈에 습기가 어렸다.

"정말 혼자 남는 일이 될 테니까."

"타미르의 뜻이라면."

탄탈로스가 애써 입술을 말아 올렸다. 태어난 이후로 혼자라고 생각해 본 적은 없었다. 왜냐하면 같은 땅 위에 존재하면서 같은 시간을 살아가는 동족이 있었으니까.

하지만 지금은 정말 혼자였다. 녀석조차 떠나면 홀로 선 것은 자신

일 테지. 기념비라도 만들어야 할까. 존재했다는 기록서라도 써내야
할까. 그는 잠시 우스운 생각을 했다.

"탄탈로스."

"응."

"칼란디바가 필 시기야."

"벌써……."

"죽기 딱 좋은 날이지."

여자에게 칼란디바를 주려 매해 녀석은 이곳을 방문하곤 했다. 살
아 있을 적에도 그리했으니 여자가 죽은 후에도 그러했겠지.

언젠가 방문했던 여자가 잠든 땅에는 화려한 빛을 자랑하는 칼란디
바가 그득하게 놓여 있었다. 그것이 녀석의 사랑이었다. 여자가 좋아
한다던 꽃에, 사막의 생명력을 앗는 칼란디바의 꽃밭도 죽이질 못했
다. 여자의 이름이 새겨진 비석 앞에 놓인 칼란디바가 오래도록 눈에
남았다. 왜 눈물이 났는지는 모를 일이었다.

"우리가 다음에 볼 때에는 타미르의 곁이겠지."

"지옥일지도 몰라."

"어머니의 곁일 거다."

지오반니는 홀가분한 얼굴로 자리에서 일어섰다.

"이어져 있는 것은 변함없으니 만나게 될 터. 고대하고 있겠다."

"좋은 꿈 꿔."

'나도 곧 어머니의 곁으로. 너희들의 곁으로 갈 수 있겠지. 아를리
안이 죽고 많은 상상을 했다. 어서 너희의 곁으로 가 안식을 취할 수
있었으면 좋겠다. 이 덧없는 시간이 야속할 정도다.'

탄탈로스가 눈을 감았다. 죽음을 예상하는 이들이라기엔 지나치게

덤덤했다. 그것은, 아마 이것 또한 깊은 잠이라 여기기 때문일 것이다.

죽는다. 생명 가진 이들이라면 당연한 수순을 밟는 일을 드디어 할 수 있게 되었다.

"기다릴게."

지오반니는 다음을 기약했다. 눈 뜨게 될 곳이 어머니의 곁일지, 칠흑 같은 어둠으로 찬 곳일지는 알 수 없었다.

*　　*　　*

작열灼熱하는 땅 위로 그가 발을 내디뎠다. 여전히 뜨겁고 끝이라곤 보이지 않는 땅이었다. 이제는 저가 태어났다고 할 수도 없는 곳이었다. 그때가 생각나지 않을 정도로 많은 시간이 흘렀기 때문에. 라즐리와 함께한 짧은 시간은 몇백 년의 외로움과 고독이 생각나지 않을 정도로 제게는 꿈만 같은 나날이었다.

고요하기만 했다. 한 걸음 한 걸음 나아갈수록 발등을 덮어 오는 것은 묵직한 모래들이었다. 불어오는 모래바람 사이로 그가 사라질 듯 휘청거렸다. 남자는 직감적으로 알았다. 저를 이곳까지 이끌었다.

그리고 자신은 홀리듯 이곳에 다다랐다.

태어난 곳이자 모든 것의 처음이었고, 시작된 곳이었다. 자신의 모든 것은 이 땅으로부터 시작되었다.

그런 땅에서 죽음을 맞는 것이 다행이라는 생각이 들었다.

사라진다. 덧없이 퇴색되어서. 낡게 바래져 우리는 그렇게 사라진다. 사라진다는 것은 이제는 홀로 그날의 추억과 그날의 시간들을 떠올리지 않아도 된다는 것일까.

죽는다. 죽음에 이르러서.

그는 그 말들을 끈질기게 입술에 물고 늘어졌다. 하지만 반복해서 내뱉을수록 낯선 것이 더 낯설게 다가왔다.

"Lado de la madre(어머니의 곁으로)."

드디어 혼자 남겨지지 않겠구나. 더 이상 밀려오는 어둠을 두려워하지 않아도 되겠지. 네가 존재했던 날들을 훑음으로써 과거에서 벗어나지 못하는 자신의 모습도 보지 않아도 될 터.

괴로운 모든 것들이 사라진다.

"그리고……."

죽은 모든 이들과의 추억에 낡게 바래지는 순간, 남자는 거짓말처럼 웃었다.

드디어 나도 네 곁으로 갈 수 있겠구나. 그리운 사람. 나는 더없이 이 순간을, 이 시간을 바랐다.

"나타르타."

—나타르타, 내가 너에게로.